# TOTAL CHAOS

Luc Fivet

# TOTAL CHAOS

*roman*

Fayard

ISBN : 978-2-213-63352-7

*A Jacqueline Reich*

*Comme tout iconoclaste, j'ai brisé mes idoles*
*pour sacrifier à leurs débris*

Emil CIORAN

# I

# CONDENSATION

# 1

Le mec marchait. Ses rangers Vuitton raclaient le bitume. Il a pris à droite, une rampe descendant aux quais. Une Ford rouge, pare-brise défoncé, pourrissait dans la flotte. Il n'a pas fait attention. Il a enjambé le parapet et continué sa marche, ennuyé, le long de la Seine. Il portait un bermuda kaki, un tee-shirt noir et des anneaux aux oreilles. Un tatouage sur la joue gauche, pas facile à distinguer sur sa peau mate. Les tempes rasées. Ses cheveux lui tombaient dans le dos. C'était mon yin-kong, pas de bug possible.

J'ai refermé *Le Monde Match*, qui décrivait en couleurs les derniers combats aux Etats-Unis. Les milices écologistes cartonnaient les troupes fédérales sans exclure les civils. Elles avaient encore commis des attentats du côté de Seattle. Treize morts, cinq femmes, trois enfants. Des photos, beaucoup de rouge. Cliché très flou d'un homme aux cheveux longs recherché par la police.

Le ciel était couvert. Des flaques de nuages cachaient le peu de soleil disponible. De l'autre côté, le sommet de la tour Jussieu vomissait ses poutrelles. Une gigantesque dent cariée. Ça leur apprendrait à laisser les étudiants jouer avec des produits dangereux. Ce coup-là, tout le monde l'avait annoncé dans les services. Comme d'habitude, on n'avait rien vu venir. Bilan : six morts, quarante-neuf blessés. Pas de revendication.

Je me suis penché par-dessus le garde-fou : le mec poursuivait en direction de la pointe de l'île Saint-Louis. Il enjambait des corps allongés dans des paquets de feuilles mortes. Je l'ai suivi de loin, sans quitter mes hauteurs. Distance de sécurité : vingt mètres. Il portait un flingue sous le tee-shirt et en cachait sans doute un autre dans la poche de son froc. Son pas n'aurait pas été si lourd, sinon. Il avait l'air costaud, je devais choisir le bon moment. Je le filais depuis une semaine, il m'avait coûté assez d'efforts, un de mes indics m'avait même imposé de 1 000 euros. En négociant serré avec Vranac, je pourrais monter jusqu'à 5 000 euros pour ce gars-là. Peut-être 6000, s'il dégorgeait bien. Pas question de saloper le boulot. Je me suis mis à battre la mesure. Bpm cool : 60 à la noire. « *My favorite things* », ce serait peut-être pour aujourd'hui, si tout se passait dans les règles.



Les graffiti à la gloire du Che couvraient les murs. « *La révolution vaincra* », tous ces trucs débiles. Quartier des squats, central, idéal pour les rendez-vous clandos. Belle connerie d'avoir laissé l'île Saint-Louis aux mains des artistes. Ils en avaient mis partout, des œuvres d'art. Sur les murs, les toits, il en sortait par toutes les fenêtres. Les vrais artistes s'étaient cassés depuis longtemps. Ne restaient plus que les junkies et les hors sujets habituels. Au moins, sur une île, ils sont plus faciles à contrôler, ceci explique cela. Une plaque indiquait que dans cet immeuble était mort Georges Pompidou, président de la République. En dessous, un petit malin avait barbouillé un tag à la gloire de Georges Marchais, noble gardien de la Révolution, vingt ans déjà.

Le mec s'était arrêté et discutait avec une fille. Des cheveux roux carotte coiffés en pétard, une jupe blanche bordée de rouge assez large, puisque la mode prescrivait de se promener sans culotte pour s'envoyer en l'air plus facilement. Jupe tachée par endroits. Un pull rouge, troué aux coudes, dans lequel elle frissonnait. Peut-être le manque. Ou le froid, vif en ce début octobre. A vue d'œil, dans les vingt-cinq balais. Pas de conclusion hâtive, les junkies font souvent plus que leur âge. Le yin-kong la dépassait de trente bons centimètres. Ses yeux bridés la scannaient rudement. Ses lèvres pleines s'arrondissaient de mépris. Ils ont négocié un quart d'heure environ, face à face, selon un rapport de domination bien arrêté. Puis, avec un signe de tête, il a fait demi-tour. La fille l'a suivi, les bras serrés autour d'elle. Pas grand-chose à serrer, elle était maigre comme un chacal. Heureusement, ce n'était pas un simple rendez-vous de dealer. Dans ce cas-là, je n'aurais eu aucune raison d'intervenir.



Le yin-kong a franchi le muret, la fille aussi, comme elle a pu, et ils ont remonté la rampe dans ma direction. C'était le bon tempo, une progression harmonique sans bavure. Je caressais déjà la crosse de mon Sig Pro, bien calé dans la poche droite de mon cuir. Il a jeté un œil vers moi. Putain, *Le Monde Match* dépassait de ma poche gauche. S'il l'apercevait, il flairerait la filature. Par chance, un chevelu hirsute est passé dans le secteur. Je suis allé à sa rencontre.

– T'as pas 10 reus ?

Le chevelu m'a regardé comme si je lui faisais une blague.

– Qu'est-ce que tu racontes, Touche-pas-à-mon-pote ? T'as vu comment t'es sapé ? T'es au moins socialiste, toi ! Ce serait plutôt à moi de te demander un peu d'aide humanitaire.

– Faut pas se fier aux apparences, connard. Toi, par exemple, je parie que t'habites dans le XVI^e^ chez papa-maman.

– Mes fondamentaux, je les ai plus vus depuis quatre ans et je m'en fous pas mal, ils peuvent crever.

– Tu te la branles rebelle mais tu suces le maire-préfet.

– Ecoute, pépère, je sais pas ce que t'as gobé, mais ça devait être puissant. Alors, arrête de m'insulter et file-moi ton fric.

Il a sorti une lame. Le yin-kong marchait vers la Cité, la fille deux mètres derrière lui. Surtout ne pas perdre le contact. Le Sig Pro a giclé de ma poche et le canon s'est arrêté à un centimètre de son nez.

– Maintenant dégage, crevure. Tu butanes.



Si le gars avait eu des tripes, il aurait pollué son froc. Il a juste baissé le couteau avec des yeux de nouveau-né. Ma main droite a pris son élan et je lui ai mis un coup exact sur l'arcade sourcilière, de quoi l'occuper un moment. A terre, en position fœtale, il couinait de douleur, les doigts souillés de sang. J'ai repris mon approche.

Les deux autres avaient déjà franchi la grille séparant l'île aux squatters de l'île aux touristes, et longeaient Notre-Dame et ses boutiques à bondieuseries. Les marchands indiens tentaient sans conviction d'accrocher le chaland, montraient des Sainte Vierge de toutes les tailles, des fioles d'eau bénite, des crucifix dorés et des posters de Jean-Paul III sur fond de *Star Spangled Banner*. Les rares promeneurs égaraient un regard bouffi. Pour les trafiquants de reliques, la marée basse commençait. Pourtant, le nouveau pape made in USA avait boosté les ventes, cet été-là.

Le mec et la fille juraient sur la foule des pénitents agglutinés aux portes de Notre-Dame. Vêtus de robes de bure, ils marmonnaient des prières en attendant la fouille. Les vigiles inspectaient les visages, ouvraient les sacs, palpaient les corps et supervisaient l'acquittement du droit d'entrée. Les haut-parleurs déversaient de la musique sacrée entre deux pubs pour la Bible de Jérusalem. Caméras, sas d'entrée, périmètre de haute protection. L'archevêché de Paris ne plaisantait plus avec la sécurité des fidèles. Le clodo qui tentait le coup de la petite pièce était aussitôt interpellé par la police et placé en détention.

Le yin-kong a tourné à droite sans un regard pour la préfecture ni pour les grilles de l'ancien palais de justice, réaménagé en centre commercial Calypsos avec multiplex cinéma, casino, salles de sport et accès très payant à la Sainte-Chapelle. La fille suivait, brave bête. Ils ont marché vers la rive droite. J'ai pressenti notre destination. Voilà qui allait compliquer le boulot. Le ciel s'est encore obscurci, il a recommencé de pleuvoir.



Ils se sont glissés entre les voitures qui se tamponnaient autour de Châtelet. Sur l'écran municipal, le logo Calypsos a laissé la place à une jolie présentatrice qui a aligné les titres de 17 heures 30 : « *Emeutes raciales en Argentine : plus de 100 morts* ; *Hausse du prix de l'essence à 3,58 euros le litre* ; *Niveau de pollution de l'air stabilisé à 4* ; *Ligue 1 : Juventus de Turin bat Bayern de Munich 3 à 1* ; *Le CAC 50 : + 1,04 % à 23 602 points.* » Le mec a pris la direction des Halles. La fille a ralenti, elle a frissonné. J'ai essayé de me rapprocher, mais il devait avoir des antennes, parce qu'il s'est retourné et a regardé la fille comme un maître irrité mate son chien occupé à renifler tous les cacas du quartier. Elle a avancé. Deux hommes, le masque antipollution sur le nez, l'ont bousculée pour se précipiter dans une bouche de métro. Nous sommes arrivés en vue du forum des Halles. Personne à l'horizon. Ils ont longé les palissades de chantier vert pomme couvertes de tags et d'affiches. La bonne gueule électorale de Jean-Serge De Milteau souriait encore aux citoyens et proclamait « *Tous ensemble !* ». Pourtant, les élections remontaient à plus de cinq mois – la préhistoire. Il est vrai que les ouvriers municipaux évitaient le quartier, classé rouge. Le yin-kong et la fille se sont glissés dans une ouverture. C'était à craindre. Le bug.

Depuis les émeutes de l'année précédente, le périmètre était resté tel quel. On avait décrété l'état de catastrophe sociale, les commerçants avaient vidé les lieux et un plan de réhabilitation avait été voté – resté lettre morte, évidemment. La mairie avait dissimulé le sinistre derrière du polystyrène et condamné tous les accès du métro et du RER, sans parvenir à masquer les vitres éclatées sur le pourtour du forum, toiles d'araignées incrustées dans le verre. La craillasse en avait profité pour y établir ses quartiers. Les flics n'y mettaient plus les pieds. Entrer là-dedans après six heures du soir revenait à signer un semi-arrêt de mort. On retrouvait régulièrement un cadavre en dehors de l'enceinte, les occupants faisaient le ménage. A l'unanimité, on préférait ignorer ce qui se passait à l'intérieur.

Cela dit, je préférais prendre le risque plutôt que de laisser filer le mec – et les 6 000 euros de prime. Une semaine à le pister depuis les Buttes-Chaumont, il habitait le coin, jusqu'à Saint-Germain-des-Prés, où il avait accès. Fourré non-stop avec des dizaines de gens dans des bars crades ou branchés, à postillonner avec l'un ou l'autre et à baver dans la bouche des filles qu'il levait à volonté. Cela avait été le problème, d'ailleurs : il en avait violé quelques-unes, et une de ses victimes avait dressé un portrait virtuel assez ressemblant, type afro-asiatique, pommettes hautes, tempes rasées, lèvres pleines, boucles d'oreilles, tatouage sur la joue gauche. On ignorait ses sources de revenus, aucune déclaration fiscale, aucune inscription à un quelconque fichier, aucun abonnement téléphonique, aucune identité déterminée, et trois mois de recherche dans le vide avant le coup de bol : Fred l'indic, par l'odeur du fric alléché, m'avait signalé la présence de l'intéressé aux abords des Buttes-Chaumont. J'ignore comment cette vipère de Fred s'est procuré l'info et je m'en fous pas mal, car elle s'est vérifiée. Au bout de deux jours de planque sous la flotte, le type a surgi à l'angle de l'avenue Secrétan et de la rue Manin, dans le XIXe, et je ne l'ai plus lâché.

Je ne m'étais pas fait promener comme ça pour renoncer si près du but. Le moment était venu de prendre mon chorus, et rien ne m'en dissuaderait. Tant pis si ma viande trépidait sous les coups de la grosse caisse, accélération du rythme cardiaque, battements par minute qui grimpent à 120, montée de stress : en piste.



A mon tour je me suis glissé entre les palissades. Nada à l'horizon. Des matelas, des bancs cassés, des poutrelles métalliques déglinguées, des caddies de supermarché, des poubelles-containers noircies par le feu. Le siège d'un antique manège orné de canards. A terre, des éclats de verre, des boîtes de conserve, une chemise maculée de taches brunes – du sang séché –, des gravats, des lambeaux d'affiches – « *Tous ensemble !* » –, des blocs de parpaing simulant des sièges. La pluie tombait à petites gouttes nerveuses sur le feuillage des arbres fous. A part cette musique légère, le silence. J'ai sorti mon flingue et j'ai pris l'escalier sur ma droite. Direction : le ventre de la bête.

Mes semelles écrasaient des tessons de bouteille, un boucan infernal. Rien ne bougeait dans les coins d'ombre. J'ai poursuivi et j'ai débouché sur le palier surplombant l'ancienne Place Carrée.

Le sol de marbre était couvert de détritus. Le long des murs, des paquets plus volumineux pouvaient être des hommes, ou des cadavres. Dans ce qui restait des vitrines se dressaient les seules formes humaines encore présentes en ces lieux, des mannequins de plastique abandonnés là, allez savoir pourquoi. Les portes d'accès du métro se cramponnaient à un gond ou traînaient à terre, explosées. Les murs étaient opaques de crasse et de graffs mongoloïdes. La rambarde de caoutchouc de l'escalier roulant pendait à terre, vomie par la machine. La rage humaine avait fignolé la besogne.

Les deux silhouettes ont dérivé vers les anciennes salles de cinéma. J'ai suivi en longeant les murs, le doigt sur la détente à demi enfoncée. Des ruines d'un snack s'élevait une puanteur de charogne, d'où le frémissement des rats. Quelques-uns se sont précipités sur mes godasses. Le premier a giclé sur un pilier de béton, les autres ont décampé. A la droite de mon champ de vision, j'ai cru distinguer des formes mouvantes, mais c'était peut-être la trouille qui réveillait des hallucinations. Toujours pareil quand on ne boit pas un coup avant. L'alcool est un destressant parfait. Je posais le pied le plus délicatement possible, mais le sol crissait encore et passait mes nerfs au papier de verre.



Soudain, des voix se sont mélangées, une brouillasse de sons mixés à l'écho. Le mec hurlait des mots comme « malédiction », « honte », « châtiment », la fille hurlait encore plus fort des mots étranglés, puis plus rien. J'ai risqué une supervision. Il la serrait à la gorge et, de son autre main, lui pointait un automatique sur la tempe. Lentement, les pieds de la fille ont quitté le sol, il l'a gardée en apesanteur cinq secondes, puis l'a lâchée d'un coup. Elle a atterri brutalement, a vacillé comme un paquet de chiffons et s'est étalée par terre. Le mec s'est défroqué, le chibre en avant il a remonté la jupe de la fille, qu'il a plaquée sur un volée d'escaliers, et s'est enfoncé d'un geste mécanique. La fille a hurlé, mais pas seulement de douleur ou de honte, c'était de la terreur pure. Il s'était placé de façon à scanner les environs, le gun à la main. Au moindre mouvement, j'étais objectivé. Je devais attendre qu'il finisse.

La fille a poussé des cris de plus en plus faibles, le mec a grogné comme un cochon, s'est retiré et a rangé son attirail, queue et flingue à leur place respective. Il a craché par terre et a repris sa route, droit dans ma direction. Je me suis tassé dans mon coin et j'ai attendu qu'il arrive à ma hauteur. Giclée d'adrénaline, bpm à 180, seul face au monde, à gerber de trac.

Il n'a presque pas eu le temps de remarquer l'éclat de l'acier à la périphérie est de son regard.

– Police, vous êtes en état d'arrestation !

Il n'a eu aucune réaction, le cerveau encore embrumé par les décharges de phéromones. Je l'ai empoigné par le bras droit et je l'ai balancé au mur. Coup de matraque électrique dans les reins. Cri, douleur. J'ai tiré ses bras en arrière, rassemblé ses poignets dans les menottes et saisi le flingue glissé dans sa ceinture – un Colt Anaconda, surplus américain –, puis celui qu'il avait caché dans la poche de son bermuda – un vieux Manurhin 357 Magnum, où s'était-il procuré un truc pareil ? J'ai ouvert le barillet, les cartouches sont tombées en petites gouttes d'acier et ont rebondi sur le sol, j'ai balancé le calibre dans l'obscurité – pas à m'encombrer d'une telle antiquité. J'ai passé le Colt dans mon holster et poussé le mec devant moi – il me dépassait d'une bonne tête. Direction la sortie, sans délai.



Les fantômes de tout à l'heure étaient bien réels : appuyés au mur, trois types observaient notre progression. Ils avaient capté mon flingue et ma détermination à l'utiliser s'ils tentaient quoi que ce soit. Celui du milieu, le plus petit, a ricané :

– Il est six heures, bonnes gens. Dormez en paix.

Nous avons marché droit vers l'escalier, mon rythme cardiaque a repris son tempo normal, c'était un beau chorus, sans fausse note. Le yin-kong n'opposait pas la moindre résistance.

Dehors, un négus s'envoyait une nana couchée sur le siège du carrousel. Extra romantique. La fille pistonnait du cul, ils étaient tout grognement et avaient mieux à faire que de s'intéresser à nous. La pluie avait cessé.

Le centre de police numéro 3 se trouvait à cent mètres à peine, tour Saint-Jacques, entre Châtelet et l'Hôtel de Ville. Je n'avais plus qu'à déposer mon colis, empocher mon accusé de réception, mailer mon rapport au procureur Plancq et passer chez Vranac toucher mon fric. Un de mes plus beaux solos, Coltrane aurait été fier de moi.



Et je restais là comme un con, à scruter le visage inexpressif du yin-kong.

J'ai posé mon oreillette. J'ai articulé « Rudy » dans le micro.

Phonecall. Mardi 3 octobre 2017, 17.57.
De M. François Sacco, n° 0033-1-62581469873, à officier Rudy Kempf, n° 0033-1-65966157884.

« Brigade d'intervention 21, capitaine Rudy Kempf.
– Salut Rudy, c'est Sacco.
– Tiens, Sacco, ça faisait longtemps ! Qu'est-ce que je peux pour ton service ?
– J'ai besoin d'une équipe. Forum des Halles, sortie Pont-Neuf.
– Tu fais tes courses là-bas maintenant ?
– Ouais, les soldes ont commencé plus tôt cette année. Alors, tu as une voiture libre ? Je te signale que je suis speed.
– C'est dans le domaine de l'envisageable. Tu connais le tarif ?
– Ouais, prépare la facture. Je passe te régler demain.
– C'est parti. »

Fin de l'appel. Durée : 1' 03".

L'intervention me coûterait 500 euros, plus 100 à Rudy de la main à la main. Tant pis. Foutu métier. Les flics sont des putes.

J'ai poussé mon client hors du périmètre des palissades. Deux minutes plus tard, des gyrophares s'annonçaient à grands coups de sirène. Le 4x4 s'est arrêté et je leur ai livré le mec, toujours aussi inerte, en précisant le numéro de dossier, 13589-

017. Ils m'ont signé un accusé de réception, ont tendu l'appareil et j'ai payé par carte bancaire. J'ai montré mon client.

– Vous le placez où ?

– On va l'emmener directement à Saint-Jacques, il y a de la place.

– J'agrège. Je passe tout à l'heure boucler le dossier.

Ils ont fait monter le mec et les gyrophares se sont éloignés dans l'obscurité.

Quant à moi, je suis repassé de l'autre côté des barrières où les deux lapins avaient fini leur gymnastique et je suis redescendu dans les Halles. Au départ, les plus énormes conneries paraissent toujours anodines.



Comme c'était à prévoir, les trois types encerclaient la fille. Dans le peu de jour tombant de la verrière éclatée, je distinguais leurs crêtes d'iroquois. Des néopunks à piercings latéraux, les pointes leur sortaient des joues – comme s'ils n'étaient pas suffisamment laids comme ça. Le plus petit tenait la fille par le bras et lui récitait un poème où il était question de sperme et de squelette. L'élégie faisait beaucoup rire ses compères. La fille sanglotait. J'ai progressé à découvert, pas le temps de tergiverser.

– Tu la lâches et vous foutez le camp.

Le petit a tourné vers moi sa face de hyène. Vingt ans à tout casser et une denture en clavier de piano, pas mal de noir entre les blanches, merci le scorbut. Les deux autres devaient culminer à seize piges, maigres et voûtés comme des mauvaises herbes et une tentative d'assurance virile typique des crétins congénitaux. Les crêtes et les piercings leur donnaient des airs de virus immuno-dépressif. Le petit a grogné. Sa voix de serpent tentait de se donner des intonations distinguées.

– Le chevalier sans peur et sans reproches a oublié ses

meubles ? Quelle noble attitude ! Rassure-moi : viens-tu te couvrir de gloire ou de merde ?

J'ai pointé le Colt Anaconda vers le bas et je lui ai expédié une balle dans la rotule. Les cris hystériques de la fille se sont mis à concurrencer ceux du goret, le tout mêlé aux échos de la détonation. Les deux autres porcs-épics étaient rivés au sol.

– A l'avenir, tu risques de boiter un peu. Pas grave, ça te donnera un style.



La paire de grands cons a relevé le morveux qui chialait de douleur. Ils se sont éloignés au radar. J'ai ramassé la fille. Elle pleurnichait, la tête molle et les bras crispés sur sa brisure. Je l'ai traînée vers la sortie. Elle psalmodiait « Salaud, salaud », comme un mantra. Sûrement un bon résumé de son existence.

J'ai appelé une ambulance. Encore 100 euros de claqués, mais je n'allais quand même pas me la coltiner toute la soirée.

## 2

Les émotions m'avaient creusé la dalle et j'ai avalé un burger de soja et un whisky-coca au gingembre dans un fast-food de la rue Rambuteau. J'avais repéré la serveuse, une jolie brunette mi-indienne mi-suédoise, traits fins et peau mate, yeux verts, de longs cheveux noirs sur les épaules. Seize ans maxi, une jupe rase-moquette très professionnelle et un décolleté survitaminé. Une manière prometteuse de sourire par-dessous le regard. Comme elle ramassait des assiettes sur les tables, je lui ai demandé : « Vous travaillez ici tous les soirs ? » Elle a exprimé un interminable soupir, ses yeux translucides ont plongé dans les miens et elle a répondu d'une voix de vierge pure : « Je n'ai pas envie de baiser avec vous, OK ? »

J'ai longé le centre Beaubourg tout illuminé – encore une fête pour cultureux friqués au restau extra-classe du dernier étage, à en juger par la musique, de la house-pop très 2000, donc très ringarde, donc très à la mode –, puis les rues piétonnes où s'alignaient les bars hype du moment, pour déboucher sur le centre Saint-Jacques. La tour du XVI^e^ siècle s'élevait par-dessus les immenses parallélépipèdes de marbre blanc. On ne se refusait rien dans la police. Il paraît qu'un grand architecte avait signé les plans. Mariage harmonieux de lignes ultramodernes et de style ancien, géométrie et gargouilles. Les puristes du patrimoine avaient pétitionné en vain, les adjudications étaient déjà signées. Les écologistes aussi avaient râlé, parce qu'on leur piquait encore un espace vert – mais, de toute façon, les écologistes ne sont jamais contents.

La plupart des fenêtres étaient allumées, preuve que ça bossait dur là-dedans. J'ai montré ma carte d'OPJ au planton et j'ai demandé des nouvelles de mon client, dossier 13589-017, viols et agressions. Le flic m'a orienté vers la salle 15.

Je me suis installé. Une table, deux chaises et la caméra-témoin. Un autre flic est arrivé avec le yin-kong et un dossier. Il m'a laissé seul avec le mec, qui s'est assis et a observé ses mains menottées. J'ai lu à voix haute la fiche de renseignements préliminaires, obtenue après analyse des empreintes digitales et du code génétique de l'intéressé.

N° 13589-017. SOULEYMANE N'GUYEN.

SOURCE : ministère de la Sécurité Collective.

Souleymane N'Guyen, citoyen européen d'origine française, né le 22 juillet 1988 à Aulnay-sous-Bois (France, Europe)

SEXE : masculin

AGE : 29 ans

GROUPE SANGUIN : O+

Fils de Jean-Claude N'Guyen, né le 27 mars 1963 à Saigon (Vietnam, Asie), arrivé en France le 17 juin 1978, naturalisé français le 30 mai 1984 ; et de Fatoula Seke, citoyenne européenne d'origine franco-camerounaise, née le 8 avril 1968 à Bobigny (France, Europe)

DERNIER DOMICILE CONNU : 76 rue Edouard-Vaillant - Bobigny (93) - (Domicile de la mère)

CONDAMNATIONS :

Novembre 2003 : vols de voitures et agressions : 6 mois en centre fermé à Bordeaux.

Juin 2008 : agression d'un agent RATP : 9 mois à Fleury-Mérogis.

Octobre 2010 : Vente de stupéfiants : 3 ans à Grenoble.

Mesure de liberté conditionnelle en décembre 2012.

DERNIÈRE ACTIVITÉ PROFESSIONNELLE DÉCLARÉE : apprenti imprimeur chez M. Lesage, 25 rue Bréguet-Sabin 75011 Paris, entre le 1er janvier 2013 et le 15 novembre 2013.

Défaut de présentation à son officier de liberté conditionnelle.

Pas de diplôme scolaire.

Pas de signe corporel distinctif.

Pas d'opinion politique connue.

*Rajouté à la main* : Taille : 1 m 95. Poids : 87,5 kg. Tatouages sur la joue gauche et sur le dos. Cicatrices au niveau de l'abdomen.



Le yin-kong m'observait, tranquille. Tout cela ne semblait pas le concerner. J'ai enfin vu ce que représentait son tatouage facial : un requin hilare, la gueule grande ouverte.

– Pas très discret, votre tatouage. Il est récent ?

– Tu le sais très bien, il serait indiqué dans le rapport sinon, flic de merde.

J'ai regardé la caméra et j'ai conservé mon calme pour dire :

– Je suis au regret de vous informer que ces insultes seront retenues dans le procès-verbal d'audition.

– Je veux un avocat.

– Nous transmettrons la cassette de notre entretien à votre représentant dès qu'il sera désigné. Pour l'instant, monsieur N'Guyen, je me trouve dans l'obligation de préciser certains points avec vous.

Ses yeux bridés se sont rétrécis en lames de rasoir.

– Je m'appelle Yellow Shark. En hommage à une symphonie de Frank Zappa.

– Vous préférez être désigné par votre pseudonyme ? C'est votre droit.

– C'est l'honneur de ma race.

Il s'est redressé sur sa chaise, très fier de lui. Je n'ai pas relevé.

– Vous avez été arrêté en flagrant délit ce mardi 3 octobre 2017 pour un viol commis dans le forum des Halles. Vous portiez sur vous deux armes de poing non déclarées.

– Je revendique les armes, pas le viol.

J'ai lu la troisième page du dossier :

– Ce mardi 3 octobre, à 19 heures 38, mademoiselle Ulrieke Waizman, contactée par visiophone, vous a formellement identifié comme l'auteur de son agression, survenue le 6 juillet 2017 dans un parking de la Villette.

– Je conteste.

– Elle a reconnu votre tatouage. Il faut dire que ce type de dessin est assez rare dans votre communauté.

– C'est du racisme.

– Non, monsieur Shark, c'est une observation.

– Tu insinues que je suis plutôt bizarre pour un yin-kong, c'est ça ?

– Je ne me permettrais pas d'utiliser une telle expression.

– Laisse-moi rire. Tout le monde nous appelle comme ça. Je te défie de me dire en face que tu n'emploies jamais ce mot-là.

Il commençait à me compresser. Bien sûr que je l'appelais yin-kong, comme je ne sais plus quel groupe de rapk qui s'était donné ce nom en référence à ses origines asiatiques (yin et yang) et africaines (king-kong). Ça avait bien marché pour eux, jusqu'à ce que le manager d'un groupe concurrent qui n'aimait ni les Jaunes ni les Noirs les dessoude pour solde de tout compte. Bon, l'expression était restée, un bel hommage posthume. Qu'espéraient-ils de plus, ces rapkeurs à la con ? L'Académie française ?

– Oui, je suis un yin-kong et je vous emmerde tous !

– Ceci étant posé, monsieur Shark, vous conviendrez avec moi que ce genre de marque distinctive n'est pas idéale pour échapper à la police. Surtout lorsqu'on est en défaut de liberté conditionnelle.



– La police, je la gueule.

– Je suis d'accord avec vous, mais pourquoi ces tatouages ? Sur la joue et sur le dos.

– J'ai retrouvé ma fierté en rejoignant mes frères.

– Vos frères. De qui s'agit-il ?

– Je ne les vendrai jamais. Plutôt crever.

Il a fait son charlie, l'air terriblement content de lui. Je ne me suis pas démonté.

– Bien. Connaissiez-vous la jeune fille que vous avez agressée dans le forum des Halles cet après-midi ?

– Je n'ai agressé personne.

– Mais vous la connaissiez ?

– Non.

– Comment expliquez-vous qu'elle vous ait suivi sans opposer de résistance dans un lieu aussi dangereux ?

Il a réfléchi deux secondes et a reconfiguré son système de défense.

– Bon, d'accord, je la connaissais. On a parlé et puis c'est tout.

– Comment s'appelle-t-elle ?

– Carotte.

– Et son vrai nom ?

– Je ne sais pas. Je la connais que sous ce nom-là : Carotte.

On a frappé à la porte. Le flic de tout à l'heure m'a tendu une feuille et est sorti. J'ai lue rapidement.

– Monsieur Shark, l'analyse du contenu vaginal de la jeune fille agressée tout à l'heure, Mylène Lambty, révèle des traces de sperme correspondant à votre ADN. Niez-vous encore l'avoir violée ?

Silence.



– Vous maintenez vos déclarations ?

– Elle a eu que ce qu'elle méritait, cette pute. C'était ma mission.

– A quelle mission faites-vous allusion ?

Silence.

– Cette analyse précise également que vous êtes séropositif. Le saviez-vous ?

– Oui.

– Vous avez donc agressé cette jeune femme en toute connaissance de cause ?

– Oui.

– Cela a-t-il un rapport avec la mission que vous avez mentionnée ?

Silence.

– Vous n'êtes pas très coopératif. Je note que, depuis quatre ans, vous n'avez plus eu de rapport avec la justice. Qu'avez-vous fait pendant cette période ?

– J'ai médité. Sur ma vie.

– Vous aviez décidé de mener une existence plus rangée ?

– Oui.

– Quelles étaient vos sources de revenus ?

– Des business.

– De quelle nature ?

Silence.

– J'en déduis qu'ils étaient illégaux.

– Ils étaient conformes à mon destin.

– C'est-à-dire ?

– Remplir ma mission.

Une idée m'a traversé l'esprit. Je me suis levé.

– Puis-je voir le tatouage dans votre dos ?

Je m'attendais à un refus. Au contraire, il a soulevé son tee-shirt de ses mains entravées et s'est tourné de trois-quarts. Le tatouage représentait un dragon vert et rouge sur un globe terrestre, et prenait naissance aux cervicales pour descendre au bas du dos, jusqu'aux lombaires. Le plus effrayant, c'était son incrustation profonde dans la peau, comme si on l'y avait gravé. A certains endroits, les contours du dessin étaient scarifiés de petits bourrelets de chair. Le type avait dû en baver. A ce moment, le flic est de nouveau entré, un listing informatique à la main. Je lui ai désigné le corps du yin-kong.



– Vous avez pris une photo ?

– Oui.

– N'oubliez pas de la joindre au dossier.

– Pas de problème.

J'ai regagné ma chaise et consulté le listing.

– Selon nos bases de données, vos empreintes génétiques ont été identifiées dans quatre autres agressions commises ces dernières semaines : Jacqueline Valois le 23 mai, Meryem Khalifa le 4 juin, Marie N'Songo le 19 juin et Che Xian-Ju le 13 juillet. Un de vos cheveux a également été retrouvé sur le cadavre de Fatiha Simon, retrouvée étranglée le 6 juillet dans le parc des Buttes-Chaumont. Quelle activité…

– Si vous le dites.

– Vous confirmez ces accusations ?

Silence.

– Je vois. Passons aux armes. Où vous êtes-vous procuré le Colt et le Manurhin saisis sur vous au moment de votre arrestation ?

– Quelqu'un me les a donnés.

– Inutile de vous demander le nom de cette personne.

– Inutile.



– Possédez-vous d'autres armes non déclarées ?

– Non.

On a frappé. Le bide du capitaine Desriens, l'expert en identification, a fait son apparition. Desriens a pris soin de ne pas regarder le mec et, en bon élève appliqué, a lu ses notes en tortillant le bout de sa cravate :

– On a mis la main sur le serrurier qui a réalisé le jeu de clés trouvé dans ses poches : monsieur Thu Aung San, 8 rue des Alouettes Paris XIX^e^. La clé n° 05668 correspond à un appartement situé au 93 rue Manin Paris XIX^e^, escalier A, quatrième droite. L'appartement est loué au nom de Pierre Dupont.

– Pour un pseudonyme, ça manque un peu de fantaisie, j'ai répondu, en notant l'adresse sur une des feuilles.

– On n'a pas toujours beaucoup d'inspiration.

– Très bien, j'irai jeter un coup d'œil. Merci. Vous me mailez l'audition ce soir ? Je l'enverrai demain au procureur avec mon rapport.

– C'est comme si c'était fait.

Desriens a refermé la porte. J'ai rassemblé mes documents et je me suis tourné vers la caméra :

– Mardi 3 octobre 2017, 23 heures 19. Fin de l'audition de monsieur Souleymane N'Guyen, dossier 13589-017.

# 3



La radio nous faisait le coup de la nostalgie et diffusait un bon petit rock des années 1990, « *Smell like teen spirit* ». De qui ? Le nom du groupe était tombé dans les abîmes. Je me souviens qu'adolescent je l'adorais, je portais des tee-shirts jusqu'aux genoux et je proclamais ma haine de la société, c'était marrant. Puis, à dix-huit ans, j'ai découvert John Coltrane, et plus rien d'autre n'a existé, c'était « *My favorite things* » ou la mort. Les autres me traitaient de jazzeux, de ringard et de bouffon, mais ils pouvaient aller se faire foutre avec leur rap de merde, parce que j'avais découvert la Vérité. J'avais même dit à ma mère que son Jimi Hendrix était un gros naze. D'accord, j'y allais un peu rudement, je pratiquais ma crise d'adolescence, mais à cet âge-là on ne fait pas dans la demi-mesure : tu causes fortissimo ou tu la fermes. Bref, Coltrane ne m'avait plus quitté. J'avais commencé à creuser son œuvre et à entrevoir à quoi pouvait ressembler le Total Chaos. J'avais même acheté un saxophone. Erreur tragique : au bout de trois semaines, j'avais agrégé que je ne serais jamais Coltrane et, même, que je ne serais jamais musicien tout court. J'étais bon pour la fac de droit. La blessure est toujours là, vivace.

La voiture a contourné la place du Colonel-Fabien et est passée devant l'ancien siège du parti communiste. Les bâtiments appartenaient maintenant à Disney Europe, qui les avait aménagés en point de vente pour l'ensemble des parcs situés dans l'Union européenne. On y trouvait aussi une agence de voyages pour les Disneyland du monde entier et une boutique de souvenirs. J'avais entendu dire que l'ancienne salle de réunion du comité central avait été transformée en boîte de nuit ultrahype. En tout cas, impossible de louper les grandes oreilles noires couronnant l'immeuble. A 10 heures, une petite foule de parapluies faisait la queue sous l'œil de vigiles costumés en Donald Duck. On a pris l'avenue Mathurin-Moreau, vers les Buttes-Chaumont.



La préfecture offre rarement un tour gratuit, mais le règlement est très clair : un officier de police judiciaire a droit à l'assistance gratuite d'une brigade de police dans le cadre d'une perquisition au domicile d'un individu susceptible de porter atteinte à son intégrité physique. Le yin-kong était en taule pour un petit bout de temps, mais on ne pouvait rien présumer de ce qu'on allait dénicher chez lui : un élevage de dobermans en chaleur, une équipe de kamikazes ouzbèkes, une bombe à reconnaissance vocale... Un jour, je m'étais retrouvé nez à nez avec un rotweiller caractériel qui s'était cramponné à ma cuisse, il avait fallu l'abattre sans sommation.

«*Radio Buzz, il est 10 heures. Le flash, Ali ben Clarensac. Toujours aucune piste dans l'enquête sur l'assassinat du président de Comintern, Arnaud De Blèves. Arnaud De Blèves a été tué de deux balles, samedi soir, à son domicile du XVIe arrondissement. Les enquêteurs privilégient la piste de l'attentat. Plusieurs groupuscules d'extrême gauche sont soupçonnés, mais aucune avancée significative n'a été constatée, ces derniers jours, dans ce dossier. Le meurtre du grand magnat des médias n'a toujours pas été revendiqué. Le ministère du Développement annonce une hausse de la TVA de 1,5 % à partir du...*»

– Si on se met à descendre les gens en plein XVI^e^ arrondissement… a philosophé le flic au volant.

Il est vrai que ce crime avait fait pas mal de buzz. De Blèves était le big boss de l'un des plus grands groupes industriels européens, Comintern, et un ami personnel du président de la Répub. Un intouchable. Et pourtant il s'était fait descendre chez lui, en plein Journal de 20 heures. Ses gardes du corps n'avaient rien vu, rien entendu. Un crime de rôdeur, selon les premières constatations, puisque l'appartement avait été visité et retourné. Plutôt insolite dans ce secteur… C'est le problème des Zones Protégées : on s'y croit tellement en sécurité que le niveau de vigilance diminue. Ça ne pardonne pas. 

La radio a envoyé le dernier Johnny Hallyday, « *Toujours révolté* » : « *Le monde peut bien être en guerre/Rien ne tuera mon amûûûr/Je suis comme un mercenaire/Qui te protégera toujûûûrs…* » Je me suis concentré sur le rythme des essuie-glaces et j'ai pensé à autre chose.

J'ai pensé à la fille qui s'était fait violer.

J'ai pensé à Jessica. Plus d'une semaine sans nouvelles. La rappeler cet après-midi, mort ou vif.

J'ai pensé à Vranac. Il avait intérêt à me payer sans délai. Une nouvelle version de « *Trane's slow blues* » avait été dégotée sur une étagère de Blue Note, il me la fallait.

J'ai pensé à la paire de santiags découverte l'autre jour à Saint-Germain, dans une boutique de la rue des Canettes, alors que je me rendais chez Jean-Luc. A moi.

– On est arrivés, commandant.

Le chauffeur, un blond à bonne bouille, m'a adressé un petit sourire. Son collègue, un grand brun, était de corvée perquisition. Il a ajusté la bandoulière de sa mitraillette UZI. Le quartier était réputé zone orange : pas de stationnement prolongé. Nous sommes sortis de la bagnole, et en route sous le crachin.

Le 93 de la rue Manin était un vieil immeuble du XIXe siècle à la façade crasseuse, six étages donnant sur la lisière des Buttes-Chaumont et sur un antique bout de voie ferrée. J'ai introduit mon passe spécial police dans la serrure du digicode et la porte s'est déverrouillée. Le hall d'entrée était sombre et taggé : «*Che Guevara en a une grosse*», «*Massoud prophète d'Allah*», «*La Chine aux Tibétains*», «*La société comprime, la police réprime, le citoyen déprime*». J'ai posé la clé magnétique ramassée dans les poches du yin-kong devant le lecteur optique, pas d'erreur, déclic, j'ai poussé la seconde porte et nous avons entamé l'ascension de l'escalier A. Au deuxième étage, de l'électro-rage faisait trembler les murs. A part ça, l'endroit était plutôt calme.

Quatrième palier, porte droite. Sonnette «Pierre Dupont». Le flic a ôté le cran de sûreté de l'UZI et s'est mis en position. J'ai sorti la clé et j'ai respiré très fort. A nouveau le trac, et je n'avais rien à me mettre sous les naseaux. Rendre visite au Patron, dès que possible.

Echange de regards, hochement de têtes, le rythme cardiaque s'élève, bpm à 130, la clé emballe la serrure, les barres métalliques coulissent, déverrouillage, coup de pied dans la porte, le Sig Pro braqué droit devant.

Personne. Nous avons progressé dans l'appartement en nous couvrant mutuellement. Pas un mouvement. Vide. Le flic a saisi son talkie et a averti son collègue : rien à signaler.

L'appartement était vaste et clair, cinq pièces lumineuses malgré le ciel morne. Murs blancs refaits à neuf, odeur de peinture, parquet poncé et ciré. Meubles de cuisine impeccables. Placards vides. Salon nu. A se demander si quelqu'un avait séjourné ici récemment. Juste trois caisses métalliques dans un coin. D'un seul regard, j'avais calculé leur contenu : une dizaine de M-16 américains, des Famas bien français, des Glock, des Skorpion, des UZI évidemment. Dans un sac de sport, des Manurhin, voyez-vous ça, sans doute piqués dans les armureries de la police. Et même une vieille kalashnikov en état de marche. Rien à dire, c'était de la bonne ferraille, la plus grande réussite du réalisme soviétique. Combien de gens on a pu tuer avec un bazar pareil, voilà bien une des plus grandes énigmes de l'Histoire.

Dans la pièce du fond, une paillasse. Un sac de couchage. Des vêtements dans un sac à dos. Des bâtons d'encens dans une assiette. Des tablettes de comprimés. Une bouteille d'eau à moitié entamée.



Pas un bouquin. Pas le moindre papier, pas une facture, aucune trace écrite. Bonne chance pour trouver le propriétaire. A coup sûr une société immobilière bidon avec un siège social à Guernesey, à Belize ou aux îles Caïman. Anonymat garanti.

J'ai prévenu la police scientifique pour les éventuels relevés d'empreintes, mais sans trop y croire. J'étais prêt à parier qu'on scannerait uniquement celles de Souleymane N'Guyen. Je me suis dirigé vers le flic.

– Où allez-vous transférer les armes ?

– Au dépôt, château de Vincennes. C'est là qu'on centralise habituellement les grosses prises.

– Déposez-les plutôt au centre Saint-Jacques. J'ai dans l'idée que j'en aurai bientôt besoin.

– Très bien, commandant.

– Les types de la police scientifique passent dans dix minutes. Ne tirez pas sans les sommations d'usage.

– On y veillera.

J'ai quitté l'immeuble. Il faisait grand soleil à présent. Le cœur léger, j'ai siffloté « *My favorite things* ». Avec une telle saisie, j'avais mes 6 000 euros, et je pouvais même compter sur une prime.

Je suis rentré chez moi à pied, j'en avais pour un quart d'heure. A l'abri d'une porte cochère, trois gamins de douze, treize ans fumaient une cigarette. Sans doute des élèves du nouveau lycée Amélie-Nothomb qui profitaient de la récréation. J'ai fermé les yeux : je n'allais pas les interpeller pour un délit aussi bénin. Conformément à la mode en vigueur, ils portaient un tee-shirt orné d'une étoile rouge. L'un d'eux s'était même fait tatouer un Che Guevara sur l'avant-bras. On n'avait pas fini d'en parler, de celui-là… Leurs jeans étaient troués aux genoux, nostagie 90's oblige – je me suis rappelé le nom du groupe rock : Nirvana. Moi aussi à leur âge j'en portais, comme Kurt Cobain, le chanteur qui s'était flingué en pleine gloire. J'avais été vachement triste quand j'avais appris la nouvelle. Le temps passe…



J'ai sorti mon téléphone portable, je me suis connecté sur Dishes.com et j'ai expédié mes courses : spaghettis bolognaise à réchauffer, caviar de concombre, tomates au rayon bio (chères…) et des bureks à l'albanaise pour l'entrée. L'Europe affichait un bilan positif pour une chose au moins : la bouffe exotique bon marché. Par contre, le camembert était hors de prix, sans parler du pinard : 10 euros la bouteille de bordeaux, 13, celle de beaujolais. Je me suis quand même pris trois graves et trois Saint-Chinian. Et, en extra, du chocolat 100 % cacao à 5,80 euros, un petit plaisir, je ne me refusais rien, j'avais bien bossé. J'ai confirmé ma commande, j'ai introduit ma carte dans mon appareil et, deux secondes plus tard, mon compte était débité de 96,89 euros. Mais, avec la prime que j'allais me palper, rien à craindre de ce côté-là. Une interpellation propre, une perquisition sans bug, c'était Halloween avant l'heure.

J'étais tellement en forme que j'ai acheté *Le Monde Match*, histoire de connaître les mauvaises nouvelles. Guerre civile aux Etats-Unis, troubles séparatistes en Chine, famine en Afrique, la mort de Brigitte Bardot, comment perdre trois kilos en une semaine, nouveau vaccin antitabac, un reportage sur un phénomène récent : les communautés suburbaines... J'aurais de quoi rigoler avec Jean-Luc. A la sortie du Mac-Do Jaurès, des hippies new age manifestaient contre les conditions d'abattage des hamburgers. Ils piétinaient la vingtaine de clodos habituels qui demandaient la pièce sans haine, le spectacle avait un je-ne-sais-quoi de foutrement ironique.



J'ai eu juste le temps de rentrer chez moi, rue de l'Aqueduc, avant une nouvelle averse. Putain de temps de merde... En page 22 du *Monde Match*, photo d'une mamy-popote exhibant le portrait de son mari, mort d'un cancer du poumon à trente-cinq ans. Titre : «*Le scandale de l'air empoisonné*». En effet, après dix ans de procédure, l'association de défense des victimes de la pollution atmosphérique avait été déboutée de sa demande d'indemnisation par la Cour européenne de justice : aucun lien entre la pollution aux hydrocarbures et les dizaines de milliers de cancers du poumon diagnostiqués ces dernières années en France ! Les lobbies de l'énergie avait dû casquer une sale somme pour obtenir un aussi bel arrêt...

J'ai contemplé le paysage du haut de mon sixième étage : les toits humides, dont une bonne moitié en état de décomposition avancée, les paraboles à toutes les fenêtres, le Sacré-Cœur de Montmartre, gris de crasse. Je commençais à saturer de ce quartier, mais mes émoluments de flic ne m'autorisaient pas de grands rêves immobiliers. Le Xe arrondissement n'était pas le plus pourrave de Paris, loin de là, mais il me restait encore une sacrée marge de progression avant de me sentir à l'aise.

J'ai tripoté un peu mon sax, je me suis joué la mélodie de « *Impression* ». Mes doigts perdaient les réflexes acquis trois jours plus tôt et je commençais à manquer de souffle, saleté de clopes. Au bout de dix minutes, je l'ai reposé sur son trépied. Il brillait dans la pénombre, inaccessible. C'était cuit, au-dessus de mes forces. Je me faisais du mal. Un peu blues, j'ai mis *Ballads* de Coltrane. Le son s'est élevé, velouté, et s'est répandu dans mon appartement de cuir et de bois verni. Je me suis allongé sur mon canapé neuf fleurant bon la peau laquée. Je me suis étiré. Ne manquait plus que Jessica... J'ai saisi la télécommande générale et j'ai poussé le chauffage. Pas question de passer un pull. Evidemment, l'interphone a bipé à ce moment précis : le livreur de Dishes.com. Par acquit de conscience, j'ai vérifié sur l'écran de contrôle et j'ai déverrouillé la porte du sas d'entrée. Comme j'étais un client fidèle, la boîte connaissait ma situation exacte dans l'immeuble. Une minute plus tard, un jeune Indien déposait deux sacs de courses dans ma cuisine.

J'ai aussitôt débouché une bouteille de Saint-Chinian, je me suis vidé un verre à petites gorgées, j'ai disposé la bouffe dans le four, j'ai programmé les différents compartiments et je me suis mis au travail.

Desriens m'avait bien envoyé l'audition du yin-kong. Je l'ai visionnée sur mon comportable. Le type avait l'air de ce qu'il était, un mec borné qui n'échapperait pas à la perpétuité. J'éprouvais pourtant un buzz : de quelle mission parlait-il ? Il paraissait tellement sûr de lui, d'une indifférence totale pour son propre sort... On m'avait aussi scanné la photo du tatouage. J'avais une autre bonne raison de rendre visite au Patron.

Tout en bouffant mes bureks avec les doigts, j'ai tapé mon rapport, tant pis pour la graisse sur les touches du clavier.

«A l'attention de monsieur le procureur de la République Joseph Plancq. Expéditeur : officier de police judiciaire n° 872 François Sacco. Objet : dossier n° 13589-017 Souleymane N'Guyen. Concerne : plainte contre X de mademoiselle Ulrieke Waizman pour agression à caractère sexuel. Ce 3 octobre 2017, à 16 heures 30, j'ai poursuivi la filature de l'intéressé le long des quais de l'île Saint-Louis...»

J'ai décrit les circonstances de l'arrestation et les résultats de la perquisition, j'ai scotché en pièces jointes la fiche de renseignements préliminaires, le film de l'audition et la photo du tatouage, et j'ai mailé le tout au procureur.



Là-dessus, je me suis goinfré mon plat de spaghettis devant un vieux film d'action, *Matrix*, acheté 2,30 euros chez un discounter de vieux DVD. Scénario tordu, effets spéciaux un peu ringards, mais divertissant.

Ça n'a pas loupé : en plein milieu du film, le message «*Rappeler le procureur Plancq*» a clignoté en bas de l'écran. Je suis allé au bout de la séquence, j'ai pausé le disque et j'ai switché sur le logiciel de téléphonie. J'ai mis mon oreillette et j'ai articulé «*procureur Plancq*». Petits bips de composition mémorisée.

Phonecall. Mercredi 4 octobre 2017, 14.15.
De M. François Sacco, n° 0033-1-62581469873, à M. le procureur de la République Joseph Plancq, n° 0033-1-69955487365.

«Commandant Sacco.
– Ah, bonjour Sacco. Pas commode, votre client.
– J'ai connu pire.
– Moi aussi. On lui a commis d'office maître Diefenthal.
– Il est très fort mais ça ne le sauvera pas.
– Nous n'avons toujours pas d'aveu, Sacco.
– Les recoupements d'ADN sont fiables à 99,99 %. Et il se livre à un demi-aveu quand il est question de la fille violée dans les Halles.
– Certes. Que pensez-vous des armes trouvées dans son appartement ?

– Trafic ordinaire. La filière cubaine, à mon avis. Il y avait une kalashnikov dans le paquet. Sans doute un vestige de l'époque où Cuba était communiste.
– Elle pourrait venir d'Ouzbékistan.
– Peut-être. Mais le gars trimballait un Colt Anaconda relativement neuf au moment de son interpellation. Cette arme-là ne peut venir que des States.
– Maître Diefenthal m'a fait une proposition.
– C'est parti pour la grand braderie.
– Nous sollicitons la collaboration de monsieur N'Guyen en ce qui concerne les armes et, en contrepartie, il obtient une réduction de peine. Pensez-vous que ces armes devaient être livrées prochainement ?
– C'est plus que probable. Il ne les gardait pas dans un appartement vide pour se sentir moins seul.
– Et pensez-vous que l'intéressé serait prêt à coopérer ?
– Ça ne coûte rien de demander.
– Répondez à ma question, Sacco.
– Peut-être bien que oui, peut-être bien que non. Tout dépend de la façon dont on lui présente l'affaire. Il m'a l'air assez lunatique.
– Pouvez-vous lui faire part de notre requête cet après-midi ?
– Votre requête, monsieur le procureur. Moi, je ne suis que l'exécutant.
– Bien entendu. Je compte sur votre persuasion, Sacco. Appelez-moi dès que vous aurez du nouveau.
– OK. Je m'en occupe.
– Au revoir.
– Au revoir. »



Fin de l'appel. Durée : 4' 52".

J'ai articulé «*lecture*». Le héros de *Matrix* s'est remis au travail et a pulvérisé le dossier système cybernétique d'une bonne centaine de clones.

Le boucan était infernal dans le couloir des gardés à vue. Des poivrots gueulaient, des tox en pleine descente alignaient les hallus, des dingues appelaient Jésus, d'autres passaient en revue le catalogue des insultes sur la police. Un type pleurait en appelant sa maman, il insistait sur la première syllabe, mâ-man, mâ-man, roue bancale.

Le yin-kong était assis dans un coin de sa cellule individuelle. Les genoux ramenés au menton, il regardait ses rangers Vuitton auxquelles on avait retiré les lacets, béantes. Ses lèvres bougeaient comme s'il se parlait à lui-même. De loin, on aurait cru un mantra. Il émanait de lui une nette impression de vieillissement. Le stress de la claustration. Pour d'anciens détenus, la première nuit du retour en taule est souvent un très sale moment.

Je l'observais depuis dix minutes et il me semblait à point pour une petite explication. Le flic a déverrouillé la porte. Je me suis posé mon sourire le plus chirac sur le visage.



– Bonjour, monsieur N'Guyen.

Il a cessé son marmonnement, a relevé la tête et m'a regardé avec indifférence. J'ai poursuivi mon petit numéro de gentil organisateur.

– Vous avez vu votre avocat ?

– Qu'est-ce que ça peut te foutre ?

– Nous sommes attentifs au respect de vos droits.

– Tu me prends pour un con ? Tout ce que tu espères pour moi, c'est la cabane.

Il restait combatif. J'ai pris soin de l'appeler par son vrai nom, et non par son pseudo : je tenais à imposer mon autorité.

– Nous ne faisons qu'appliquer la loi, monsieur N'Guyen. Mais nous pouvons aussi vous trouver des circonstances atténuantes. Tout dépend de l'appréciation du magistrat. Je vous repose donc la question : avez-vous vu votre avocat ?

– Ouais.

– Que vous a-t-il dit ?

– Que les flics sont des pourritures.

– Mais encore ?

– Que je pourrai peut-être m'en sortir honorablement si je collabore avec vous. C'est pour ça que je te le répète : vous êtes tous des pourritures.

– Non. Nous songeons à votre réinsertion dans la société.

– *Kiss my ass.* Ma réinsertion, je m'en tape. Mon ambition est bien plus grande.

– C'est-à-dire ?

– Ma réincarnation. Elle est en marche. C'est mon mânâ.



Son regard a brillé subrepticement, puis s'est éteint. Sa voix était sourde, étouffée. J'ai hoché la tête pour mimer la plus totale empathie. Il fallait maintenant essayer de comprendre. J'ai hasardé une proposition pas trop compromettante.

– Les philosophies orientales sont très intéressantes.

– T'y connais rien. Moi, je suis un chevalier de la lumière, un samouraï ultime. Je serai sauvé. Toi, t'es un petit fonctionnaire de merde dans un boulot de merde.

Surtout ne pas stresser, garder un ton détaché.

– Chacun sa vie.

– Tu n'es qu'une pustule sur la pourriture du monde. Et tu disparaîtras avec ce monde.

– Parce que vendre des armes, c'est plus brillant ?

– Chacun sa vie, comme tu dis.

– Où vous êtes-vous procuré ces armes ?

Silence. Relancer, prestissimo.

– La livraison, c'est pour quand ?

Il a haussé les épaules. Visiblement, ses capacités de résistance psychique déclinaient.

– Demain.

– Où ?

– Au Bois de Boulogne. Devant la grande cascade.

– A quelle heure ?

– Minuit.

L'obscurité tombait sur lui, *crescendo*.

– Vous accepteriez de réaliser cette livraison ?

– Si ça t'amuse. Après tout, ils peuvent crever, eux aussi, ce sont des impies, j'en ai plus rien à foutre. Le monde entier peut crever. Moi, je suis en paix, je suis le véhicule de l'esprit, j'ai sauvé mon âme.

Le yin-kong a baissé la tête. Les traits de son visage se creusaient dangereusement. Crise de manque ? Pas question qu'il nous claque entre les doigts.



– Vous voulez que j'appelle un médecin ?

– Rien à foutre. Je veux qu'on me laisse en paix. Ma mission se termine.

Il s'est replongé au fond de lui-même. Je n'en tirerais rien de plus. J'ai quitté la pièce.

Le capitaine Desriens avait tout suivi, via la caméra de surveillance de la cellule. Il a tiré sa bouche en un dubitatif cul de poule :

– Drôle de type. Il n'a pas bougé de son coin et n'a rien avalé depuis vingt-quatre heures.

– Il ne serait pas un peu junkie ?

– Non. On n'a relevé aucune trace de piqûre.

– Les caisses sont arrivées ?

Desriens a désigné un bureau : les caisses d'armes étaient prêtes. J'avais calculé Plancq, dans l'appartement du Ying-Yong : sûr qu'il chercherait à goupiller le coup. Félicitations, commandant Sacco.

# 4



Le Patron avait, provisoirement, installé ses bureaux à Belleville, rue des Cascades. A elle seule, l'atmosphère de la cage d'escalier confirmait sa présence. La musique ne suffisait pas : le dub tournait vingt-quatre heures sur vingt-quatre. Avec sa griffe olfactive, pas d'erreur possible.

J'ai sonné à la cave. Je me suis placé devant la caméra, un petit bourdonnement a signalé l'ouverture de la porte blindée. J'ai descendu l'escalier aux marches irrégulières et me suis avancé dans la pièce sombre, un ancien studio d'enregistrement. Au mur, le grand drapeau vert, jaune et rouge qui accompagnait le Patron partout. Sa coiffure rasta suivait le rythme de « *Is this love ?* » pendant qu'il pianotait sur son ordinateur.

Il a ôté l'énorme spliff qu'il tenait aux lèvres.

– Boonoonoonoos ! Le commandant Sacco ! Comment vas-tu, mon frère ?

– Que Jah soit avec toi, Patron.

Sa haute silhouette de guerrier s'est dépliée et nous nous sommes salués, claques dans le dos et accolade.

– Tu m'excuses, je finis de travailler mes valeurs. Je suis à toi dans deux minutes.

Il m'a laissé son spliff et a expédié ses ordres de bourse. J'ai salué le gros Doc Lex, son juriste attitré, un Antillais chaînettegourmette-bagouse plaquées or, tempes grisonnantes et costard tiré à quatre épingles, cent kilos de subtilité juridique et de vice procédural. Il avait travaillé pour l'Elysée, ça situe le calibre. Un taciturne, secrets de fabrication oblige. Pas de sourire non plus, ce n'était pas dans son code génétique. Le Patron s'est rassis devant son écran, je me suis installé dans le fauteuil réservé aux visiteurs.

Je l'ai observé du coin de l'œil. Quel âge pouvait-il avoir, le bougre ? Il semblait s'être arrêté entre vingt et quarante berges, entre l'expérience ancestrale et l'éternelle jeunesse. Son front s'est plissé sous l'effet d'une intense concentration.

– Comintern est à 45,69. A ton avis, j'achète ?

– Je n'y connais rien, à ces trucs-là.

– Bon, j'en achète cent, on verra dans une semaine.

Les diffuseurs ultrasensitifs ont balancé « *I shot the sherif* ». On aurait dit que Marley chantait dans la pièce d'à côté, on entendait le frémissement des locks sur ses épaules. Très bon. Coltrane aurait aimé. Le fauteuil de cuir s'est creusé d'une façon particulièrement relaxante.

Le Patron a enfin quitté ses sphères spéculatives.

– Qu'est-ce qui t'amène, commandant ?

– La Jamaïque me manque, Patron. Tu bosses sur quoi en ce moment ?

– Je vends des assurances-piratage. Tu as de bons antivirus chez toi ?

– Je suppose.

– Les dernières versions ? Je parie que non. On n'est jamais assez prudent ! Je te propose une assurance en béton : pour 160 euros par an, tu as une garantie no-hacker et je te remplace ton disque dur en cas de scratch. Une affaire !

– Merci Patron, j'ai tout ce qu'il me faut. Ça marche, ton business ?

Un sourire ravi lui a fendu le visage en un délicieux croissant.

– Man, c'est le retour à la Terre Promise. J'en ai vendu dix mille en un mois !

– Et c'est honnête ?

– Intouchable. Doc et moi, on a travaillé les statuts pendant des semaines. La boîte est déclarée en Guyane, le compte est en Suisse. Le temps qu'on trouve le moindre papier…



Les paumes de ses grandes mains ont glissé l'une sur l'autre : volatilisé ! C'était la spécialité du Patron : monter des boîtes, engranger les bénéfices, et disparaître. On ne l'avait pincé qu'une seule fois pour le licenciement de vingt employés sans préavis légal. Il avait payé son amende sans chipoter et repris les affaires, fabrication de masques antipollution hors normes, livraison à domicile de bouffe pseudo-jamaïcaine, sous-location de Mercedes, vente de faux Basquiat fabriqués à la chaîne par une équipe de graffeurs dans un atelier de Montmartre… Chaque fois, le Patron vidait les lieux à l'aube et installait ses nouveaux bureaux dans une soupente ou un appartement discret. Il se trimballait une bonne vingtaine de procès au cul, mais Doc Lex assurait le suivi clientèle, donc pas de problème de ce côté-là. Perso, je fermais ma bouche : nous avions un contrat de confiance, le Patron et moi.

Il a haussé un sourcil de connivence.

– Un petit remontant, commandant ?

Sans que j'aie à répondre, il est passé dans l'autre pièce, lieu de méditation et, accessoirement, chambre à coucher, et en a ramené un minipaquet de cigarettes.

– Coodeh ! Garantie sans fausses notes !

J'ai ouvert le paquet et respiré : de première qualité, parfumée au citron, ma préférée.

– Provenance ?

– Colombie, par arrivage spécial Jamaïca.

– Combien ?

– Une liasse. Prix d'ami.

J'ai tiré 1 000 euros de mon portefeuille. Ça en valait la peine.



– Merci, commandant. Tu es un dread. Dommage que tu ne sois pas noir. Mais tu aimes Coltrane, tu seras sauvé.

Le Patron n'avait jamais mis les pieds en Jamaïque : il était franco-italo-bénino-camerounais, mais sa religion rastafarie exigeait quelques contorsions biographiques. Il s'est roulé un autre spliff. Comme avant chaque négociation, j'ai pris des nouvelles de la famille.

– Comment va ton frère, Patron ?

– J'ai des millions de frères, man.

– Celui que ton père a eu avec une de tes mères et qui s'est fait coffrer pour trafic de drogue.

– Samuel ? En mission à Fleury-Mérogis. La première étape d'une longue marche qui l'amènera à Zion, la Terre Promise, si Jah le veut.

– Quelle durée, l'étape ?

– Quatre ans.

– Fameux détour.

– La route est longue, mais la libération de mon peuple est certaine. Nous triompherons de Babylone.

Il allumé le joint, en a tiré une énorme bouffée et me l'a tendu avec un sourire d'extase. Je commençais à me sentir trop bien, j'ai préféré refuser. J'ai fouillé ma poche intérieure et en ai tiré la photo du tatouage.

– Tu as déjà vu ce genre de travail ?

Renversé dans son fauteuil, le Patron a observé le cliché. Son sourire s'est peu à peu envolé. Marley chantait « *No woman no cry* ».

– Un de tes clients ?

– Oui. Je l'ai arrêté hier.

– Un afro-asiatique, pas vrai ?

– Oui.

– Je crois bien que ça me dit quelque chose.



Il a montré la photo à Doc Lex, ils ont échangé quelques mots en créole, Doc Lex a confirmé de la tête. Il m'a rendu la photo du bout des doigts, pas flambard pour un cent.

– Ton mec, c'est un Destro-Zen.

– Un Destro-Zen ?

– Un mouvement bouddhique apparu au Japon il y a une dizaine d'années. Hautement azimutés, les mecs.

– Vas-y, expose.

– On ne connaît pas très bien leurs revendications. Il semblerait que ce soient des apocalyptiques : ils veulent tout détruire pour permettre à une race élue de prendre le pouvoir, une élite qui aura pour mission de créer un monde meilleur, respectueux du cosmos. Un bangarang, une régénération de l'espèce, si tu veux. Ils emprunteraient à la fois au shintoïsme pour le culte de la puissance et à des dérivés du vaudou pour les phénomènes de transe. Voilà pourquoi on en trouve surtout chez les afro-asiatiques. En tout cas, une chose est sûre, breden : ils sont persuadés d'appartenir à l'avant-garde d'une nouvelle humanité. Donc, dangereux et incontrôlables.

Il a tiré sur son spliff d'un air grave. J'en ai pris une bouffée à mon tour.

– Un peu nazi, comme démarche…

– Oui, mais d'une cohérence inattaquable. Le mythe de la pureté rédemptrice, ça marche à tous les coups.

– Et comment comptent-ils s'y prendre pour tout foutre en l'air ?

– A toi de le découvrir, breden. Ils ne sont pas nombreux, mais ils ont des adeptes dans le monde entier. Partout et nulle part à la fois. Des électrons libres. Ils rêvent de revenir au Chaos fondamental en postulant que l'homme et l'univers, c'est tout un. Ils ont l'ambition de faire exploser le système par une réaction en chaîne. Crois-moi, Babylone n'a aucune chance contre des gars pareils.



– Tu vas y passer aussi, Patron.

Il a dressé l'index, radieux.

– *I'm a Rastaman !* Jah me protège.

La pièce flottait dans la fumée de ganja. J'adorais ce parfum, indiscutablement. Le fait le plus indiscutable qui soit. Je respirais le parfum le plus cool du monde, ça sonnait comme « *Polka dots and moonbeams* » quand Coltrane attaque le chorus en ré mineur. Un pur ré mineur, une attaque absolument fluide, en ré mineur…

Je me suis levé, sinon j'aurais plané là pendant des heures.

– Je m'en vais, Patron.

– Surveille ton karma, commandant.

– J'y travaille.

– Si tu veux retrouver un Destro-Zen, je te conseille de faire le tour des tatoueurs. Je n'en connais pas beaucoup capables de réaliser un truc pareil.

– Des tatoueurs ? Il y en a plus de cent sur la région parisienne. Sans compter ceux qui bossent à domicile.

– La Terre Promise est loin, breden. C'est ce qui fait son prix. Commence par les quartiers chinois. Mais prends garde : les petits serpents sont les plus venimeux.

– Merci pour le conseil, Patron. Et pour les cigarettes.

– Bon voyage, commandant. Et si je ne te revois plus, adieu.

Je me suis trouvé un coin tranquille, j'ai sorti une sniffette du paquet et me la suis mise dans les naseaux. Un coup à gauche, un coup à droite. Wooosh… Le Flash. La Conscience. La Force. Le Pouvoir.

J'ai enfilé mon casque et j'ai articulé «*Jessica*» dans le micro.

Phonecall. Mercredi 4 octobre 2017, 18.58.
De M. François Sacco, n° 0033-1-62581469873, à Mlle Jessica Sakarian, n° 0033-1-68569345288.

*«Salut, Jessica n'est pas disponible, laissez un message ou allez vous faire foutre. Bip.»*

«Jessica, c'est Sacco. Rappelle-moi ou va te faire foutre. Salut.»

Fin de l'appel. Durée : 26".



J'ai enfourché ma Kawa 750 sous l'œil vitreux d'une bande de gosses blacks-blancs-beurs défoncés à l'insecticide. Ils m'ont traité de pédé et de fasciste, j'ai envoyé «*Your Lady*» dans le casque, le chaos à l'état pur, j'ai analysé en une nanoseconde l'état du trafic sur mon mini-écran GPS, j'ai embrayé, et j'ai foncé, direction place d'Italie, Chinatown-Sud.

Le ciel était découpé en milliers de rectangles lumineux. Derrière, des gens respiraient, travaillaient, regardaient la télévision, mangeaient et baisaient, empilés sur quarante étages. De vrais clapiers. Au restaurant, des régiments frénétiques de chop-choïs servaient des quintaux de riz et des kilomètres de nouilles à des dizaines de milliers d'estomacs. Chaque fois que j'y mettais les pieds, Chinatown-Sud me donnait l'impression d'un décor où une foule de figurants n'attendait que l'allumage des projecteurs pour s'agiter en tous sens. Des faces ravies s'interpellaient dans de drôles de langues en accents circonflexes avec un nasillement plus ou moins prononcé. Il fallait scanner l'enseigne du resto pour savoir si on était en présence de Chinois, de Thaïlandais, de Vietnamiens, de Laotiens, de Japonais, de Coréens ou de Cambodgiens. Trois ans plus tôt, j'avais enquêté sur un homicide dans le quartier. Tout le monde s'appelait Chang, personne n'avait rien vu ; j'avais laissé tomber assez vite, tant pis pour la prime. De toute façon, les triades faisaient la loi dans le secteur. Quiconque oubliait de payer ses dettes se retrouvait avec une balle dans la tête, c'était aussi simple que ça, chacun savait à quoi s'en tenir. Quartier très calme sur ce plan-là.



Les chop-choïs avaient une idée fixe, se faire un maximum d'argent dans le quart d'heure. Depuis 2013, les guerres de Chine avaient produit une telle quantité de migrants qu'ils avaient investi tout le XIIIe arrondissement, sans compter Chinatown-Nord autour de Belleville, et ils n'arrêtaient pas de s'étendre vers l'ouest. Un de ces jours, on découvrirait un fabricant de rouleaux de printemps dans la cour de l'Elysée, aucun doute possible.

J'ai remonté l'avenue de Choisy en repérant les restaurants japonais : je montrais la photo et je demandais au patron et aux serveurs s'ils savaient où on réalisait des tatouages pareils. Ils regardaient et secouaient la tête. J'ai étendu mes recherches aux supermarchés, aux salons de coiffure et aux caissières de cinéma. Chaque fois, ils tremblotaient de la tête comme pour chasser une mouche. Les chop-choïs n'ont pas pour habitude d'exprimer leurs émotions, mais dans le cas présent on pouvait parler de fermeture définitive. Je leur aurais montré le cliché d'une opération de l'intestin grêle, je n'aurais pas recueilli de réaction plus dégoûtée.

J'ai rendu visite à deux cabinets de tatouages orientaux, l'un avenue d'Italie, l'autre avenue d'Ivry. Les deux patrons, peinturlurés des épaules aux doigts de pieds, ont secoué la tête, les yeux fuyants : circulez, y a rien à voir. Même sous la torture, ils auraient grelotté de trouille sans dire un mot.

Il s'est remis à pleuvoir. En panne d'inspiration, je me suis réfugié dans un snack de la rue Baudricourt, Chez Chen. Chinois ou vietnamien ou thaï, je n'ai même pas regardé. Comme dans tous les restos du genre, les garçons prenaient les commandes puis couraient aux cuisines pendant que le grand-père, vautré sur une chaise devant le comptoir, accueillait le client d'une main molle en nasillant : « 'alut, 'a va ? » et calculait mentalement la recette de la soirée.



Je me suis réservé une table dans un coin et j'ai fait mes propres calculs : une bonne cinquantaine de réponses négatives. Je pouvais parcourir tout l'Extrême-Orient si ça me chantait, j'aurais droit au même refrain.

– Bonsoir. Que puis-je vous servir ?

Postée devant ma table, la chop-choï me regardait fixement, le carnet de commande à la main. Elle avait cet air dérangeant, typiquement asiatique, entre le sourire et le foutage de gueule. J'ai consulté la carte et commandé une soupe de poulet aux vermicelles et une bière chinoise. On était donc en territoire chinois. La fille était super bien roulée, de gros nichons – références européennes incluses –, un visage agréable et un joli cul, comme j'ai pu le constater quand elle est repartie vers les cuisines. Je n'avais jamais baisé d'Asiatique. Je me demandais quel bruit elles faisaient en jouissant. Plus harmonieux que leur musique, espérons-le. La radio diffusait un air de variété chimiquement kitsch, synthés et boîte à rythmes en plastique. A la table à côté, quatre jeunes chop-choïs bardés de chaînes et de bracelets cloutés avaient entrepris un concours de rots. Très spirituel. Un cinquième jappait dans son téléphonc.

J'ai dressé le bilan de mon affaire. Une évidence : sans bon tuyau, impossible de mettre la main sur un de ces dingues. Je retournerais voir N'Guyen pour le cuisiner, mais sans grande illusion. Le mec n'en dirait pas beaucoup plus. De quelle mission parlait-il ? J'ai eu une idée, mais un serveur m'a amené ma soupe : des morceaux de poulet garantis hormones 100 % finissaient leur parcours terrestre dans un liquide translucide. J'ai mangé en ne pensant à rien, accompagné par les éclats de rire et les rots de mes voisins. J'observais les voitures et les silhouettes qui marchaient sous la pluie. En guise de paysage, dix millions d'enseignes lumineuses.



J'ai demandé l'addition. Le garçon n'a pas perdu une seconde, histoire de bien me faire comprendre que j'avais intérêt à dégager très vite. 10 euros pile, style : « Tu déposes ton billet et tu te casses. » Ce n'était pourtant pas la grande affluence. J'ai mis la somme, la soucoupe a disparu dans les trois secondes. Je suis resté encore un peu à regarder par la fenêtre, juste pour les faire chier.

– Votre monnaie, monsieur.

C'était la voix de la fille. Elle avait rapporté la soucoupe, avec plusieurs pièces sur la note. J'ai tourné la tête : elle me regardait fixement, toujours aussi hermétique. Elle a baissé les yeux sur la soucoupe, les a relevés vers moi, « Au revoir », et elle est partie. Les jeunes débiles à côté me désignaient du doigt en ricanant. J'ai ramassé le tout, les pièces et la fiche, et je suis sorti. Le grand-père n'avait pas bougé le cul de sa chaise. Ses yeux comptaient et recomptaient son fric.

Je me suis éloigné de dix mètres et, quand j'ai été certain que personne ne me suivait, j'ai tiré le papier de ma poche. J'ai lu : « *Cafétéria bibliothèque Mitterrand, samedi 15 heures.* »

# 5



J'ai passé une nuit agitée. Les effets de la came. Et puis, je repensais à la fille. Qu'avait-elle en tête ? Avec ces gens-là, on ne peut jamais savoir. Drague ? Piège ? Je n'étais même pas sûr de la reconnaître : les chop-choïs se ressemblent tous.

Je me suis levé vers midi, complètement down. J'ai pensé m'envoyer une cigarette améliorée, mais j'ai passé mon tour : j'avais intérêt à y aller doucement avec ce genre de truc. J'attendrais une occasion plus propice.

Je me suis préparé un café corsé et j'ai jeté un coup d'œil à la télé. Sur la Une, deux gamines de quatorze ans pataugeaient dans la boue et se disputaient un nounours sous les encouragements du public qui les traitait de salopes. Sur Medium, les candidats d'un jeu-concours s'efforçaient d'imiter les aboiements d'un chien. Sur Canal Alpha, un couple s'engueulait et se balançait des assiettes à la gueule, pour de vrai, apparemment. Sur Grande Première, le présentateur vedette David Judas claironnait que la célèbre Isadora Melvin, star du XXL, allait nous dévoiler ses recettes pour des orgasmes au poil. Sur RTL, des superhéros de dessins animés japoniais se pulvérisaient dans une orgie de décibels. Sur Canal Info, la présentatrice, très jolie, expliquait que l'augmentation du chômage en Europe était liée à la baisse des exportations vers les Etats-Unis, dont l'économie était plombée par une dette extérieure de...

J'ai maté quelques sites de cul. Rien de bien excitant.

J'ai joué à *Star Killer*. Mon vaisseau a explosé au bout de trois combats.

J'ai pensé à Carl et j'ai éteint la télé.

Je pensais à l'Asiatique.

J'avais envie de la revoir.

J'ai switché sur le téléphone et j'ai articulé « Rudy Kempf » dans le micro. Numérotation.

58 Phonecall. Jeudi 5 octobre 2017, 12.39.
De M. François Sacco, n° 0033-1-62581469873, à officier Rudy Kempf, n° 0033-1-65966157884.

« Rudy ? C'est Sacco.
– Salut, grand flic ! Quoi de neuf ?
– Je contrôle. Et toi, la vie est belle ?
– Pas de bug en vue. Tu sais qu'on parle de toi non-stop ?
– En quel honneur ?
– L'interpellation du yin-kong dans les Halles a fait grosse impression. T'es devenu une vraie star, mon pote !
– Ravi de l'apprendre, mais ça ne m'enrichit pas. Comment va la bourgeoise ?
– Pas mal. Elle a demandé de tes nouvelles hier. Je parie qu'elle est amoureuse de toi, mon salaud. En tout cas, elle serait contente que tu viennes manger à la maison un de ces jours, ça fait un bout de temps.
– C'est envisageable. Au fait, tu serais libre ce soir ?
– Une affaire à me proposer ?
– Très probable.
– Tu as oublié ta petite dette...
– Je n'ai rien oublié du tout. La preuve, c'est toi que j'appelle.
– Tu as intérêt à ce que ce soit intéressant, parce qu'on a beaucoup de boulot en ce moment.
– Une livraison d'armes. Bois de Boulogne.
– C'est plutôt du ressort de la Brigade 25.
– Ah non ! Pas ces trisomiques ! Ils confondraient une mine antipersonnel avec un beignet aux pommes. J'ai besoin de gens compétents.
– Merci pour le compliment.

– C'est gratuit, Rudy.
– Je note. Qui supervise le dossier ?
– Plancq. Il est d'accord pour l'opération.
– Voilà qui me paraît honnête.
– Si je boucle correctement cette affaire, je demande une prime conséquente à Vranac. Ça m'en fera dix-huit depuis le début de l'année.
– Superprime des vingt dossiers en vue !
– Affirmatif. Je me payerai enfin quelques jours de vacances. A moi les petites Thaïlandaises !
– Bon. Ça se négocie, si tu vois ce que je veux dire.
– OK. Je passe vers 17 heures.
– Je mémorise.
– Salut, Rudy. Et merci.
– Tu me remercieras quand le boulot sera fait. »



Fin de l'appel. Durée : 3' 18".

J'ai envoyé le meilleur Coltrane, *A Love supreme*, et je me suis programmé une douche parfumée au coriandre.

Les brancards s'alignaient le long d'un couloir jaune pisseux. Une lumière tremblante, pas très convaincante, dégringolait des néons. Au chevet de chaque lit, une espèce de portemanteau soutenait des poches de plasma et de sang. La BO était composée de respirations sifflantes, de toux, parfois de râles, signe qu'un lit était sur le point de se libérer. Une infirmière passait de temps en temps pour voir si c'était terminé. Digne d'une série télé du XXe siècle.

Le chef du service des maladies infectieuses de l'hôpital Saint-Antoine avait à peine vingt-cinq ans et guère plus d'illusions. Il enchaînait sa troisième journée de garde et dormait à moitié quand je l'ai dérangé dans son bureau. Il a posé ses lunettes sur le bout du nez et s'est allumé une cigarette en se foutant pas mal des panneaux d'interdiction. Il a tapé le nom de la fille, Mylène Lambty, et a lu le dossier en silence. J'ai perçu une lueur d'intérêt dans son regard.

– Un cas bizarre. Elle a développé un VIH particulièrement virulent, comme si les thérapies habituelles n'avaient aucun effet. Le Sida s'est déclaré en deux heures, on ne peut pas faire grand-chose. C'est drôle, non ?

– Pas spécialement.

– A mon avis, elle est séropo depuis longtemps et n'a pas pris ses médicaments. Peut-être que le choc de l'agression a déclenché la maladie... Vous savez, on vit très bien avec le VIH de nos jours.

– Merci pour l'info, mais je ne me sens pas concerné.

– J'en suis heureux pour vous. Si vous l'êtes un jour, sachez que nos thérapies, en Europe, contiennent parfaitement l'infection. On ne meurt plus du Sida depuis des années chez nous.

– Pourquoi les thérapies ne fonctionnent-elles pas dans son cas ?

– Aucune idée. On est sans doute arrivé trop tard. La médecine ne peut pas tout... Surtout ici !

Il a ricané grassement. Hilarant, en effet.

– Je peux la voir ?

– Si vous voulez... Marika !

Une infirmière a passé la tête par l'entrebâillement de la porte.

– Vous pouvez conduire ce monsieur chez la sidéenne ?

– C'est comment son nom, déjà ?

– Lambty.

– OK. Par ici.

Nous avons suivi un couloir bordé de civières, en laissant de temps à autre passer une aide-soignante, un médecin ou un visiteur. Les salles étaient bondées, remplies jusqu'à la gueule de formes immobiles qui surveillaient en silence les progrès de la maladie dans leur organisme. L'odeur d'éther commençait à me peser. J'ai repensé à ma mère. Il y avait pourtant prescription. L'infirmière a désigné un lit au bout du couloir et m'a planté là.

J'ai reconnu ses cheveux roux. La fille avait mauvaise mine, les traits creusés. On lui aurait donné dans les quarante balais maintenant. Elle somnolait. Une perfusion sillonnait son bras gauche. Son corps soulevait à peine la couverture.

Elle a senti ma présence et a ouvert les yeux. Nous nous sommes regardés quelques instants. J'ai essayé de parler doucement.



– Vous me reconnaissez ?

– Non.

– Je suis le commandant Sacco, de la police judiciaire. C'est moi qui vous ai sortie des Halles.

– Ah bon.

– Comment vous sentez-vous ?

– Foutue.

Que répondre ? Je n'allais quand même pas lui souhaiter un prompt rétablissement… De toute façon, je n'étais pas venu pour une visite de courtoisie, alors je suis entré dans le vif du sujet.

– Vous vous souvenez de votre agression ?

– Evidemment que j'm'en souviens. Ce sera même mon dernier souvenir.

– Vous connaissiez votre agresseur ?

– Yellow Shark.

– Vous le connaissez depuis longtemps ?

– J'l'ai rencontré en décembre de l'année dernière. Ou en novembre.

Sa voix était rauque. Les hurlements avaient ruiné ses cordes vocales.

– A quelle occasion ?

– Je sais plus. Dans un bar, je crois. Ou une soirée, je sais plus.

– Avait-il déjà été violent avec vous ?

– Jamais.

– Et avec d'autres personnes ?

– J'm'en souviens pas.

– Vous saviez qu'il dealait des armes ?

– Oui.

– Ça ne vous faisait pas peur ?



– Non.

– Qu'est-ce que vous faites dans la vie ?

– Rien.

Bon. Pas besoin de mettre de gants avec ce genre de fille.

– Vous avez eu des relations sexuelles avec lui ?

– Jamais. Jusqu'à avant-hier, jamais.

– Il ne vous l'avait jamais proposé ?

– Si.

– Vous étiez amoureuse de lui ?

– Oui.

– Vous saviez qu'il était séropositif ?

– Oui.

– C'est pour cette raison qu'il vous a agressée ?

– En partie.

– Pourquoi « en partie » ?

– Parce que j'ai pas tenu ma promesse.

– Quelle promesse ?

– D'l'aider.

– De l'aider à faire quoi ?

– A foutre en l'air l'humanité. J'ai pas pu. Au dernier moment, j'ai pas pu.

On approchait du point critique. Son visage avait encore pâli. Je sentais monter l'excitation, le bon tempo, le grand chorus en hit majeur.

– Vous connaissez les Destro-Zens ?

– Oui.

– Vous saviez que Yellow Shark en faisait partie ?

– Oui.

– C'est ce qui vous attirait en lui, pas vrai ?

– Oui.

– Comment veulent-ils détruire l'humanité ?

– Par l'amour. Par le sexe.

– Je ne vois pas ce que l'amour vient faire là-dedans.

– L'amour de la vérité. Et la vérité, c'est la réincarnation. La renaissance dans un monde purifié.

– Avant de se réincarner, il faut vivre, non ?

– Shark dit que la vie dans ce monde est illusion. De la merde. Il a la clé.

– Quelle clé ?

– La clé qui permet d'accéder à la pureté. Le virus.

– Il devait vous transmettre le VIH ?

– Oui. J'devais le recevoir en moi et le partager avec un maximum de gens. Seuls les élus subsisteront, c'est c'qu'il m'disait toujours.

– Et vous avez eu peur…

– Oui. Alors Shark m'a punie. Je suis damnée. Mon karma est foutu.

– On va vous sortir de là.

– Non. Y'a rien à faire. Sans les médicaments, on peut rien faire.

D'un coup, je me suis souvenu : l'appartement aux Buttes-Chaumont, les comprimés à côté de la paillasse. La respiration de la fille s'accélérait. Surtout, ne pas la lâcher si près du but.

– Avez-vous rencontré d'autres Destro-Zens ?

– Oui.

– Où ? Est-ce qu'ils se réunissent quelque part ?

– J'peux pas l'dire.

– Leurs noms.

J'y étais presque.

– J'peux pas l'dire.

– Vous connaissez leurs noms ?



– Oui. Mais j'peux pas l'dire.

– Bordel ! Shark vous a condamnée à mort !

– C'est tout ce que j'mérite. J'ai trahi ma promesse. J'pensais être prête pour ma mission, j'ai trahi, j'dois mourir.

– Pensez aux gens qui risquent d'être infectés…

– Qu'ils crèvent. Pour renaître, le monde doit disparaître. Tout doit disparaître.

La fille sanglotait en silence. Plus rien à en tirer. J'ai pris mon casque et je me suis cassé.

Dans le hall d'entrée, un prêtre en veste noire devisait joyeusement avec un moine bouddhiste, la boule à zéro et tout d'orange vêtu, et avec un imam barbu en djellaba blanche. Chacun sa couleur, chacun sa clientèle.

Phonecall. Jeudi 5 octobre 2017, 16.42.
De M. François Sacco, n° 0033-1-62581469873, à officier Hubert Desriens, n° 0033-1-63584796256.

« Capitaine Desriens ?
– Oui ? Qui est à l'appareil ?
– Commandant Sacco.
– Bonjour, commandant.
– Bonjour. Pouvez-vous me dire où ont été entreposées les affaires saisies lors de la perquisition chez Souleymane N'Guyen ?
– Les armes ? Elles sont ici, au centre Saint-Jacques, je vous les ai montrées.

– Oui, mais le reste ? Ses affaires personnelles ?
– Je ne sais pas. Il faut se renseigner auprès de la police scientifique.
– Qui a fait les relevés ?
– Une seconde... C'est le lieutenant Marquez. Vous voulez que je consulte son rapport ?
– Oui, nous gagnerons du temps.
– Un instant... Dossier Souleymane N'Guyen... n° 13589-017... rapport de l'équipe scientifique... Les effets personnels de l'intéressé ont été détruits.
– Comment ça, détruits ?
– Emmenés par une équipe de désinfection et détruits. On n'a relevé aucune pièce intéressante dans les affaires du suspect.
– Et les boîtes de médicaments ?
– Nous avons ordre de détruire toutes les substances hallucinogènes saisies lors des perquisitions, vous le savez bien.
– Qui vous dit que c'étaient des drogues, bordel de merde !
– Ecoutez, moi, je n'étais pas sur place.
– Il ne reste rien, même pas un téléphone portable ? un agenda ?
– Il n'en est pas fait mention. Vous n'avez qu'à contacter le lieutenant Marquez.
– C'est trop tard maintenant.
– Désolé, je ne peux rien faire pour vous.
– Bon. Merci quand même.
– Au revoir. »

Fin de l'appel. Durée : 3' 31".



Cette bande de fonctionnaires avait détruit des pièces à conviction essentielles et, en plus, ils faisaient leur charlie... Plutôt que de voir de la drogue partout, ils feraient mieux d'en consommer, ça leur ouvrirait peut-être l'esprit...

16 heures 51. J'avais juste le temps de passer chez Rudy.

Les poubelles manifestaient sur le trottoir. Les grèves étaient si fréquentes dans le XIe arrondissement que les gens prenaient leurs sacs d'ordures en partant au boulot et les déposaient en chemin, là où le ramassage était encore plus ou moins régulier.

Les plus fainéants les balançaient au pied de leur immeuble ; un mur de détritus empiétait alors peu à peu sur la chaussée. J'ai failli me planter, rue de la Roquette, en roulant sur un cageot de fruits pourris, mais j'ai géré le dérapage en souplesse et je suis arrivé sans trop de casse au centre de police numéro 21.

Les flics de la brigade assuraient le jail-flow du secteur avec compétence et rapidité : transfert d'un négus coupable de violence et expédié devant le juge, emménagement d'un poivrot interpelé pour avoir pissé sur la voie publique, escale d'un travelo à cheveux rouges pris en flag de racolage dans la cellule attenante, en partance pour sa première nuit de prévenu au dépôt, avec fortes probabilités de viol. Le capitaine Rudy Kempf supervisait le dispatching de sa bonne humeur habituelle.



– Allez, ma jolie, on va t'envoyer discuter avec tes petits camarades. Tu vas passer la nuit à leur tailler des calumets, ça leur fera vachement plaisir ! Elle est pas belle, la vie ? Salut, Sacco !

– Rudy, on t'a déjà dit de ne pas tutoyer les intéressés.

– Intéressés ? Ils le sont peut-être, moi pas. Les choses sont claires comme ça, on se capte mieux.

Sa face de squale s'est fendue d'un large sourire. Détail pittoresque : quand il s'amusait vraiment, la pointe de son nez virait rouge vif. J'ai coupé court, pas de temps à perdre.

– On va dans ton bureau ? On discutera plus à l'aise.

– A tes ordres.

Nous sommes entrés dans une pièce coquettement décorée d'hologrammes 3-D décrivant des tronches affreuses et biscornues. Il en a viré une particulièrement épouvantable et l'a jetée à la poubelle.

– Celui-là vient de se faire buter à Bondy. Encore un qui s'imaginait que les patrons de PMU se laissent dévaliser les bras croisés. A peine le dos tourné, il s'est pris une boule de mort en pleine tête. La prochaine fois, il pariera sur les canassons, comme tout le monde.

– Quitte à croire au père Noël, autant y croire jusqu'au bout.

Rudy s'est assis dans son fauteuil de cuir et a contemplé la photo du bonheur familial posée sur son bureau.

– Tu sais ce que mon fils m'a lâché hier ? Que le père Noël était un enculé parce qu'il ne lui avait pas apporté la nouvelle console de jeux ultrasensitive Microshaft. A cinq ans !



– Il a de qui tenir.

– Tu te rends pas compte, t'as pas de gosse... T'as bien raison, d'ailleurs. Le mien, il répète à tous ses petits camarades que son père est un sale flic et un fasciste.

– Un futur client.

– J'en ai bien peur. Bah... Je lui dirai que j'ai buté le père Noël et que c'est moi qui la lui offre, sa console de jeux. Ça l'occupera cinq minutes.

– Les enfants comprennent tout, il suffit de trouver les mots justes.

Je me suis assis à mon tour.

– Bien... Parlons affaires.

– J'ai contacté le procureur Plancq. Il m'a envoyé l'audition de ton mec, N'Guyen. Complètement hors sujet, le gars.

– Apparemment, il fait partie d'une secte. J'espère recueillir des infos supplémentaires très bientôt.

– Bref, à surveiller de près. J'ai envoyé des hommes en repérage. Le lieu idéal pour une transaction : discret, facile d'accès, plusieurs itinéraires de dégagement. Il faudra déterminer avec précision l'emplacement de la voiture. J'ai déjà ma petite idée. Je te propose un périmètre sécurisé pour quinze hommes, à mon avis ce sera amplement suffisant. En toute logique, l'intervention devrait se faire sans casse. Si ton client se tient tranquille.

– J'y veillerai. Je serai dans la voiture avec lui.

Son sourire s'est radicalement figé.

– Je ne suis pas certain que ce soit une bonne idée.

– Je préfère. Le gars ne semble pas très fiable. Et puis, j'en profiterai pour discuter un peu avec lui.

– Je désapprouve. Trop dangereux.

– Toute intervention comporte sa part de risque. Je ne changerai pas d'avis.

– Tu te prends vraiment pour un héros, hein ?

– Je fais mon métier.

– Et en cas de bug ?

– Je revendique.

Il a marqué un temps et a écarté les bras, fataliste.

– C'est toi le client. A ce sujet…

J'ai saisi mon portefeuille et lui ai tendu un billet de 200 euros.

– 100 pour l'intervention d'avant-hier, 100 pour ce soir.

Il m'a sorti un autre sourire de sa panoplie, le genre marchand de tapis.

– Pour ce soir, justement, les frais seront un peu plus élevés. C'est une opération de nuit, coeff 3.

– Combien ?

– 850 euros. Plus 100 pour l'assurance.

– Eh ben… Vous ne vous mouchez pas dans du papier…

– Ce n'est pas moi qui fixe les tarifs.

– Mais c'est toi qui évalues le coefficient de risque… De toute façon, je n'ai pas le choix. Tiens, voilà 100 de rab.

Il a empoché les biftons avec un sourire apaisant, un vrai Touche-pas-à-mon-pote.

– On te fera du sur-mesure.

– J'y compte bien, Rudy.

– T'inquiète, Vranac te filera une bonne prime.

– Ce serait la moindre des choses. On se voit à quelle heure ?

– Début de l'opération à 22 heures. Toi, tu droppes du centre Saint-Jacques à 23 heures. On assume la logistique.

– Dans ce cas, je suis cool. « *My favorite things* », c'est peut-être pour ce soir.

– On devrait verbaliser les rêveurs, Sacco. Ils se font du mal.

## 6



Le plus éprouvant dans ce genre d'opération, c'est l'attente. La montée du trac. On répète son chorus vingt fois, trente fois dans sa tête. On imagine l'ambiance, les vibrations. Le danger, c'est d'arriver crispé sur scène. Les doigts raides au moment de l'interpellation, le souffle court. On ne sent pas toujours sa force, on a peur, alors on cogne trop dur, mécanique, sans inspiration. Une erreur fréquente au début. Avec le temps, on comprend que tout est question de dosage. Contrôler le flow. Ne pas être paralysé par l'enjeu. Choper le mec dans le bon tempo, bras dans le dos, coup de matraque électrique, menottes, style coulé, sans forcer. Du Coltrane.

Je me souviens d'une de mes premières affaires. Je m'étais pourtant visualisé l'action une bonne centaine de fois. Un dealer de crack à deux pas d'un lycée. Il attendait ses clients. Je me suis précipité, les gosses sont sortis au moment précis où j'avais décidé d'agir. Son attention était en éveil et, au lieu de réciter ma partition, ça s'est terminé dans une improvisation foireuse : bousculade au milieu des kids, fuite et course-poursuite à travers Barbès, où je l'ai perdu. 1 000 euros foutus en l'air, une vraie catastrophe. Alors que si j'avais attendu quelques minutes la conclusion de son petit business, j'aurais profité de la baisse de vigilance classique après un deal réussi et je l'aurais chopé dans un endroit calme, sa merde dans une poche et le fric dans l'autre, en flag, exactement comme dans les manuels. Tout dans le tempo. J'avais retenu la leçon.

J'avais aussi agrégé qu'avant une opération il faut rester le plus zen possible. Surtout ne pas donner du stress au stress. Faire abstraction. En matière d'accès à la coolitude, je possédais une méthode infaillible.



Il était scotché à son ordinateur comme la moule à son rocher. Sa grande carcasse scrutait l'écran, avec l'air de se demander à quoi ça pouvait bien servir, puis il pianotait une dizaine de lignes à toute allure. De temps à autre, sa bouche émettait un ricanement et murmurait : « C'est vraiment débile. »

Jean-Luc Borgne est mon ami depuis quinze ans. Nous nous sommes connus à la fac de droit, en 2002. A l'époque, il détonnait déjà pas mal : un mètre quatre-vingt-dix de mauvais esprit et de sarcasme, héritage d'une mère suicidée et d'un père colérique. En surface, une chevelure jusqu'au milieu du dos et un sourire de jean-foutre qu'appréciaient fort peu les futurs avocats d'affaires qui se bousculaient dans l'amphi. Ses brillants résultats ne l'avaient pas dissuadé de signifier clairement sa pensée aussi souvent que possible. A ses yeux, le bourrage de crâne qu'on lui faisait subir n'était qu'une sale plaisanterie. Son habitude de dire des vérités le rangeait définitivement du côté des marginaux irrécupérables. Il se proclamait bouddhiste et zen. Il avait surtout une descente terrible : je me rappelle un soir où nous avions vidé, l'un comme l'autre, treize demis. On en avait conclu qu'on était les meilleurs amis de l'univers. On s'est rencontrés grâce au jazz. Il m'a vu un jour avec un disque de Coltrane. Lui, c'est plutôt les guitaristes, Pat Metheny en particulier. Depuis, on s'engueule pour savoir lequel est le plus grand.

Ses études terminées, il a tout envoyé balader et s'est mis à écrire. Je crois qu'il détient le record du monde des lettres de refus d'éditeurs : le chiffre doit avoisiner les 350, pour une quinzaine de manuscrits au total. J'en ai lu deux ou trois, c'est pas mal, mais complètement délirant, du Boris Vian sous amphètes. Il accueille chaque refus en rigolant. Au début, c'était un simple réflexe de défense. Ensuite, c'est devenu un mode de vie. Il n'ouvre même plus les lettres : si un éditeur avait accepté son bouquin, il l'aurait joint par téléphone. Chaque courrier fournit le prétexte à une bonne cuite. Il se fout de tout, mais avec passion : du bouddhisme chimiquement pur.



Depuis quelques années, il gagne sa vie comme scénariste de feuilletons télé. Très bien payé mais, comme il le répétait encore quand je suis entré dans son bureau, « vraiment débile ». Il n'a pas détourné les yeux de son écran.

– Salut, poulet. Je suis à toi dans une minute.

– OK, scribouillard de mes deux. Je ne voudrais surtout pas te faire louper le Prix Nobel.

– Tu sais, tout est possible depuis qu'on l'a refilé à Alexandre Jardin. Au fait, t'as vu que Brigitte Bardot avait une station de métro à son nom ?

– Ah bon ?

– Ouais : la Motte-Piquée ! Ouahaha !

On se défie pour savoir qui a va lâcher la plus grosse connerie sur l'info. C'est presque la seule raison qui me fait acheter *Le Monde Match*. J'ai remporté une grande victoire après la tragique marée noire qui a mazouté la Bretagne et la Vendée en 2012 : « TOTAL : Tôt Ou Tard nous Arrosons le Littoral ».

A ma connaissance, Jean-Luc est aussi le seul Parisien à tolérer une visite impromptue. On sonne et sa femme, Nerjivan, une belle Albanaise, vous ouvre en vous souhaitant la bienvenue.

Sa seule exigence est scotchée sur la porte de l'appartement : « *No motherfucker, please.* » Coup de bol, je n'entre pas dans la catégorie.

J'ai discuté un peu avec Najeda, leur gamine. Un phénomène : à huit ans, elle avait déjà lu *Le Seigneur des Anneaux* de Tolkien et commençait *Fondation* d'Asimov.

– Tu connais la psycho-histoire ? qu'elle m'a demandé. C'est quand on peut prévoir l'avenir en devinant ce que les gens ont dans la tête.



– Tu sais, Najeda, je fais ça tous les jours. Sauf que moi, j'essaie juste de comprendre ce qu'ils vont faire dans les cinq minutes. Crois-moi, c'est pas toujours facile.

– Quand est-ce que tu écris un livre ? Je le lirai dès qu'il sortira.

Son père lui a interdit la télévision, en connaissance de cause.

L'animal s'est pointé dans un soupir, en se caressant le bide comme pour se réconforter. Il se tenait un peu voûté – déformation professionnelle. J'ai testé la température. Comme tous les trafiquants d'humour, le bougre avait l'état d'âme facile et vociférant.

– Tu travailles sur quoi ? Toujours ta série pour ados ?

– T'as pas idée du paquet de conneries qu'on me demande. Ils s'appellent Johnny, Kevin ou Melinda, ils se font la bise, ils ne se droguent même pas et on dirait qu'ils n'ont rien entre les jambes.

– C'est de la science-fiction.

– Leurs seuls sujets de conversation, c'est qui aime qui, leur groupe préféré et comment ils vont gagner plein d'argent plus tard. Et pourquoi ils ne se font pas émanciper à quatorze ans.

– De quoi peut-on parler dans ces conditions ?

– Dans cet épisode, Kevin se demande quelle moto il va acheter et Melinda lui dit de faire attention parce que, les motos, c'est très dangereux. Kevin répond : « Tu veux que je roule sur une tondeuse à gazon ? » Là, tu envoies les rires enregistrés. 50 euros la page.

– Pas mal.

– Sponsorisé par Suzuki et diffusé sur Grande Première. Un bon deal, c'est la chaîne qui paie le mieux. Après, je vais peut-être écrire des sketches pour Anatole, un comique. Tu vois le style…



– Scènes de la vie quotidienne… Bite poil couille…

– Et clito !

– Et clito, bien entendu.

La gamine a ri très fort. Tous les enfants de son âge sont friands de cet humour touche-pipi, et son père ne se fait jamais prier pour lui en fournir de pleines louches. Malheureusement pour le public, les producteurs s'imaginent que les téléspectateurs ont tous huit ans d'âge mental.

Jean-Luc est allé chercher des bières dans le frigo. J'ai ramassé sur la table un press-book du groupe Kolkoz, énumérant sur trois pages l'ensemble de ses activités : yaourts Blandine, barres énergétiques Fight, chocolat Pégase, pâtes Mazzoni ; produits de beauté Clair, shampooings Calixte, dentifrices Clean ; insecticides Bug, nettoyants Milord ; ordinateurs TKM…

Jean-Luc a déposé une bouteille dans ma main.

– Le rigolo pour qui je vais écrire a signé un contrat avec Kolkoz, une filiale de Comintern. Dans chaque sketch je dois glisser une référence à un de leurs produits. Par exemple : « Tiens, il y a un poil de cul dans mon yaourt, mais qu'est-ce qu'il est bon ! – Le poil de cul ? – Non, idiot : le yaourt Blandine aux fruits frais », etc., etc.

– Bien payé ?

– 500 euros le sketch de trois minutes. Plus les droits d'auteur, 600 euros la minute de diffusion. Ce sera sur Premium, elle paye moyen. Je ferai ça d'une main en me branlant de l'autre.

– Tu connais le producteur ?

– C'est la boîte de prod d'Anatole, le comique en question. Je lui maile les textes, il me paie, point. Pour les droits d'auteur, il cosigne, on fait 50-50.

– Quand même 300 euros la minute.

– De quoi acheter quelques bières.

– Tu ne rencontres jamais les producteurs ?

– Pas nécessaire. Franchement, qu'est-ce que j'en ai à foutre de discuter avec une bande d'ignares ? Je ponds une merde, ils paient et je passe à ce que j'aime. J'ai commencé un roman, *Le Ravaudeur de puzzles*, ça s'appelle. C'est l'histoire d'un type qui travaille dans une fabrique de puzzles et qui doit en créer de nouveaux avec les pièces en trop.

– Tu penses accéder à la postérité avec des idées pareilles ?

– J'en doute, mais je me marre en l'écrivant. Et puis, il faut bien laisser des œuvres posthumes à sa veuve !

Nerjivan a ri, et j'ai éprouvé comme un élancement du côté du muscle cardiaque. J'ai pris sur moi et j'ai assumé mon air le plus dégagé. Quand ils se sont rencontrés à la bibliothèque Sainte-Geneviève, elle rédigeait une thèse de linguistique, le genre de truc inutile qui n'intéresse personne, donc tout à fait le trip de Jean-Luc. Coup de foudre. Enfant. Quinze ans que ça durait. Eh oui, les miracles sont encore possibles. S'il n'avait pas été mon pote, j'aurais été jaloux. Mais je ne suis pas allé à la bibliothèque ce jour-là, c'est tombé sur lui, tant pis.

Nerjivan était une super bonne femme, un cul parfait, des nichons énormes, mignonne comme un cœur et gentille et fidèle et tout le reste. Pour ceux que ça intéresse, l'Albanie est le pays des bureks et des jolies femmes.

Elle bossait depuis plusieurs années comme traductrice. L'Europe n'avait pas la langue dans sa poche et, dans cette grande cacophonie, on avait besoin de gens jactant le tchèque, le hongrois, le bulgare et même l'albanais. Je lui avais trouvé du travail auprès des tribunaux : vers 2006, 50 % des prostituées en activité sur Paris étaient d'origine albanaise. De véritables canons, toutes plus belles les unes que les autres. Un fameux gâchis, soit dit en passant.



Maintenant que Jean-Luc produisait en continu pour la télévision, ils avaient pu s'offrir un superbe six-pièces à Saint-Germain-des-Prés, en pleine Zone Protégée. Grande baie vitrée au cinquième, balcon sur la place Saint-Sulpice, le trip-hop ultime. Le seul désagrément venait des clochonailles de l'église en face, le dimanche matin, mais mon pote avait pour projet de les attaquer au lance-roquettes et de leur régler leur compte une bonne fois pour toutes.

Il a penché sa longue silhouette chevelue vers moi et a pointé un index accusateur :

– J'ai le regret de t'annoncer que la meilleure version live de « *My favorite things* » a été enregistrée à New York en 1963.

– Dernier scoop.

– Comme je te le dis.

– Il me semble que nous étions d'accord sur le concert de Stockholm de novembre 1962.

– J'ai en ma possession un enregistrement unique d'un gig de 1963, au Birdland, qui écrase tout.

– Le jeu de la main gauche de McCoy Tyner est insurpassable à Stockholm.

– Tu exagères ! Il était fort, j'admets, mais ça ne vaut pas Bill Evans. L'intro de « *So what* » sur *Kind of blue*…

– Mais c'est un disque de Miles Davis ! Avec Miles, on jouait comme Miles avait décidé !

– Pas avec Coltrane, peut-être ?

– Non, avec lui, totale liberté. Tu l'entends, rien qu'à la batterie d'Elvin Jones. Il plaçait des contretemps où il voulait. Je reconnais que Bill Evans est grand…

– Le plus grand !

– N'oublie pas Petrucciani…



– Petrucciani ? Un phénomène de foire !

– Un phénomène de… Mais qu'est-ce que t'as mis dans ta bière ? Tu as déjà entendu « *Looking up* » ?

– OK, il plaque les accords comme une brute, il joue quarante notes à la seconde, et alors ? Il n'a pas la créativité d'un Zawinul…

Et ainsi de suite pendant des heures. On possédait, l'un comme l'autre, plus de mille disques de jazz et autant d'arguments en faveur de tel ou tel musicien. Une fois, on s'est fait la gueule pendant trois semaines parce que j'avais traité « *Offramp* », un titre passablement free de Metheny, de sous-Coltrane pour sourd-muet – ce que je maintiens. Pour être tout à fait honnête, je tenais une fameuse muflée ce soir-là, et j'étais parti en claquant la porte. Il faut comprendre que le jazz ne tolère pas l'à-peu-près, l'appréciation molle, la tiédeur. C'est la plus belle musique du monde, ce point de vue n'est pas négociable. Un enjeu de civilisation. L'ultime bastion de la résistance à la mécanisation sonore. Donc, concentration et respect. Finalement, un petit jeune du nom de Misja Fitzgerald Michel nous avait mis d'accord : sa reprise de « *Countdown* » nous avait démontré qu'on pouvait être à la fois un coltranien pratiquant et un guitariste chimiquement pur. Un peu penauds, on s'était réconciliés en décrétant que Coltrane et Metheny étaient deux génies ex-aequo. Jean-Luc se spécialiserait dans les musiciens à cordes, moi dans les musiciens à vent, et on a continué à faire les puristes.

La discussion est toujours plus speed les soirs de concert. Le frisson, le stress, la perspective du gig parfait et ultime, de l'instant de grâce, de l'accord absolu, bref, le rêve que nous agitons devant nos yeux vitreux les soirs de beuverie, l'extase dont « *My favorite things* », selon moi, est la plus géniale esquisse. Le Total Chaos, la déflagration fondamentale, l'Humanité à son stade primal.

Jean-Luc a enfilé son blouson, nous avons dit bonsoir à Nerjivan et à Najeda, et nous avons gagné, dans la douceur nocturne, le check-point de la rue de Rennes. A Saint-Germain, des promeneurs déambulaient en riant, des élégantes parlaient haut et les terrasses des restaurants, protégées par d'immenses braseros magnétiques, regorgeaient de dîneurs épanouis. Paris était toujours Paris, il suffisait d'avoir les moyens. Je ne perdais pas l'espoir de vivre moi aussi un jour dans ce quartier, si du moins les finances continuaient à me sourire. Une bonne centaine d'interpellations, au bas mot. Difficile, mais jouable.



Satisfait d'être dans le bon move, j'ai savouré les parfums de l'automne, l'odeur des feuilles mortes, les bribes de musique saisies au vol, l'allégresse qui se dégageait des débits de boisson classieux.

La Cave se trouvait juste derrière le check-point, rue Saint-Benoît. Un des derniers spots de jazz à Paris. Pour initiés exclusifs. J'ai préféré affranchir mon pote.

– Je ne peux pas rester trop tard.

– Boulot ?

– Ouais, une affaire au Bois de Boulogne. Un gros investissement.

– Dangereux ?

– J'espère que non.

Nous avons montré nos passes aux vigiles et franchi les barrières en polystyrène blindé délimitant la Zone Protégée de Saint-Germain-des-Prés. Retour dans le Paris des clodos, des graffiti et des affiches-films, cinq mètres sur quatre à la gloire des chaussures Swing et des vêtements Marks, la ligne des jeunes rebelles.

En chemin, on a bien rigolé en passant devant les galeries d'art contemporain. Des types avaient balancé des seaux de peinture au sol : c'était censé être joli et ça permettait l'économie d'une toile. Une autre expo étalait des photos de vivisection et d'autopsie, de la vieille agit-provoc à deux centimes.

Le club était loin d'afficher *sold-out*. Trente personnes à tout casser. Des vieux pour la plupart. Une poignée de jeunes aussi. Difficile à voir dans la pénombre. On a pris nos bières au bar. J'ai eu juste le temps de me planquer aux toilettes pour sniffer quelques cristaux. Les musiciens arrivaient.

Un petit gros s'est installé dans la lumière et a accordé sa guitare, que son bide repoussait à une distance respectable. Des mèches de cheveux blancs lui pendouillaient à gauche et à droite. Il a ajusté ses lunettes, a souri dans son triple menton, l'autre guitariste et le violoniste ont fait signe qu'ils étaient prêts, et Bireli Lagrene a attaqué « *Les yeux noirs* ».

Bireli Lagrene est, à mes yeux, le plus grand guitariste du XXIe siècle. A près de soixante ans, il avait encore toute sa touche, les doigts survolaient le manche sans l'ombre d'un effort. Main droite-main gauche en parfait accord, le jazz manouche dans sa quintessence, djangoreinhardtissime.

Au bout de quinze mesures, il a mis le public dans sa poche par une descente chromatique de grande classe. Tout le monde était concentré, parfaitement conscient de l'importance de l'enjeu. Le violoniste, un gitan roumain, a enchaîné un chorus très beau, très délié, sans l'ombre d'une faute de goût. Il a chopé le public, il méritait une oreille. Le deuxième guitariste a pris son chorus, sans esbrouffe, avec une jolie progression sur la gamme de sol. De la belle ouvrage, sérieuse, appliquée, une oreille pour lui aussi. Il a repris sa pompe énergique et Bireli a sorti une attaque inouïe, trois octaves sur le mi mineur. Puis il a enchaîné les montées, les descentes, une idée par mesure, par demi-mesure, des harmonies inédites, un bout du thème enrichi à la quinte, une nouvelle descente chromatique d'acrobate, et il s'est raccroché à la dernière note possible pour retomber sur le thème avec le naturel d'un promeneur. Ovation, les oreilles et la queue. Il a remercié de la tête sans s'arrêter de jouer et a passé en revue toute la finesse de la mélodie pour terminer gracieusement par un petit clin d'œil, une mesure de Mozart glissée entre le si mineur et le ré, juste pour la beauté du geste. Acclamations. J'ai jeté un œil vers Jean-Luc, mains jointes, yeux mi-clos, communiant avec le maître.



Nous étions tous deux les heureux propriétaires de son dernier album tiré à mille exemplaires. Il fallait connaître les circuits parallèles de distribution, les brocantes, les marchés aux puces. Le jazz, pas assez rentable, avait été sacrifié par les principales multinationales de la culture. Les grands noms étaient contraints de se produire eux-mêmes et vivotaient d'un concert l'autre. Une bonne vente s'élevait à huit cents unités. Produit de luxe.

Bireli a souri et a enchaîné avec «*Made in France*», une composition maison. Dans l'obscurité du club, le recueillement était total. Une mélodie ciselée, performante, impeccable. Chorus. Il a sculpté la musique sous nos yeux, limpide, de plus en plus élaborée, évidente et imprévisible, inestimable. La musique de la vie. Je me suis souvenu d'un festival à Paris, quand j'étais jeune, vingt ans plus tôt, mon premier concert de jazz : l'extase. Bireli n'avait rien perdu de sa joie.

Le violoniste et le guitariste ont enchaîné leur chorus, avec respect. Ils s'écoutaient, échangeaient, partageaient avec le public, les uns au service des autres, attentifs à donner le meilleur d'eux-mêmes pour une musique exigeante et de haute tenue. Ultradémocratique jazz.

Ils ont ponctué le morceau par une reprise du thème à la tierce pour Bireli et à la quinte pour le violoniste. Un finale parfait. Les oreilles et la queue, à l'unanimité. Quelque chose d'exceptionnel se déroulait devant trente témoins à peine. Un jour, tous ces témoins seraient morts et ce souvenir mourrait avec eux, et cet instant, et cette musique, et toute la musique. Tout serait broyé par les machines. La vie ne tient qu'à une corde.



22 heures 30. Showtime.

Theophone. Jeudi 5 octobre 2017, 21.46.
De Mlle Jessica Sakarian, n° 0033-1-68569345288, à M. François Sacco, n° 0033-1-62581469873. Message conservé.

*« Salut, c'est Jessica, t'es pas là, on se rappelle, salut. »*

En fond sonore, du rapk. Sans doute le groupe qu'elle manageait, les Karma Suckers. Musique de merde. Créativité zéro. Elle gérait leur potentiel upperclass et voulait les booster à un high level, top cooly et bigger than big pour le grand crash. Elle parlait comme ça. Je l'avais croisée dans une soirée privée, on avait sniffé ensemble, on avait bien rigolé et copieusement bu, on était rentrés chez moi et on avait baisé. Deux ou trois fois dans cet ordre. Ça me plaisait suffisamment pour avoir envie de connaître la suite. Elle avait vingt et un ans, un grain de beauté sur la joue, des anneaux dans le nez et des jugements définitifs sur tout. Et de gros nichons.

# 7



Dans la cour du centre Saint-Jacques éclairée d'énormes projecteurs, les flics s'affairaient autour d'une Ford brun caca. Ils chargeaient les caisses d'armes sous l'œil ironique du capitaine Rudy Kempf, que stimulait la perspective d'une action spectaculaire.

– Commandant Sacco ! Prêt pour la grande aventure ?

– Toujours prêt à mourir pour la vérité, Rudy.

– On ne t'en demande pas tant. Viens voir le plan que je t'ai profilé.

Nous nous sommes assis à l'écart. Il a allumé son comportable et a fait défiler une animation en 3-D.

– Voici la cascade. Panorama à 180°. Un chemin barré à gauche, le restaurant à droite. En face : trois routes d'accès. Elles seront surveillées par des 4x4 comprenant deux hommes. Tu arrêteras la voiture ici, à gauche, cinq mètres devant le chemin barré : en cas de manœuvre brutale, notre client aura la retraite coupée. Je me tiendrai là, au-dessus de la cascade, d'où je superviserai les opérations. Je mettrai un homme ici, en renfort derrière, et deux à chaque rampe d'accès. Plus deux là, sur la piste cyclable, mesure de précaution. A mon signal, tout le monde converge sur la cible. Pour éviter les bugs, tu as l'ordre de rester planqué dans la Ford. Impératif.

– Vous ne pouviez pas exhumer plus moche comme char ?

– On n'avait rien d'autre avec un coffre assez grand dans le parc de voitures volées. Les vitres et les portières sont blindées. A l'intérieur, tu ne risques rien. Si tu fous le nez dehors, je ne suis plus responsable.

– Ça me semble correct. Et s'ils s'amènent à plusieurs ?

– Je te propose le deal suivant : à trois véhicules, on intervient, à plus de trois véhicules, on dégage, le coeff de risque est trop élevé. Ton mec trouve un prétexte pour décamper, on se contente de relever les numéros de plaques et on ne te facture que la moitié de la mission.



– OK. Je deale.

Rudy m'a tendu le bon de commande, j'ai signé, il l'a plié soigneusement et l'a glissé dans la poche latérale de son pantalon.

– Les trois équipes sont sur place depuis 22 heures. Rien à signaler. Je file à mon poste. N'oublie pas : face cascade, à gauche, cinq mètres devant le chemin barré. Et tu restes enfermé dans la tire.

– Tu es gentil de me prendre pour un idiot.

– Je suis un pro. Pas de buzz, tout va bien se passer.

– Il ne manquerait plus que ça. Tu me banques assez, Rudy.

On sentait monter le trac tous les deux, mais on faisait notre charlie.

On a amené le yin-kong. Il marchait lentement, les mains menottées. Son visage était amaigri. Sous l'éclat des projecteurs, ses yeux s'incurvaient de larges cernes noirs. Son regard était vide. J'ai fait jouer la culasse de mon Sig Pro pour qu'il agrège sans fausse pudeur.

– Comment allez-vous, monsieur Shark ?

– Qu'est-ce que ça peut te foutre ?

– Je constate que vous n'avez rien perdu de votre combativité.

– Finissons-en. J'ai besoin de méditer.

– Je tiens à mettre les choses au point : si vous tentez un coup tordu, je ferai usage de mon droit à la légitime défense.

La vue de mon Sig Pro suffisait à préciser ma pensée.

– Nous roulerons doucement. Pas plus de 60. En outre, nous serons suivis par une voiture banalisée. Inutile de faire des détours.



Un gros mensonge, ce n'était pas prévu dans le budget, mais je tenais à ce que le trajet soit le plus calme possible – méditation pour moi aussi.

– Nous suivrons un itinéraire que je vous indiquerai en cours de mission. Si vous prenez une initiative malencontreuse, c'est terminé pour votre réincarnation. Je me fais bien comprendre ?

– Les flics se font toujours comprendre : ils n'ont pas beaucoup de vocabulaire.

– En route.

J'ai libéré son poignet droit et j'ai attaché le bracelet au volant. Il m'a regardé, maussade.

– Qui vous dit que je sais conduire ?

– Voyons, monsieur Shark… Vous oubliez que vous avez été condamné en 2003 pour vol de voitures ? Les flics n'ont peut-être pas beaucoup de vocabulaire, mais ils ont de la mémoire. Prenez la rue de Rivoli, direction Concorde.

C'était parti pour un nouveau gig.

Le yin-kong conduisait à l'aise. Il évitait en souplesse les bagnoles quittant leur bande de circulation sans prévenir. Il a demandé s'il pouvait allumer la radio, j'ai refusé. Concentration absolue. Dans le jardin des Tuileries, la fête foraine battait son plein. Sous les arcades de la rue de Rivoli, des patrouilles de flics contrôlaient tout ce qui passait à portée.

– Direction Champs-Elysées.

Nous avons longé le mur d'enceinte haut de cinq mètres et les barbelés amoncelés devant l'ambassade américaine, et nous nous sommes agglutinés à la masse des véhicules qui étranglaient les Champs, jour et nuit. 23 heures 15. Le mec reprenait un peu de contenance, l'air pur lui faisait du bien. Il paraissait même assez détendu.

– On continue tout droit ?

– Pas question. Avec la cargaison qu'on balade dans le coffre, je ne veux pas risquer un contrôle.

– Ce serait marrant, un flic qui se fait coincer avec un meurtrier et cinq caisses d'armes de guerre dans une voiture volée...

– Il me semble que cela nous retarderait, en effet.

Check-point du Rond-Point, à gauche. Quelques voitures, luxueuses pour la plupart, pénétraient dans la Zone Protégée du XVI^e^.

Nous avons longé les cloisons blindées nous séparant des magasins chics de l'avenue Montaigne. Le yin-kong a murmuré :

– J'espère qu'ils en crèveront.

J'ai perçu l'amorce d'un dialogue et je me suis inséré dans sa réflexion, *legato*.

– Qui donc ?

– Les riches. Les riches enfermés dans leurs richesses. Ils n'ont aucune vie spirituelle, aucune âme, aucun karma. Ils doivent disparaître.

– Ce n'est pas vous qui faites la loi. Ni moi.

– Non. Ce sont eux.

Il n'avait pas tout à fait tort. La loi de Délocalisation, dite aussi loi Habel en hommage à son géniteur, avait déclenché un véritable tremblement de terre. Profitant de l'autonomie ainsi offerte, les quartiers chics s'étaient dépêchés de se mettre à l'abri derrière vigiles, grillages, vitres blindées et caméras. Mais alors, qu'est-ce qui avait provoqué les émeutes des Halles ? La violence des masses ou l'arrogance des riches ? Eternelle question, la poule ou l'œuf, l'œuf ou la poule, etc. Ce n'était pas mon business. Une chose était sûre, en revanche : depuis l'instauration de la loi Habel en 2014, la criminalité avait explosé dans les quartiers libres et quasiment disparu dans les Zones Protégées. Le gouvernement avait avancé les chiffres de la délinquance pour justifier sa politique. L'opposition l'avait dénoncée sur la base des mêmes chiffres. Petite discute au Parlement. Les choses étaient restées en l'état. Personnellement, inutile de le cacher, j'y trouvais mon compte.



Nous avons longé la Seine et j'ai rassemblé les dernières miettes de philosophie du droit disponibles dans ma mémoire pour tenter de le faire parler.

– Quoi que vous fassiez, tant que le monde sera monde, les riches seront au pouvoir et les pauvres seront gouvernés.

– Voilà bien une réflexion de larbin. T'as jamais pensé qu'une bonne révolution pourrait tout remettre en ordre ?

– Rien de plus réactionnaire que l'idée de révolution, tout le monde le sait.

– La révolution politique, c'est de la merde. Je m'adresse à toi en termes de révolution spirituelle, de révolution biologique.

– L'anéantissement du genre humain, c'est ça ?

– Son perfectionnement. Sa progression vers la lumière. Tu raisonnes en termes politiques parce qu'on t'a gavé la tête avec des idées de flic. Moi, je te parle de lumière. De feu. De feu régénérateur.

La tour Eiffel se dressait sur notre gauche, dentelle rouge frappée du logo Calypsos. Il me l'a désignée d'un doigt négligent.

– Ce machin, c'est une loupiote à côté de ce qui se prépare. Ce sera de l'euphorie mystique.

– Quel sera le mode opératoire ?

– Tu auras la surprise. Tout ce que je te souhaite, c'est de crever rapidement.



Il a grimacé un sourire qui ne me promettait rien de bon. Un sourire de haine pure. Devant nous, la statue de la Liberté dressait son moignon dérisoire – elle avait perdu le flambeau de la vérité dans un attentat à l'explosif. A la pointe de l'île, des gens faisaient brûler quelque chose, ou quelqu'un. Plutôt quelqu'un, ça avait l'air de bouger encore.

La voix de Rudy a grésillé dans mon oreillette.

– Position ?

– Pont de Grenelle.

– Tu me bipes dès que tu arrives à Longchamp.

– Affirmatif.

Je lui ai ordonné de bifurquer à droite, rue Mirabeau, puis rue Molitor, désertes à cette heure. Nous sommes passés au-dessus du périph', où des gosses de riches se livraient à des rodéos de tarés. Prendre le périph' après 22 heures était devenu hautement aléatoire, on ne comptait plus les crashs, il fallait vraiment être pressé.

Stade Roland-Garros : rien à signaler, à part les putes habituelles. 23 heures 40.

Hippodrome de Longchamp : des ombres parcouraient les pistes à canassons. Peut-être des courses clandestines de pittbulls. On avait intérêt à ramasser ses gains sans délai, dans ce genre de compétitions, les participants ne faisaient jamais de vieux os. J'ai bipé Rudy. Nous nous sommes approchés du restaurant. Dans l'obscurité, sous les arbres, un de nos 4x4. J'ai donné l'ordre au yin-kong de ralentir.

Une dizaine de voitures stationnaient un peu plus loin sur le parking. Les alentours de la cascade étaient déserts. J'ai indiqué à mon chauffeur l'emplacement convenu, gauche face cascade, cinq mètres devant la barrière. 23 heures 52. Moteur coupé, phares allumés, comme prévu dans le deal. J'ai posé mon flingue entre mes cuisses.



– Quel est le signal ?

– Deux appels de phares.

Il a plongé dans un demi-sommeil, les mains ouvertes, et s'est mis à réciter un mantra, quelque chose comme « *Kanya-ô Kenya-â* », complètement étranger à la situation.

23 heures 56. Une Mercedes noire est venue se garer en douceur derrière nous. A bord : deux mecs moustachus, la quarantaine, muscles, cuir et clous.

– C'est eux ?

– S'ils n'ont pas fait le signal, non.

Les deux mecs nous regardaient en souriant. Le conducteur a passé une grande langue gluante sur sa moustache. Comme si on n'avait pas encore agrégé la combine, il a pris son copain par l'épaule et a fait pareil avec lui.

– Et merde... On ne pouvait pas choisir un autre endroit qu'un baisodrome pour homos ?

– Ce sont des dégénérés.

– Ce sont surtout deux emmerdeurs qui vont tout faire foirer.

La voix de Rudy :

– *Qui sont ces guignols ?*

J'ai murmuré dans le micro caché dans mon poing :

– Ce ne sont pas nos cibles. Je répète : ce ne sont pas nos cibles. Je les fais circuler.

La voix de Rudy :

– *Pas question. Tu ne quittes pas la voiture.*

– Trente secondes.

J'ai ouvert la portière et j'ai marché droit vers eux. Le passager a baissé la vitre :

– Une petite fuckade à quatre, ça vous dit ?



Je lui ai montré le flingue glissé dans ma ceinture.

– Si vous n'avez pas dégagé dans cinq secondes, je vous fais téter de cet instrument-là.

Le chauffeur n'a pas demandé les détails, il a enclenché une marche arrière, puis la première, et la Mercedes a disparu dans la nuit.

Deux appels de phares.

Une Jaguar s'était immobilisée devant moi, moteur au ralenti. Deux silhouettes à l'intérieur. Le conducteur a allumé le plafonnier. Un jeune mec, vingt ans, des cheveux noirs ondulés mi-longs, chemise blanche, veste sombre. La passagère, crâne rasé, pas beaucoup plus vieille, un regard buté, un blouson de cuir noir. Le jeune mec a ouvert la portière et est sorti calmement. La fille a eu un mouvement du bras – elle dégageait son flingue de sa ceinture.

Il s'est approché de moi, charlie, sûr de lui, les mains dans les poches. Un minet.

– Vous avez le matériel ?

Autour de moi, les vibrations, quinze index crispés sur quinze détentes, et mon corps sur toutes les trajectoires. Un tempo qui s'affole, aucun swing, mon cœur qui monte à 180 et bat des mesures tordues, 7/4, 6/4, 9/8. Rester calme, cohérent. Décomposer, trouver l'accord de base, la dominante. Je me suis appuyé contre la Ford. Contact du métal, concret.

– C'est envisageable.

– Tout le matériel ?

– Tout.

– On peut voir ?

J'ai ouvert le coffre. Il a jeté un coup d'œil. Il a apprécié. Il a tendu la main. Je l'ai retenu d'un geste. Contact furtif de ma paume contre la crosse de son arme, glissée sous l'aisselle gauche, puisqu'il était droitier. J'ai refermé doucement le coffre.

– Il faut parler business.



Surprise. Il a regardé le yin-kong. Une tension. Focus sur les menottes à son poignet. Il a esquissé un geste vers sa poche intérieure. Je l'ai chopé par sa jolie veste et je l'ai plaqué contre moi, coup de boule dans les gencives, son corps comme rempart. La fille a giclé de la bagnole, le calibre à la main. Elle a glapi :

– Fils de pute capitaliste !

Détonations.

Le corps de la fille qui se désarticule dans les explosions de verre. Ses yeux exorbités. Eclats de sang. Vie tranchée net. J'ai nettement vu un bout de son crâne se détacher et décrire une courbe gracieuse avant de s'évanouir dans la nuit. Elle est tombée comme un sac.

Le morveux était raide de trouille. Je l'ai plaqué au sol, mains dans le dos.

– Vous êtes en état d'arrestation.

Des flics casqués ont surgi des quatre points cardinaux, le fusil-mitrailleur à la main. J'ai passé les menottes au gamin, saisi le calibre glissé dans son holster – un Springfield –, fouillé ses poches : pas de papiers. Du sang coulait de ses lèvres et avait sali sa chemise – j'avais cogné un peu fort. Etat de choc, désolé. Un flic l'a empoigné et l'a fait monter dans un 4x4.

J'ai jeté un coup d'œil à la fille. Bain de sang. Une bonne vingtaine d'impacts. Tir croisé, arrosage à 90°, aucune chance. Mâchoire inférieure fracassée, au moins deux projectiles mortels à la tête. Le côté droit en charpie. Rudy se tenait à côté de moi, un petit sourire aux lèvres.

– Elle a son compte, on dirait.

J'ai soupiré.

– Total merdier.

– Tu en as pour ton argent. Je t'avais dit de ne pas sortir de la voiture, on était prêt à les intercepter en douceur. De toute façon, je n'ai pas l'impression que c'est une grande perte. Bon, on le conduit où, ton client ?

– A Saint-Jacques. On se rejoint là-bas.

– A tes ordres. Brigadier ! Vous m'appelez une dépanneuse pour la bagnole. Et aussi une ambulance pour la fille, mais c'est moins urgent.

Les flics ont ri. Destressage, nerfs relâchés, humour.

Je suis retourné à la Ford. Trois impacts dans la carrosserie. Le yin-kong n'avait pas bougé d'un centimètre. Les mains ouvertes devant lui, il psalmodiait « *Kanya-ô Kenya-â* ».

Le jeune mec était assis dans la salle d'interrogatoire. Il contemplait ses mains entravées, posées sur la table, et tirait la gueule du type qui réalise enfin ce qui lui arrive. Une mouche tirée de sa merde et posée sur du lait. Incrédule. Down. A première vue, une partition facile.

J'ai bien observé son visage. Vingt ans, vingt-deux max. Des traits fins. Un joli minet, il devait plaire aux filles. Une veste Armani, une chemise Calvin Klein, des mocassins Berluti. Fric. Ou vol.

J'ai posé un gobelet de café devant lui. Ce truc-là marche

parfois. On n'avait plus le droit aux cigarettes, il fallait bien faire copain d'une façon ou d'une autre. Aucune réaction.

– Buvez. Ça vous retapera.

– Je ne bois pas de café.

Une voix posée. Distinguée. Haut de gamme.

– Désolé d'avoir frappé un peu fort.

Pas de réaction. Mépris. J'avais l'habitude. Je ne me suis pas énervé.

– Comment vous appelez-vous ?



Pas de réaction. J'ai essayé un ton plus paternel.

– Ecoutez, nous sommes entre nous. Cet entretien n'est pas filmé, il n'a rien d'officiel.

– Je n'ai rien à déclarer.

– Vous pouvez au moins me dire votre nom.

– Tovar.

Encore un pseudo. De toute façon, on y verrait un peu plus clair dans quelques minutes.

– Vous m'avez l'air sensé et intelligent. Qu'est-ce qu'un garçon comme vous pourrait bien fabriquer avec cinq caisses d'armes de guerre ?

– Partir à la cueillette aux champignons nucléaires. Cela vous convient comme réponse ?

Regard de défi, haute prétention. J'avais devant moi un gamin habitué à commander et à être obéi à la seconde. Un petit plein de fric comme je les hais. Je n'ai pourtant pas perdu mon calme.

– Je suis au regret de vous dire que votre amie a été tuée au cours de l'intervention.

Pas de réaction. Il semblait s'en foutre. J'ai continué d'une voix douce.

– Nous sommes désolés.

Il m'a répondu du tac au tac, buté :

– Elle savait ce qu'elle risquait. La vie n'est pas une partie de plaisir.

L'officier de garde est entré dans la pièce. Onordoki, un Basque sinistre. Petit, maigre, noiraud, pas rigolo pour un cent. Je ne pouvais pas le glairer. On prétendait qu'il avait torturé des gens de l'ETA, quelques années plus tôt, avant la proclamation d'indépendance de l'Euskadi.

– On a les premiers résultats. La Jaguar est une voiture volée. La déclaration de vol a été effectuée le 13 septembre à 11 heures 19 au centre du Ranelagh. Fausses plaques d'immatriculation. Avec 99 % de probabilité, le Springfield 340 N est l'arme qui a tué Arnaud De Blèves, le P-DG. On doit finaliser l'expertise balistique. L'analyse du code génétique et des empreintes digitales n'a rien donné : il est sur liste rouge.

Le jeune type triomphait. Même la tache de sang sur sa chemise avait de la classe.

Et moi, j'avais décroché le gros lot.

J'ai demandé qu'on me le conserve au frais et je suis rentré me coucher.

# 8



On avait relégué la clinique au milieu d'un vaste parc, aux abords de Clamart. Loin des regards, c'était mieux pour tout le monde. Un soleil d'automne épuisé inondait les arbres de lumière ocre et pourpre.

J'avais amené des paquets de gâteaux et des tablettes de chocolat, les préférés de Carl. Avec l'infirmière, nous avons placé la nourriture dans des sacs transparents et jeté les emballages. Je me suis orienté dans le labyrinthe des murs blancs. Deuxième étage, troisième porte après la baie vitrée. J'ai pris une profonde inspiration et j'ai frappé.

– Entrez.

Carl était assis sur son lit et regardait les arbres par la fenêtre. Je me suis assis à ses côtés.

– Bonjour, Carl.

– Tiens, c'est toi, Harry ?

– Non, c'est François. Ton frère.

– Ah ouais… Ça va, Harry ?

– Oui. Je t'ai amené de bonnes choses à manger.

– Des gâteaux ! Génial. Après, on va scier les barreaux avec une lime et s'évader en nouant des draps, puis on prendra une voiture et on traversera le pont, mais les Allemands vont tirer. Il faudra faire gaffe, hein ? Tu sais nager ?

– Ne t'inquiète pas pour moi, Carl.

– De toute façon, je suis là. Tu n'as rien à craindre.

Son gros visage de bébé me souriait. Ses yeux bleu horizon se sont tournés vers la fenêtre.

– Il faudrait une musique romantique. Avec des violons, tu vois. Alors je m'éveillerais le matin, je serais bien.

– Tu n'es pas bien ici, Carl ?

– Si. Mais j'ai soif.



Je me suis levé et je suis allé remplir un verre d'eau à l'évier. Par réflexe, j'ai voulu me regarder dans la glace. Il n'y avait pas de miroir, bien sûr. Surtout pas.

Il a bu son verre d'eau et j'ai rangé les gâteaux et le chocolat dans sa table de chevet. Les surfaces des meubles étaient mates, pour éviter les reflets. Carl regardait les arbres en souriant. Des feuilles mortes s'envolaient. Il murmurait : « On va se revoir. Je reviendrai. Attends-moi. Tu me le promets ? » Il a chantonné une musique douce.

Quatre ans, putain de bordel. Quatre ans de traitement et aucun progrès. Les psys m'avaient prévenu : le choc émotionnel avait été violent, il faudrait beaucoup de temps pour remettre ses repères à niveau. On l'avait retrouvé un matin, en pyjama sur le viaduc du métro, entre Austerlitz et le Quai de la Rapée. Il criait aux flics accourus pour l'interpeller : « Reculez ! Je suis invincible ! Coupez ! Coupez ! » Et il imitait le cri de Tarzan. On l'avait agrippé alors qu'il tentait d'escalader la structure métallique du pont. Crise de delirium visuel.

Depuis l'enfance, il passait son temps devant les écrans : télé, ordinateur, cinéma. C'était son unique passe-temps. Il n'avait pas d'ami. Il se plantait devant la télé sitôt rentré de l'école et regardait des séries gogoles ou s'explosait le cortex à coups de jeux vidéos. Ma mère le laissait faire, elle avait assez de problèmes comme ça, elle élevait deux gosses toute seule. Elle n'a même pas protesté quand Carl a quitté l'école à seize ans. Mais après qu'un cancer l'a dévorée en quelques semaines, il a été contraint d'aller gagner ses kopecks. Il a opté pour un boulot où le contact humain était limité au strict minimum : la vente par téléphone. Huit heures par jour à débiter un argumentaire débile pour des cuisines équipées, des séjours aux Seychelles, des fenêtres à double vitrage et des abonnements à différentes revues. Il rentrait à la maison et se goinfrait de pizzas en visionnant trois films, tout et n'importe quoi, Bunuel ou le dernier blockbuster américain, du karaté ou de l'art et essai, ça lui était égal. J'étais la dernière personne réelle à communiquer encore avec lui.



Après la fac, j'ai commencé à bosser et je me suis pris un appartement. On s'est vus moins souvent. Il n'a plus parlé à personne. J'aurais dû comprendre son départ en vrille le jour où j'ai remarqué deux nouveaux téléviseurs dans son salon. Il regardait toujours trois films, mais simultanément, le volume poussé à fond. Des voisins se plaignaient, j'essayais de lui parler : il ne répondait pas. Il posait son corps de nounours devant un écran et regardait un dessin animé. Il riait tellement que je le croyais heureux. Et puis, un matin, un collègue m'a informé du bug : on l'avait localisé sur le pont du métro, occupé à se jouer une scène de film.

Après de nombreuses semaines d'hôpital, je lui avais trouvé un centre de désintoxication dans la banlieue parisienne. Un endroit calme et cher, où il était suivi avec compétence. Il apprenait peu à peu à reprendre contact avec ce qu'on appelle la réalité. Il parlait avec les médecins et les infirmières, mais se croyait toujours dans une fiction. Certains jours, il se prenait pour Rett Butler, le héros d'*Autant en emporte le vent*.

D'autres, pour Superman. Il fallait toujours faire attention, il était capable de se jeter par la fenêtre sans intention suicidaire. L'essentiel était d'éviter toute exposition aux images. Voilà pourquoi on devait dissimuler les emballages, les bandes dessinées, la moindre forme d'illustration. Evidemment, interdiction des miroirs et fermeture des rideaux pendant la nuit : il aurait passé des heures à regarder son reflet dans la fenêtre. Un matin, dans le parc, il avait trouvé une carte à jouer, une dame de trèfle, et avait discuté avec elle pendant plusieurs jours. Il faudrait du temps.

Les soins me coûtaient un fric dingue, mais je m'en foutais. C'était mon grand frère, tout ce qui me restait de famille, je n'allais pas le laisser tomber. Mon père s'était barré avant ma naissance, le salaud, on ne l'avait pour ainsi dire pas connu.

Ces derniers temps, Carl me prenait pour Robert Mitchum dans *La nuit du chasseur*, un film en noir et blanc des années 1950. Je l'ai vu l'autre jour, on le diffusait sur Films pour le vingtième anniversaire de la mort de Mitch. Il jouait le rôle d'Harry Powell, un faux pasteur qui séduit des veuves pour les voler puis les poignarder sans remords. Les mots *LOVE* et *HATE* sont tatoués sur ses phalanges. Voilà ce que je rappelais à Carl.

Mon frère continuait de siffloter une musique et souriait en observant les feuillages jaune-brun. Il s'était encore réfugié dans une histoire, impossible de deviner laquelle. Je tentais parfois de comprendre, mais son esprit déjanté sautait d'une idée à l'autre, comme une bagnole qui a crevé. Aujourd'hui, j'étais trop claqué pour chercher à savoir.

– On va faire une balade, Carl ?

– On y va, chef ! En avant, marche ! Tu sais quoi, Harry ? Ça me fait rudement plaisir de te revoir !

Nous avons pris l'ascenseur et abouti dans le parc. Sa grosse silhouette se dandinait tandis qu'il courait entre les arbres, à jouer à la guerre ou à l'explorateur. Il faisait tout, les personnages, le metteur en scène, le décorateur et la musique. J'ai tenu une demi-heure. On s'est séparés à la porte de la clinique. Je l'ai serré dans mes bras et je l'ai embrassé.

– A bientôt, Carl.

– A bientôt, Harry. N'oublie pas ton couteau ! Ils te poursuivent !



Il a siffloté l'indicatif de *Mission impossible* et est rentré dans le bâtiment sans se retourner. J'appartenais déjà au générique.

J'ai récupéré ma Kawa sur le parking. Avant d'enfiler mon casque, j'ai pleuré comme un veau, comme à chaque fois. Puis je me suis pris une sniffette et j'ai roulé à fond, « *Miles'Mode* » dans le casque, des larmes dans les yeux.

Onordoki avait l'air salement emmerdé. Ses ongles crissaient sur ses joues criblées d'un paillasson noir. Cela lui donnait une plus sale gueule que jamais, papier de verre sur squelette. Surprise : Rudy était là aussi. Son sourire lui tendait douloureusement les lèvres : le constipé héroïque. Et le gros Desriens, la cravate de travers, se grattait la tête.

Rudy s'est dévoué et a pris la parole.

– On a une carie, Sacco.

– Le gamin s'est suicidé ?

– Non. On l'a à l'œil. C'est un peu ça, la carie.

J'ai englouti un gobelet de café fort et je me suis assis. Rudy, de plus en plus stress :

– Tu as raison de t'asseoir, il y a de quoi tomber sur le cul.

Je n'aime pas les intros qui s'éternisent. Je préfère tailler dans le vif, au scalpel s'il le faut.

– Tu me le ponds ou j'emploie les forceps ?

Onordoki a embrayé.

– Je vous ai dit hier que le suspect était sur liste rouge. Pas de papiers, pas de signes distinctifs, *a priori* impossible de préciser son identité.

– Je vous remercie, j'avais tiré la conclusion tout seul.

– J'ai regardé ses chaussures et j'ai eu l'idée d'interroger, ce matin, le patron de Berluti. Des godasses pareilles, ça banque dans les 3 000 euros. Donc, réservé à une clientèle très réduite. En plus, chaque paire est numérotée.



– Des chaussures, ça se vole.

– Celles-là ne sont pas volées. Parce que le patron de Berluti a reconnu son client, et le vôtre, Sacco, par la même occasion. Moi, je me dégage de toute responsabilité.

– Je n'en attendais pas moins de vous, Onordoki. D'ailleurs, je vous ferais remarquer que c'est moi qui l'ai arrêté.

J'ai esquissé dans l'air le signe universel : le pouce frotté contre l'index, par ici le cash.

– Et je vous le laisse de grand cœur, Sacco. Il s'appelle Jean-Sébastien De Milteau.

– Pardon ?

– C'est son fils.

Les autres me regardaient comme si c'était moi qui risquais trente ans de taule.

Je venais tout simplement d'arrêter, en flag, le fils du président de la République française.

Et puisque je n'étais pas suffisamment dans la merde, le Springfield était, sans aucun doute possible, l'arme qui avait assassiné Arnaud De Blèves. Quant à la douce jeune fille décapée au cours de l'opération, elle n'était autre qu'Inès

Vargas-Ponthieu, fille d'un des banquiers les plus influents d'Europe.

Dans l'ordinateur de bord de la Jaguar volée, les informaticiens de l'identité judiciaire avaient isolé un mail reçu six jours plus tôt : « *Le jour approche, le terme du terme. Le marteau frappe l'eau. La faucille moissonne. D'est en ouest, allez porter la bonne nouvelle de Touline à qui de droit. CLAC.* »

# 9

Sur une pleine page, Che Guevara lorgnait en direction de l'immortalité : l'agence Caraïbay promettait un séjour d'une semaine pour deux personnes à 750 euros, comprenant le voyage, l'hôtel cinq-étoiles et l'accès à la plage privée. Moyennant un petit supplément de 50 euros, les couples avec un enfant avaient droit à l'entrée gratuite au Disneyland de La Havane. A la fin du journal, la même image du Che servait la cause promotionnelle d'une bière au goût tropical. Le numéro entier était, en fait, consacré au Che, sa vie, son œuvre, ses amours et ses photos avec dix balles dans la peau. *Freaks* était décidément un canard énervant.

Je n'avais vraiment pas besoin d'un surcroît de stress. Mon client avait été transféré à la Santé dans des conditions de confidentialité maximales : la presse ne devait, à aucun prix, apprendre que le fils du président de la Répub était susceptible d'être mis en examen pour vol de voiture, possession illégale d'arme à feu, trafic d'armes et homicide sur la personne du P-DG du plus grand groupe industriel français. Lequel P-DG était, accessoirement, le meilleur ami de son père.

Je n'avais plus aucun accès à Jean-Sébastien De Milteau : il était l'objet d'un décret de quarantaine judiciaire. Alerté par le commissaire principal du centre Saint-Jacques, le ministère de l'Equité (le terme sonnait moins agressif que « Justice », paraît-il) avait pris des mesures en un temps record. Procédure de niveau 4 : affaire politiquement sensible, protection de l'intérêt public recommandée. Interdiction d'interroger le témoin jusqu'à nouvel ordre. Interdiction d'ouvrir une information judiciaire à son encontre. Interdiction de le mentionner dans une affaire périphérique. J'étais invité à faire part de toutes mes démarches au procureur Plancq, qui attendait lui-même les consignes de la Chancellerie. Blocage total.

Cette histoire commençait à fleurer le mauvais deal. Jamais, en dix années de PJ, je n'avais été confronté à une telle configuration. Je voulais en avoir le cœur net, je suis allé voir Vranac. Je me le suis pris en pleine tronche.

– Comment ça, 2 834,25 euros ? C'est tout ?

Je regardais mon bulletin de salaire sans y croire. Comme d'habitude, Vranac a fait celui qui ne pouvait rien faire.

– C'est votre salaire pour le dossier n° 13589-017, Souleymane N'Guyen.

– Et l'opération d'hier soir ?

– Je ne suis pas au courant. Je n'ai reçu aucune instruction à ce sujet.

Vautré dans son fauteuil, il a dessiné un gros sourire gêné sous sa moustache. Respectant un strict alignement vertical, sa cravate rouge suivait la pente de sa chemise et reprenait de l'altitude à l'attaque de son énorme bide. Depuis qu'il avait cessé le service actif par la faute d'une balle fichée à deux centimètres de sa colonne vertébrale, le commissaire-payeur Robert Vranac se laissait aller. Il avait déniché la bonne planque et se consacrait à sa seule passion, la pêche. On le prétendait capable de parcourir cent kilomètres, le week-end, pour trouver un poisson vivant. Visiblement, c'était là son unique souci pendant que je l'emmerdais avec mes histoires de fric dans mon commissariat de tutelle, le centre numéro 10, Louis-Blanc.

– Cela signifie qu'hier j'ai failli me faire trouer la peau pour rien ?

– Calmez-vous, Sacco… Je vous dis que je ne suis pas au courant. Tenez, buvez plutôt un coup.

Il est parti à la recherche d'une bouteille de porto dans un tiroir où s'entassaient des piles de dossiers numériques. Il m'avait fait le coup vingt fois : on trinque et on oublie. Il avait déjà réussi à me saddamiser de plusieurs centaines d'euros, en jouant sur le nombre de jours de filature ou sur la facture d'essence de ma moto. Mais une opération complète, ça n'était jamais arrivé.

J'ai interrompu son geste.

– Je n'ai pas soif. Expliquez-moi plutôt ce phénomène : j'arrête un type hier, il y a des rapports, des preuves, des témoins, et je ne suis pas payé ?

– Ecoutez, officiellement, il ne s'est rien passé.

Il m'a refait le coup de l'impuissance : la main qui s'élève pour montrer comme elle retombe lourdement, le fatalisme slave. Insupportable.

– Vous avez vécu des choses bien plus graves dans la vie, non ? Moi qui vous parle…

Je l'ai arrêté avant qu'il me resserve son histoire : ses parents tués en 1993 à Sarajevo pendant la guerre bosno-serbe, son arrivée en France sans un rond, l'école de police où tout le monde se foutait de son accent yougo, ses quinze années de terrain, son casier administratif sans tache, la fusillade qui avait failli lui coûter la vie, sa femme et ses deux enfants… Le truc de l'attendrissement ne marchait qu'un temps. Je n'avais plus les oreilles au lamento, je voulais mon fric.

Il a tenté une ultime diversion et désigné *Freaks* du doigt.

– Vous avez de drôles de lectures, Sacco.

– Vranac, de qui viennent les ordres ?

Geste fataliste, main qui s'élève, main qui retombe. Soupir en prime.

– Je ne peux pas vous le dire.

– Vous avez donc bien reçus des ordres ?



– Ecoutez... Presque 3 000 euros, c'est déjà pas mal, non ? De mon temps...

– Oui, je sais, de votre temps, les officiers de police travaillaient en équipe, ils étaient fonctionnaires et touchaient une paie de minable. Mais les temps ont changé, j'assume mes risques tout seul et je mérite un bon salaire.

– Moi, je ne dispose d'aucun renseignement. Je ne peux quand même pas vous payer pour une affaire dont je n'ai pas connaissance...

– Demandez au procureur Plancq !

– Il est comme moi : officiellement, il ne sait rien.

– Bordel, c'est vous, mon supérieur hiérarchique ! Alors, à qui voulez-vous que je m'adresse ? Au pape ?

– Même lui exigerait un justificatif. Et en latin, encore. Ecoutez, Sacco...

– Je vous écoute, je ne fais même que ça, et j'aimerais entendre des choses intéressantes.

– Je vais voir ce que je peux faire. Appelez-moi lundi.

Beau sourire triste signifiant : « Fais une croix sur ton fric, crétin. » Geste slave. Le commissaire-payeur Robert Vranac n'allait pas se laisser pourrir son week-end de pêche par un officier de police judiciaire.

Il m'a interpellé au moment où je posais la main sur la poignée de la porte.

– Au fait, vous savez que votre client est décédé ?

– Le yin-kong ?

– Oui, Souleymane N'Guyen. On l'a retrouvé mort dans sa cellule ce matin.

– Suicide ?

– Mort naturelle, semble-t-il. Alors, vous voyez, Sacco... Il faut savoir relativiser, dans la vie... C'est bien payé pour une histoire qui ne finira même pas devant un tribunal...



– Je devrais peut-être verser ma contribution au fonds de soutien des orphelins de la police ?

– Je ne vous demande pas un tel sacrifice.

– Trop aimable. Au revoir.

J'ai quitté le centre Louis-Blanc complètement haineux. Et décidé à en savoir un peu plus sur l'origine de mon manque à gagner.

J'ai escaladé les deux étages encombrés de vieux numéros de *Freaks*, esquivé un cadre de vélo rose pseudo-arty et frappé à la porte de gauche. Pas de réponse. J'ai hurlé « Miaou » et la porte a buzzé. Foutu code. Lazy était vraiment parano.

Dans son appartement-bureau-salle-de-rédaction-baisoir, il terminait une interview-chat sur son comportable, vautré dans son fauteuil directorial, les pieds sur le bureau et cerné de concrétions de papier et d'ordinateurs, mariage de la feuille blanche et du silicium. Pour les meubles, tables et chaises sado-bondage : métal-cuir, pénétrations mi-tube, mi-caoutchouc, design techno-pute. Lui, tee-shirt-jeans-baskets, pour ne pas changer. Par contre, une jolie blonde fumait dans la pièce adjacente.

Il s'est mis à vociférer, à plein volume, comme d'habitude.

– Commandant Saccooooo ! Comment tu vas ? C'est de la balle, commandant Sacco, c'est de la balle !

– Quoi donc ?

– La vie ! Il y a un degré de speed rigoureusement incroyable dans l'air.

Il a plaqué quelques signes sur son clavier et a envoyé valdinguer sa machine sur le bureau.

– Une sniffette ? De la mozambicaine, c'est nouveau, goûte-moi ça.



Je ne voulais pas le décevoir. Avec Lazy, il était important de mettre les formes. Refuser de sniffer constituait un affront, comme entrer à la mosquée en snow-boots.

Elle avait bon goût, légèrement safranée, avec une pointe de poivre. Un début en douceur, puis grand soleil, un bien-être formidable. Exactement ce qu'il me fallait.

– Qu'est-ce que t'en penses, commandant Sacco ? Tchernobyl, pas vrai ?

– Pas mauvais. Où t'es-tu procuré ce nectar ?

– Un ami correspondant de guerre. Il a ramené un souvenir de là-bas.

– Le Mozambique est en guerre ?

– Pas encore. Mais je ne désespère pas.

Lazy pratiquait le dernier avatar de sa corporation jamais rassasiée : le post-journalisme, c'est-à-dire l'annonce d'événements qui, selon toute probabilité, allaient bientôt survenir. La chasse aux scoops appartenait au passé, il fallait devancer l'actualité. Ses congénères vautours et lui arpentaient la planète à la recherche des saletés pressenties pour meubler notre quotidien dans les mois à venir : génocides (il suffisait de pister les ventes d'armes), scandales écologiques (*idem* avec les produits industriels), divorces people (*idem*, principe du mariage people), dernières tendances psychopathologiques (recouper les faits divers). Il emballait ce bouillon de culture dans des publications underground papier glacé et les fourguait bien cher aux milieux hype et branchés. Si l'info se vérifiait, il était le plus fort. Sinon, tu n'étais qu'un gogo qui avait mérité de se faire arnaquer de 30 euros.

Avant *Freaks*, Lazy avait lancé *Moog*, *Supernatural Structure*, *Asile* et *Uskerduud*, toujours sur le même mode opératoire : il achetait les reportages de ses correspondants aux quatre coins du monde et recrutait de jeunes et jolies stagiaires pour la mise en page et le démarchage publicitaire. Stagiaires bénévoles, cela va sans dire, et qui bossaient dur en échange de vagues promesses et de rodéos sexuels avec le patron. Lazy était beau gosse et n'avait aucun scrupule. Il était du genre pressé : à moitié sourd à vingt-six ans en raison de son accoutumance aux décibels, il en était à sa deuxième overdose et à son cinquième mensuel de culture aléatoire (ou de prévision alternative, ou de contingence parallèle, il changeait de phraséologie en fonction de ses investisseurs) et entretenait frénétiquement sa vocation de journaliste, fourrant son nez partout, surtout là où ça puait. Ces fumets lui tiraient des larmes d'extase, qu'il s'empressait de recracher dans ses torchons. En conséquence, il s'attirait un nombre inégalable d'ennemis, d'où la nécessité de certaines précautions relatives aux visiteurs – d'où le miaulement. Il jugeait cette procédure post-situationniste ou new-after-punk, je ne sais plus.



Je lui ai étalé son paquet de papier devant les yeux.

– Toi aussi, tu torches les fonds d'ordinateur ?

– On fête le cinquantième anniversaire de la mort du Che, ça méritait un numéro spécial !

– Tous les journaux font pareil. Tu t'embourgeoises, Lazy.

– Commandant Sacco… Che Guevara est une valeur de pointe en ce moment… Ce serait bête de se priver. Et puis, il a écrit l'Histoire, c'est très tendance…

– Il n'a rien écrit du tout. Si un branque n'avait pas pris trois photos de lui, tout le monde l'aurait oublié depuis longtemps. C'est Fidel Castro qui a « écrit l'Histoire », comme tu dis. Et n'importe comment, d'ailleurs.

– Tu es hard, commandant Sacco. Il y a eu de bons communistes. Là, on prépare un numéro sur le vingtième anniversaire de la mort de Georges Marchais, il revient en force, lui aussi.



– Marchais ?

– Mais oui ! Le fossoyeur ! On vend plein de tee-shirts à son effigie depuis un mois. Il fait peur aux enfants, c'est très rigolo. T'es pas hype, commandant, t'es pas dans le move, tu comprends pas les jeunes.

– Parce que, toi, tu sais ce qui leur convient…

– Commandant Sacco… C'est vieux tout ça…

Il a levé ses yeux noisette vers le plafond tartiné de nicotine. Les souvenirs qui fâchent… Je l'avais arrêté en 2013 pour trafic de techno hallucinogène. Une dizaine d'overdoses dans des hell-parties : fréquences infrabasses au-delà du seuil autorisé, hémorragies cérébrales. Strictement puni. Mais il était jeune (il venait de terminer sa maîtrise d'histoire), sympathique, et j'avais besoin d'indics dans ce milieu. Je lui avais accordé les circonstances atténuantes. Après un mois de préventive, il avait retrouvé la liberté, assortie de la promesse de ne plus recommencer… et de me livrer des confidences. Cette espèce de deal ne le perturbait guère. Il a tourné la tête vers son assistante.

– Géraldine ! Tu peux nous apporter deux cafés forts, s'il te plaît ? Merci, mon amour.

La blonde s'est empressée de nous fournir nos cafés-calva bien relevés. Lazy a tout de suite été repris par la bougeotte. Il a effleuré l'écran de son comportable et a sélectionné le logiciel musique.

– Je vais te faire écouter le top du hype : Sanishit !

La musique a pulsé en ligne directe dans les enceintes 2 x 100 watts : un mur de hurlements, de réacteurs d'avion et de crissements soutenus par un beat à 240 bpm. Sur un écran géant, une bouillie de rouge et de jaune mélangée de vert a déferlé a tempo. Il s'est mis à gesticuler comme un épileptique et a hurlé par-dessus le boucan :



– Voilà ce qui va faire danser dans les maisons de retraite ! Ça s'appelle « *Anarchrist* » !

Les murs tremblaient, la blonde avait l'air d'aimer, elle hochait la tête en rythme, j'avais envie de la baiser, elle se passait les mains sur les seins, la bouche entrouverte, la langue sortie, les yeux mouillés, elle a glissé un doigt sur son bouton, j'ai revendiqué une trique XXL.

La musique s'est arrêtée brutalement. Soupirs. Retour sur Terre. La fille est retournée bosser, un coup de lime sur les ongles, un coup de vernis. Attention, une couleur différente par doigt. Lazy m'a tendu un joint.

– Qu'est-ce que t'en penses ? Efficace, non ?

– Tchernobyl...

– Et rigoureusement dans les normes.

J'ai inhalé une énorme bouffée et mes pulsations cardiaques ont peu à peu repris leur rythme standard, une croche et une pointée à 60 bpm.

– Je croyais que tu ne jurais plus que par Mercantil.

– Voyons, commandant Sacco, Mercantil c'est complètement down... Ils ne sont même plus dans les charts... Pour les vieux de trente balais à la rigueur...

– Merci pour moi.

– Je dis pas ça méchamment. Mais bon, le freepop, ça va un temps. On se lasse. Tiens, j'ai écouté le posse de ton amie Jessica. Une bien jolie personne, par ailleurs…

– Propriété privée.

– On n'a rien fait, pas d'invasion, peace and no love. Ouais, les Karma Suckers… J'aime bien. Ils ont un bon flow, ça king pas mal. Ils ont de la hype et, en même temps, on leur donnerait pas seize ans. Ils dénoncent bien… Y a peut-être un petit problème au niveau des paroles, on comprend pas tout. Et puis, ils devraient travailler leur image, ils font trop rapk. C'est plus vraiment tendance. Sinon, c'est jouable…

– Tu vas leur faire un article ?

– Peut-être. Faut que je voie…

Bref, il fallait qu'il baise Jessica et j'étais moyennement votant. J'ai opéré une diversion.

– Tu as écouté Coltrane ? Je te l'ai mailé il y a deux semaines.

– Ouais… Pas mal… J'aime bien son concept, jouer avec de vrais instruments de musique. Mais ça fait un peu trip ado, tu crois pas ? Il sort bientôt un disque ?

Ces cultureux, ils s'imaginent toujours qu'aucun événement notable n'a précédé leur naissance… Je lui ai rendu le joint.

– Je te tiendrai au courant. En attendant, j'ai un truc à te demander. Le CLAC, ça te dit quelque chose ?

– C'est quoi ? Un collectif de peintres ? L'action painting est à nouveau très tendance. On m'a parlé d'une performance sur une montagne près de Milan.

– A mon avis, c'est plutôt politique.

– Voyez-vous ça… Le commandant Sacco fait dans la politique, à présent…

– Non. Je suis toujours dans la flicaille.

– Le CLAC, tu dis… Jamais entendu parler.

– On a intercepté un message.

Je lui ai tendu la retranscription du mail saisi dans la Jaguar. Il a remonté les genoux sous son menton et a lu attentivement. Les cendres du joint sont tombées en direction approximative du cendrier, sur la moquette.

– Voilà qui m'a tout l'air d'un nouveau groupuscule ultragauche. Tendance maxiléninisme.



– Maxi-léninisme ?

– Ce terme englobe tous les mouvements gauchistes inspirés du bolchevisme le plus hard. Les plus radicaux des radicaux, si tu veux. Aux Etats-Unis, on les a baptisés « Sinistraights ».

– Révolutionnaires, en gros ?

– Ouais. Sauf que, pour eux, la révolution n'est pas pour après-demain. C'est : tout de suite et plus vite que ça.

– Tu peux me citer des exemples ?

– L'Armée de Libération du Peuple, Forces Révolutionnaires, Comité d'Action contre l'Exploitation, Front de Combat du Prolétariat, Prolétaires en Action… Pas de panique, ils sont tous infiltrés. A la première tentative de happening, vous leur tomberez dessus. Mais les groupes terroristes, c'est comme les seins des filles : ça pousse en un rien de temps et c'est seulement quand ils sont là qu'on les remarque.

– Belle image, Lazy…

– Je te remercie. Des équipes gauchistes, il s'en crée dix par mois, rien que sur Paris. Parfois, ça ne dépasse pas trois gusses qui posent une bombe et disparaissent dans la nature, quand ils n'explosent pas avec.

– C'est toujours ça de pris…

– Tout le monde n'est pas doué pour foutre convenablement le bordel. Parfois, ça dure plus longtemps et ils finissent par se faire pincer. A ce propos, il paraît qu'un nouveau groupe s'est créé, le Collectif Action-Directe. Ils veulent reprendre la lutte là où Rouillan, Ménigon et les autres l'ont laissée.

– Je note.

– Globalement, ce sont des combats d'arrière-garde : ça cause beaucoup lutte des masses critiques et matérialisme épileptique, mais ça n'agit pas. Par contre, depuis un an ou deux, on a l'impression qu'il se passe des choses. Ça peut se comprendre car on vit quand même dans une société de pure merde. Pas vrai, mon amour ?



La blonde s'est réveillée de sa torpeur :

– Affirmatif, mon chou. Exploitation à outrance, je dénonce en bloc.

– Tu peux aller me chercher des cigarettes au tabac ? Je te rembourse demain. Et prends ton temps, j'ai à dealer avec le commandant.

– Pas de problème. Branlez-vous bien.

D'un œil approbateur, nous avons suivi la trajectoire de son cul. Une petite bombe suceuse de première force. Lazy a pris une pose romantique.

– Elle est gentille. Un peu con, mais gentille.

– Revenons à notre affaire. Tu me parlais de choses qui se passent.

– Ouais.

– Resserre le champ.

– C'est envisageable.

– J'agrège.

J'ai sorti le billet de 50 reus préparé à cet effet. Le billet a disparu entre les doigts de Lazy.

– Je vais te faire un petit topo historique. Tout commence avec les mouvements antimondialistes de la fin du XX^e siècle. Rejet de l'ultralibéralisme, de l'OMC et des grandes multinationales... Un mélange de babas-cools azimutés, d'économistes alternatifs, d'écolos traditionalistes, de contestataires professionnels, de râleurs invétérés, de trotskystes plus ou moins encartés, de marginaux plus ou moins recyclables et de citoyens plus ou moins paumés. Bref, un beau panel de gens qui n'acceptent plus de se laisser mener par le bout du nez, mais sans aucune force de frappe. Ils se sont baptisés ensuite « altermondialistes » pour faire moins négatif, puis « panmondialistes » pour intégrer les exploités de tous les pays, surtout les Chinois laminés par les mafias issues de l'ancien parti communiste. Evidemment, ça n'a pas empêché les lobbies industriels de mettre la main sur tout ce qui pouvait s'acheter ou se vendre et délocaliser la production dans les pays pauvres. Je résume : l'Afrique pour les matières premières, l'Asie pour la main-d'œuvre, l'Occident pour la comptabilité et la gestion du personnel. Pour le pékin moyen, l'optique reste la même : « marche ou crève ».

– Et ce n'est pas près de changer.

– Je n'en suis pas si sûr. Ce qui a foutu le souk, c'est la guerre civile aux Etats-Unis. Le mouvement panmondialiste s'est divisé en deux : d'un côté les hypermondialistes, qui prenaient en considération les risques de déstabilisation planétaire et prônaient un dialogue avec les gouvernements, aussi impérialistes soient-ils ; de l'autre, les mondialistes dialectiques qui reprenaient les vieilles analyses de Marx pour annoncer la fin du capitalisme et la nécessité de la révolution violente. A partir de là, tout s'est barré en couilles. En marge de la grande masse des réformistes pacifiques et inopérants, on a vu des nostalgiques de Mai 68 faire copain avec des jeunes anarchistes, des trotskystes se brancher avec des crypto-maoïstes, des staliniens chimiquement purs avec des prékrouchtchéviens et des post-léninistes, des brigadistes avec des autonomistes, et je t'en passe : on en compte trop et, de toute façon, ils ne sont jamais d'accord entre eux. Le problème pour toi c'est qu'ils sont mobiles, souterrains, décidés et biodégradables en vingt-quatre heures. Indice de protection : faible. Taux de pénétration : maximal. Une plateforme commune : le recours à la violence révolutionnaire, ainsi que l'avait préconisé Lénine dans les « Thèses d'avril ». C'est pourquoi on les regroupe sous le terme générique de « maxiléninistes ».



Il a marqué une pause pour souligner l'étendue de son érudition. J'étais bien trop captivé pour le laisser souffler.

– Et depuis un an ou deux...

– Tout découle de la situation américaine. D'anciens ploucs des guerres d'Irak et d'Iran en ont eu marre de n'être pris que pour des ploucs. Ils s'étaient fait baiser la gueule par leur administration, alors, après le retrait de toutes les forces yankees du Moyen-Orient, ils ont décidé de rentrer dans leurs frais : ils ont monté des réseaux de vente d'armes fédérales, avec Cuba comme plaque tournante. Jusqu'en 2015, le trafic s'est limité au marché nord-américain et à l'Extrême-Orient, surtout la Chine, un peu le Japon. Normal : c'est là-bas que ça bastonnait le plus.

– On ne vend pas de glaçons à des esquimaux.

– Ni de sable aux Kowétiens, affirmatif. Mais depuis deux ans, des guns issus des surplus américains circulent en Europe. Je compte bien y consacrer un numéro spécial.

– Pourquoi, à ton avis ?

– Pour faire du chiffre. Les collectors s'arrachent en librairie.

– Tu ne m'as pas compris. Pourquoi le trafic arrive-t-il en Europe ?

– Parce qu'il y a une demande, je suppose.

– Ce n'est pas une raison suffisante.

– Ben, il faut croire que la ménagère de moins de cinquante ans ne peut plus vivre sans un flingue dans son cabas.

– Arrête de te foutre de moi.

Je commençais à abuser de sa patience, mes 50 euros ne suffisaient plus à contenir sa tremblote interne. Il a explosé.

– Mais je n'en sais rien, commandant Sacco ! J'ai pas réponse à tout ! Moi, je constate les faits. A toi de tirer les conclusions qui s'imposent. 

Son téléphone a bipé. J'ai contemplé les piles de dossiers roses, verts et bleus entassés sur le bureau, en tentant moi aussi de classer les infos dans ma cervelle. La voix de Lazy s'est radoucie, suave et veloutée.

– Allô ? Marjolaine ? Oui… Oui, bien sûr, je me souviens de toi. Oui, c'est possible… Il faut qu'on entre en pourparlers. Oui, avec les lèvres, ah ah ah… Tu fais quoi ce soir ? On se voit à 20 heures au Bimbo ? On pourra discuter plus à l'aise. A ce soir.

Il a raccroché, l'air pensif. En bon flic, je l'ai asticoté :

– Une nouvelle assistante ?

– On verra cette nuit. Qu'est-ce qu'elle fout, l'autre ?

Comme par miracle, la blonde a réapparu. Elle a jeté deux paquets de Camel sur les genoux de Lazy.

– Tu me dois 20 euros.

– Je l'ajouterai à ton salaire, mon amour. Je commençais à m'inquiéter. Tu taillais des calumets au bistrot d'à côté ?

– J'ai juste bu un verre avec Denis.

– Le militant écolo ? C'est bien, tu choisis des produits bio. Tiens, à propos, commandant, tu savais que Cohn-Bendit était mort ?

– Rafraîchis ma mémoire…

– Mais oui ! C’est le mec qui a foutu le bordel en Mai 68 ! L’année prochaine, je fais un numéro spécial pour le cinquantième anniversaire.

– Tu finiras croque-mort.

– Tu ne devineras jamais la réaction officielle des Verts… Cohn-Bendit est un renégat parce qu’il a choisi de se faire incinérer, donc il a pollué la couche d’ozone. Ils sont vraiment down. Je te raccompagne.



Il a bondi dans une belle veste en cuir Smalto. Avec ses jeans crasseux et ses baskets rouges, il avait l’air tapé, radicalement hypeprolétariat. On a pris les escaliers. Il a pointé le pouce en arrière, puis vers le sol. Mort aux vaincus.

– Je peux plus la supporter. Elle dégage ce soir.

– Tu vas la payer ?

– Je vais réfléchir à la question.

Il n’y a pas de petites économies… J’ai tâté sa peau de bête.

– Dis-moi, ça rapporte la culture !

– Elle est hype, non ? Elle fait un peu Sixties, mais up-to-date quand même. Il faudrait que je fasse un numéro sur les Sixties. Tu connais mon rêve le plus fou ? Rencontrer un mec qui a fait Mai 68.

– Il n’y a plus de ministère des Anciens combattants, Lazy.

– T’agrèges pas… Mai 68, c’était du pur Tchernobyl… La lutte des clashs en plus fun…

Nous avons parcouru un réseau de cours intérieures très calmes. Dans les ateliers alentour, des chop-choïs bossaient ferme sur leurs comportables à écrans 3-D extra-larges. Bastille était devenu le quartier de l’import-export rapide, livraison en vingt-quatre heures aux quatre coins du monde. En cas de bug, déménagement de la boîte dans la nuit. Lazy m’a tapé sur l’épaule.

– Bon, je me renseigne pour ton truc, là, le CLAC. Dimanche soir, j'organise une soirée *Nuclear Fun*, place du Colonel-Fabien. Cinquante ans, jour pour jour, après la mort du Che, c'est un symbole fort.

– Chez Disney ?

– Ouais, j'ai arraché l'ancienne salle de réunion du Parti, ça va être uppercontest, il y aura Master Woosh et Lumumbeat au son, avec performances de cinq designers et chill-out open-sex. On se croise là-bas à minuit. Au fait, d'après mon contact chez Disney, la liquidation des biens du PCF aurait donné lieu à des magouilles pas possibles. T'as eu des échos ?



– Tu sais, moi et la politique… En plus, c'est pas jeune, ça remonte à pas mal d'années…

– Dix ans pile. Je vais peut-être me le mettre sous le coude pour un numéro spécial. Si tu as des infos, je te les achète un bon prix.

On est passés devant la guitoune d'un clodo que Lazy a salué d'une voix tonitruante.

– Salut Pipooo ! Comment ça vaaa ?

Un vieux père Noël à bonnet rouge et à barbe blanche perdait ses dernières années dans un assemblage de caisses en carton. La boîte de conserve posée sur un réchaud trahissait le cassoulet aux haricots blancs et aux additifs E 345 et E 347. Ses vêtements semblaient gluants de crasse.

– Salut gamin. T'as pas 1 reus ?

– Et même 2. Et une cigarette, tiens ! Commandant Sacco, je te présente Pipo. Il vit ici depuis plus de vingt ans. Pipo, je te présente le commandant Sacco, de la police judiciaire.

– Qu'il aille se faire foutre ! Les flics, j'ai jamais pu les glairer.

Le visage ridé du vieux s'est rivé à son horizon en conserve. On a poursuivi notre chemin.

– C'est un pur, Pipo. Il a tout compris. Notre société, c'est vraiment maximum aliénation.

– Tu te vois passer ta retraite dans des cartons ?

– D'accord, c'est un loser intégral, mais il a raison. Moi, de toute façon, je mourrai jeune, je connaîtrai jamais ce problème… Bon, j'exige un pur malt, mon taux d'alcoolémie diminue dangereusement. A dimanche. Et que le stress soit avec toi !



Il a disparu dans un pub irlandais. J'ai débouché place de la Bastille. Heure de grande sortie, bouchons à perte de vue pour cause de manif antipollution, et gros nuage de gaz carbonique par-dessus. Indifférents, des moines bouddhiques en robe orange se baladaient, un masque sur le nez. Le centre de loisirs Calypsos-Bastille – anciennement Opéra Bastille – affichait une cinquantaine de films en séance continue. L'ordre des choses.

Ve 6/10/2017. 22.15. Connexion à Jazzzz.
Messagerie de M. François Sacco. 1 message non lu.

Me 4/10/2017. 5.02.
De lighteva@calypsos.fr

Lighteva est heureuse de vous informer que le paiement de la facture n° 55894, d'un montant de 199,98 euros effectué le 1/10/2017 à 15.36 par la carte bancaire n°2186559877341, a été accepté. Lighteva vous remercie de votre fidélité et vous souhaite des jours lumineux en compagnie du leader européen de la distribution d'énergie.

Pièce jointe : testez nos nouveaux systèmes de climatisation sensorielle ! D'une simple pression du doigt, retrouvez la douceur salée des Seychelles ou le bouquet tonique de la brise irlandaise !

*Nouveau message*

Ve 6/10/2017. 22.18.
De saccoltrane@jazzzz.com à minist.sec.collective.finances@calypsos.org

A l'attention de M. le directeur financier.

Monsieur,

Je désire porter à votre attention les faits suivants :

– Suite à l'interpellation de M. Souleymane N'Guyen (dossier n° 13589-017) le 3 octobre 2017, une importante saisie d'armes non déclarées a été effectuée au domicile de l'intéressé (93 rue Manin 75019 Paris).

– Dans la nuit du 5 au 6 octobre 2017, une filature a permis l'interpellation d'un individu qui venait prendre livraison de ces armes. Je tiens à préciser que cette interpellation a mis en danger la sécurité du personnel d'intervention (coeff 3). J'ai assumé le commandement de cette opération en collaboration avec le capitaine de police Rudy Kempf (matr. 9944).

– Le commissaire-payeur Robert Vranac m'a remis ce 6 octobre 2017 une fiche de paye d'un montant de 2834,25 euros. Ce montant sous-estime de façon flagrante le travail effectué dans le cadre de ces opérations (référence : Convention collective n° 43/117 du 6 juillet 2014 relative aux rémunérations des OPJ).



En conséquence, je demande une régularisation de mes indemnités dans les plus brefs délais. Considérant le profil à risque de l'intéressé, l'importance de la saisie d'armes lors de la perquisition à son domicile et le caractère potentiellement porteur de l'interpellation qui s'est ensuivie, j'estime ma rémunération à 6433,57 euros, conformément aux barèmes légaux en vigueur. J'ajoute qu'il s'agit de ma dix-huitième opération de l'année (Dossier administratif commandant François Sacco, matr. 872).

En espérant une compensation rapide du préjudice financier subi, je vous prie d'agréer mes respects.

*Envoi*

Messagerie de M. François Sacco. 1 message non lu.

Ve 6/10/2017. 22.19.
De minist.sec.collective.finances@calypsos.org

Monsieur,

Nous vous informons que votre demande de régularisation a été enregistrée sous le n° 258988. Veuillez croire que nous allons tout mettre en œuvre pour examiner votre dossier dans les plus brefs délais.

Nous vous prions d'agréer, Monsieur, l'expression de nos sentiments distingués et de notre plus haute considération.

Pas vraiment calmé, j'ai ouvert une bouteille de graves et j'ai zappé sur une chaîne de télé où des ados, une tétine à la bouche, dansaient sur de l'électro douce. Ils faisaient juste ça, danser gentiment pendant des heures en se tenant par la main. Ça m'a aidé à m'endormir.

# 10

J'ai dégueulé mon café du matin. Un phénomène récurrent, ces derniers temps. Peut-être que je le préparais trop fort. Ou que je forçais sur le vin. Ou, alors, c'était le stress. Ou tout à la fois. Bref, l'expresso faisait souvent le yoyo dans mon organisme. Cela me mettait de mauvaise humeur pour la journée, ce qui, après tout, est la finalité du café. Je n'arrêtais pas de penser à ma prime envolée. Système de merde. Je n'avais pas dit mon dernier mot.

Sa 7/10/2017. 9.15. Connexion à Jazzzz.
Messagerie de M. François Sacco. 1 message non lu.

Ve 6/10/2017. 23.57.
De genialogie@caribox.fr

Envie de connaître vos origines ? Les noms et prénoms de vos ancêtres ? Vos ascendants illustres ? Génialogie dresse votre arbre généalogique jusqu'à la quinzième génération !

*Supprimer*

*Nouveau message*

Sa 7/10/2017. 9.16.
De saccoltrane@jazzzz.com à rens.generaux.service.veille@calypsos.org

Demande de complément d'enquête : Collectif Action-Directe.

*Envoi*

Messagerie de M. François Sacco. 1 message non lu.

Sa 7/10/2017. 9.17.
De rens.generaux.service.veille@calypsos.org à saccoltrane@jazzzz.com

Demande de complément d'enquête : Collectif Action-Directe.

Collectif Action-Directe : basé à Toulouse (France, Europe)
Fondateurs : Mohammed Slimani, Jean-Pierre Guéan, Armande Skorglünd, Régis ibn Khamal.



Photos, adresses, numéros de téléphone, e-mails, casiers judiciaires.

Descriptif : groupuscule d'extrême gauche inspiré de l'organisation terroriste Action Directe (démantelée en 1987). Inspiration marxiste-léniniste. Projets d'attentats ciblés contre des hommes d'affaires, des personnalités politiques ou médiatiques, des représentants de l'Etat. Dernière cible pressentie : M. André-Bertrand de la Villardière, P-DG de Renault, en référence à l'attentat d'Action Directe contre M. Georges Besse le 17 novembre 1986.
Enregistrement de la dernière réunion du Collectif Action-Directe, le 15 septembre 2017, au domicile de Jean-Pierre Guéan, 9 rue des Puits-Clos 31000 Toulouse

*Supprimer*

OK, ils étaient logés. Les tuyaux de Lazy n'étaient pas de première fraîcheur, on sentait du laisser-aller. Moi qui espérais me faire un peu d'argent facile…

J'ai inspecté ma tronche dans la glace de la salle de bains. Valait-elle encore le déplacement ? J'avais trente-cinq berges et déjà un pied dans la tombe. Des rides sur le front et des pattes d'oie au coin des yeux. Un peu de bide. Et même un poil blanc dans la toison de mon torse : je me suis empressé de le couper. Tant qu'à faire, je me suis égalisé ceux des narines.

Dans les oreilles : impeccable, rien ne dépassait. N'empêche, pour recueillir des renseignements à l'avenir, je devrais songer à jouer au papa plutôt qu'au petit copain. Par chance, certaines nanas préfèrent, inconsolables qu'on leur interdise de sucer leur pouce.

Je me suis rasé de près sans entamer les favoris et j'ai enfilé des vêtements décontractés et classieux à la fois : chemise blanche Smalto, jeans Paul Smith moule-burnes et santiags d'apparat. Bracelet de cuir au poignet. J'en avais emballé plus d'une de cette façon.



Je n'ai rien pris sur le plan euphorisant, je voulais avoir toute ma tête. Et puis, sait-on jamais, la fille me filerait peut-être des infos de première catégorie, exploitables dans le cadre de l'enquête. Cela dit, mon ambition était clairement sexuelle.

La bibliothèque Mitterrand me ramenait une bonne dizaine d'années en arrière, à l'époque idéaliste où j'étudiais le droit avant de tomber dans la justice. Dans mes souvenirs, je revoyais des locaux sombres, bois précieux et moquette, éclairage feutré et têtes religieusement penchées sur de gros volumes, dans un silence froissé de temps à autre par un chuchotement ou un rire étouffé. J'avais aussi l'image de jeunes ambitieux cramponnés à leur projet professionnel, sérieux et responsables, gestionnaires de leur temps et projetés dans un traumatisant inconfort psychique à la moindre apparition négligée de Jean-Luc.

C'est donc à reculons que je me suis confronté à mes résidus de mémoire. Si le temps avait passé dans mon dos à une vitesse insoupçonnée, ici j'allais me le prendre en pleine face et sous les yeux goguenards de centaines de post-adolescents lisses et compétents avant l'âge. En passant le contrôle des vigiles à l'entrée, je me faisais l'effet du cadre plus très dynamique sur le retour, en maraude sur les champs de bataille de ses débuts, mais terrorisé à la perspective de s'être agité en vain.

Première surprise : les lieux n'avaient pas changé. Même clair-obscur tombant des larges baies vitrées, même atmosphère calme et studieuse. Les boiseries étaient simplement patinées par la lumière et les tapis avaient subi le repassage de millions de pieds traînant leur mal de vivre. J'ai essayé de ne prêter aucune attention aux regards de défi croisés dans les couloirs. Des morveux de dix-sept ans, criblés de piercings et de tatouages, une sucette dans le bec, me considéraient d'un œil torve – une insulte vivante à leur jeunesse éternelle. Conformément à la dernière tendance, ils avaient épinglé bien en évidence un test VIH ou une capote à leur tee-shirt *Fuck tout le monde.* Pour les filles, je faisais plus exotique, une pièce de musée occupée à déambuler à l'intérieur des bâtiments. Certaines gamines qui venaient d'étrenner leurs premières serviettes hygiéniques me reluquaient avec l'aplomb de la plus cuirassée des gagneuses du périphérique nord. Je commençais à regretter de m'être sapé de façon aussi voyante. Au milieu des tee-shirts peinturlurés et des jeans en lambeaux, je me faisais l'effet d'un mac.



Je me suis orienté vers la cafétéria. Elle n'avait pas changé d'emplacement, à l'extrémité ouest de la cour intérieure. J'ai enfin remarqué combien les arbres avaient poussé en quinze ans. Leur feuillage obscurcissait l'espace, cachait les contours, estompait les silhouettes. Pour entretenir la déprime, sans doute.

Assise à l'écart, la fille buvait un café. Entre deux gorgées, elle tenait pensivement sa tasse devant ses lèvres, les yeux dans le vide. Un grand type s'est approché pour lui parler, costard et belle gueule dépeignée de rocker Wasp. Elle l'a dévisagé sans un mot, il n'a pas demandé l'addition et a décampé avec un bon paquet d'assurance en moins.

J'ai marché vers sa table en travaillant une absence de sourire – mon cœur à 120 bpm me signalait que la production de phéromones battait son plein.

– Bonjour.

Elle m'a regardé. J'avais peur qu'elle ait oublié jusqu'à mon existence. L'éclairage était faiblard, elle ne voyait peut-être pas bien ma gueule. J'ai sorti l'addition du restaurant avec son mot griffonné au dos. Elle a dit : « Bonjour », et a bu une autre gorgée. Pas l'esquisse d'une émotion. La règle : un chop-choï n'exprime jamais rien. Je me suis assis, d'autorité. Après tout, puisqu'elle était là, elle n'avait pas oublié notre rendez-vous. Pauvre con. Elle a regardé ailleurs et a parlé très bas.



– Pourquoi cherchez-vous des renseignements sur les Destro-Zens ?

– Qui vous dit que je cherche des renseignements sur les Destro-Zens ?

– Tout le quartier était au courant, l'autre soir. La nouvelle a fait le tour en cinq minutes. Les gens se méfient de plus en plus de la police.

– Qui vous dit que je suis de la police ?

– Qui d'autre s'inquiéterait des Destro-Zens en plein China-town-Sud ?

La fille parlait avec détachement, une vraie princesse, j'étais à peine une ombre dans son univers. J'avais intérêt à dérouler le tapis rouge.

– Je ne m'inquiète pas pour eux. Ce sont plutôt eux qui m'inquiètent.

– Vous n'êtes pas le seul. Parler des Destro-Zens à un Chinois revient à lui agiter son squelette sous les yeux.

– Ils sont si redoutables ?

– Ce sont des fanatiques et leur philosophie, en outre, est d'origine japonaise. Or, les Chinois ont horreur des Japonais.

– Je l'ignorais.

– C'est évident. On ne sait jamais ce que pense un Japonais. Quand un Japonais dit oui, il pense non. Nul n'est fourbe comme un Japonais. Quand un Japonais vous adresse la parole, il ne vous regarde jamais dans les yeux. Quand un Japonais vous vend un bien, il vous vole. Les Japonais sont des tortionnaires sadiques. Voilà ce qu'on enseigne aux petits enfants chinois. Alors, si on évoque devant eux les Destro-Zens… Allons dehors.

Elle s'est levée. Elle portait un pull rose et ample qui abstractisait ses formes et un pantalon de cuir noir ultramoulant. Tous les mecs la lorgnaient ; elle regardait droit devant elle, indifférente. Moi, je faisais l'habitué – un vrai charlie, irrécupérable. Nous avons débouché sur une petite terrasse et nous sommes accoudés à la balustrade, loin des autres. Elle détaillait le jardin intérieur, à présent baigné de lumière. L'air était doux et tendre. Je lui donnais dans les vingt-deux ans, très grand maximum.

Elle a repris sur un ton neutre :

– Pourquoi vous intéressez-vous à eux ?

– J'ai interpellé un individu appartenant, selon toute vraisemblance, à leur mouvance. Son discours était suffisamment préoccupant pour que je cherche à en savoir un peu plus.

Elle semblait penser à autre chose.

– Les Asiatiques ont horreur des Destro-Zens. Ils ne vous le diront jamais, mais leur existence est un véritable cauchemar. De vieilles superstitions remontent à la surface. Savez-vous que les Chinois sont très superstitieux ?

– Non.

– Vous auriez mieux fait de vous renseigner avant de les questionner. Vous leur avez flanqué la frousse de leur vie.

Elle a ri. Un rire bref et amer.

– Les Destro-Zens sont apparus à la fin du XXe siècle. Ils se réclament de la secte Aum. Vous connaissez ?

– Pas du tout.

– En 1995, cette secte a commis un attentat au gaz sarin dans le métro de Tokyo. Cet attentat a fait douze morts. Leur gourou, Shoko Asahara, entendait dénoncer l'effondrement des valeurs traditionnelles face à l'invasion occidentale et prétendait s'élever contre la décadence de la société japonaise, gangrenée par le culte de l'argent et du profit. Il s'était entouré d'éminents scientifiques, comme le biologiste Seiichi Endo ou le chimiste Masami Tsuchiya. Ensemble, ils ont mis au point des armes bactériologiques imparables. Asahara régnait sur un groupe de disciples complètement fanatisés. Ils allaient jusqu'à boire l'eau de son bain afin de recueillir des parcelles de son fluide vital, et même du sang humain, qu'on faisait bien sûr passer pour le sang du gourou. Quand on connaît la répulsion des peuples orientaux pour l'impureté, on mesure mieux l'ampleur de leur conditionnement. Après l'attentat, la plupart des membres de la secte ont été arrêtés et condamnés, mais quelques-uns ont échappé à la police.



– Ils ont repris leurs activités ?

– On n'a plus jamais entendu parler d'eux, mais leur doctrine a exercé une profonde influence sur les milieux ultranationalistes. Après l'effondrement du nikkei en 2009 et les Emeutes du stress qui ont fait plus de cinq mille morts à Tokyo, les gens se sont réfugiés dans toute une série de dogmes rédempteurs, notamment la religion shintoïste, une déclinaison japonaise du bouddhisme. Il faut savoir que, jusqu'en 1945, le shintoïsme était religion d'Etat au Japon. Elle conférait un statut de dieu vivant à l'empereur et justifiait les guerres d'annexion du

Pacifique. En capitulant devant les Américains, Hiro Hito a perdu ce statut divin. Certains ne l'ont jamais accepté.

– C'est de l'histoire ancienne.

– Pas si ancienne que cela. Des scientifiques japonais ont profité de la Deuxième Guerre mondiale pour se livrer à des expériences sur les populations occupées, principalement sur des Chinois. Comme les nazis, ils cherchaient à vérifier leurs théories de façon à prouver la supériorité de la race nippone. Vous comprenez mieux maintenant la méfiance qui persiste entre les deux peuples. On pensait en avoir fini avec ce type de discours, mais une poignée de savants révisionnistes n'a jamais renoncé. Ils ont trouvé un écho favorable dans une frange très minoritaire de pratiquants shintoïstes imprégnés des idées de la secte Aum. De leur rencontre sont nés les Destro-Zens.

J'ai cru bon de philosopher un peu pour me faire reluire.

– Les extrêmes finissent toujours par se rejoindre.

Ma remarque est tombée dans le vide. Elle a continué sur sa lancée.

– Malheureusement, l'apparition des Destro-Zens correspond à l'essor de la philosophie bouddhique dans le monde. Peut-être était-ce inévitable : plus une pensée se répand, plus elle est déformée. Quoi qu'il en soit, sous l'influence de leur maître, un certain Daiseku Oguchi, le discours apocalyptique des Destro-Zens a dépassé les frontières du Japon pour se disséminer un peu partout. Oguchi a été arrêté il y a cinq ans et condamné à mort, mais d'autres ont pris la relève. Le mouvement est entré dans la clandestinité absolue. Officiellement, les Destro-Zens n'existent plus, mais chacun sait qu'ils sont en pleine expansion. Ils fanatisent de jeunes marginaux au moyen d'un discours mystique et eschatologique qui promet la réincarnation par la destruction créatrice.

– Et c'est là que les savants interviennent…

– Exact. Ils ont mis au point un virus, une mutation inconnue du VIH, qui détruit l'organisme en quelques jours. Les porteurs sont immunisés grâce à des thérapies géniques bloquant le développement du virus. Mais dès qu'ils cessent de prendre leurs comprimés, ils disparaissent à leur tour.

Je comprenais le changement de physionomie du yin-kong : il s'était laissé boulotter par le virus, l'âme en paix. D'où la mort express. La fille des Halles n'avait sûrement pas duré beaucoup plus longtemps. Terrifiant. Une petite précision m'était utile pour reprendre pied dans la rationalité.



– Si je vous suis bien, ils sont tous volontaires.

– Voilà le plus fou : ils se font inoculer le virus en pleine connaissance de cause. Au lieu de se faire exploser avec une bombe, ils la font exploser dans le corps des autres. Seule une race d'élus franchira avec succès l'épreuve de la mutation génétique et psychique conduisant l'humanité vers une ère nouvelle, sereine et purifiée.

Mon gros bon sens a souligné en rouge le bug majeur.

– Et s'ils l'empoisonnent complètement, l'humanité, comme vous dites ?

Fataliste, ma guide en religion a haussé les épaules.

– C'est qu'elle ne méritait pas d'être sauvée. De toute façon, leur sacrifice leur confère l'immortalité.

– Ben voyons…

– Ce sont des bouddhistes, ils ne brisent pas la chaîne du vivant. Ils se contentent de l'infléchir. Ils estiment ne pas trahir l'enseignement du Bouddha, ils l'adaptent simplement au XXI$^{e}$ siècle.

– Au fait, comment savez-vous tout cela ?

– J'ai fait mon mémoire de maîtrise en anthropologie sous la direction d'une grande mythologue japonaise, Keiko Mutsuga. Elle enseigne à Nanterre. Personnellement, je n'ai rien contre les Japonais, bien au contraire. Leur culture est fascinante.

– Mais pourquoi me le raconter à moi ?

Elle a enfin tourné la tête dans ma direction. Elle m'a observé deux secondes et a repris sa contemplation de la nature. J'ai eu droit à la réponse habituelle.

– Je ne sais pas.



Silence. Je n'aurais pas dû poser la question suivante, je le sentais, mais je brûlais de la connaître mieux. De toute façon, un flic est payé pour questionner les gens jusqu'à la fin des temps.

– Vous travaillez dans ce restaurant pour payer vos études ?

– Oui.

– Vous étudiez toujours l'anthropologie ?

– Non. J'ai commencé une licence d'histoire de l'art.

– C'est intéressant ?

– Oui.

Je l'avais perdue. J'avais changé de registre et elle faisait celle qui ne se rendait compte de rien. De bonne guerre. Nous avons regardé le soleil qui amorçait son déclin et se glissait entre les tours de la bibliothèque. Un rayon frappait le sommet d'un arbre. Je l'ai clairement entendue dire :

– 30 euros pour la pipe. 100 pour le sexe. Dans les toilettes.

Souffle coupé. Nous nous sommes regardés en silence.

Elle, de glace :

– Je finance mes études. Alors ?

J'ai secoué la tête et je suis parti.

Phonecall. Samedi 7 octobre 2017, 16.38.
De M. François Sacco, n° 0033-1-62581469873, à Mlle Jessica Sakarian, n° 0033-1-68569345288.

«*Salut, Jessica n'est pas disponible, laissez un message ou allez vous faire foutre. Bip.*»
«Jessica, c'est Sacco. On se voit ce soir ? Je suis libre. Rappelle-moi. Salut.»

Fin de l'appel. Durée : 26".

Calypsos. Samedi 7 octobre 2017, 21.07.
De Cabinet du maire-préfet de Paris, n° 0033-1-65869325666, à M. François Sacco, n° 0033-1-62581469873. 

«Commandant Sacco ?
– Lui-même.
– Laure de Gersal, directrice de cabinet du maire-préfet de Paris.
– Bonsoir.
– Excusez l'heure tardive de mon appel, mais nous ne pouvons plus attendre. Le maire-préfet Jacques Lissner aimerait vous voir demain. Etes-vous libre à 14 heures ?
– Demain ? C'est dimanche.
– Je le sais aussi bien que vous, mais monsieur Lissner souhaite vous entretenir d'un sujet important. Très important. Il souhaite aussi que cette rencontre soit entourée d'une confidentialité absolue.
– En gros, je n'ai pas le choix.
– Nous sommes en démocratie, commandant, les gens ont toujours le choix. Ensuite, ils les assument.
– Compris. Demain, 14 heures.
– Vous vous présenterez à l'arrière de l'Hôtel de Ville, rue de Lobau. Le personnel de sécurité vous prendra en charge. Tâchez d'être ponctuel.
– Je le suis toujours.
– Et n'oubliez pas : confidentialité absolue.
– Je n'oublie pas.
– Au revoir, commandant.
– Au revoir.»

Fin de l'appel. Durée : 2' 57".

Je me suis étendu dans mon canapé, un verre de Saint-Chinian à portée de main, et j'ai repris mon zapping. Sur

Eurosport, Anatole le comique commentait le match de foot de première ligue Manchester-Real Madrid : « *Et Esteban tire, en plein dans les coucougnettes de Gibson, pas de chance, mon gars, tu risques d'avoir du mal à t'asseoir ces prochains jours…* (rires) *L'arbitre appelle les soigneurs ! Il est pas un peu pédé, l'arbitre ?* (rires) *Bientôt, il va sortir un carton rose en criant : le prochain qui tire à côté, je l'encule dans les vestiaires ! (rires) Pour se retaper, Gibson n'a qu'à prendre un bol de céréales Comics, la céréale des petits champions qui remet tout d'aplomb. Bon, le score est toujours de zéro à zéro au bout d'une heure de jeu, et c'est pas qu'on s'emmerde mais…* (rires) »



Par chance, j'ai déniché un vieux film français, *Le fabuleux destin d'Amélie Poulain*. Toute ma jeunesse : gentil, sympa, un peu naïf, très fin XXe siècle, idéal pour faire passer la soirée. La fille était complètement tarte, mais jolie.

# 11

J'ai consacré une partie de la matinée à regarder des avions traverser le ciel dégagé. Ils descendaient derrière Montmartre, direction Roissy-Charles-de-Gaulle, ou effectuaient un lent virage et s'en allaient vers Orly-Jacques-Chirac.

En contrebas, des gosses s'amusaient à jeter des pierres sur des fidèles sortant d'une église orthodoxe. D'autres jouaient au foot sur le pont ferroviaire enjambant les voies de la gare de l'Est. Deux skinheads sont passés par là et ont balancé le ballon sur les voies, juste pour rigoler. Les gamins ne se sont pas énervés, ils les ont tabassés et ont récupéré leur ballon. C'était dimanche, il n'y avait pas beaucoup de trains.

J'ai branché mon comportable sur le mode télé. Infos : « *Le Real de Madrid bat Manchester United 2 à 1 ; Attentat antifédéral à Washington, 20 morts, 124 blessés ; Le ministre de la Sécurité Collective Gaétan Habel rencontre les principaux représentants de la police nationale ; Le président de la République Jean-Serge De Milteau décrète un moratoire sur les ventes d'armes en Afrique ; Le groupe de médias Calypsos rachète la chaîne de télévision RAI 2 ; Augmentation de l'indice de confiance des fabricants de produits manufacturés de 45,7 à 47,2 ; Inondations dans le Midi de la France : 6 morts à Montpellier, 2 à Marseille ; Zinedine Zidane fait Grand-Croix de la Légion d'honneur pour l'ensemble de son œuvre ; Les Dallas Mavericks battent les Chicago Bulls 89 à 86 ; Le chanteur Renaud élu à l'Académie française ; Journée de protestation des victimes de maladies nosocomiales ; Le temps : orageux en fin de journée, perte de 10 degrés prévue demain.* »

Telplus. Dimanche 8 octobre 2017, 11.13.
De M. Jean-Luc Borgne, n° 0033-1-69853478596 à M. François Sacco, n° 0033-1-62581469873.

« François ? Salut, c'est le plus grand écrivain du monde.
– Salut, le plus grand écrivain du monde.

– Toujours en vie ?
– Sinon, c'est bien imité.
– Comment s'est passé ton contrat ?
– Un peu agité, je te raconterai. Et toi, tes conneries ? Kevin et Melinda se sont enfin envoyés en l'air ?
– T'es dingue ! Kevin se demande comment il va annoncer à Melinda qu'il préfère Britt, sa prof de tam-tam, une suédo-camerounaise péroxydée.
– Absolument passionnant.
– Pas d'ironie. Grâce à eux, je peux t'inviter à bouffer. Tu fais quelque chose ce soir ?
– Ouais. Je vais à une soirée rebelle.
– Chez les alternautes ? Encore du mouchardage...
– Il m'arrive de sortir pour le plaisir.
– Admettons. Et mercredi ?
– Mercredi, j'ai une potentialité.
– Pointe-toi à 20 heures. Y aura une surprise.
– Une surprise avec des gros nénés ?
– Si je te disais oui, ce ne serait plus une surprise.
– T'as raison. A mercredi soir, gratte-papier.
– Salut, poulet. »

Fin de l'appel. Durée : 3' 22".

Je suis sorti manger un morceau dans un snack de la rue Louis-Blanc. Grande foule. Indiens noir foncé de la gare du Nord, Pakistanais noir clair de Louis-Blanc et Tamouls ni-clair-ni-foncé de La Chapelle, tous en coexistence pacifique, sans oublier les Sikhs, les Sri-Lankais et les Bengalis. Un mariage friqué passait dans la rue : le dieu Ganesh était de la partie avec sa trompe et ses dix bras, et des filles superbes en saris multicolores balançaient des pétales sur les mariés, un mec moyennement foncé et bedonnant au coté d'une Indienne hypercanon, tous deux en costumes traditionnels. Ils se tenaient debout dans une limousine longue comme le pâté de maisons, sous le regard attendri du père du marié, un vieillard à barbe blanche en grande tenue bourgeoise, queue-de-pie et chapeau haut-de-forme, folklore garanti. Encore un de ces gars qui avait fait fortune dans le pays de ses ancêtres, le jour où il s'était avisé que les pauvres de Goa et de Calcutta fabriquaient ballons, chaussures, vêtements de sport, jouets et composants électroniques aussi bien, et pour beaucoup moins cher, que les Chinois trop occupés à faire la guerre. Tout le monde investissait à New Dehli, on ne jurait plus que par le miracle économique indien et les films de Bollywood. Pour ma part, je suis incapable de regarder un seul de ces navets, je roupille au bout de cinq minutes. Il paraît qu'ils diversifient un peu leur production et que les acteurs arrêtent parfois de chanter et de danser entre deux scènes de baston. A vérifier.



Après avoir bien fait saliver les habitants du quartier, la noce a poursuivi sa route fleurie vers les restaurants de luxe des Champs-Elysées. J'ai avalé une portion de bœuf briyani avec du riz basmati et du thé de Ceylan au milieu d'une centaine de petits bonshommes à moustache déroulant leur jolie langue, mélodieuse et souple, gracieuse comme leur écriture en spirales. Ça sonnait un peu comme une intro bluesy de Coltrane, « *I want to talk about you* », Newport, 1963.

Je suis rentré chez moi. Sur le pont, les gamins jouaient toujours au foot. Les godasses des skinheads faisaient maintenant office de poteaux de but. Un dimanche ordinaire, calme et tranquille.

La pluie recommençait à tomber. Un type en costume noir attendait derrière l'Hôtel de Ville. Mon contact. J'avais préféré garer ma Kawa au centre Saint-Jacques, à deux pas, afin d'augmenter mon taux de disponibilité.

Je me suis dirigé vers lui. Il a porté sa main droite à la bouche : mon arrivée était annoncée. De toute façon, dix caméras m'avaient pris en charge dès que j'avais franchi le périmètre protégé de la rue de Rivoli. Le type était un grand rambo, crâne rasé et corps rompu à tous les sports de combat, emballé dans un costume bien coupé. Personnel de sécurité haute-fidélité, le badge « Scan » faisant foi. La meilleure agence maintenance-protection, ultrapro.

– Commandant Sacco ?

Comme s'il ne le savait pas… Il avait les poches bourrées de photos de ma gueule. J'ai hoché la tête.

– Veuillez m'excuser. Consignes de sécurité.

Il a tendu la main et, en bon initié du langage des signes, je lui ai donné mon arme de fonction. Elle a disparu dans sa poche. D'un geste, bras tendu et paume ouverte, il m'a fait signe d'entrer par une porte entrouverte, puis m'a précédé dans les vestibules et les couloirs déserts, moins pour m'indiquer le chemin que pour s'assurer qu'ils étaient totalement vides. Nous avons gravi un escalier. Un second type en costume sombre attendait au sommet, un brun caché derrière des lunettes noires. Les deux gorilles ont échangé un signe. Le crâne rasé a ouvert une porte et a tendu le bras, prêt à frapper.

J'ai pénétré dans un bureau très moderne, table de travail en acier transparent, ordinateur à écran géant, lampe équipée d'un modulateur vocal, fauteuils à encadrement métallique. Dans l'un d'eux, un homme d'une cinquantaine d'années, lunettes double vitrage, visage pâteux, temps grises et costume sombre, m'observait en silence, jambes croisées. Derrière le bureau, un grand type maigre et sec discutait avec un petit gros qui lui montrait une suite d'infos sur son comportable de poche :

– La criminalité de voie publique est en baisse de 0,07 % par rapport à la semaine précédente sur les arrondissements non protégés. Cependant, si nous tenons compte de tous les paramètres, notamment des dégradations dues aux manifestations des 4 et 7 octobre et des interpellations réalisées dans le cadre de ces manifestations, nous obtenons une hausse de 1,8 %.



– Cela me paraît correct.

– D'autant plus que les agressions à main armée ont augmenté dans la grande banlieue. Nous tenterons d'établir une corrélation.

– Mailez-moi votre rapport demain.

– Bien, monsieur.

Le petit gros a dégagé par une porte latérale comme un vrai charlie, la gueule tartinée de responsabilités. Le grand maigre m'a considéré, silencieux, les mains derrière le dos. La cinquantaine grisonnante lui aussi. Costume strict, pli impeccable, cravate rectiligne. Peau du visage tendue par les os, lèvres sèches, yeux immobiles. Voix coupante. Sur le ton du constat.

– Commandant Sacco.

– Affirmatif.

– Je suis Jacques Lissner, maire-préfet de Paris.

– Enchanté.

– Epargnez-moi ces formules toutes faites, je vous prie. Je suis navré qu'on vous ait contacté à une heure si tardive. Ne vous plaignez surtout pas : à titre personnel, j'aurais préféré vous convoquer dès hier soir. Ma collaboratrice a prétexté qu'une entrevue dominicale offrirait davantage de confidentialité. Je lui laisse l'entière responsabilité des conséquences imputables à ce retard.

Il s'est assis. De toute évidence, il me voulait debout devant lui, aux ordres. Puisqu'il tenait à jouer ce jeu-là, je n'ai pas bougé d'un poil, en position d'écoute, à cinq pas du bureau. Très maître de maison, il a poursuivi.



– Le ministre de la Sécurité Collective, monsieur Habel, a pris connaissance du dossier du dénommé Souleymane N'Guyen et de ses prolongements. Au passage, vous avez ses félicitations. Du très bon travail, selon ses propres termes. Pour ma part, je déplore que l'interpellation annexe survenue dans le cadre de cette affaire ait causé la mort d'une jeune fille. Celle-ci se serait révélée un témoin important pour la suite. Il semble que vous en soyez en partie responsable, puisque vous n'avez pas respecté toutes les consignes de sécurité. C'est du moins ce qui ressort du rapport du capitaine Rudy Kempf.

Rudy, fils de pute. Il me le payerait.

– Cas de force majeure, monsieur.

– Votre travail consiste justement à anticiper les aléas inhérents à l'action coercitive. Je pense que cet axiome fait partie des principes élémentaires enseignés dans toutes les écoles de police.

– Oui, monsieur.

– Par bonheur, nous n'avons aucune perte à déplorer dans nos rangs. Ceci étant posé, je voudrais attirer votre attention sur le jeune homme interpellé au cours de cette opération. Vous concevrez aisément l'embarras qu'a suscité cet événement dans les plus hautes sphères de l'Etat. D'où sa qualification en niveau 4 et le placement de l'intéressé dans des conditions d'isolement total.

– Qui a pris cette décision ?

– Cela ne vous regarde pas. Je sais que les officiers de police judiciaire s'inquiètent uniquement du montant de leurs primes et des barèmes de tarification des délinquants, et je peux vous assurer que je milite ardemment pour une réforme de ce système. Il est grand temps de nettoyer les services. Dans l'intervalle, contentez-vous de prendre acte.

– Je n'ai fait que mon travail, monsieur.

– Et je ne vous en fais pas grief. Je me contente de déplorer la démagogie d'un certain nombre de responsables politiques. Le service de l'Etat ne se conçoit pas sans un minimum de rigueur et de probité, mais je ne m'étendrai pas sur ce point, ce n'est pas l'objet de votre présence ici. L'affaire qui nous préoccupe exige une réaction rapide, et monsieur le ministre de la Sécurité Collective m'a demandé de prendre les mesures nécessaires. Je crains que nous n'ayons débordé le strict cadre de la délinquance de droit commun. Nous marchons sur la voie étroite.



– Excusez-moi, mais j'ai du mal à vous suivre.

Il a soupiré, apparemment accablé que son génie ne déclenche aucun buzz dans ma tête de flic. Il a fermé les yeux, ses mains jointes rythmant son débit et délimitant géographiquement les deux branches de l'alternative.

– La voie étroite séparant une affaire simple d'une affaire compliquée, si vous préférez. Et une affaire très compliquée, en l'occurrence. Monsieur Ducrocq ?

L'autre type ne m'avait pas quitté des yeux. Il a eu un sourire poli, a fait un petit signe de tête au maire-préfet, très gentleman anglais, et s'est adressé à moi avec bienveillance. Sa voix avait la rondeur des faux derches professionnels.

– Commandant Sacco... Vous n'êtes pas sans savoir que notre démocratie se trouve sous la menace constante d'éléments subversifs plus ou moins contrôlés. Notre lutte en ce domaine ne connaît pas de répit, surtout en ces temps où fleurit une nostalgie absolument aberrante à l'égard d'idéologies que nous pensions définitivement tombées dans l'oubli, et de prétendus héros, tel Che Guevara, lequel n'était en réalité qu'un vulgaire criminel de droit commun. Le combat contre ces fauteurs de troubles est assez massivement couronné de succès, notamment grâce à des éléments de valeur tels que vous, bien que vous ne possédiez aucune qualification particulière en matière d'action antiterroriste. Néanmoins, l'exercice de la liberté autorise certains individus à se prétendre au-dessus des lois. La plupart d'entre eux sont des déclassés, des marginaux sans envergure, des illuminés en proie à la manipulation. Leurs initiatives ne représentent que de légères contrariétés qu'en règle générale la société se charge de corriger dans les plus brefs délais. Concernant notre affaire, il en va différemment.

J'en avais marre de leurs tortillages de cul, j'ai décidé de speeder la manœuvre.

– C'est le fils du Président.

– Exact. Je ne vous le fais pas dire. Vous comprenez que, dans ce cas de figure, nous devons agir avec la plus extrême circonspection. La presse, par exemple, doit totalement ignorer cette information. Sa divulgation porterait le plus grand préjudice à l'image du chef de l'Etat. C'est donc par souci de discrétion qu'a été décidée la mise au secret de l'intéressé. D'un autre côté, il serait irresponsable de notre part de ne pas regarder la réalité en face : nous avons affaire à un groupuscule d'extrémistes suffisamment puissant pour embrigader un jeune homme de bonne famille.

– Il a tiré sur Arnaud De Blèves.

Ses mains ont agité l'air devant lui.

– Rien n'indique que c'était lui qui tenait l'arme au moment du crime. Nous ne pouvons exclure l'hypothèse d'une grossière manipulation dont il serait la victime. Quant aux armes de guerre, elles n'ont pas été retrouvées dans sa voiture.

– Il conduisait une voiture volée.

– Bien, cette voiture lui avait été prêtée. Je vous le répète, pas de conclusions hâtives. Aujourd'hui, ce jeune homme est seulement suspecté de port d'arme non déclarée. Peut-être a-t-il eu de mauvaises fréquentations ? Nous l'ignorons. Je vous demande, commandant, de considérer cette affaire sous tous les angles possibles.



Il a posé son crâne songeur en équilibre sur l'index gauche.

– Le ministère de la Sécurité Collective souhaiterait recueillir un maximum d'informations sur ce groupuscule revendiquant le nom de CLAC. Pour les raisons que je viens d'évoquer, cette recherche doit s'effectuer dans la plus grande discrétion. La révélation de l'identité du jeune homme provoquerait un véritable séisme dans l'opinion publique et, s'ils venaient à se sentir menacés, ces agitateurs pourraient l'utiliser comme une arme de propagande tout à fait redoutable. D'autre part, il serait souhaitable que cette entreprise d'infiltration, dans un souci d'efficacité maximale, soit l'œuvre d'un petit nombre d'agents, l'idéal étant qu'elle ne repose que sur une seule personne. Quelqu'un combinant expérience et sang-froid, esprit d'observation et esprit de décision, et possédant en outre une excellente compréhension du terrain. Savez-vous que vos états de service sont excellents ?

– C'est un travail pour les services de la DST.

Il a gloussé comme une poule qui vient de pondre son œuf.

– Et croyez que je suis bien placé pour le comprendre. Merveilleusement bien placé. Mais nous sommes aux prises avec le casse-tête suivant : si ce groupuscule a réussi à entraîner le propre fils du président de la République dans ses actions absurdes – bien que ce jeune homme soit toujours présumé innocent, j'insiste sur ce point –, qui nous prouve qu'il n'a pas établi de liens avec des individus situés aux plus hauts niveaux de l'Etat ? Qui peut nous garantir que le CLAC ne possède pas, à l'heure où je vous parle, la composition des effectifs de nos services ? Les noms des agents actifs comme des dormants ? Qui nous dit qu'ils n'ont pas mis la main sur toutes les clés de décryptage des communications officielles ? La plus grande prudence est de rigueur. Mais aussi la plus grande célérité. C'est la raison pour laquelle nous avons pensé à vous.



Moi, faire le James Bond ? Ça ne m'avait jamais effleuré l'esprit. Je n'étais pas payé pour ce type de job. C'est comme si ce salopard avait lu dans mes pensées.

– Nous ne partageons pas les scrupules financiers de monsieur le maire-préfet. Nous pensons que le système de rémunération des officiers de police judiciaire offre toutes les garanties d'efficacité dans le strict respect des procédures légales. En conséquence, nous estimons que ce travail mérite un défraiement approprié.

– Justement, je voulais vous toucher un mot…

– N'ayez aucune crainte, votre prime vous sera versée en temps voulu. Le commissaire-payeur Vranac s'est contenté d'appliquer les consignes : le dossier du jeune De Milteau est neutralisé. En somme, il n'existe pas. Quant à la mission en question, elle vous sera payée à l'avance.

– Combien ?

– Vous n'aurez pas à vous plaindre, faites-nous confiance. Cela s'ajoutera naturellement à la superprime promise pour les vingt dossiers bouclés dans l'année.

Le maire-préfet a tiré une mine dégoûtée, comme si le graisseux et moi on s'échangeait des photos pornos. Personnellement, en matière de fric, je n'ai aucune pudeur.

– Et en admettant que j'accepte ?

– Bien évidemment, votre emploi du temps risque de s'en trouver quelque peu bouleversé. Nous exigerons de votre part un investissement total. Hors de question de vous intéresser à une autre affaire : votre tâche vous mobilisera vingt-quatre heures sur vingt-quatre. En outre, vous changerez d'identité, de domicile et de milieu social. Il vous sera recommandé de couper toute relation avec vos amis pour la durée de la mission. En particulier monsieur Alexis Lazarev, ce journaliste répondant au pseudonyme de Lazy.



– C'est mon informateur.

– Mais c'est surtout un journaliste. Et d'un genre très déplaisant, si vous m'autorisez cette appréciation. Contentez-vous de relations brèves et ne révélez jamais vos intentions, cela va de soi. L'objet de votre mission doit demeurer ultraconfidentiel. Nous mettrons à votre disposition un nouveau numéro de téléphone, que vous utiliserez avec parcimonie. Les risques d'interceptions sont importants, vous le comprendrez sans peine. Vous communiquerez plutôt par l'intermédiaire de cybercafés, afin d'éviter tout repérage. Nous avons de bonnes raisons de penser que nos ennemis sont capables d'infiltrer n'importe quel type de réseau. Nous vous fournirons également une arme non référencée. Votre pistolet de fonction restera en notre possession. Pour des raisons évidentes, votre licence d'officier est suspendue. Officiellement, vous ne faites plus partie de la police.

– Qui vous dit que j'accepte ?

Il a refait sa petite mine de chochotte et a jeté un regard en direction du maire-préfet, dont la figure sèche s'est fendue de son premier sourire de l'année. Le maniéré a poursuivi, les mains sagement croisées sur le genou gauche, le crâne ponctuant chaque information d'une légère oscillation.

– En ce moment précis, une de nos équipes se charge de déménager vos affaires personnelles dans le logement de fonction que vous occuperez pour la durée de la mission. Uniquement celles ne permettant pas votre identification, bien entendu. Votre ordinateur restera sous séquestre, de même que votre motocyclette. Ne craignez rien, votre centre opérationnel sera doté d'un maximum de confort. Vous pourrez écouter les disques de votre musicien favori, comment s'appelle-t-il déjà ?



– John Coltrane.

– Oui, voilà. C'est d'ailleurs affreusement criard, si je puis me permettre, mais chacun est libre de ses goûts.

Il m'a lancé un regard de défi, style : « Je suis folle et je t'emmerde », et m'a tendu une pochette de la taille d'un jeu de cartes.

– Voici les éléments de votre submersion. Vous trouverez une carte d'identité à votre nom d'emprunt, un accès aux Zones Protégées et une nouvelle biographie que je vous demande d'étudier avec la plus grande attention. Vous trouverez également une carte bancaire. Un compte a été ouvert à votre nouveau nom au Crédit International. Il est crédité de 50 000 euros. Une petite avance pour couvrir vos frais. Nous vous transmettrons le code en temps voulu. Vous aurez également accès à l'ensemble des fichiers du ministère de la Sécurité Collective, y compris les plus confidentiels. Nous tenons à mettre à votre disposition toutes les informations dont vous pourriez avoir besoin au cours de votre mission. Les différentes procédures d'identification figurent en page 10. Vous rendrez ce dossier à votre officier traitant, moins les pièces qui vous sont adressées personnellement, bien sûr. Il vous fournira les clés de votre nouveau logement.

– Où dois-je le rencontrer ?

– Ne vous inquiétez pas, lui saura où vous trouver. Vous lui rendrez compte de toutes vos démarches et de toute avancée dans l'enquête. Bonne chance, commandant. Nous comptons sur vous. La République compte sur vous.

Ducrocq, puisqu'il s'appelait ainsi, m'a fait un charmant sourire. Le maire-préfet me fixait, les mains jointes devant la bouche comme s'il priait déjà pour le repos de mon âme. Et si je me débinais ?



Ducrocq a anticipé :

– Ah oui ! Encore un point. Inutile évidemment de retourner à votre domicile, nous avons changé les serrures. Il sera surveillé en permanence, n'ayez crainte. Les voleurs n'oseront pas venir.

Dans l'hypothèse où les voleurs avaient plus à craindre que les honnêtes gens. Ce qui restait à prouver.

# 12



On m'a éjecté par les garages de l'Hôtel de Ville. Je n'arrivais tout bonnement pas à agréger ce que je venais d'entendre. J'ai marché sur les quais de Seine jusqu'au premier bistrot ouvert et j'ai commandé un double whisky pour me reconfigurer dans le calme. Bilan : plus de maison, plus de travail, plus d'amis, plus de moyen de transport. Techniquement, j'étais un paumé.

– Monsieur, votre carte est refusée. Il faut me régler en espèces.

Et plus d'argent non plus. Les services du ministère de la Sécurité Collective savaient comment s'y prendre. J'ai retourné mes poches : pas un euro. Je devenais un délinquant. J'ai fait semblant de chercher dans la poche intérieure de mon blouson, j'ai reculé de deux pas, et j'ai filé dans la rue. Le patron du bar a gueulé : « Salaud ! ». Une minute plus tard, des sirènes de flic rôdaient dans les parages. J'ai droppé vers l'île Saint-Louis dans l'espoir d'une planque. Une autre sirène a tourné du côté de l'île de la Cité.

– Ce serait pas toi que les flics cherchent ?

Trois types à sale gueule m'ont plaqué au mur. Deux Blancs, un Noir, vingt-cinq ans, pas rasés, ni smarts ni crados, indéfinissables. Ni fighters ni losers. Une lame a giclé sous ma carotide. Un centimètre de plus et je me vidais comme un lapin.

Un des mecs, un blond, m'a fouillé. Mon portefeuille. Mon kit téléphone. Mes clopes. Ma came. Envolés. La pochette avec mes nouvelles coordonnées. Pas d'intérêt, il l'a laissé tomber à mes pieds. Coup de bol.

Il a reculé d'un pas sans me quitter des yeux. Le tempo qui monte, 240 bpm, le sang qui bouillonne à l'idée que deux millimètres de chair à peine le séparent de l'air libre. L'accord final. La mort. M'en fous. Un bon paquet d'emmerdes en moins.

La lame s'est promenée le long de ma manche gauche et a entaillé le cuir. Une longue balafre de vingt centimètres. Bande de hyènes, une veste à plus de 500 euros. Soudain, un coup de poing dans l'estomac. Douleur. Souffle coupé.

Ils se sont cassés. Je suis resté là, plié en deux dans un renfoncement de façade. Je me suis redressé peu à peu. Ma viande me faisait mal. Une plaque en face de moi : rue Saint-Louis-en-l'Ile. De la musique dans un immeuble, des rires, des aboiements, des cris. Les sirènes des flics. Et pourquoi pas me faire choper ? Quelques mois de taule et on repart à zéro. Grillé à la PJ, il me restait plombier, électricien, agent de sécurité… Non, même pas agent de sécurité… Barman, peut-être… Ou alors, à l'ombre jusqu'à la fin de mes jours…

Les sirènes se sont éloignées. J'ai ramassé ma nouvelle identité au milieu de tessons de bouteilles.

– Qu'est-ce que tu fous là ? Bad trip ?

La fille me regardait. J'étais assis par terre, la tête dans les mains à réfléchir. Pour la millième fois, je me repassais le film. Où avais-je buggé ? Je ne voyais pas. La fille avait des anneaux partout, des petits dans les lèvres et des grands aux oreilles et dans les sourcils. Une robe orange et grise avec des franges bleues. Le crâne rasé, des cils de cinq centimètres de long, du maquillage rose et vert sur la tronche. Vraiment pas terrible. Mais sans, ç'aurait été pire encore.

– Tu peux pas rester là, viens t'abriter.

Il pleuvait. Je me suis levé. Mon ventre me faisait mal, j'ai grimacé de douleur. Elle a haussé un sourcil captivé.

– Crack ?

J'ai fait non de la tête.

– Héro ? Speedball ?

Putain, ils ne pensaient qu'à se piquer dans ce quartier ! Elle m'a fait signe de la suivre, elle a poussé une porte. Sans doute espérait-elle partager un fix.



On a abouti dans une cour encombrée de détritus et d'assemblages métalliques bleus et rouges, des œuvres d'art, selon toute vraisemblance. On a grimpé un escalier étroit, terminus le dernier étage, sous les toits. La fille a frappé à une porte, un type a ouvert. La vingtaine maigre, trois poils sous le menton et des yeux cernés : un camé, pur et dur. La pièce était occupée par deux autres types allongés sur des paillasses. Ils ont tourné leur visage vers moi. Des accros à la shooteuse, eux aussi.

Une voix tremblante s'est élevée.

– Il en a ?

La question rituelle, la seule qu'on arrive à poser quand on en est à un certain stade de dézingue.

– J'sais pas. L'a l'air.

C'était la fille. Le jeunot m'a regardé, plein d'espoir. J'ai hoché la tête encore une fois. Le mec a perdu toute raison de vivre et a disparu dans un coin, avec la fille. Les autres se sont rendormis comme si je n'existais plus.

Je suis resté là. Quelques heures de répit. Je me suis assis, j'ai pris la pochette et j'ai étudié les documents.

Le soir tombait. Les lueurs des réverbères se noyaient dans le bitume humide. Des gens, tête baissée. Des voitures, bruit de déchirure des pneus sur la chaussée détrempée. Des uniformes : flics, vigiles, miliciens. Des physionomistes en civil. Annonce sur l'écran municipal : toute manifestation était interdite jusqu'à nouvel ordre. Il était impératif de prévenir les crises aiguës de che guevarisme.

Pour le loser que j'étais devenu, les menaces étaient partout. C'est fou comme le monde change dès qu'on devient un fugitif. Surjouer l'assurance, le self-control.



Je possédais pourtant des papiers en règle. Je m'appelais Patrick Kugelmann. Né le 6-7-1982 à Paris, France, Europe. Mère : Laure Kugelmann, dessinatrice. Décédée. Père inconnu. Profession : journaliste et rédacteur publicitaire au chômage depuis 2014. Célibataire, sans enfant. Pas d'adresse connue. Casier judiciaire vierge. Niveau scolaire : bac au lycée Lamartine (75009 Paris), Deug de lettres à la Sorbonne. Principales activités professionnelles : pigiste à *Libération* de 2005 à la fermeture du journal en 2010 ; publicitaire à l'agence *Scarface* de 2010 à 2014 (licencié pour activisme idéologique) ; pigiste pour diverses publications gauchistes confidentielles (*Voix ouvrière*, *Chaos*, *Proletaris*). Bref, un casier existentiel chargé.

Ma gueule ornait la carte d'identité magnétique au nom de Patrick Kugelmann. Sentiment d'étrangeté, de déshérence, de solitude, d'abandon. Appeler Jessica. Pas de téléphone. Pas d'argent. La rue. La nuit. Les caméras de surveillance.

J'avais attendu l'obscurité pour quitter les junkies. Ils m'avaient laissé déguerpir sans un mot. Je les aurais bien remerciés, mais je ne savais pas de quoi, alors j'étais parti sans me retourner. De toute façon, ils n'en avaient rien à foutre. Quant à moi, j'avais intérêt à m'habituer, ce serait mon lot quotidien pour les prochaines semaines. Et, si les choses tournaient mal, pour le restant de mes jours. Impression de me retrouver à poil, transparent. Un caillou lâché dans le vide. J'aurais donné n'importe quoi pour m'échouer quelque part. Je n'avais pas trop le choix.

Mon bide me cassait encore mais ça passait doucement. Je commençais à crever de faim. Je ne pensais plus qu'à bouffer. Je regardais les poubelles avec envie. Je me disais que je n'allais pas le faire, ne pas m'abaisser à ça, mais quand on a faim on ne pense à rien d'autre, on serait prêt à se goinfrer la main droite. J'ai aperçu une troupe de clodos autour d'un feu, sous une passerelle du canal Saint-Martin. Pour se réchauffer, ils faisaient flamber les jeux d'enfants disposés dans le square. Je me suis dirigé vers eux mais j'ai vu briller un couteau dans l'obscurité, alors j'ai laissé tomber. J'ai poursuivi ma route et remonté le canal vers ma seule zone d'autonomie temporaire : la soirée de Lazy. Je me suis grouillé, le quartier avait mauvaise réputation : ça dealait dans tous les coins et le canal permettait l'évacuation des mauvais clients. Chaque matin, les écluses accueillaient deux ou trois cadavres. S'exposer dans le secteur après 22 heures relevait de la démence caractérisée. Pour preuve, les feux clignotaient à l'orange perpétuel afin de diminuer les risques de car-jicking.

Par mesure de prudence, j'ai préféré obliquer rue de la Grange-aux-Belles. Marcher à l'ombre, scanner les alentours, anticiper l'attaque. Prendre de nouvelles habitudes. Proie et non plus chasseur. Direction place du Colonel-Fabien.

Le périmètre était bouclé par un cordon de vigiles. Les invités étaient listés : je n'avais aucune chance de pénétrer sous ce nom débile de Kugelmann. Le seul accès autorisé était situé boulevard de La Villette, où les visiteurs passaient à la fouille. La station de métro était neutralisée. No pasaran de ce côté. Cependant, une négligence dans le dispositif : le métro, précisément, mais de l'autre côté de la place du Colonel-Fabien, dans l'angle mort. Un peu de sport en vue, mais j'avais l'avantage du terrain : dix heures plus tôt, je résidais encore dans le quartier. C'est dans de telles circonstances qu'un petit complément énergétique à inhaler est le bienvenu.

Un mec s'est approché dans la lumière. Type indonésien, petite moustache, veste Smalto en soie et scarifications aux pommettes. Clin d'œil complice.

– Tu veux entrer ? J'ai une invitation pour deux personnes.

Ça empestait le bug à pleins naseaux. Je n'avais aucune envie de me faire planter. Non merci.

J'ai foncé à la station Jaurès, j'ai resquillé comme un total minable sous l'œil des caméras et j'ai grimpé ligne 2, sur le viaduc. Il me restait trois bonnes minutes avant l'intervention des vigiles de la RATP. Je m'apprêtais à faire un truc dingue, mais on ne me laissait pas le choix. J'ai attendu le passage d'une rame. Dès qu'elle s'est éloignée, j'ai enjambé les barrières de sécurité. Regards flippés des voyageurs. Deux minutes pour parcourir au pas de charge les trois cents mètres me séparant du tunnel. Autre branche de l'alternative : de la viande hachée. Bpm : 360. Pas de Coltrane sur ce coup-là, rien que la course sur les traverses, mon souffle, éviter l'alimentation électrique, sinon grillé. A mi-course, une rame dans l'autre sens. Coup de klaxon bestial, le déplacement d'air qui arrache la tête, reprendre le rythme, un œil en arrière, rien, courir, courir, cent mètres, cinquante, en arrière, deux phares m'observent fixement, prennent leur élan, s'approchent, courir, trente mètres, vingt, le bruit grandit, tôles bringuebalantes, grondement de l'acier sur l'acier, bordel…

Je prends appui sur le parapet et je grimpe comme si un monstre allait surgir de la nuit et me bouffer les pieds, le métro emporte tout, meuglement du klaxon, le souffle me plaque aux grilles, ne pas lâcher prise. Trentes secondes de pause, le temps de réaliser l'énormité de ma connerie, et je poursuis l'ascension le long du muret, accroché aux grilles, direction la plateforme surplombant le tunnel. Une supervision par-dessus la grille : nada, les bleus se concentrent sur les rues voisines. Je jette mon blouson sur les piques, foutu pour foutu, je me hisse à la force des bras, passer une jambe, rouler sur le ventre, protégé par le cuir, saut, rétablissement, reprendre le blouson et drop jusqu'à l'entrée du bâtiment où je me mêle à la foule. De la belle ouvrage.



J'ai descendu l'escalier de marbre menant à l'ancienne salle de réunion du parti communiste. On était accueilli par une statue de Mickey et par un portrait géant du Che, la photo classique, regard soi-disant romantique perdu à l'horizon, alors qu'à ce moment-là il pensait peut-être à sa liste de courses. En dessous, en lettres rose vif : « *Che Gayvara Pride, 50 ans de libération* ». Deux mecs en tee-shirt moulant frappé d'une étoile rose dansaient sur de la house hip-trash et se regardaient dans les miroirs tapissant l'entrée.

Bientôt, le marteau-piqueur du beat m'a assailli le cerveau et je me suis retrouvé au milieu de deux mille danseurs et danseuses qui tous, sauf un, étaient incontestablement homos ou lesbos. Des grands et des petits, des baraqués et des minus, tatoués sur une moitié de visage ou piercés du nez au nombril, cuir ou jeans, des filles à mâchoire carrée et tenue paramilitaire, et des bimbos aux tétons survitaminés. Tout ce beau monde se trémoussait en rythme et hurlait dans le vacarme. Aux murs, des slogans : « *Homo-coco, même combat* », « *Le chemin est étroit vers la libération, camarade. Pousse un peu plus fort !*», «*Révolution, free-sex : qu'attendons-nous ?*», «*Sado-Marxisme pour tous !*», «*Marxiennes de garde : liberté pour les trans !*». Le logo de *Freaks*, carré rouge sur fond vert, traînait un peu partout. Au-dessus de la masse, projeté en lettres rouges et vertes 3-D : «*Nuclear Fun*». Au centre de la piste, un géant black en short fluo se démenait au milieu de quatre projecteurs verticaux. Il a hurlé dans son microreillette : «Vibromasse!» avec un accent américain, et le comportable a envoyé un nouveau son. Les lumières pulsaient en rythme. Déluge stroboscopique. Giclement laser. La silhouette bodybuildée : «*Lumumbeat fucks youuuuu !*» Délire général.



Des effluves de shit étaient vaporisées aux quatre coins de la salle pour adoucir l'atmosphère qui menaçait, à tout moment, de dégénérer en partouze intégrale. Problème : j'étais à jeun et les gentilles senteurs m'ont fracassé le crâne. J'avais un urgent besoin de bouffe et d'alcool. 23 heures 49. Dans la cohue, je me suis orienté vers le chill-out.

Un moustachu à moitié chauve m'a sauté dans les bras. Désolé, je n'étais vraiment pas venu pour ça. Il a valsé à cinq mètres, on m'a dévisagé comme un dingue et, de fait, j'étais ressemblant : dans les glaces tout autour, j'avais une sale gueule de tueur de joie. Rien à foutre. J'ai poussé, tiré, bousculé et enfin gravi un escalier vers un coin plus tranquille.

La house était soft, du downbeat un peu cool, nappes de synthé et basse amortie, bien-être et sexe ultime. Dans une lumière bleutée, des corps ondulaient, se frottaient, des mains agrippaient des vêtements, testaient leur résistance, glissaient dessous, des langues s'agitaient dans des bouches, les chairs luisaient de sueur et de salive. Dans les coins les plus sombres, les mouvements étaient plus impatients, plus frénétiques.

## Condensation

Vautré dans un fauteuil à côté du bar, Lazy écoutait en souriant les discours que lui déversait dans l'oreille gauche un grand type rasé vêtu d'un kimono rouge vif fermé d'une ceinture blanche. De la main droite, mon pote explorait l'intérieur du pantalon d'une jolie brune qui l'orientait au moyen de petits mouvements très rationnels du bassin. Il m'a aperçu, s'est excusé auprès de son interlocuteur et a laissé la fille reluire toute seule. Il s'est léché les doigts avant de me tendre la main. Visiblement, sa cervelle baignait dans la gnôle et les vapeurs euphorisantes.



– Hype hype hype hourra ! C'est le command…

– Bordel, Lazy ! Tu aurais pu me dire que c'était une soirée gay ! Je suis autant à ma place qu'un croque-mort dans une garderie.

– Qu'est-ce que ça peut foutre ? L'identité sexuelle est un combat d'arrière-garde ! Tu sais que Jack Lang est mort ?

– J'ai rien contre mais c'est pas ma religion, voilà tout. J'ai l'air de quoi, là-dedans ?

– D'un pédé, comme les autres, et ça te va très bien. C'est quand même pas ma faute si les homos aiment faire la fête ! Et puis, rien de tel que l'amour pour lutter contre l'oppression, non ? Au fait, tu as entendu le dernier Johnny Hardfuck ? Mégabit, du Thunderbold qui aurait écouté Garri Boyd d'une seule oreille. On peut affirmer que c'est le meilleur LP du siècle. Tiens, goûte, c'est nouveau, un de mes correspondants me l'a envoyé hier, on appelle ça des vietnamines, c'est un nootrope de la famille des psychostimulants, la nouvelle drogue intelligente ! Le Tchernobyl de la légitime défonce ! Tu vas sentir pousser tes cheveux !

– Garde tes gélules, je ne suis pas venu pour m'exploser la tête.

– T'es pas cool ! T'as l'air de revendiquer vachement, ce soir… Tu tires une tronche, on dirait que tu viens de sortir d'un crash-test… Un peu de glamour ! On conteste soft, ici… Top classe, ta veste ! Hype prolétariat à outrance ! On s'améliore, commandant Sac…

– Et arrête de m'appeler comme ça, il y a du changement.

– Tu as pris un pseudo ?

– Ecoute, c'est long à expliquer. Disons que je suis ici incognito, low-surface. Tu agrèges ?



– Comme tu parles bien quand tu t'y mets, com…

– Shut up. C'est un miracle que je sois devant toi.

– Des ennuis ?

– Comme tout le monde, mais un peu plus que la moyenne.

– Tu fais bien des mystères. Tu sais que ça m'excite ?

– Calme tes ardeurs. On n'est plus censés se voir. J'adopte une nouvelle stratégie de communication. Silence radio, je te contacte par mail, on se voit uniquement dans les lieux publics. Et si t'as un projet de crèche, il est accepté.

– La soirée *Nuclear Fun* ravage l'Histoire ! Les ondes vibrent !

– Et toi, kama sutra, tu ne devais pas me faire des confidences ?

– Ooooh… On fait la fête, non ? Bois un coup d'abord. Tu savais que le rose était très tendance à Pékin, cet automne ?

Il m'a emmené au bar, m'a commandé une tequila-banane et a embrassé une dizaine de personnes en soixante secondes. A ma gauche, trois nanas maigres à faire peur dissertaient sur l'apport de Bernard-Henri Lévy dans les théories post-marxistes de la libération. Deux autres, couettes, jupes écossaises et décolletés coloradesques, discutaient épilation, poulet tandoori et technique buccale. J'ai repéré un énorme paquet de cacahuètes, je l'ai empoigné et je me le suis enfourné aussi sec dans la bouche. Lazy m'a scruté bizarrement.

– Tu expérimentes un nouveau régime ?

– Je n'ai rien bouffé depuis ce midi.

– Ce sont les ennuis en question qui te coupent l'appétit ?

– Admettons. Alors, les news ?

– Madonna sort un nouvel album. Elle pose à poil sur la pochette, c'est rigolo, elle fait pas ses soixante berges. D'après les rumeurs, elle s'est fait relifter cinq fois et…



– Pas ces news-là. Les autres.

J'ai bu un grand coup de tequila-banane. Lazy a fait le tri dans ses souvenirs, a poussé d'un côté les neurones inopérants et d'un autre les infos qu'il se réservait, puis a fini par cracher le morceau.

– Ah ouais, le CLAC… Il s'agirait d'un acronyme : Collectif de Libération Anticapitaliste. Voilà.

– C'est tout ?

– C'est déjà pas mal.

– Que les choses soient claires : je n'ai pas d'argent sur moi.

– Pas de chance. De toute façon, je ne peux pas t'en dire plus. Ma source en a entendu parler pour la première fois il y a un mois.

– Source fiable ?

– Comme toutes les sources.

– Je te demande si elle est fiable.

– Je te trouve vachement contest depuis que tu n'as plus d'argent…

– Je n'ai pas de temps à perdre.

– Tant mieux, on va pouvoir s'éclater. Salut Juliaaa !

Il a fait des papouilles à une grosse en bikini. La viande lui sortait de partout et elle trouvait l'ambiance vraiment

Tchernobyl. J'ai repris une tequila-banane. A gauche, les trois anorexiques s'excitaient sur *Gala* et *Voici*, considérés comme l'épitomé de la contestation spectaculaire. Elles étaient d'avis qu'Angelo d'Artivia devait avoir une grosse queue. Lazy a atterri à un centimètre de mon oreille.

– Bon, si tu veux un conseil, va voir du côté des boîtes d'animation. Les révolutionnaires à la gland se bousculent là-dedans. Et puis, c'est très pratique pour faire circuler des messages.

– Du style ?



– Images subliminales. Suggestions psychosensorielles. Interfaces cryptés. Ils connaissent tous les trucs pour envoyer de la propagande sans se faire tracer par les flics informatiques.

– Ils sont capables d'infiltrer des réseaux ?

– Elémentaire. A cinq ans, ils étaient tous hackers professionnels. En plus, ce business rapporte pas mal.

– Des adresses ?

– T'en trouveras plein l'annuaire. T'as qu'à regarder à la rubrique Audiovisuel.

– Rien de plus précis ?

– A ce prix-là, non. Si tu le permets, je me réserve l'exclusivité. Je compte sortir un numéro spécial là-dessus. Marjolaine !

La fille qu'il fouillait à mon arrivé s'est levée et s'est dirigée vers nous en souriant.

– C'est Marjolaine, ma nouvelle assistante. Marjolaine, je te confie mon ami, il a besoin d'un peu de compagnie. Salut Orlandoooo !

Il a repris son numéro de fêtard épileptique. Avec Marjolaine, on est allés s'asseoir dans un canapé. Lumière douce. La musique a commencé à s'infiltrer en moi au même rythme que l'alcool. Doucement. Calmement. Après tout, je n'avais que cela à faire, accéder à une certaine coolitude. Et peut-être même finir la nuit dans un lit avec une jolie fille. Une façon valable, voire inespérée, de terminer une journée de merde… Tout autour, les autres n'avaient pas l'air de se poser trop de questions. Les deux nanas en jupe écossaise avaient visiblement déjà entamé les préliminaires. En fin de compte, j'étais tout à fait dans mon élément.

La fille me souriait. Très mignonne. Petite vingtaine, brune, cheveux aux épaules, de beaux gros nichons bien fermes sous un tee-shirt bleu, une étoile rouge sur chaque téton, un treillis kaki et des rangers. Ces tenues antisexuelles ont toujours eu pour effet de m'exciter. Lazy, en expert des tendances de toute nature, y voit la traduction de mon tropisme sécuritaire. Je me suis rapproché, elle s'est collée à moi, j'ai passé mon bras autour de ses épaules et posé une main sur sa cuisse.



– Alors, c'est toi la nouvelle secrétaire de Lazy ?

– Ouais. J'ai passé tous les tests d'aptitude.

– Tu sais lire et écrire ?

– Je sais même faire ça, tu te rends compte ?

– Et à l'oral, qu'est-ce que ça donne ?

– Ça donne que tu es le commandant François Sacco, officier de police judiciaire, matricule 872, tu habites 36 rue de l'Aqueduc Paris X$^{e}$, célibataire, tu mesures un mètre quatre-vingt-deux pour environ soixante-dix-huit kilos, tu possèdes une Kawazaki 500 immatriculée 4958GHZ75 et tu fréquentes une fille du nom de Jessica Sakarian. Allons-y.

Elle s'est levée. Je n'étais pas tout à fait sûr d'avoir vécu cette scène, mais elle s'est retournée et m'a adressé un signe d'impatience. Je l'ai suivie dans la masse en fusion. Le DJ gueulait : « Rave-rave-ravolutioooon ! » et la foule répondait : « Hope-hope-oppressioooon ! » Le son a déboulé, hallucinant de violence, et tout le monde s'est mis à sauter en l'air, le plus haut possible, *Nuclear Fun*, Tchernobyl est en toi.

C'était un studio, rue de Crimée, en plein cœur du quartier africain. Quatre murs, un lit, une armoire où pendaient quelques-unes de mes fringues, une étagère avec un vieux lecteur CD et mes Coltrane. Une baignoire occupant un bon tiers de la pièce. Et une plaque électrique, au cas où. Mon logement de fonction.

Le radiateur tentait de fournir un peu de chaleur. Je me suis assis dessus. J'étais raide dessoûlé. La température avait chuté d'un coup et je me les caillais dur. La tapisserie se décollait à cause de l'humidité. Voilà qui me promettait bien du plaisir avec ma propre peau. La fille m'observait depuis le lit. Trois couches de vêtements avaient lissé toutes ses formes. Décontractée, mais pas là pour rigoler.

– Que penses-tu de ton nouveau palais ?

– On ne peut pas dire qu'ils aient fait de grands frais…

– On l'a récupéré la semaine passée. Ne te plains pas, tu l'as pour toi tout seul. Hier encore, cinq clandestins togolais s'entassaient là-dedans. Pour une submersion réussie, il faut soigner le décor.

– L'autre jour, j'ai perquisitionné un appartement pas loin, du côté des Buttes-Chaumont.

– Trop classe pour un ultragauche. Nos missions sont préparées dans le moindre détail. C'est pourquoi on a imaginé cette petite comédie. Nos ennemis ont des yeux et des oreilles partout, y compris au sein des services.

– Et vous avez pensé à Lazy…

– Un garçon très bavard, surtout au pieu. Il m'a foutu une de ces migraines…

– Et si je n'étais pas arrivé à pénétrer dans la salle ?

– Tu serais devenu une erreur de casting. Mais ne t'inquiète pas, on te suivait depuis le début de ta mission. Les trois types qui t'ont pris tes affaires sur l'île Saint-Louis, par exemple… Ils se sont aussi chargés d'éloigner les flics. Un autre, Vishy, t'a invité à entrer avec lui, mais tu t'es mis en tête de prendre des initiatives personnelles. Enfin, tu nous as prouvé que tu es un démerdard, un bon point pour toi.

Elle n'exprimait pas plus d'émotions qu'un directeur des ressources humaines en plein entretien d'embauche.

– Avant tout, je vais reprendre ton kit d'identité. Le code de ta carte bancaire est 9876. Facile à retenir. La puce électronique est sous surveillance. Des fois que tu souhaiterais prendre des vacances sans nous prévenir…



– Trop aimable.

– Tu as mémorisé les codes d'accès aux fichiers protégés ?

– GKVKYB-72.

Elle a tiré un petit téléphone de la poche latérale de son battle-dress.

– A n'utiliser qu'en cas d'extrême urgence. Numéro réservé, utilisation limitée. Tes anciens correspondants sont blacklistés. Seul mon numéro est mémorisé. Pour les contacts écrits, tu peux garder ton e-mail, il est neutralisé : pas d'effraction possible et les messages s'effacent automatiquement après consultation. A toutes fins utiles, les services sont occupés à confectionner des articles signés Patrick Kugelmann, histoire de peaufiner la couverture. Le labo de linguistique a utilisé un logiciel ultraperformant pour composer de la presse 100 % subversive. Le papier doit avoir l'air usagé, ça prendra un peu de temps.

– Très touchant. Vous pensez à tout.

– Le seul truc imprévu, c'était ton exploit dans le métro. Joli, mais inutile, puisque tu figurais sur la liste des invités sous le nom de Kugelmann.

– Et moi, je peux savoir à qui j'ai affaire ? Marjolaine comment ?

– Marjolaine mon cul. C'est un pseudo. Par chance, je n'ai plus besoin de foutre les pieds à *Freaks*, maintenant que le contact est établi. Appelle-moi Sarah.

– Sarah... Encore un nom vachement sincère... Tu en as combien dans ta collection ?

– C'est mon vrai nom. Sarahniania pour les intimes.



– Lazy sera déçu.

– Ce type est un pauvre con qui ne réfléchit qu'avec sa bite. Je suis vraiment contente d'être débarrassée de ce boulot.

Elle s'est étirée, assez sûre de son corps. Un canon, décidément. Deux seins abondants. J'ai fait mon cynique pour lui montrer que je n'allais pas marcher dans sa combine.

– Bien payé ?

– Ça ne te regarde pas. En attendant, tu as l'ordre de ne plus le rencontrer.

– L'ordre ?

– Affirmatif. N'oublie pas un truc : je n'ai peut-être que vingt-trois ans, mais je suis ton officier traitant. Tu me rendras compte de tes moindres faits et gestes. Pour le reste, ta vie passée, ta bécane, ta sex-partner, tes amis, tu tires un trait, François Sacco is dead. On t'a choisi un pseudo : dorénavant, Patrick Kugelmann se fera appeler Trane. Comme Coltrane. On a pensé que ça te ferait plaisir.

– Comme c'est gentil. Et par où dois-je commencer ?

– On n'a qu'une seule piste : le message du CLAC. Toutes nos tentatives de décodage ont échoué. A toi de jouer. Je te préviens qu'on n'a pas beaucoup de temps, les gars mijotent sûrement quelque chose de puissant. Et, pour faire bonne mesure, le petit mec arrêté l'autre nuit n'attend que l'occasion de dévoiler sa véritable identité : un suicide dialectique, en langage révolutionnaire. Dans ce cas, on plonge tous. Toi en premier, bien entendu. Bonne nuit.

Elle s'est levée et s'est retournée au moment de sortir.

– Ah oui, tu trouveras un gun sous ton oreiller. Pour que tu ne te sentes pas trop seul.

Elle a claqué la porte. J'ai soulevé l'oreiller : le Springfield du jeune connard. Autrement dit, aux yeux de la police, j'étais un meurtrier en puissance. J'ai regardé mes quatre murs, les étagères, l'armoire et les coins d'ombre. Voilà qui me changeait de mes rêves de gloire. L'ampoule pendait du plafond comme un gros mollard translucide. L'humidité suintait de partout. La porte fermait mal.

En submersion, mais pas très étanche.

# II

# INFILTRATION

# 13



Le « think tank » du ministère avait bien fait les choses. Une semaine passée dans le quartier m'avait métamorphosé en fondamentaliste subversif. Le lit où je grelottais la moitié de la nuit, le café bricolé dans un filtre en plastique avec de l'eau chlorée à peine potable, la bouffe en boîte achetée au supermarché du coin, la vinasse rouge vif à fort potentiel corrosif, tout me ramenait à ma rage. Cette bande d'enfoirés m'avait, certes, ouvert un compte, mais on ne m'accordait que 100 euros par semaine. De quoi ne pas crever de faim. Bref, il ne me restait qu'une solution : en finir au plus vite avec cette mission, renifler ma prime et dropper en vacances, le plus loin possible.

Moi, au moins, seul blondin au milieu d'une marée de négus traînant leur spleen d'une rue à l'autre, j'avais une porte de sortie. Eux, ils avaient un mur pour tout horizon. Ma vision du peuple noir en a pris pour son grade. J'en étais resté à Coltrane le mage radieux de la Vérité saxophonique, Dizzy le souffleur exorbitant et Miles le dandy nec plus ultime. Il me fallait réviser mon jugement : mamas énormes, un gosse sur le dos et deux dans chaque main, trentenaires au bout du rouleau, en route dès l'aube pour les usines d'incinération d'ordures ou commis d'office au nettoyage des Zones Protégées, gosses éparpillés dans les rues à toute heure du jour et de la nuit, bandes de jeunes absorbés par la protection de leur territoire... Les Guinéens n'aimaient pas les Togolais qui n'aimaient pas les Ivoiriens qui n'aimaient pas les Congolais qui n'aimaient pas les Kenyans qui n'aimaient pas les Angolais qui n'aimaient pas les Ougandais qui... Le XIX^e arrondissement était le spot des règlements de comptes. Les voitures de flics circulaient en périphérie et comptaient les coups. Moi, le blondin, on me foutait la paix. Les autochtones déploraient mon malheur d'avoir atterri dans le quartier.



Je fréquentais le marché africain de l'avenue Jaurès. J'allais acheter du manioc et des ignames, pas chers. J'avais aussi repéré un squat dont le rez-de-chaussée faisait office de cantine communautaire. A l'entrée, les traditionnels vendeurs de maïs grillé, les marchands de cigarettes de contrebande, les trafiquants de bière. Derrière, le réfectoire crasseux. Pour 3 euros, on pouvait se payer une bonne assiette de mafé. Je mangeais en silence au milieu de cinquante négus taciturnes. Quand le voisin avait fini, on utilisait son assiette pour se débarrasser des os. C'était comme ça. On me regardait parfois un peu bizarrement, vu que je n'avais strictement rien à foutre là mais, après tout, chacun ses problèmes. Deux sujets n'étaient jamais abordés dans le quartier : la politique, à cause des guerres qui n'en finissaient pas de s'éterniser et donnaient lieu à d'interminables palabres autour de qui a commencé, et la religion, qui faisait surgir les lames. Cette vie faisait quand même quelques heureux : les gamins, souvent distraits au moment d'aller à l'école. On en voyait courir partout, à longueur de journée. Ils se faisaient parfois écraser par une voiture, on pleurait vingt-quatre heures, puis la vie continuait.

Ici, pas de cliché exotique, pas de bons Noirs perpétuellement jouasses dansant au son du zouk et de l'afro-beat. Ils s'emmerdaient comme des blondins, râlaient sur la vie chère et s'engueulaient dès que l'occasion se présentait. Les discussions, d'une fenêtre à l'autre, étaient simplement un peu plus folkloriques, tout le quartier en profitait. Les femmes s'habillaient en boubou, les hommes en chemise colorée, voilà pour la couleur locale. Le soir, tout ce beau monde regardait des émissions merdiques sur des télés de récupération, des vieux écrans plats à cristaux liquides, même pas 3-D, et se soûlait à la bière tchèque. Tout ça finissait dans les cris, dans les coups et dans le sexe, comme partout ailleurs.



Les trois premiers jours, j'ai déprimé en profondeur. Je rôdais autour de mon ancien appartement. Calme, seulement en apparence. J'avais scanné les deux types dans la Volvo rouge garée au coin de la rue Château-Landon : des flics en civil. J'ai essayé de joindre Jean-Luc, Jessica, Lazy ou Plancq : chaque fois, petit bip et communication coupée. J'ai zoné dans les rues sans autre but que marcher. Je puais, je ne me rasais plus, et mon blouson déchiré me cataloguait dans le rayon des merdes abouties. Mon reflet dans les vitrines me révélait l'image de l'underground plus-que-parfait. Comme je n'avais plus d'argent pour fréquenter les bars, je me soûlais dans les parcs avec du vin bulgare à 1 euro, des fonds de cuve de pétrolier. J'ai touché le fond le troisième soir. La serrure de ma porte traînait par terre dans les éclats de bois. Mes affaires aussi. Les salopards avaient fauché mon minable lecteur CD et, catastrophe, tous mes Coltrane. Le lendemain, je retrouvais l'ensemble sur le marché de l'avenue Jaurès, à 10 euros pièce. Haine absolue. Impossible de tirer à vue, ils étaient cinq et armés.

Mon dernier réconfort venait du Springfield, qui m'offrait le contact de son métal. J'ai failli m'en servir, un soir où je glandais le long du canal de l'Ourcq. Je me soûlais sur un banc pour me donner du courage quand plusieurs mecs se sont approchés de moi. J'ai eu le réflexe du fighter et je me suis surpris à braquer un gamin de sept ou huit ans, un petit négus qui me fixait avec des yeux ronds comme des billes. A croire que la mort ne pouvait assumer gueule plus effrayante que la mienne. J'ai ordonné aux mômes de dégager.



Double conclusion : les réflexes étaient intacts, mais la vue baissait dangereusement, faute à la bibine. J'ai balancé ma bouteille dans la flotte et je suis rentré à la piaule.

Le lendemain, c'était reparti. J'allais leur montrer, moi, ce que valait Trane. En route pour le Total Chaos. J'ai laissé mon flingue chez moi et j'ai pris la direction de la bibliothèque Beaubourg.

L'ambiance avait sensiblement évolué en quinze ans. J'en étais resté aux bataillons d'étudiants consultant des bases de données informatiques, arpentant les rayonnages et se bousculant aux photocopieuses. A présent, la bib', à moitié déserte, servait de refuge à une poignée de clodos en quête de chaleur. En conséquence, il y régnait un calme dépaysant. Les véritables lecteurs devaient se démerder avec les moyens du bord : la plupart des ordinateurs étaient en panne et les bouquins, rangés à l'aléatoire. Quand on avait la chance de tomber sur l'objet de sa convoitise, il restait à espérer que les pages n'aient pas servi de papier cul.

Compte tenu de ma dégaine, c'était la seule bibliothèque où j'avais une chance d'être accepté. Les vigiles ont constaté que je ne portais pas d'arme et m'ont laissé entrer.

« *Le jour approche, le terme du terme. Le marteau frappe l'eau. La faucille moissonne. D'est en ouest, allez porter la bonne nouvelle de Touline à qui de droit. CLAC.* »

J'ai parcouru les rayons Histoire au niveau 3, j'ai raflé tous les livres sur le communisme et je me suis assis à côté d'un clodo en pleine séance de ronflements. Les sommaires passaient en revue les étapes de l'histoire prolétarienne comme autant de stations du chemin de croix du camarade Coco : le tandem Marx-Engels et l'Internationale, Lénine et la Révolution de 1917, Staline et Trotsky, les purges et le goulag, le pacte de non-agression germano-soviétique et la grande guerre patriotique, les pays de l'Est et la Guerre froide, la faillite économique et la chute du mur de Berlin. Les livres les plus récents évoquaient la fin de l'expérience cubaine et le désastre chinois en cours.



Je me suis concentré sur des documents d'époque : les illustres grands barbus, Marx et Engels ; Lénine haranguant la foule à la tribune, la main droite levée et l'index signifiant que le temps était à l'orage ; la moustache de Staline ; des paysans contents prenant la pose dans des champs fleuris ; des ouvriers contents devant une usine flambant neuve ; des paysans squelettiques oubliant de prendre la pose ; des ouvriers en prison ; Mao toujours content ; Fidel Castro toujours barbu ; Che Guevara toujours rêveur ; des chars testant leur portée de tir sur des civils ; Youri Gagarine et ses médailles ; des réussites architecturales en formes de bunkers ; des foules marrantes comme des cortèges funèbres ; des gens pas contents du tout faisant la queue ; des gens très contents faisant gicler le béton d'un mur peinturluré ; Ceaucescu se demandant quel jour on est ; le même, une heure et dix balles dans la peau plus tard. Et partout, partout, partout, le marteau et la faucille, enfonce-toi bien ça dans le crâne ou on te coupe la tête.

Quel rapport avec mon message codé ? « Le terme du terme » ? « Le marteau frappe l'eau » ? Néant. Quant à Touline, inconnu au bataillon. J'ai passé en revue des centaines de dirigeants ou de figures historiques : Tchitcherine, vice-commissaire aux Affaires étrangères de 1921 à 1930; Boukharine, membre du comité central de 1917 à 1938; Berzine, Souvarine, Soljenitsyne, Eltsine... J'ai cherché d'autres livres, j'ai mis le nez un peu partout, en vain. Dans un coin, des bouquins, désormais illisibles, avaient servi à éponger une fuite. Sur l'une des couvertures, Lénine arborait une jolie tête d'hydrocéphale.

J'ai orienté mes recherches vers la littérature. Au niveau 2, j'ai fouillé dans le souk du rayon «Sciences politiques». Les bouquins se piétinaient les uns les autres ou se cachaient sous les rayonnages. Au bout d'une demi-heure de fouille, je me suis isolé avec quelques volumes. György Lukacs : «*A présent, il s'agit d'anéantir définitivement l'ennemi vaincu. Nous n'avons pas le droit de nous arrêter à mi-chemin dans cette lutte finale. Nous n'en avons pas le droit, parce que c'est l'issue de toute la lutte du prolétariat qui est remise en jeu à la plus petite vacillation. Il semblerait donc que, de cette manière, le rôle des forces motrices morales se sépare complètement de l'action du prolétariat, et que la sévère et rigide lutte des classes reste le seul critère d'action. Mais ce n'est qu'une apparence. Ce n'est qu'une apparence parce que la rigidité impitoyable de la lutte des classes tire sa force de la perspective d'un aboutissement de cette lutte à la construction d'une société ne connaissant pas de différences de classe.*»

Je me suis gratté l'occiput : que signifiait ce charabia? J'ai tenté Trotsky : «*Le prolétar* (illisible, tache de graisse) *alise sa dictature par l'Etat soviétique. Le parti communiste est* (illisible) *dirigeant du prolétariat, et, par conséquent, de son Etat. Toute la question est de réaliser ce pouvoir dans l'action sans le fondre da* (illisible, tache de merde, vraisemblablement) *reil bureaucratique de l'Etat afin de ne pas s'exposer à une dégénérescence bureaucrati* (déchiré)»

Tant qu'à faire, je me suis rabattu sur Lénine et *Que faire ?* : « *C'est pourquoi notre tâche, celle de la social-démocratie, est de combattre la spontanéité, de détourner le mouvement ouvrier de cette tendance spontanée du trade-unionisme à se réfugier sous l'aile de l'aile bourgeoise, pour l'attirer sous l'aile de la social-démocratie révolutionnaire.* »

Je me suis abîmé dans la contemplation du plafond où de nombreux néons avaient rendu l'âme : cette prose avait sans doute revêtu un sens, mais dans quel siècle ? Quel idéal délirant avait pu provoquer une telle démangeaison sémantique ? En désespoir de cause, je me suis attaqué aux premiers responsables, Marx et Engels, *Manifeste du parti communiste* : « *Si le prolétariat, dans sa lutte contre la bourgeoisie, se constitue forcément en classe, s'il s'érige par une révolution en classe dominante et, comme classe dominante, détruit par la violence l'ancien régime de production, il détruit, en même temps que ce régime de production, les conditions de l'antagonisme des classes, il détruit les classes en général et, par là même, sa propre domination comme classe.* »



Je n'ai agrégé qu'une seule chose : le décryptage du message n'irait pas sans migraine. L'horloge murale indiquait 20 heures. Je crevais de faim et j'en avais marre. D'un autre côté, je n'étais pas sûr de remettre la main sur les bouquins : il aurait suffi de les planquer quelque part pour qu'un type de passage les considère comme la réserve de mouchoirs. J'ai donc bourré mes poches de littérature et j'ai testé les sorties de secours. L'une d'elles était ouverte, elle m'a conduit dans des couloirs humides où végétaient une dizaine de clodos, le dos collé aux canalisations du chauffage central. Je me suis fié aux bruits de la circulation et j'ai débouché à l'air libre, à deux pas des parkings.

Voilà pour la partie théorique.

Devant un millier d'étudiants en extase, un petit vieux à moustache blanche du nom de Régis Debray expliquait d'une voix chuintante comment il avait fait la connaissance de Che Guevara et pourquoi, jeune normalien, il était parti en Bolivie se faire tirer comme un lapin. Il s'en était bien sorti : un peu de torture et trois ans de taule. Son célèbre pote avait eu moins de chance. Les occupants du grand amphithéâtre le contemplaient comme un prophète : un mec qui avait connu le Che pour de vrai, qui s'était battu à ses côtés… Total respect du fan-club.



J'avais réussi à me glisser dans la Sorbonne en racontant aux vigiles une histoire de badge oublié dans une veste. Ils m'avaient fouillé, avaient trouvé une carte de presse au nom de Kugelmann, s'étaient renseignés auprès des services d'accréditation de la préfecture : pas d'interdiction. La couverture fonctionnait à merveille.

Après la conférence, je me suis dégagé un chemin jusqu'à Debray, qui clopinait hors de l'auditorium au bras d'une jeune et jolie brunette de style sud-américain. Me faisant passer pour un étudiant en histoire, je lui ai montré le message, soi-disant trouvé dans un bouquin. Il l'a mis en poche et a articulé d'une voix tremblante : « Je verrai ce que je peux faire. » Je lui ai laissé mon pseudo de mission et mon numéro de téléphone.

L'université avait peut-être encore quelque chose à m'apprendre. J'ai contacté une professeure de soviétologie à la faculté de Nanterre, une drôle de petite bonne femme complètement ratatinée, perdue au milieu d'un fatras d'étagères et de caisses, mais l'œil vif et le cerveau en bon état de marche. Vu son âge, elle devait avoir connu Marx en personne.

– Je suis contente que les jeunes s'intéressent encore à l'histoire de l'Union soviétique, c'était une belle espérance. Je suis née juste après le Front Populaire. Mes parents étaient communistes et j'allais chaque année à la fête de *L'Humanité*. J'ai même serré la main à Maurice Thorez, vous vous rendez compte ?

Non, je ne me rendais pas compte. L'essentiel, pour moi, c'était ce foutu message.

– Touline, Touline… Ce nom-là ne me dit rien. Le marteau, la faucille, une référence au drapeau soviétique, non ? La bonne nouvelle… On dirait une citation biblique. Je ne vois pas ce qu'elle viendrait faire là, on était plutôt athée à l'époque… Je vais réfléchir, mais je ne sais pas si je pourrai vous aider… Vous savez, je ne donne plus cours depuis plus de vingt ans. On m'a laissé mon bureau parce qu'il est mieux chauffé que mon appartement, alors je passe le temps en relisant le *Capital*, à mon âge on s'occupe comme on peut… Marx avait tout compris, voyez-vous, mais cent cinquante ans trop tôt. Si ça vous intéresse, j'ai de très vieilles archives, certaines ont plus d'un siècle, elles appartenaient au Parti, j'ai réussi à sauver quelques malles. On a tout liquidé en 2007, c'est honteux. Le siège de la place du Colonel-Fabien, les permanences, liquidés en un mois ! Si c'est pas malheureux ! De la spéculation immobilière en bonne et due forme, Marx avait vu juste. Croyez-moi, certains y ont trouvé leur compte : des gens très haut placés et qui en ont grassement profité. Et quand je dis très haut placés, je pèse mes mots… Hélas, qui écouterait une pauvre vieille femme comme moi ? Il n'y a plus de Parti pour donner la parole aux petites gens. On a fait un nouveau monde, bien sûr. Plus juste, plus démocratique, comme ils disent. Et pour en arriver à quoi, je vous le demande ? Au poutinisme, n'est-ce pas. Quel gâchis…

Elle a ouvert une armoire métallique saturée de dossiers poussiéreux et m'en a tendu deux avec un sourire bienveillant.

– Tenez, prenez-les. Moi, je vais bientôt mourir, mon bureau sera libéré, on jettera tous mes papiers, alors autant qu'ils servent à quelqu'un. Vous savez que j'ai connu Daniel Cohn-Bendit ? C'était un garnement, il m'a traitée de morue stalinienne devant un amphithéâtre bondé. Enfin... Il vient de mourir, paraît-il. Il faut croire que les staliniens sont plus coriaces...



J'ai quitté le campus où s'entrecroisaient des myriades d'étudiants hagards, lecteur MP4 en batterie, fourmis crispées sur leur parcours personnalisé. Aux murs, des graffiti : «*Fuck Rimbaud*», «*Les musulmans sont des chiens*», «*Faites du bruit*», «*Sauvez un arbre : tuez un castor*». A la faveur d'une affiche-film, Che Guevara se léchait la moustache pleine de yaourt Plom-Plom aux myrtilles et au lait survitaminé.

## 14

Je me suis défini un programme strict : lectures et repérages, à savoir trois heures de théorie dans mon cagibi, puis recherche de contacts dans les milieux provos.

De mon bourrage de crâne j'ai déduit le profil-type du maxiléniniste : modèle psychorigide, vision nette et précise de la société et de son bon usage. Lénine dans *Que faire ?* : « *Pour se préparer entièrement à sa tâche, l'ouvrier révolutionnaire doit devenir aussi un révolutionnaire professionnel.* » Et dans *La Révolution bolchéviste*, souligné en rouge par une main que j'aurais aimé identifier : « *La contrainte s'impose dans la période révolutionnaire pour un autre motif encore : tous les éléments troubles profitent de l'occasion. Pour les mater, il faut du temps et une main de fer.* » En gros, ils recrutaient des têtes en béton armé.

J'ai traîné dans un certain nombre de manifestations : pour la légalisation de la cigarette aux mineurs de moins de quatorze ans, contre la pollution atmosphérique, pour la libération de Gilles Fuschs (l'étudiant en chimie qui avait fait sauter la fac de Jussieu, condamné à perpète), contre la politique extérieure de la France en Afrique (comme toujours, en dépit des grands engagements officiels, on vendait des armes à tous les belligérants, business is business), pour la semaine de trente-deux heures (un cortège de syndiqués bedonnants pas révolutionnaires pour un cent) et contre l'automatisation de la feuille d'impôts (les mêmes). Slogan récurrent : «*Fais du bruit.*» J'ai participé à quelques clashs, j'ai balancé des trucs sur les poulets – ça défoule. Trois gusses des renseignements généraux étaient parmi les agitateurs les plus actifs, après tout ils étaient payés pour. Lénine aurait condamné cette liberté d'expression au titre de spontanéisme petit-bourgeois mais, d'après ce que j'avais pu lire, Lénine condamnait tous ceux qui ne pensaient pas exactement comme lui.



Un jour, dans un bar alternatif de la rue Mouffetard, j'ai croisé une bande de jeunes au look ultragauche : perfectos, jeans troués, piercings, foulards rouges autour du cou. Gueulards et rebelles, mais une certaine conscience de classe. Le profil collait avec le jeune De Milteau. Je leur ai avancé un verre et on a passé un peu de temps à dégommer la politique, pourris et compagnie. Puis ils ont orienté la conversation vers le piratage informatique. Trois petites ampoules se sont allumées dans mon cerveau. Hackers prolétariens ? La branche informatique du CLAC ? Ils m'ont donné rendez-vous le soir même dans l'appartement qu'ils partageaient rue Censier, à deux pas de la Mosquée, en bordure du quartier musulman.

Pas une femme à l'horizon, rien que des hommes occupés à siroter le café ou se rendant à la prière de sept heures. Du reste, c'était le coin le plus calme de Paris, le Hamas faisant régner l'ordre. Ici, les wahhabites ne faisaient jamais de vieux os. Endroit judicieux pour une planque.

La piaule de mes nouveaux amis ressemblait à n'importe quel appart d'étudiant bohème, affiches aux murs et casseroles sales dans l'évier. Sous l'œil du Che, évidemment, on a fait tourner les joints et les canettes dans une ambiance de conspiration. Les filles semblaient terriblement impressionnées par la détermination de leurs petits mâles. En effet, m'a confié le plus âgé, un blondinet barbu très sûr de lui et étudiant en informatique, ils comptaient passer à l'action. J'ai flairé le jackpot, une interpellation en flag, le Total Chaos sur un plateau. Ils m'ont proposé d'être des leurs. Et comment !

On s'est faufilés par les petites rues du Ve, direction place du Panthéon. Minuit, peu de circulation, pas un flic à l'horizon. Il me suffirait d'un appel pour rameuter deux compagnies de CRS. Rue Soufflot, rien à signaler. On a speedé vers la devanture d'un revendeur Microshaft. Ils se sont alignés, ont sorti leur engin et ont pissé sur la vitrine en rigolant. Puis retour au bercail. Quoi, c'était tout ? C'était ça, la révolution ? Ouais, fallait comprendre, ils avaient cours à la fac d'Orsay le lendemain à 8 heures. Je suis rentré par le dernier métro, radicalement dégoûté.



Retour aux livres, valeur plus sûre. J'ai passé un après-midi dans une petite librairie de la rue Monsieur-le-Prince, à Saint-Germain-des-Prés, assis sur un coussin à écouter des gosses de riches parler de Jack Kerouac et du soixantième anniversaire de la parution de *Sur la route*. Dans un écœurant parfum d'encens, des hippies troisième génération, jeunes chevelus chics-chocs à boucles d'oreilles et petits tatouages discrets, vomissaient la société capitaliste et rêvaient de partir eux aussi. Oui, mais où ? De toute évidence, si ce n'est au pôle Nord, il était difficile d'échapper au progrès. L'Inde ? On y bossait encore plus dur qu'ici. Le Népal ? Un repaire à touristes. L'Amérique ? On tenait à sa peau, et puis, est-ce qu'on y acceptait la carte Eurex ? L'Australie, éventuellement, mais les dernières expériences nucléaires avaient considérablement alourdi l'atmosphère. J'ai tapé sur la table basse et affirmé qu'il nous faudrait une bonne révolution. L'assistance m'a dévisagé comme si je venais de lâcher un pet tonitruant. La libraire, une blonde cendrée d'une cinquantaine d'années, lunettes rondes sur visage ovale, m'a fait un gentil sourire de commisération. Je devais avoir beaucoup souffert pour en arriver là... Je faisais fausse route.

Me restaient les archives de la vieille : des procès-verbaux d'Assemblée Plénière du Comité Central du Parti Communiste, avec des majuscules partout pour accentuer la solennité. On décidait d'exclure les camarades Marty et Tillon pour révisionnisme, fractionnisme, gauchisme, réformisme, bureaucratisme, boukharino-zinovievisme, trotskysme, déviationnisme petit-bourgeois et j'en passe. Jamais un parti politique, en deux millénaires, n'avait mis autant d'énergie à s'autodétruire. Des rapports confidentiels faisaient état des directives de Moscou, suivies à la virgule près par le camarade Marchais. Le camarade Aragon demandait des sous pour sa revue *Les lettres françaises* et menaçait de dénoncer le coup de Prague (rien, en revanche, sur les finances du PCF, tant pis pour Lazy). J'ai même déniché de très vieux papiers jaunis, datés de 1908 et couverts de caractères cyrilliques. Que faire d'un truc pareil ? aurait songé Lénine. J'ai tout mis de côté, par acquit de conscience.

# 15



**Dans un cybercafé du boulevard Sébastopol, un millier de têtes vivait son destin individuel, les écouteurs vissés au fond des oreilles, les yeux rivés sur l'écran et les mains tripotant des boîtiers de commandes.** 18 heures**, affluence maximale. L'endroit le plus calme de la Terre : personne n'en avait rien à foutre de personne.**

Ve 20/10/2017. 18.05. Connexion à Jazzzz.
Messagerie de M. François Sacco. 7 messages non lus.

Me 11/10/2017. 23.57.
De debilou@telplus.fr à saccoltrane@jazzzz.com

Qu'est-ce que tu fous? On devait se voir aujourd'hui. Tu ne réponds plus au téléphone, poulet? Ou alors t'es mort. Si t'es mort, fais-le moi savoir. Jean-Luc.

*Répondre*

Ve 20/10/2017. 18.08.
De saccoltrane@jazzzz.com à debilou@telplus.fr

Je passe demain soir. Je t'expliquerai.

Je 12/10/2017. 18.42.
De Calypsos. Tarifs préférentiels. La semaine de l'action! à saccoltrane@jazzzz.com

*Supprimer*

Ve 13/10/2017. 10.25.
De mephisto.com à saccoltrane@jazzzz.com

Consultez notre site de voyance. Aujourd'hui, vendredi 13. Est-ce votre jour de chance ? Tarot, numérologie... Scannez vos lignes de la main ! Offre spéciale !

*Supprimer*

Di 15/10/2017. 19.56.
De bitch@theophone.fr à saccoltrane@jazzzz.com



On se voit encore ? Jess.

*Répondre*

Ve 20/10/2017. 18.11.
De saccoltrane@jazzzz.com à bitch@theophone.fr

Semaine chargée. Tu es libre jeudi prochain ? Maile-moi.

Ma 17/10/2017. 9.45.
De Calypsos. Tarifs préférentiels. La semaine de l'action ! à saccoltrane@jazzzz.com

*Supprimer*

Me 18/10/2017. 11.22.
De Calypsos. Tarifs préférentiels. La semaine de l'action ! à saccoltrane@jazzzz.com

*Supprimer*

Me 18/10/2017. 19.56.
De bitch@theophone.fr à saccoltrane@jazzzz.com

Miss you so much. Tu as changé de numéro ? Jess.

J'ai eu un flash. La bouche de Jessica autour de ma queue. Besoin de speed, de sniffette, d'adrénaline. Besoin de plaisir.

J'ai breaké sur le site du ministère de la Sécurité Collective. Par réflexe, j'ai envoyé mon identifiant habituel, FraSac872. Réponse instantanée : identifiant inconnu. Officiellement, je n'existais plus pour eux. J'ai tapé GKVKYB-72. Une liste de sites est apparue à l'écran. En gros, j'avais accès à toutes les infos confidentielles sur tous les ressortissants de l'Union européenne : six cent millions de fiches individuelles. Un paquet de mégabits.

J'ai orienté mes recherches vers les boîtes d'audiovisuel françaises scannées par la DST. Lazy avait vu juste : ABL, Abrasif, Abstraction, Access, Alka-Setzner, Altitud... Quinze pleins écrans de sociétés multimédia suspectées de tendances gauchistes. J'ai sauvegardé une copie papier.



Par curiosité, je suis revenu au fichier individuel.

Objet : Fiche de renseignements : François Sacco.

*Envoi*

FRANÇOIS SACCO. Citoyen européen d'origine française, né le 14 février 1982 à Paris (France)
AGE : 35 ans
SEXE : masculin
GROUPE SANGUIN : O-
Fils de Bernardo Sacco, citoyen européen d'origine italienne, né le 18 novembre 1962 à Padoue (Italie), décédé le 6 juin 2000 à Buenos Aires (Argentine) ; et de Marie Berger, citoyenne européenne d'origine française, née le 30 octobre 1959 à Orléans (France), décédée le 3 décembre 1999 à Paris (France)
UN FRÈRE : Carl Sacco, né le 19 octobre 1980 à Paris (France) ; admis au centre de désintoxication visuelle Les Lilas, à Clamart, le 27 avril 2013.

DERNIER DOMICILE CONNU : 36 rue de l'Aqueduc 75010 Paris.

ACTIVITÉ PROFESSIONNELLE : officier de police judiciaire. Matricule N° 872. Grade : commandant.

RETIRE DU SERVICE ACTIF LE 9/10/2017.

CONDAMNATIONS : néant.

Pas de signe corporel distinctif.

Pas d'opinion politique connue.

SIGNES PARTICULIERS : Fréquentation des sites pornographiques Suck.com, Bigteets.com, Sodomy.jpn et Lèchemoi.fr



Ecoute assidue des disques de John Coltrane (jazz)

Consommation fréquente de cocaïne et d'alcool

Pas de liaison sentimentale stable

« Connais-toi toi-même », disait le philosophe…

*DÉCONNEXION*

J'ai zoné rue Rambuteau. J'étais un peu dans le bleu, une drôle de sensation de porosité à la tristesse de l'univers, une manière de « *I'm old fashioned* », mais en plus diffus.

Ainsi donc, mon géniteur n'était plus de ce monde. Il l'avait quitté quelques mois après ma mère, sans jamais rien soupçonner de cette coïncidence. Du moins, je le supposais. Etrangement, sa mort me touchait. Je n'avais pourtant jamais connu cette pourriture. J'aurais pu diligenter une demande Interpol, accéder à des archives, essayer de comprendre ce qui l'avait conduit à vivre et à crever en Argentine. Mais je n'avais pas le cœur à buzzer avec mes origines. Il avait agi selon son bon plaisir, comme nous tous, et n'avait pas laissé plus de traces qu'une mouche sur la surface du globe. Ses gosses étaient une péripétie, voilà tout.

J'ai acheté une canette de bière tchèque, du 12 degrés, de quoi régler les questions d'héritage. Je l'ai vidée en contemplant le désastre du Forum des Halles, là où toute l'histoire avait commencé. Mes putains d'initiatives... Comment s'appelait cette fille, déjà ? Evanouie dans le néant, elle aussi. Profits et pertes, pertes et profits...

Un coursier en rollers a crissé des freins devant moi, un jeune négus, un Rasta. Tee-shirt jaune et casquette rouge, Rollmail pour vous servir. Il m'a tendu un mot et s'est cassé vite fait.

« *Jah fait que je te retrouve. The road to Zion is long. RDV synagogue rue des Rosiers.* » Signé : le Patron.



Soukkot, la fête des cabanes. 19 heures 45. Soleil couchant, éclairage feutré aux façades multicentenaires, enseignes en yiddish, vente de falafels à la criée. La foule, calme, sortait de la synagogue. Des hommes jeunes, vieux, petits, grands, maigres, gros, barbus ou non, et des femmes, même description, mais sans la barbe. Tous en noir. Au milieu, la grande silhouette multicolore du Patron et celle, trapue et distinguée, de l'inévitable Doc Lex. Le Patron avait l'air absolument tranquille, dégagé, hype dans sa djellaba verte, jaune et rouge. Il a retiré sa kippa d'un geste gracieux et l'a rangée dans sa poche. Je lui ai adressé un petit signe de la main. Nous nous sommes salués à la dure, Doc Lex toujours aussi mezza voce.

– Eh bien, Patron, on s'est converti ?

– Bonsoir, breden. Je te croyais mort.

– Il me semble que non.

– Tu n'as rien à craindre, la mort n'est pas grave.

– Voilà une bonne nouvelle.

– La foi en Jah te sauvera.

– C'est très gentil de sa part. Tu sors d'une de ses filiales...

– Les Rastas sont les vrais juifs, man. Nous sommes les descendants de Salomon et de la reine de Saba.

– Je l'ignorais.

– Malheureusement, les Noirs ont péché. Punis par Dieu, ils ont été condamnés à l'exil et réduits en esclavage à Babylone.

– Mais maintenant ça va mieux…

– Nous ne serons heureux que le jour du retour à Zion, notre Terre Promise, chez nos frères falachas, si Jah le veut. En attendant ce jour bénit, je reviens parfois chez mes cousins, pour les grandes fêtes. Mais toi, breden, tu as mauvaise mine, tu m'as l'air cranky. Viens, allons manger.



– J'ai pas un cent, Patron.

– *Feel no way*. L'argent est une mesure relative.

Ils m'ont emmené dans un restau casher, souk total, ça baragouinait à pleins poumons dans toutes les langues. Pardessus le chaos, la voix tonitruante du patron gueulait :

– Tu me vires les crétins de la 4, ils ne prennent pas de dessert et j'ai trois clampins qui attendent ! Tu te magnes, on n'a pas le temps d'installer un kibboutz !

La tradition, ici, serait toujours honorée.

Je me suis goinfré de falafels. Je n'avais plus ingurgité de telles quantités de bouffe depuis huit jours. Doc Lex enfournait lui aussi, mais en silence, réfléchi. Le Patron a picoré dans son assiette. Il m'observait entre ses locks, malicieux.

– Coodeh ! Je t'ai connu plus délicat.

J'ai suspendu mon gavage pour relever la tête.

– La faim réveille la bête.

– Tu as perdu ton job ? J'ai essayé de te joindre plusieurs fois.

– Je suis en mission. Je ne peux pas t'en dire plus.

– Je te comprends. Nous sommes tous en mission. *The road to Zion is long.*

– Par chance, je ne vais pas si loin. Paris me suffit amplement.

– Tu as des hackles ?

– Plus que tu n'imagines.

Le ventre enfin satisfait, la cervelle a recommencé à fonctionner. La présence à ma droite de Doc Lex m'a donné une idée.

– Doc, j'ai peut-être un petit business à te proposer.

Il a gobé un morceau de pain azyme copieusement tartiné de graisse et a fini sa mastication pensive avant de répondre de sa voix de basse en faisant, comme d'habitude, usage de termes généraux. Aucun procès-verbal au monde ne pourrait jamais attester une quelconque proximité avec qui que ce soit.



– Quel genre ?

– Recherche d'infos pour un ami journaliste. Vente immobilière. Dans les 1 000 euros par tête dans l'hypothèse d'une large surface portante.

– A condition de faire ça d'un œil. J'ai plusieurs dossiers de recouvrement en souffrance.

– Un jeu d'enfant. Je m'intéresse à la vente des biens du parti communiste. Liquidation en 2007. Il y aurait eu magouilles.

– Il y a toujours magouilles dans l'immobilier. Même les esquimaux payent des pots-de-vin pour construire leurs igloos.

– OK, mais à qui a profité le crime ? Il suffit de chipoter un peu dans les archives…

– Je ne sais pas si j'arriverai…

– Ne me titille pas le zygomatique, Doc. Tu serais capable de retrouver le propriétaire du jardin d'Eden pour y bâtir des lotissements avec garage et plage privée.

Les commissures de ses lèvres se sont détendues, symptôme chez lui d'une hilarité débordante.

– Je verrai ce que je peux faire.

– Affaire conclue. Il reste pas un peu de pinard ? Il est casher, mais plutôt envisageable.

Le Patron m'a resservi d'un geste auguste. La lueur d'une bougie dansait dans l'éclat de la bouteille et dans le rubicond des verres.

– Ne bois pas trop. L'homme a besoin de toute sa lucidité.

– Et la ganja, Patron ?

Il a adopté son ton le plus didactique, sage parmi les sages :

– La ganja, c'est le pain de Jérusalem. La ganja ouvre l'esprit. Grâce à elle, je t'ai retrouvé.

– Un coup de bol.

– Pas vraiment. Cela fait plusieurs jours que des dizaines de frères te tracent dans Paris. L'un d'eux t'a vu entrer dans ce cybercafé et m'a alerté.

– Pour me dire quoi ? Je te préviens, je n'ai pas les moyens de t'acheter la moindre info.

– J'ai scanné un autre Destro-Zen.

J'ai posé mon verre sur la table. On s'est rapprochés pour parler plus à l'aise. De toute façon, le boucan ambiant faisait office de système de brouillage.

– Où ?

– Dans un club d'arts martiaux. Un frère pratiquant le taekwondo l'a repéré mercredi soir. Il porte le tatouage dans le dos. Il a l'air d'un tueur.

– Comment s'appelle-t-il ?

– On ne sait pas. Mais il correspond au profil.

– Un yin-kong ?

– Oui.

– C'est loin ?

– A deux rues d'ici. Achève ton verre, il est l'heure.

Doc Lex a fait signe au garçon. La voix a rugi :

– Moshé, l'addition pour la 12 ! Tu y vas ou tu attends l'intifada ?

Nous avons remonté la rue des Rosiers. Le Patron a échangé des plaisanteries avec le service d'ordre du Betar, ils se sont vannés avec des « sale juif » et des « sale nègre », histoire de tester le second degré. Dans les bars du quartier gay, ça fêtait encore la Gayvara Pride à grandes bouffées d'electroclash. Des types clous et cuir arpentaient la rue Sainte-Croix-de-la-Bretonnerie pavoisée de drapeaux arc-en-ciel. Slogan du jour : « *Sois toi.* » Dans un coin sombre, il m'a semblé reconnaître les deux types de la Mercedes noire qui avaient presque fait foirer l'opération du Bois de Boulogne, mais sans garantie de certitude : les mecs baraqués et crâne rasé ne manquaient pas dans le secteur.



Le Patron contemplait cette débauche d'énergie avec bonne humeur, Doc Lex était plus réservé. Pour ma part, j'étais zen : nous marchions en pleine Zone Protégée, il n'y avait pas grand-chose à craindre. Nous avons pris à droite, rue du Temple, et nous sommes arrêtés devant un porche donnant sur une vaste cour pavée. D'un index discret, le Patron m'a indiqué l'entrée.

– Voilà, c'est ici. L'homme va sortir dans dix minutes. Il porte une veste de cuir rouge. Il a les tempes rasées. Un tatouage sur la joue droite. A toi de jouer.

– Merci, Patron.

– Tiens, prends ça.

Il m'a glissé un énorme spliff dans la main.

– Il y a deux façons de le fumer : comme une fuite ou comme une ouverture au monde. Choisis ta voie. Adieu, breden.

Ils se sont éloignés dans la nuit.

J'ai commencé ma planque. Il faisait humide, j'avais froid, mais je n'ai pas allumé le spliff. Je voulais me fortifier.

J'ai effectué un repérage visuel. La cour résonnait du cri des combattants et du choc sec des poings sur les peaux. Sur deux étages des silhouettes esquivaient, glissaient, cognaient. Sur le bâtiment principal, une vieille inscription tombait en ruine : «Café de la Gare». Un ancien théâtre, si ma mémoire est bonne.

Le type a poussé la porte. La description du Patron, à la virgule près : plutôt petit, visage fermé et tatoué, les paluches enfoncées dans les poches d'un blouson de cuir rouge. Il a traversé la cour et a tourné à gauche. Je l'ai suivi à vingt mètres. Destination : métro Rambuteau, ligne 11, direction Mairie des Lilas.



Nous avons patienté. J'ai fait semblant de lire les tags sur les murs de faïence; lui, plongé dans sa tête, s'appuyait contre la barre de protection, une installation rendue nécessaire après la mode des push-and-go : des mecs attendaient l'arrivée du métro pour pousser des passagers sur la voie. Résultat garanti. On avait posé des barrières dont le déverrouillage ne s'effectuait qu'à l'arrêt total de la rame. Le ministère du Flux Urbain en avait profité pour proposer l'automatisation complète du métro, histoire de faire des économies. Les conducteurs avaient fait grève le jour même. Un mois de conflit, tout le monde dans la rue à râler. Les politiques avaient renoncé, jusqu'à la prochaine fois. On avait résolu le problème en décrétant une hausse des tarifs, comme d'habitude. A 3 euros le billet, ça resquillait de toute part, mais à ses risques et périls : les contrôleurs de la RATP, d'anciens fafs dans leur grande majorité, appartenaient à une des meilleures agences de maintenance-sécurité.

Le yin-kong a grimpé dans la voiture de queue, j'ai pris celle d'à côté et je l'ai observé par la fenêtre. Concentré. Impénétrable.

On a changé à République, direction Créteil. Cette fois, je suis monté dans le même compartiment que lui. Les voyageurs descendaient plus nombreux à chaque station, je risquais de me faire scanner, mais il semblait vraiment indifférent à l'agitation ainsi qu'aux crevards qui faisaient la manche : quand l'un d'eux a trop insisté auprès de moi, me bouchant la vue, je l'ai envoyé chier sans provoquer la moindre réaction chez le yin-kong.

Ma haine du métro est ressortie en flèche. Vivement ma Kawa. Et Coltrane à fond dans le casque. C'était étrange, je n'entendais plus de musique. Je perdais le groove.



Sur le mini-écran du compartiment, le journal : *« Emeutes au Pakistan, les talibans au pouvoir avaient tiré dans le tas, 45 morts ; Augmentation des chiffres de la délinquance à Paris : + 17 % ; Un commissariat incendié à Toulouse, 3 morts, 72 blessés ; Jean-Paul III nomme 32 cardinaux américains ; Profanation d'un cimetière juif à Prague : la tombe de Franz Kafka dynamitée ; Le ministre de la Sécurité Collective Gaétan Habel insiste sur le danger que représentent les groupes d'extrême gauche ; L'ancien Président américain Georges W. Bush Prix Nobel de la Paix pour son action contre le terrorisme. »*

Le type est descendu porte de Charenton. Je lui ai laissé trente mètres. Périphérique intérieur, boulevard Poniatowski. Pas d'éclairage, des putes blacks tous les cinq mètres, territoire des Antillaises. En dessous, les voies de chemin de fer de la gare de Lyon, direction la Seine. Des trains déboulaient dans un boucan infernal. Pas d'autres lumières dans le coin, excepté les phares des bagnoles. On a longé une grille délimitant une antique zone industrielle, de vieux bâtiments qui naguère avaient abrité le business des nouvelles technologies, comme on disait dans ma jeunesse, et se réduisaient maintenant à un conglomérat de carcasses rouillées. La belle arnaque… Les multinationales avaient en effet attendu l'effondrement du marché pour tout racheter, brevets et systèmes d'exploitation, et pour faire fabriquer en Asie et commercialiser à grande échelle. On ne devient pas milliardaire par l'effet du hasard.

Le type a pris un escalier et s'est dirigé vers un des entrepôts, d'où filtrait un rayon de lumière. Trois silhouettes l'attendaient. Ils se sont salués à l'orientale, le buste incliné à 45 degrés, et ont disparu à l'intérieur. Un type, un chop-choï, est passé en trombe à côté de moi et s'est dirigé à son tour vers l'entrepôt. Pourquoi pas moi ? J'y suis allé.



Comme j'arrivais à cinq mètres de la porte d'entrée, un chop-choï m'a barré la route et m'a baragouiné un truc du style «*Gkoun kâï!*», répété trois fois. Pas besoin de manuel pour comprendre «un pas de plus et t'es mort». Je devinais le riot-gun dans le prolongement du bras. A l'intérieur, des éclats de voix, une foule qui encourageait, excitait, flairait le sang. Je n'ai pas insisté. J'ai regagné le boulevard de ceinture et les Martiniquaises hilares devant ma dégaine de loser : «Alors Z'oreilles, on cherche à se faire enculer ? C'est pas la bonne adresse !»

## 16



J'y suis retourné le lendemain matin. Plus rien. Des mégots de cigarettes par poignées, des taches brunes au sol, des gravats foulés par des centaines de pieds. D'une ouverture pratiquée dans le toit de tôle, un rayon de soleil tombait obliquement à travers de la poussière d'amiante.

Les Antillaises de la nuit avaient cédé la place à leurs collègues russes. Agées de quatorze ans à tout casser, elles se motivaient à coups de vodka dès 11 heures du matin. Elles me criaient des trucs et riaient entre elles. Leurs macs se marraient dans des bagnoles XXL. C'est toujours mieux de ne pas agréger dans ces cas-là.

D'abord, je n'ai pas reconnu la nana qui m'a salué devant les grilles du stade Léo-Lagrange. Puis j'ai trouvé la bonne focale : la libraire de Saint-Germain. Elle portait avec joie son demi-siècle d'existence, un peu rondelette dans sa robe d'indienne, le genre hippie mais pas trop, plus libre-bourgeoise que baba-cool évaporée. Elle ne me draguait pas le moins du monde, non : c'était un simple geste amical. La chose était suffisamment rare pour mériter un approfondissement.

– Vous habitez le quartier ?

Elle m'a souri avec franchise – mon instinct de flic sent ce genre de truc à deux kilomètres.

– Oui, je vis avec mon mari et des amis dans une maison du Bois de Vincennes.

L'info avait de quoi surprendre : j'ignorais que des gens apparemment friqués vivaient, de leur plein gré, en pleine nature et à deux pas du périph'. J'ai cherché à en savoir plus – l'instinct du flic, toujours.

– Il y a une zone d'habitation à Vincennes ?

– Avec cinq autres couples, nous avons retapé un temple bouddhiste désaffecté. Cela fait bientôt sept ans que nous sommes installés là-bas. Je n'ai jamais été aussi heureuse de ma vie.



Je me suis soudain rappelé un titre du *Monde Match* : les communautés suburbaines... Elle a interrompu le fil de mes pensées.

– Et vous, vous êtes aussi du coin ?

Là, j'ai préféré biaiser – déformation professionnelle...

– Non, je passais. J'étais allé voir un copain.

– Un révolutionnaire, lui aussi ?

Elle me regardait d'un petit air entendu et pas dupe. Cette femme avait sans conteste une bonne connaissance de l'être humain. J'ai joué au dur, mais sans trop d'assurance.

– Vous me jugez trop extrémiste ?

– Je vous trouve généreux. C'est une qualité assez peu répandue. Vous voulez prendre un thé ?

Ainsi, elle avait vu de la générosité chez moi... Je ne flairais pas de bug, j'ai accepté de grand cœur.

Nous avons longé le lac de Vincennes, assez calme à cette heure de la matinée. Comme je l'avais pressenti, cette brave dame n'avait rien d'une hippie attardée, elle laissait ça à ses parents. Elle avait travaillé comme cadre au Crédit Lyonnais avant de mettre la clé sous la porte de son bureau : on ne vient pas sur Terre uniquement pour fabriquer de l'argent. Elle avait donc racheté une librairie rue Monsieur-le-Prince, dont elle avait fait un lieu de rencontres – pour bourgeois principalement, étant donné la sociologie du quartier, mais ma présence cet après-midi-là prouvait qu'elle ne pratiquait pas l'exclusive. Son mari était architecte, il construisait des maisons écologiques dotées de panneaux solaires, d'éoliennes et autres modes de vie propres. Gouttes d'eau dans l'océan de la pollution, mais gouttes d'eau claire.

Nous avons abouti à un grand bâtiment ocre, austère et pourvu de vastes verrières. Six appartements s'y côtoyaient en bonne intelligence. Les autres occupants étaient avocats, postiers, écrivains, menuisiers ou chômeurs professionnels. Aucune exclusive, là encore, le respect mutuel comme principe cardinal. Pas de rêve communautaire non plus, simplement l'entraide, la réciprocité des services, le règlement collectif des problèmes. Une sorte de république autonome, sans utopie, sans recherche effrénée de plus-value existentielle, sans autre souci politique que celui de parler à son voisin. Une pointe de libre-échangisme sexuel, éventuellement. Mais pas de compétition, plus jamais ça. Tous avaient largué les amarres, Yasmine avait tourné le dos à la publicité, André avait revendu sa boîte Internet pour se lancer dans la BD, Fatima travaillait comme infirmière free-lance après une expérience dans le cinéma. Vivre ensemble en paix, telle était leur unique ambition. Une gageure, à l'aune de la haine planétaire.



Nous avons pris le thé dans le salon clair et dépouillé. Elle s'appelait Elise, son mari Daniel, tous deux divorcés, remariés à quarante ans pour des raisons fiscales, des enfants à gauche et à droite, aimants ou non, reconnaissants ou rancuniers. Des blessures, des regrets, sans aucun doute. Mais surtout des projets, d'autres librairies, d'autres maisons propres, des parcelles de futur, et l'envie de partager avec les amis, loin du grand barnum chronométré. J'étais songeur : ce qu'il faut de temps et d'accidents pour trouver sa voie, c'est désespérant… Au jeu des sept erreurs, l'homme partait toujours perdant. Mais rien de grave au bout du compte : ce n'était qu'un jeu.



Elise a voulu me connaître un peu mieux. Je me suis dénommé Patrick Kugelmann, journaliste, et j'ai éprouvé aussitôt l'envie de foutre le camp. J'avais peur de déranger, de faire tache, moi et ma fausse vie, moi et mes intentions inavouables. Je me suis d'ailleurs levé en prétextant une enquête importante. Lapsus révélateur concernant l'enquête. Quant à l'importance…

Elise m'a invité à une fête, trois jours plus tard, en l'honneur d'un couple, Patricia et Yasmine, qui s'en allait vivre à Prague. J'étais le bienvenu. J'ai préféré décliner l'offre en inventant un voyage à l'étranger : après tout, serais-je encore de ce monde dans trois jours ? Elle m'a souhaité bonne route.

– Vous avez de la chance, vous êtes jeune, vous avez la vie devant vous.

Elle ignorait à quel point j'étais heureux de l'apprendre.

Regonflé par cette rencontre, je suis repassé à Beaubourg prendre un peu de lecture : Adorno, Marcuse, Vaneigem, Deleuze et Guattari, Habermas… Même procédure, discrétion et sortie par les sous-sols. Les clodos souterrains s'étaient confectionné un petit barbecue avec un ancien bidon d'huile et se réchauffaient une pizza. Malgré l'odeur suffocante, c'était la fête. L'amitié, pour eux aussi.

En rentrant dans ma planque, j'ai rigolé un peu avec Mamadou, le petit négus que j'avais failli truffer de plomb. On était devenu copains, il m'appelait Killer. Mon flingue l'avait rendu complètement fou. Malgré son habitude de la rue, il n'en avait jamais vu d'aussi près. Les autres gosses du quartier accouraient dès que je pointais le bout du nez, j'étais la curiosité, le toubab perdu dans la jungle. Je faisais pièce rapportée, morceau d'exposition coloniale. A vrai dire, ces miettes de chaleur humaine me réconfortaient un peu. Les gosses, ce n'était vraiment pas mon hobby, mais ceux-là m'amusaient. J'avais toujours vécu pour ma gueule, jamais une femme ne m'avait convaincu de pérenniser notre relation. Mon boulot m'absorbait et m'épargnait toute perspective d'avenir, toute projection autre qu'individuelle. J'étais peut-être passé à côté d'un truc, en fin de compte. De toute ma vie, en fait.



Les aînés, les grands frères, me jetaient le mauvais œil. Ils n'aimaient pas les mélanges. A quinze ans, ils se baladaient avec un gun dans la ceinture, je le savais, et prenaient la pose devant leurs copines. L'un d'eux m'a même mimé un sourire arabe, le doigt en travers de la gorge. Je n'allais pas me laisser impressionner par ces craillasses. N'empêche : je remontais toujours chez moi en position d'alerte, dos contre le mur et flingue braqué droit devant.

Un après-midi où je rassemblais mes archives, le téléphone a bipé. Ce rappel de mon existence m'a paru tellement bizarre que, sur le coup, j'ai pensé qu'on sonnait à la porte.

Calypsos. Samedi 21/10/2017. 16.54.
Expéditeur inconnu. 1 message non lu.

*RDV Di 22. 11 h sommet tour Montparnasse. S.*

Convocation. Je n'avais pas grand-chose à fournir. Je me contenterais d'un rapport oral. Pour l'heure, j'avais mieux à faire. Le dossier sous le bras, j'ai pris la direction de Saint-Germain-des-Prés. Plus de métro à partir de 17 heures : grève.

A la hauteur de la gare de l'Est, un flic m'a demandé mes papiers, sans raison. Il m'a regardé de haut et me les a rendus, comme ça, comme à un chien. J'ai pigé qu'on n'était plus du même bord. D'ailleurs, il en grouillait à tous les carrefours. Le ministère de la Sécurité Collective nageait dans la parano comme un poisson dans le mazout.

– Regarde-moi cette petite merveille ! Attends, je remplis la tour, le cavalier et le fou, et on peut commencer.



Les pièces de verre étaient disposées sur l'échiquier. Les blancs – vodka – pour moi, les noirs – whisky – pour lui. Chaque pièce prise à l'adversaire devait être vidée illico presto. Dilemme insoutenable : boire ou jouer ? Comme Jean-Luc et moi avions l'un et l'autre l'orgueil de gosses de sept ans, nous tenions mordicus à la victoire. Il a opté pour la défense est-indienne. Choix vicieux : cette ligne de jeu exige de longues manœuvres positionnelles. Règle n°1 : dans ce genre de compétition, la cohérence stratégique pâtit inévitablement des gains matériels. En somme, on n'avait pas fini de picoler.

Il s'était payé ce joujou dans un magasin d'antiquités de la rue du Cherche-Midi pour fêter la fin de la série Kevin, Melinda et consorts. En aparté, Nerjivan m'avait confié qu'il n'avait pas dessoûlé pendant trois jours. Il déambulait dans les rues, ravi et bourré, puis rentrait et pleurait pendant des heures. Il parlait de partir en Inde, ou à San Francisco, faisait ses valises et finissait l'après-midi devant des matches de base-fight. L'industrie du divertissement comptait une victime de plus… Et ses amis ? Il n'avait personne, m'avait confié sa femme en s'approchant dangereusement de mon enveloppe corporelle. Personne d'autre que moi. Moi qui crapahutais dans la merde comme un James Bond de gouttière… Je lui avais posé sur l'épaule une main fraternelle en réfrénant une envie forcenée de lui fourrer ma langue dans la bouche.

A le voir, il ne semblait pas désespéré, mon pote. Absorbé dans le jeu, attentif à mon prochain coup. Mais je n'étais pas dupe. Son mail était un appel au secours. Et je n'avais rien compris.

Il m'avait expliqué en rigolant qu'il s'était mis aux sketches pour Anatole. Il en avait déjà écrit trois, tous plus débiles les uns que les autres. Il m'en avait lu un, mort de rire. Pourtant, je ne sais pas pourquoi, je ne trouvais pas ça drôle. Il avait ensuite jeté un œil sur mes archives et s'était marré, comme par hasard. Moi aussi, à l'entendre, je m'intéressais aux antiquités. Il lisait les comptes rendus de réunion, il se tapait sur le bide : « "Matérialisme dialectique" rime avec "suce ma trique" ! » Surmenage, j'ai diagnostiqué.



La partie s'est terminée plus vite que prévu. Au bout de deux pions et un cavalier, je n'avais plus l'esprit clair, la tête me tournait. J'ai mal calculé une variante, il a sacrifié une tour sur un fou, la dame est venue parachever le travail et, trois coups plus tard, j'étais mat. Je n'avais vraiment plus l'habitude de la boisson. Jean-Luc, lui, semblait immunisé. L'alcool était son élément naturel, son cerveau baignait dedans. Il a fait un peu son charlie, sans exagération, et s'est levé d'un coup, comme un somnambule.

– Je vais te montrer un truc incroyable.

Il a glissé un DVD dans son comportable. Sur l'écran géant, Elvin Jones est apparu – solo de batterie –, puis Coltrane a exposé le thème de «*Pursuance*», troisième plage de *Love supreme*, Coltrane et son regard lourd de prophète, son front de mulet, veston noir et chemise rayée bleu et blanc. Les gestes semblaient un peu saccadés mais c'était bien lui. Puis McCoy Tyner a enchaîné au piano, virtuose comme toujours dans sa chemise rouge éclatante, bien soutenu par la basse de Jimmy Garrison. Soudain, Coltrane a déboulé, soufflant son chorus comme un buffle, il oscillait du torse devant le micro, ce qui s'appelle vider ses tripes, le front luisant de sueur. Un plan sur l'horloge, 15 heures 56, 9 décembre 1964. Les grands bras de Jones ont fouetté l'air, roulement de cymbales, Jones concentré dans sa chemise bleue et Coltrane toujours plus loin dans sa quête, c'en était indécent, on n'avait jamais vu quelqu'un se mettre à nu à ce point, jamais. Il a craché une dernière salve et Garrison, pensif dans sa chemise verte, a exposé sa ligne de basse, la tête inclinée, concentré à l'extrême, les autres regardant immobiles, un peu trop immobiles à mon goût, ses longs doigts sculpter un groove sur le manche – un peu hésitant dans les enchaînements de doubles croches. La lumière était très belle, très douce, le front nègre de Garrison se découpait dans l'éclat des projecteurs. Jones a déroulé un tapis de cymbales et Coltrane a répandu quelques notes par-ci par-là, une suite absolument géniale, l'intro de «*Palm*». McCoy Tyner gravait des accords de piano, apparemment au hasard, une grosse chevalière à son annulaire gauche scintillant dans la lumière. La musique coulait, errante, sublime, j'en avais les larmes aux yeux. Elvin Jones a lâché un dernier roulement de caisse claire et l'écran s'est fondu au noir.

Jean-Luc me regardait avec des airs de propriétaire. Je n'avais jamais vu un truc pareil. Pourtant, sur Coltrane, j'étais la référence universelle.

– Je ne savais pas que les séances de *A Love supreme* avaient été filmées.

– C'est Fake, le dernier programme de Microshaft. Ils ont réussi à scanner des silhouettes et à les juxtaposer sur la musique. Il leur a fallu huit ans pour décomposer les gestes humains en dix millions de signes différents. Suffit de prendre un morceau et de coller une silhouette dessus. Pas mal, non ?

– Tchernobyl.

– Ce titre-là est sponsorisé par les chemises Eminence, c'est pour ça qu'on voit si bien les fringues. Les enchaînements rapides ne sont pas encore tout à fait au point, mais ce n'est qu'une question de temps. Et tu as remarqué comme les plans sont clairs ? La caméra prend chaque musicien sous son meilleur angle. Ils ont soigné les détails, l'heure, la date, les bagouses, tout est nickel. Si tu veux, je te montre les Beatles enregistrant *Abbey Road,* ou en concert dans un stade à New York quinze ans après leur séparation. Ils ont même ressuscité John Lennon !



– Les Beatles ? C'est une musique de centenaire !

– Tu veux des trucs plus modernes ? Pas de problème, j'ai le dernier Madonna ou des groupes comme Sanishit, Metabolism, Russian Capote, Tröll... Tous produits par BMG, d'ailleurs, une filiale de Microshaft. Avec ce machin-là, ils vont pulvériser la baraque. Et il y a une bonus track. Regarde bien.

Jean-Luc a appuyé sur la télécommande et Coltrane est apparu, très hype dans sa chemise rayée bleu et blanc. Morceau bluesy, mélodie un peu simplette. Les autres ont suivi en respectant scrupuleusement les quatre temps du tempo, comme les groupes des 14-Juillet de mon enfance qui se faisaient chier à aligner pour la millionième fois les trois accords de « *La Bamba* ». Jean-Luc était mort de rire.

– Tu ne connais pas ? C'est « *Je n'aime que toi* », un tube d'une ringarde canadienne, Céline Dion. On peut tout faire avec ce truc, c'est prodigieux. Bientôt, on pourra rentrer ses propres compositions et les faire interpréter par le groupe de son choix. Tu imagines le gig ? Tu écris une mélodie et Coltrane te la joue live !

Je regardais mon ami. J'hésitais encore sur la question de savoir s'il se foutait vraiment de ma gueule ou s'il faisait semblant. Non, il avait l'air sérieux. Il m'annonçait triomphalement la mort de la musique et attendait mes applaudissements frénétiques. Pour oublier ça, j'ai avalé le contenu de sa dame et de son roi, cul-sec.



Vautrés dans l'alcool, tellement imbibés qu'on approchait du stade où l'étiquette glisse toute seule le long de la bouteille, on a discuté tard dans la nuit du message du CLAC. Malgré l'ivresse, je ne lui ai pas tout raconté : la DST, ma submersion et le reste. Je tenais à les mettre à l'abri, lui et sa petite famille. J'ai prétexté une simple enquête sur une maison d'édition ultragauche suspectée de sympathies terroristes, et je lui ai déroulé l'histoire des maxiléninistes version Lazy. Il la connaissait dans les grandes lignes et m'a rappelé une manif antimondialisation au Larzac en 2003, la tranche de rigolade, trois jours de joints et de biture. Je m'en souvenais parfaitement, ainsi que de Judith, une pacifiste américaine que j'avais baisée dans la tente. Chacun son tour de se faire envahir, avais-je conclu après la partie de jambes en l'air. Elle avait rigolé, j'étais même un peu amoureux, la mondialisation avait du bon. Qu'était-elle devenue ? Une bonne mère de famille de la banlieue de Chicago, je suppose, deux gosses et un mari gras du bide comme nous tous.

Quant au message proprement dit, il ne pouvait pas m'en apprendre beaucoup plus. Il était auteur de télévision, pas écrivain, ni intellectuel, encore moins flic. Il m'a conseillé de mieux écouter Coltrane.

– Tu agrèges « *My favorite things* » ?

– Tu te fous de ma gueule ?

– OK. L'intro au piano avec les ponctuations d'Elvin Jones à la batterie, installation du swing, exposé du thème au sax en sol mineur, et c'est parti. Coltrane lâche un avant-goût, il laisse le piano chipoter un peu, avec une belle fausse note de McCoy Tyner au passage…

– C'est pas une fausse note, c'est une disharmonie élaborée…

– Admettons, une disharmonie… Ensuite, reprise du thème par Coltrane et il se lance. Et là…

J'ai claironné la Vérité fondamentale.



– Total Chaos !

– D'accord, j'admets, le Total Chaos, le sublime Total Chaos, ça part dans tous les sens. Est-ce qu'on a déjà entendu un truc pareil ?

– Jamais, je confirme.

– A part « *Countdown* » par Misja Fitzgerald Michel et « *Offramp* » de Metheny, jamais. Coltrane laisse parler son imagination, il n'a plus peur de rien, il casse tout…

– Il éclate tout…

– Il éclate tout, t'as raison. Et, à la fin, il retombe sur ses pieds, il emballe le thème une dernière fois, soutenu par sa formation, et l'affaire est conclue en douceur.

– Affirmatif.

Le Borgne m'a dévisagé avec des yeux de poivrot exorbités et a écarté les mains, stupéfait par l'ampleur de l'évidence.

– Eh bien, tu sais ce qu'il te reste à faire. Tu as le thème, tu as le swing, ta formation est derrière toi… Maintenant, improvise.

Dix longues secondes durant, l'information a parcouru l'alambic de ma distillerie personnelle.

– Coltrane aurait improvisé ?

– A outrance. Sinon, on ne peut jamais rien découvrir. Va où on t'attend le moins.

– Ça fait un paquet d'endroits…

– Mais tu n'as pas peur. Donc rien ne t'arrête.

– Quand je suis bourré, rien ne me fait peur.

– C'est un bon point, continue sur ta lancée. La peur paralyse, l'ivresse libère. Un enseignement du Bouddha, je crois. Coltrane, en tout cas, il a toujours fait comme ça.

– C'est bon, j'improvise.

– Laisse-moi tes papiers, je vais voir si je peux en tirer quelque chose.



– T'es un vrai pote.

– Faut croire.

Hors de question de regagner mon cloaque, je me suis endormi dans le canapé du salon, moelleux à souhait. J'ai sombré dans l'inconscience, en immersion dans un océan de pétales de roses.

## 17



Les cloches de Saint-Sulpice m'ont réveillé à 10 heures et j'ai presque regretté mon taudis de la rue de Crimée : comment faire confiance à des gens qui ne respectent pas votre gueule de bois du dimanche ? Le monde était vraiment injuste, même chez les bourges. Rendez-vous dans une heure, en avant marche.

Température extérieure : 5 degrés. Un pas, un coup de marteau sur le crâne. J'avançais, abruti par la biture mais convaincu que je parviendrais à parcourir la rue de Rennes de bout en bout, jusqu'au jugement divin de la tour Montparnasse, pierre tombale dressée droit devant moi. Chaque geste m'arrachait le foie. Nerjivan m'avait préparé un café italien qui m'avait retourné l'estomac comme un gant de toilette suintant d'acide, mais permis de procéder par ordre, une action après l'autre : sortir de l'appartement, prendre l'ascenseur… Sur le coup, je n'avais même pas reconnu Jedi Hall, la célèbre actrice américaine du troisième. Je me concentrais sur les soubresauts de mes organes, soucieux de garder tout le liquide en moi. Surtout ne pas vomir sur ce magnifique manteau en peau de zébu…

L'air frais m'avait soulagé. Le quartier était calme, les voitures peu nombreuses, les riverains sortaient pour les croissants : un jour férié ordinaire dans la Zone Protégée de Saint-

Germain-des-Prés. 10 heures 46. J'avais à peine le temps de me traîner à mon rendez-vous. J'ai préféré ignorer la vitrine où trônaient les santiags tant convoitées dans une autre vie.

Au check-point du boulevard du Montparnasse, les vigiles semblaient nerveux. J'ai slalomé entre dix cars de police alignés devant les Galeries Lafayette. Retenant à grand-peine leurs chiens, les flics chassaient les clodos d'un coup de matraque électrique. Cris, ordres gueulés, aboiements hystériques des dobermans policiers dégoulinant de salive et sans doute piqués aux anabolisants. On préparait le terrain pour une autorité quelconque, député ou ministre, ou pour une équipe de télévision. Non, pas la télévision : on aurait laissé les clodos en place – histoire d'entretenir le sentiment d'insécurité des Français.

J'ai contourné les galeries marchandes d'où refluaient une bonne cinquantaine de loqueteux et me suis arrêté devant la tour, une interminable paroi de verre fumé taggée du logo Calypsos rouge et bleu. J'ai pénétré dans le hall d'entrée. Deux vigiles m'ont jeté un regard stressé. L'hypothèse d'une autorité en vadrouille se renforçait. Face control et dress code sévère. Fouille complète, du cuir chevelu aux semelles : visiblement, l'idée qu'un sale type dans mon genre vienne faire du tourisme dans leur joli gratte-ciel ne leur revenait pas. J'ai sorti mon portefeuille : 15 euros pour monter en une minute au cinquante-neuvième étage, c'était du chirac, mais je n'avais pas le choix. Je me ferais rembourser dès que possible. Par chance, un troupeau de touristes hollandais a déboulé et j'ai échappé à la vigilance des larbins. Les caméras de surveillance prenaient le relais.

Vingt personnes se sont entassées dans un ascenseur grand comme une cabine d'essayage. Les touristes autour de moi schlinguaient la bière et le fromage. Le liftier a appuyé sur le bouton et on a décollé, mon estomac et moi : une boule de je-ne-sais-quoi a progressivement envahi mon bide, mes poumons, ma gorge. Mon champ visuel s'est brouillé. Les autres échangeaient des impressions enthousiastes dans leur langue pleine d'écorchures, ma tête a failli exploser, la cabine a ralenti mais trop tard, j'ai gerbé un flot de liquide brunâtre à l'ouverture des portes. Les gens m'insultaient en se tapotant l'index sur la tempe pendant que je tentais de reprendre mon souffle. Bande de charognes.



Je me suis isolé dans les toilettes pour me débarbouiller. Au moment où un des Hollandais quittait les lieux après avoir copieusement arrosé la faïence, j'ai cru voir l'image de deux moustachus cuir et clous dans le miroir. La porte, en se refermant, a effacé l'apparition. Effet de l'alcool ? Illusion dues aux larmes ? Mystère. Sans conviction, je suis sorti prendre un bol d'air.

Le ciel était dégagé et l'air glacial. Sarah, cheveux au vent et couverte d'un épais manteau en poils de mammouth lui tombant aux chevilles, contemplait Paris depuis une de ces longues-vues servant à ramasser le fric des myopes et des cons. Moi, dans mon blouson de cuir déchiré, je me les caillais dru. Les Bataves se montraient des choses avec de grandes exclamations. Sans m'attarder sur le panorama, je suis allé droit vers mon officier traitant. Elle n'a pas éloigné un cil de l'oculaire.

– Tu es en retard.

– Désolé. Gueule de bois.

– Ravie de l'apprendre. Mais je me les gèle en t'attendant.

– C'est toi qui as choisi le spot.

– Ici, je suis sûre de ne pas être sur écoute. Tu ne réponds pas à mes mails ?

– Quels mails ?

– Offre promotionnelle Calypsos. Tarifs préférentiels, la semaine de l'action.

– Je zappe systématiquement la pub.

– C'est bien dommage. Il faut vivre avec son temps.

– Peut-être mais, la pub, je la gueule. Qu'est-ce que tu voulais me dire ?

– Une seconde. Toi, quoi de neuf ?

Ses petits airs suffisants me gonflaient mais, en bonne supérieure hiérarchique, elle ne se gênait pas pour en abuser. Je me suis barricadé derrière un mur de mauvaise humeur.



– Pas grand-chose. J'ai essayé de décrypter le message en potassant des dizaines de bouquins sur le communisme et le marxisme-léninisme. Rien de percutant, du bla-bla idéologique. J'ai mis la main sur des archives du Parti. Peut-être des documents intéressants. Il y a même de vieux textes en russe.

– Quel intérêt, à ton avis ?

– Je ne sais pas. Ça vaudrait peut-être le coup de traduire.

– Et puis quoi encore ? Une semaine de vacances à Moscou ? On n'a pas le budget. Tiens, voilà un cortège de voitures officielles.

– C'est plein de flics en bas.

– Je sais. La ministre de la Solidarité Nationale vient faire du shopping aux Galeries Lafayette. Ça lui rappelle l'époque où elle était vendeuse. On ouvre le magasin un dimanche, juste pour elle. C'est pas beau, le pouvoir ?

– Comment sais-tu tout ça ?

– Mon boulot, c'est apprendre des choses sur les gens. Ah, sa secrétaire l'accompagne… Toujours bon à savoir. Quoi d'autre ?

– J'ai froid et j'aimerais me faire rembourser mon ticket.

– Tu n'es qu'un petit-bourgeois obsédé par la propriété… On n'a pas une belle vue, d'ici ?

J'ai regardé autour de moi. Paris s'étendait comme une toile d'araignée. Les touristes hollandais s'accrochaient aux rambardes, émerveillés par la beauté de cette ville unique au monde. Moi, je grelottais dans mon blouson et je me foutais de tout, de plus en plus fort. J'avais juste envie de m'abriter. Sarah a ricané.

– Les dépenses publiques vont grimper en flèche aujourd'hui. La ministre est venue avec toutes ses petites copines lesbos. Je note. Au fait, moi, j'ai une piste.

Cette salope avait l'art de la mise en scène.

– J'enregistre.



– J'ai rencontré des gens dans une soirée. Ils m'ont parlé d'un lieu de création alternative, boulevard de La Villette. Une ancienne école, squattée par une cinquantaine de performers, sculpteurs, designers, plasticiens et tutti quanti. Des « artistes prolétariens », pour reprendre leur dénomination. D'après mes renseignements, c'est là que ça se passe en ce moment.

– Inutile de te demander d'où te viennent ces informations.

– Je suis sortie, j'ai rencontré des gens, j'ai couché, c'est comme ça que ça marche. Pas en perdant du temps dans des bouquins ou en assistant à des conférences. Tu aurais dû lire mes mails. Tu es trop installé dans ton confort, Trane.

– Pardon ?

– Je te rappelle que Trane est ton pseudo.

– J'agrège, mais je cherche le confort.

– Ne te fais pas de carie, tu retrouveras bientôt ton petit appartement. Bon, j'ai vu ce que j'avais à voir, on peut déjeuner. Le ministère nous invite. Restaurant panoramique, mon cher.

D'autorité, elle s'est dirigée vers l'escalier. Des touristes fleurant le hamburger avaient pris le relais des amateurs de fromage.

Elle a choisi une table donnant sur la tour Eiffel et la perspective du Champ-de-Mars. En-dessous, les arbres bouffés par les pluies acides dressaient leurs branches mortes. Sarah m'a confirmé le caractère open-credit du déjeuner. Je me suis restructuré avec un whisky on-the-rocks, bons souvenirs de la veille. Pour suivre, quelques verres de château-margaux en guise d'hommage au canard à l'orange qui s'envolait dans mon estomac, pourquoi se priver... L'ambiance était cool, détendue, du sous-Ellington électro en fond sonore, des couples d'Américains gueulards à gauche et à droite et le papotage de Sarah : ses soirées, les gens rencontrés ici et là, Laurent Ganet aux Bains, Vladimir Skretchko au Poosh, Caty Vahiné et Eloïse Abélard au bar du Pussy, puis dans les toilettes filles – pas d'exclusive, même si elle préférait les garçons, surtout avec une grosse queue. Elle avait ôté lentement son chandail, très consciente du pouvoir d'attraction de ses seins sur un type qui n'a pas touché une femme depuis des semaines. Elle suivait le tempo en hochant la tête et me regardait dans les yeux en léchant la cerise de son gâteau aux fruits frais. La tension a encore monté quand elle s'est renseignée sur mon type de femme. Pas d'exclusive, moi non plus. Disons que je les préférais inférieures à cent kilos et sensibles à la musique. Si elle aimait le jazz, c'était parfait. Si elle aimait Coltrane, je l'épousais. Elle a souri.



Comme par inadvertance, elle a extrait de son sac un petit téléphone à écran 3-D, qualité digitale haute-définition, et a sélectionné un film. L'image sautillait. Au milieu d'une foule jeune et joyeuse tressautant dans un vacarme saturé de basses, Jessica se serrait contre un immense négus musclé de partout. Pas d'erreur, c'était elle, blonde, grain de beauté sur la joue et bagouse en forme de serpent à l'annulaire gauche, confirmé par un zoom de vérification. Ils se sont roulés des lèches pendant une bonne minute avant de reprendre leur séance de guili-guili. Sarah a coupé et remballé son appareil, savourant son effet.

– Elle était au Poosh, samedi soir, elle aussi. J'ai pensé que tu serais heureux d'avoir de ses nouvelles. Le mec s'appelle Blood'n Guts, il est investi dans un label de rapk ultrafusion, je ne me souviens plus lequel. Enfin, ça n'a pas d'importance.

J'ai hoché la tête en me contraignant au self-control.

– De fait, ça n'a plus grande importance.

L'autre garce a mimé la plus parfaite ingénuité.



– Je t'ai dit que, mon boulot, c'est d'apprendre des choses sur les gens. Après, ils en font ce que bon leur semble.

– Bien payé ?

– Sur ce coup-là, c'est gratuit. Je veux que tu sois concentré sur ta mission, Trane. Tu t'épargneras bien des mails inutiles.

– Tu ne serais pas un peu salope sur les bords ?

– Ben non. Que je bosse ou que je baise, j'aime que mes partenaires soient au max de leur rendement. De toute façon, des pouffes comme elle tu en trouveras plein les cuvettes.

– Mais des comme toi, plus jamais, c'est certain.

– J'apprécie le compliment.

J'ai regardé ailleurs dans l'espoir d'atténuer mon over-flow d'émotions. J'ai aussitôt scanné les deux mecs au bar : deux balèses, cuir et clous, et pas un simple reflet dormant dans le miroir. Les flux d'adrénaline devant la cascade à Boulogne avaient gravé leurs gueules moustachues sur ma rétine. *Idem* rue Sainte-Croix-de-la-Bretonnerie, au détour d'un bar gay. Cela commençait à faire beaucoup.

Sarah a suivi mon regard. Elle a dévisagé les deux types qui faisaient les dégagés. Ses yeux ont repris leur dureté de fouille-merde professionnelle, elle a claqué les doigts pour demander l'addition, carte Platine on-ne-peut-plus-officielle, merci les finances publiques. Elle a levé le camp prestissimo, et on a pris l'ascenseur. Silence total. Tension palpable. Evaluation de la situation.

On s'est séparés au pied de la tour.

– Demain matin, on va te livrer un paquet. Important. Rendez-vous mardi, 17 heures, 60 boulevard de la Villette.

Elle s'est éloignée vivement.

## 18

Je n'avais qu'un saut à faire, remonter le boulevard Edgar-Quinet, puis le boulevard Raspail. Je suis passé par Denfert-Rochereau. Le lion de bronze criblé d'impacts servait de cible aux gangs du XIV^e^, présidant aux défis comme aux réconciliations. Les éventuels cadavres finissaient dans les catacombes voisines. 

J'ai poursuivi par le boulevard Saint-Jacques et le métro aérien en repensant à mon exploit de l'autre soir. Place d'Italie, le complexe de cinéma, trente films à l'affiche. Sortie de *Samouraïs girls*, thriller US de Spike Jones avec Leonardo di Caprio, gros type joufflu, des valises d'alcool sous les yeux, et Nina Kim-youn-Il, bimbo chop-choï au cul nu et aux tétons siliconés. Devant l'immeuble, une manif de mères de famille très chics contre la violence et la dépravation sexuelle. Des gamins – leurs enfants, je suppose – leur adressaient en retour des doigts d'honneur. Les permanentées ont hélé des flics pour exiger un constat d'outrage sur la voie publique.

J'ai pris l'avenue de Choisy. Je n'étais pas sûr de retrouver le resto, mais j'ai repéré la façade blanche de l'école, puis la rue Baudricourt, à gauche. La devanture, les dragons rouges sur la vitrine : Chez Chen. Fin du service de midi. Le grand-père sur sa chaise, plongé dans ses comptes. Trois chop-choïs à une table du fond. L'étudiante qui leur servait du thé. Quand elle m'a aperçu, pas un trait de son visage n'a bougé. Le contact était rétabli. Les chop-choïs sont ainsi faits, leur inertie est parlante. Il ne me restait plus qu'à attendre.

Pendant une demi-heure, j'ai aligné les allers et retours sur le trottoir. Je pensais à Jessica. Je me doutais que notre histoire ne durerait pas, mais j'avais des crampes à l'idée que ça se termine vasouillard et morveux. Elle avait vu un paquet de muscles, elle avait foncé dessus, normal, les hormones, c'était de son âge et de bonne guerre. N'importe quelle fille aurait fait pareil. C'était ça, le plus dur à avaler : Jessica, c'était n'importe qui. Moi, j'avais rêvé sur elle comme un primitif tombé de son arbre. Et voilà que, gosse perdu, je me précipitais vers la dernière paire de nichons à m'avoir témoigné un peu d'attention, au risque d'être chassé comme un chien qui s'oublie. Ojectivement, j'avais plusieurs questions à lui poser. Ensuite, grande improvisation coltranienne. J'envisageais le désastre avec sérénité. J'avais même un peu d'espoir. Après tout, on s'était quittés bizarrement.



Elle est sortie du restaurant vêtue d'un ample manteau noir bordé d'un col en fourrure. L'apparition m'a causé un petit coup au cœur, j'avais l'impression de vivre un moment irréel. Toujours pareil quand on attend trop longtemps. Elle s'est dirigée vers moi, mon rythme cardiaque a pulsé, mauvais signe, montée à 120 bpm. Son visage n'a rien exprimé.

– Pour une surprise…

– J'ai besoin de quelques renseignements.

– Je préfère qu'on ne nous voie pas ensemble dans le quartier. Vous me suivrez à vingt mètres. Tenez.

Elle m'a donné une cigarette, me l'a allumée et s'est éloignée vers la rue de Tolbiac. J'ai fait semblant d'attendre quelque chose et je l'ai suivie en tirant des bouffées de clope. Vraiment dégueulasse à coté des joints du Patron.

Nous avons marché vers la bibliothèque Mitterrand, que nous avons laissée sur notre gauche. A droite, la masse du nouveau palais de justice bouchait l'horizon de sa muraille de béton et de vitres blindées. D'après le procureur Plancq, le bâtiment donnait déjà de la gîte, trois ans à peine après son inauguration. Un rail de tubes halogènes s'était détaché du plafond et avait atterri sur un avocat en pleine plaidoirie. On parlait de fermer les lieux pour tout vérifier, de mauvais esprits ayant ressorti l'affaire de l'effondrement du terminal E de Roissy en 2004. Effet déplorable sur l'opinion.



La fille a traversé le pont de Tolbiac. La circulation était dense pour un dimanche, toujours la grève des métros. Un an plus tôt, l'ambiance avait tellement dégénéré que deux directeurs financiers bloqués dans un embouteillage s'étaient tirés dessus d'une voiture à l'autre. Trois morts. Les deux cadres se portaient bien, merci pour eux.

La fille est entrée dans le parc de Bercy. J'ai fait celui qui regarde passer les péniches. Un hélicoptère décollait des toits du ministère de l'Economie et des Finances – pardon, le ministère du Développement. Procédure obligatoire depuis la prise d'otages de 2014 : les accès au sol étaient neutralisés. On pénétrait dans le périmètre par une passerelle piétonne et moyennant une fouille sévère. Le ministre et ses principaux collaborateurs se rendaient pour leur part au travail par voie aérienne. Cette procédure n'était toutefois pas tellement plus sûre : une roquette à aimantation tirée depuis le parc aurait pulvérisé tout engin évoluant dans un rayon de cinq cents mètres.

J'ai repris mon chemin et me suis introduit dans l'enceinte du parc. Elle était assise sur un banc, le visage offert au soleil. Je l'ai regardée de longues secondes en silence. Vraiment belle.

– Vous ne vous asseyez pas ?

– Si.

– Désolée de vous avoir fait le coup de la cigarette. Je ne tenais pas à être vue en pleine discussion avec un étranger.

– Je m'excuse de m'imposer.

J'ai posé mes fesses sur le banc en respectant une certaine distance, autant pour la scanner à loisir que par pudeur. Elle a fait la moue.

– Ce serait plutôt à moi de m'excuser, mais ma communauté a des principes Vous avez remarqué l'autre jour que les nouvelles vont vite.



– Je ne voulais pas vous causer d'ennuis.

– Aucun problème. Cela me fait même plaisir de vous revoir. Mais vous avez mauvaise mine.

– De petits imprévus dans mon plan de carrière. Je crois pourtant que j'ai une chance de m'en sortir.

Elle a souri. Mon exploit de la journée.

– Votre enquête avance ?

– Peut-être. J'ai repéré un autre Destro-Zen.

Elle est redevenue grave.

– Où ?

– Dans une salle d'arts martiaux du Marais. Je l'ai filé et nous avons abouti à deux pas d'ici, dans une ancienne zone industrielle, le long du périphérique intérieur.

– Il se rendait certainement à un combat.

– Un combat ?

– De la lutte asiatique. Je vous souhaite bien du courage.

Nous avons observé les immenses façades de verre de la bibliothèque Mitterrand et le blockhaus néostalinien du palais de justice. J'attendais. De deux choses l'une : soit elle n'en disait pas plus et je pouvais lui dire adieu, soit elle me livrait des informations et nous étions condamnés à nous revoir.

L'heure du verdict, en somme. Coup de bol, elle a parlé. Un ton doctoral, comme d'habitude.

– Les Asiatiques parient sur tout. Ils parieraient sur leur propre mort si elle pouvait leur rapporter un peu d'argent. La lutte asiatique est leur dernier hobby. Vous connaissez ?

– Non.

– C'est le nom qu'ils emploient pour désigner un règlement de comptes entre bandes rivales. Deux équipes de cinq hommes s'affrontent à mains nues. Celle qui met l'autre hors d'état de nuire a gagné, c'est aussi simple que cela. Tous les moyens sont bons, surtout les plus violents. Il arrive que la joute se termine à cinq contre un, les rapports pour les parieurs sont plus faibles, c'est tout. Les organisateurs recherchent des endroits déserts susceptibles d'attirer un grand nombre de spectateurs. Voilà pourquoi les combats ont lieu en périphérie de la ville.



– La police est au courant ?

– Bien entendu. Mais les triades possèdent des arguments financiers sur mesure. Inutile de dire qu'on tire de gros bénéfices de ces rencontres, de part et d'autre.

– J'ai remarqué l'autre soir que les videurs sont très susceptibles.

– Un Blanc n'a pas le droit d'assister à ce genre d'événement. Excusez-moi de vous le dire aussi franchement.

– Mais ils ont raison ! Je risquerais de les dénoncer à mes camarades de classe.

Elle a ri. Incroyable. J'avais réussi à la faire rire. Elle s'est levée. Nous avons marché un peu, il faisait froid, le soleil commençait à abandonner la partie derrière les tours du XIIIe.

Elle a manié un peu l'ironie, qualité rare chez une Asiatique.

– Vous tenez à votre vie. J'en suis heureuse pour vous.

– On fait avec ce qu'on a.

Son visage a repris une expression de dureté.

– Mais vous êtes européen, certaines subtilités vous dépassent. Vous avez d'autant moins de chances d'infiltrer ce milieu que les luttes se racialisent. Les Cambodgiens affrontent les Vietnamiens, les Chinois défient les Thaïlandais…

– Et le yin-kong ? Que vient-il faire là-dedans ?

– Sans doute un professionnel qui loue ses services. On peut être admis dans ces joutes dès lors qu'on possède une moitié de sang asiatique. Ce doit être un combattant redoutable. Comme je vous l'ai dit, les Destro-Zens sont précédés d'une réputation sulfureuse, c'est un bon argument de vente auprès des parieurs.



– Et ces combats ont lieu à date fixe ?

– Non. Mais l'information fait assez vite le tour de la communauté. En une matinée, tout Chinatown est au courant.

– Pourriez-vous me prévenir la prochaine fois ?

J'ai griffonné « Patrick Kugelmann » et mon numéro de téléphone de mission. Elle a empoché le papier.

– Enchantée, monsieur Kugelmann. Je m'appelle Fiona.

Elle m'a souri, adorable.

Des roadies débarquaient des tonnes de flight-caisses pour le concert du soir au POP de Bercy. Les Rolling Stones effectuaient leur énième tournée mondiale, du moins les deux survivants : Mick Jagger aux relations publiques et Keith Richards à la comptabilité. L'autre guitariste avait succombé à une cirrhose persistante et l'excellent Charlie Watts était monté au ciel rejoindre Gene Kruppa et Toni Williams, là où était sa place, au firmament des grands batteurs de jazz. C'est en substance ce que j'ai expliqué à Fiona, qui n'avait jamais entendu parler de ces brontosaures. Elle était bien trop jeune, ces noms n'avaient pas plus de réalité, pour elle, que ceux de

Zavatta ou de Donald Duck. Le music-business ne datait pas d'hier, il est vrai, ni même d'avant-hier… Pour sa part, elle ne s'intéressait qu'à Ravel, Fauré, Satie ou Debussy, c'est-à-dire le Moyen Age. Je lui ai avoué mon inculture classique. Elle m'a répondu que ce n'était pas très important. Nous avons à nouveau franchi la Seine par le pont de Bercy.

– Vous circulez en métro ?

– En temps ordinaire, oui. Mais je suppose qu'un peu de marche me fera du bien.

– Où habitez-vous ?

– Rue de Crimée, dans le XIXe. Le quartier africain.

– Je vous raccompagne. J'ai une voiture.

– Vous ne vivez pas dans le coin ?

– Non. J'ai un appartement du côté de Belleville. Je me gare toujours à proximité de la bibliothèque.

– Les restaurants ne manquent pourtant pas à Chinatown-Nord.

– Je sais, mais je préfère conserver mon indépendance. Séparer vie privée et vie professionnelle. Je ne tiens pas à ce que tout l'arrondissement soit au courant de mes moindres faits et gestes. Je ne veux avoir de comptes à rendre à personne. C'est la BMW noire, là-bas.

On s'est enfoncés dans les sièges. Grand confort, isolation totale, vitres teintées. Il y a eu un moment de gêne, compte tenu de tout ce qu'on peut faire dans une voiture – et pour s'en payer une aussi classe, elle avait dû en faire, de ces trucs, et souvent. Mais la gêne n'était que de mon côté. Elle a démarré en douceur et a articulé d'une voix nette « Ravel » : une coulée de notes cristallines a envahi l'habitacle. Qualité de son optimale. On distinguait jusqu'au choc des ongles contre l'ivoire du clavier. Elle a claqué des doigts, le niveau a baissé.

– Ce disque a été enregistré par un ami japonais. Un pianiste remarquable, il a remporté plusieurs concours internationaux. Vous ne trouvez pas étrange que la musique occidentale soit appréciée, avant tout, en Extrême-Orient ?

– C'est pareil pour l'Europe et le jazz.

– J'ignore tout du jazz.

– Vous n'avez jamais entendu parler de John Coltrane ?

Elle a hoché la tête en souriant. Je me suis redressé sur mon siège et, coincé dans les embouteillages, au cœur d'un cocon de musique, je lui ai administré un cours sur Coltrane, le sax, la musique, le sens de la vie, l'expansion de l'univers, tout. Elle m'écoutait attentivement. Son téléphone a sonné, elle l'a coupé pour ne pas être distraite. Je ne sais pas si elle a fait des détours ou si tous les automobilistes écoutaient de la musique, ou si le retour de week-end était plus dense que d'habitude mais, une heure plus tard, nous émergions à peine de République et je n'avais pas vu le temps passer. Simplement, le soir était tombé et nous baignions dans une lumière douce.

Sur le siège arrière, j'ai remarqué des livres d'art : Foujita, Zao Wou-Ki, l'art du tatouage en Orient. Elle a anticipé mes questions.

– Quelques tatoueurs sont vénérés au Japon. On vient de loin pour se faire tatouer par leurs soins. Certaines personnes font de leur corps une véritable œuvre d'art. Après leur mort, leur peau est vendue aux enchères. Evidemment, ce commerce ne concerne qu'un nombre très réduit d'initiés. Je ne vous le conseille pas, c'est moins romantique que les estampes.

– Ce genre de pratique a un rapport avec les Destro-Zens ?

– Je ne crois pas. Chez eux, le tatouage tient davantage du rituel que de l'intuition artistique. Vous vous êtes renseigné dans Chinatown-Nord ?

– Pour les salons de tatouage ? Pas encore.

– On en trouve quelques-uns rue Faubourg-du-Temple. Et rue de la Fontaine-au-Roi. C'est là que je suis allée pour le mien.

– On peut le voir ?

– Je crains que ce ne soit pas très pudique.

Elle m'a souri avec franchise. J'ai empoigné le siège pour ne pas me jeter sur elle.

La voiture progressait plus rapidement, nous remontions la rue du Faubourg-Saint-Martin, puis rue Lafayette. La voiture a stoppé devant Jaurès.



– Je vous laisse ici.

J'ai hésité, mais mon habitude de tout foutre en l'air a repris le dessus et j'ai murmuré :

– Votre proposition de l'autre fois, à la bibliothèque Mitterrand, elle tient toujours ?

J'ai compris en une nanoseconde que j'avais dit une connerie, mais il fallait que ça sorte, j'étais trop frustré. Ses yeux en amande m'ont dévisagé, sans dureté.

– Je ne préfère pas. Ce ne serait pas très honnête de ma part. Bonne soirée, monsieur Kugelmann. Je vous rappelle si j'ai du nouveau.

Je suis sorti de la voiture, j'ai claqué la portière. Elle a démarré. La voiture s'est perdue dans le trafic. Je me suis senti seul, de nouveau. Et honteux. A crever.

## 19

Le lendemain matin, à mon réveil, un papier m'attendait, glissé sous la porte : « *Kiosque à journaux av. Jaurès. Demander les revues.* » Je n'avais pas entendu le moindre bruit. J'étais tellement crevé que le premier péquenot venu aurait pu pénétrer dans la planque et me poignarder le papelard sur le cœur sans me tirer un tressaillement de paupière. De rage, je me suis cogné le front au mur. J'avais intérêt à boucler cette affaire dans les plus brefs délais, sous peine d'enregistrer un taux de vigilance tellement bas qu'un gosse de dix ans me ferait la peau en rigolant. J'ai sauté dans mes frusques avachies. Dehors, il pleuvait, pour changer.



Je me suis présenté dans le sas-détecteur de métaux du kiosque. Le vendeur, un type maigre et gris d'une cinquantaine d'années, a vérifié sur son écran que j'étais clean et a actionné le mécanisme d'ouverture. Comme convenu, j'ai demandé les revues. Il a hoché gravement la tête et m'a tendu une épaisse liasse de papier emballée dans un film plastique sombre. J'en ai profité pour acheter *Le Monde Match* : en couverture, Gaétan Habel, ministre de la Sécurité Collective, au côté de madame, une super pouliche de grande race, image du bonheur simple à l'usage des enfants sages. Le type a pris mes 3 euros et m'a fait sortir. Jamais je n'aurais soupçonné en lui un indic. Très honnêtement, jamais non plus il n'aurait vu le flic en moi.

Une fois dans la piaule, j'ai ouvert le paquet et parcouru les numéros de *Chaos* et de *Proletaris* pour découvrir mes pseudo-articles. *Chaos*, n° 15, juin 2012 : «*Amérique : le piège iranien. Impérialisme et islamisme, les deux faces d'une même médaille. Les récents attentats de Téhéran contre le QG de l'armée américaine prouvent, si c'était encore nécessaire, que le concept de démocratie ne s'applique pas dans le cadre d'une politique coercitive...*» *Chaos*, n° 22, janvier 2013 : «*Statistiques : le grand mensonge des technocrates bourgeois. De toutes les armes de propagande dont dispose le pouvoir bourgeois pour asseoir sa domination, celle de l'outil statistique est à la fois la plus pernicieuse et la plus efficace. Face à l'empire du chiffre, la raison est sans défense.*» *Proletaris*, n° 54, avril 2013 : «*Idéologie sécuritaire et désinformation sont les deux mamelles de la France. Dans sa conférence de presse du 23 mars 2013, le ministre de la Sécurité Collective Gaétan Habel s'est à nouveau livré à un panégyrique de sa propre action. Il serait temps que cesse cette comédie du pouvoir où des journalistes à la botte viennent faire leurs besoins dans les caniveaux de la presse officielle. Qu'on nous dise enfin : "Oui, le pouvoir emmerde les travailleurs." Les enjeux seront plus clairs et les choix plus faciles.*» Ton vindicatif, radicalisation progressive du propos, photos d'émeutes réprimées dans la violence, papier un peu fané, du boulot de pro. Je me demandais pourtant si les types qui avaient composé ces articles les avaient vraiment relus, vu qu'ils s'acharnaient à dénoncer le système auquel ils collaboraient avec zèle. Mais j'étais mieux placé que quiconque pour savoir que le travail policier s'apparente souvent au délire du schizophrène.

Au menu du *Monde Match* : «*Israël : un kamikaze israélien se fait exploser à Jénine, 23 morts*», corps carbonisés et taches rouges en gros plan. «*Le chômage en progression de 2,6 % : une hausse contrôlée*; *Grève du métro parisien : syndicats et direction sont arrivés à un accord*; *Epidémie de rubéole : plan d'urgence dans les maternités*», et manque de personnel. «*Haïti : la guerre civile a fait 35 000 morts depuis le début de l'année, reportage exclusif*; *La disparition du chanteur français Maxime Le Forestier : il avait écrit de belles chansons d'essence poétique où perçait un idéal de fraternité, les photos souvenirs*; *Gaétan Habel, ministre de la Sécurité Collective : "Il faut en finir avec l'insécurité !"*»



C'est en refermant *Le Monde Match* que je me suis rendu compte de la date : bordel, on était le 23 octobre. Or, le 23 octobre, c'est l'anniversaire de Carl. Inutile de dire que si je n'allais pas le voir de toute urgence, la crise était inévitable. Il attendait ce jour-là depuis un an. J'ai foncé à la station de métro Laumière. Coup de bol, le trafic reprenait lentement. Ligne 5, changement gare du Nord, ligne 4, Montparnasse-Bienvenüe, me faire emmerder par un type qui veut me vendre Jésus-Christ, une petite pièce en échange du salut de mon âme, et mon cul avec, les panneaux d'affichage de la gare Montparnasse, un train pour Clamart à 11 heures 53 et, dans toute la gare, des affiches-films faisant défiler des voyages, des chaussures de sport, des comportables, des abonnements à Calypsos. Juste le temps d'acheter un truc pour Carl, un peu de chocolat, le moins cher, pas le temps pour le billet, j'ai sauté dans le wagon déglingué.

Compartiment à moitié vide, pluie, paysage industriel. Alignement de pavillons entre les panneaux publicitaires cinq par trois. Des gens allant au travail ou retournant au chômage. Des voitures entassées sur les parkings des grandes surfaces. Des consommateurs résignés, un Caddie pour tout compagnon. Planqué dans mon confort, j'avais fini par perdre de vue la vacuité de cette comédie. L'obscénité d'une vie suspendue aux choses. Et le cynisme rigolard des dirigeants, trop heureux de régner sur un tel troupeau. Troupeau dont j'étais accessoirement l'un des chiens de garde, je ne pouvais pas me voiler la face.

Une brigade de préposés au compostage a fait son apparition. Ils ont scanné mon look : contrôle. Deux gorilles entouraient le larbin vérificateur, prêts à me démonter le crâne au moindre faux pas, carte d'identité : Patrick Kugelmann, mauvais citoyen, a écopé d'une amende de troisième classe prélevée directement sur son compte bancaire et d'une inscription au casier judiciaire. Patrick Kugelmann n'en avait rien à caler.



Ils étaient quand même gentils : ils ont attendu l'arrivée dans une gare pour me foutre dehors. Chance : on arrivait à Clamart. Je ne me suis pas gêné pour leur signifier ma joie. Le train est reparti, leurs visages étaient crispés de haine, je leur ai adressé un doigt bien raide.

J'ai pris la direction de la clinique, assez joyeux.

L'infirmière était salement emmerdée. Carl avait tourné dans sa chambre toute la matinée. Pas étonnant, mes visites avaient toujours lieu avant 13 heures ! Autrement dit, une véritable trahison. Je m'en voulais à mort. On ne sait jamais, avec des gens comme Carl. Ultrasensibles. La vie comme une lame de rasoir, une coupure est si vite arrivée.

Il a fait semblant de rien quand je suis entré. Il se balançait sur son lit mais il a souri et, dans ses yeux, j'ai vu un soulagement et une reconnaissance infinis. Il parlait à toute vitesse, il ne tenait pas en place. Il se levait, faisait cinq pas dans la pièce, s'asseyait sur le lit, se relevait, allait à la fenêtre, revenait.

– Salut Harry, content de te voir ! Encore en train de conduire en état d'ivresse ! Tu en as tué combien aujourd'hui ? C'est dur, pas vrai ? Attention, la police ! *My name is Bond, James Bond*, ah ah ah !

Je lui ai tendu le chocolat emballé dans le papier transparent de rigueur.

– Bon anniversaire, Carl.

– Merci Harry, c'est sympa. Merci. Merci. Merci.

– Comment te sens-tu ?

– En super forme ! Toujours ! Prêt pour une mission ! On va les avoir, ces salopards ! On va tirer dans le tas !



– Ne t'énerve pas, Carl. Calme-toi.

– Mais je vais bien. Calme. Toujours calme. Ça va, Harry ? Ça va bien ?

J'ai vu rouge et j'ai gueulé.

– Calme-toi !

Il s'est tu, un peu coupable, mais sans cesser de sourire. Je regrettais. Sincèrement, je regrettais. Il était trop heureux, voilà tout. Et moi, je le considérais comme un malade. Comme si je lui en voulais d'être là. Depuis quatre ans, je le traitais en dérangé. Comme s'il ne devait jamais guérir. Comme s'il n'était plus un être humain. Avec l'évidence de ma supériorité. Je ne lui parlais plus comme à un frère. Alors que c'était de cela dont il avait le plus besoin. Et merde, quelle importance, le nom qu'il me donnait ? J'étais son ami après tout, c'était la seule chose qui subsistait dans sa conscience en morceaux. Ce truc-là ne disparaîtrait jamais.

Je me suis assis sur le lit et je l'ai pris par l'épaule.

– Excuse-moi, Carl.

Il me tapait sur la cuisse, la bonne blague.

– C'est rien, Harry. La guerre, c'est dur. Faut pas t'en faire, ça va aller.

– On s'en sortira toujours, tous les deux.

– On va s'en sortir, même blessés, même morts, mais on va s'en sortir.

– Même quand notre mère est morte, on s'est tirés d'affaire. Tu te souviens ?

– C'était la guerre. C'était dur.

– Tu te souviens, Carl ? Tu es parti travailler dans une société de télémarketing.

– La télévision ? J'ai jamais eu la télévision.

– Et quand on était gosses, tu te souviens ? On allait jouer au foot dans le jardin du Luxembourg.

– Au foot, au foot, au foot…

– Tu jouais gardien, je marquais des dizaines de buts, tu n'arrivais jamais à attraper la balle.

– La balle… La balle du fusil…

– Et tu te souviens du jour où tu es rentré les genoux en sang ? Tu étais tombé dans les graviers… Il y avait du sang partout… Maman t'avait soigné…

– Du sang partout.

– Tu avais essayé de monter sur un skate… C'était vraiment pas pour toi… Ce que t'étais maladroit quand t'étais petit…

– Elle m'a bandé le genou. Sa peau était douce. On habitait 42 rue d'Alésia. Troisième étage gauche.

Le regard fixe, il se grattait le genou. Il avait cessé de se dandiner. J'ai poursuivi en douceur.

– Elle ne t'avait pas grondé…

– Mon pantalon était déchiré. Elle m'avait dit : « C'est pas grave, Carl. »

– Voilà, c'est pas grave.

– De toute façon, on en a vu d'autres.

– Exactement.

– Elle donnait toujours mes vieux vêtements à mon petit frère.

– Oui. Il s'appelait comment déjà, ton frère ?

– François. Je l'aime bien, mon petit frère.

– Il a de la chance, tu sais, d'avoir un frère comme toi.

– Oui. Moi aussi, j'ai de la chance. Moi aussi.

Dans le parc, on s'est amusés à shooter dans les paquets de feuilles mortes, comme deux mômes. On s'est bousculés en riant autour d'une balle de tennis. Quelquefois, il me regardait du coin de l'œil, comme si je lui jouais une comédie. On faisait semblant de boxer, il rigolait. Puis me regardait. Incrédule.



Vers 16 heures, je lui ai dit que je devais partir, que j'avais du travail. Il a semblé un peu triste.

– Ouais, du travail, bien sûr… Au boulot ! Faut que t'ailles au boulot !

– Je vais revenir dès que possible.

– Ne t'inquiète pas pour moi. On s'en est toujours sortis.

– Oui, on s'en est toujours sortis. Je m'appelle comment déjà ?

– Tu t'appelles… Tu t'appelles Harry, non ?

– Non, je m'appelle François. Je suis ton frère.

– Oui.

– Encore bon anniversaire, Carl.

– Ouais, bon anniversaire à toi aussi.

Patience. J'étais persuadé que quelque chose s'était débloqué. Pour la première fois, j'ai quitté cette putain de clinique rempli d'espoir et la rage au ventre. Les choses allaient changer, bordel. Les choses devaient changer.

## 20



Un truc me buzzait : dans une *Histoire du communisme*, une photo représentait Lénine s'adressant à la foule, le doigt tendu bien haut, l'air de dire : « Vous allez voir ce qu'on va vous mettre. » A la bibliothèque Beaubourg, j'avais le souvenir d'en avoir vu un cliché quasi identique, à un détail près. Ce n'était peut-être pas essentiel, mais j'avais tendance à devenir chiant. Envers moi-même comme envers les autres, d'ailleurs : j'envoyais désormais balader la dizaine de petits négus qui me collaient la vie aussitôt que je foutais le pied dehors. Ils criaient : « Killer ! » en jouant à se tirer dessus. Un matin, un morfal haut comme trois pommes a même essayé de saisir le Springfield planqué dans ma poche intérieure. Cette baffe-là, il ne l'avait pas volée, mais il avait l'habitude, apparemment, comme tous ses copains. Je leur demandais ce qu'ils glandaient là, pourquoi ils n'étaient pas à l'école. Ça les faisait beaucoup rire. De toute façon, les jours de bibliothèque, je sortais clean, sans arme. Je la planquais derrière la baignoire, introuvable.

A la station République, j'ai eu droit au spectacle d'une interpellation. Deux flics en civil ont chopé un jeune type, sans doute un pickpocket, l'ont balancé contre un mur et menotté en dix secondes. La scène a rameuté des souvenirs, réflexe pavlovien, je me suis senti des fourmis dans les doigts, une montée d'adrénaline m'a titillé la moelle épinière. J'étais génétiquement flic, faut croire. Pas de quoi pavoiser. De frustration, j'aurais tout donné pour une bonne sniffette. Loin, très loin dans ma tête, j'ai distingué le souvenir de «*In a sentimental mood*», le piano discret de Duke Ellington, le sax désolé de Coltrane, un putain de duo. Les gens continuaient leur route, blasés.



Troisième étage de la bibliothèque Beaubourg. Histoire du XX^e^ siècle. Communisme. Union soviétique. Révolution. J'ai remis la main sur le bouquin en question, en dépit d'un rangement de plus en plus approximatif. Couverture rouge comme il se doit : *Trotsky*, de David King et Pierre Broué. Pages 72-73. La photo officielle, Lénine doigt tendu à la tribune. En dessous, la photo authentique : à côté de Lénine, Trotsky tranquille comme un notaire, attendant son tour pour jacter. La propagande officielle avait tout simplement pris soin d'effacer ce bon Léon lorsque la mode trotskyste avait été déclarée mauvaise pour la ligne. Le brave homme n'avait jamais existé, point final. L'histoire du communisme s'était écrite au gré de copier-coller successifs : ceux qui ne convenaient plus à l'unité du tableau étaient supprimés, au propre comme au figuré. Au Parti, c'était l'archiviste qui avait le plus de boulot.

Conséquence ? Le fameux Touline avait sans doute connu le même sort, le coup de torchon de l'Histoire. Pour retrouver sa trace, il me faudrait passer des heures, des jours, des semaines peut-être dans des archives, des dossiers, des encyclopédies. Et, dans l'hypothèse où je le scannais, il me resterait à mesurer son poids symbolique pour les maxiléninistes. Probabilité de réussite : infime. A conserver en option.

J'ai repensé au logiciel Fake de Jean-Luc : on aurait bientôt droit aux grands discours d'hommes politiques fictifs, aux œuvres complètes d'écrivains imaginaires, à la filmographie d'un logiciel d'animation automatique. Peut-être en était-on déjà arrivé là ? Après tout, le CLAC existait-il vraiment ? Sa validité reposait sur des on-dits de troisième main. Depuis toujours, Internet débordait de sites éphémères, claironnant leurs informations bidons avant de disparaître. La BNP-Paribas avait coulé en 2009 à cause de rumeurs sur ses fonds propres. Le mouvement spéculatif avait pulvérisé le cours de l'action en deux semaines. Chaque démenti de la direction avait fait plonger le titre de 15 %. On avait tracé l'origine du site émetteur jusqu'à Singapour, puis plus rien, volatilisé. Le Net n'avait d'ailleurs plus besoin d'être décrédibilisé : depuis longtemps, plus personne ne prenait ce foutoir au sérieux. Au bout du compte, il avait tout de même révélé la perméabilité de la nouvelle société aux virus, racontars, superstitions et autres fantasmagories. L'intoxication comme modalité de contestation.



Les livres offraient l'avantage de la constance. Bien sûr, au fil des siècles, on avait produit des tonnes de littérature affirmant tout et son contraire. Le bordel était conséquent, mais la trace plus profonde : on avait pris le temps de creuser son erreur ou sa névrose. Aujourd'hui, on se contentait d'une vraisemblance conforme et agréable, pas trop traumatisante. Hitler était un moustachu un peu colérique, Picasso, un Espagnol court sur pattes et Mickey, une gentille petite souris. Dans son gigantesque effort d'amnésie, l'Occident parviendrait certainement à faire disparaître le souvenir de son passage sur Terre, comme un homme égaré dans le désert, de peur d'être suivi, s'épuise à effacer ses traces. On ne perd pas le goût de l'autodestruction du jour au lendemain. Les camarades du CLAC, eux, surfaient sur cet océan d'oubli avec une aisance consommée et un bon paquet d'intentions létales.

J'ai relevé la tête. Un type me regardait, l'air de rien. Un mec en blouson de cuir et bonnet. Un des balèses de l'autre fois ? Non, il était plutôt mince. Je me suis levé et j'ai remis le bouquin dans les étagères. J'ai fait mine d'en chercher d'autres et en ai profité pour observer le type entre deux rangées de livres. Il faisait semblant de s'intéresser à un journal. Je me suis éloigné, mais un second me lorgnait, plus loin dans le rayonnage. Un simili-freak, barbiche, pull bariolé, bonnet inca et baskets pourries. Dégaine typique du flic des RG cherchant à se fondre dans le décor. Il a emporté un bouquin et s'est glissé dans une allée parallèle.



Il fallait manœuvrer habilement, surgir là où on m'attendrait le moins. J'ai fait demi-tour, enjambé un clodo affalé contre un mur et effectué un mouvement tournant vers la section Peinture, Architecture et Cinéma. Mon objectif : rejoindre le deuxième étage pour décamper par la sortie de secours habituelle. J'ai marché le plus normalement du monde vers l'escalier roulant, mais le bonnet inca a surgi d'un angle et s'est dirigé vers moi d'un pas ferme, très sûr de lui. Mon bpm a entamé une ascension fulgurante.

J'ai regardé brusquement vers la gauche, il a fait pareil, je l'ai empoigné de la main droite. Traction, front kick, arcade sourcilière éclatée, direct à l'estomac, souffle coupé, et je lui aurais balancé mon pied dans les couilles si une fille complètement hystérique ne s'était pas mise à hurler. J'ai droppé vers l'escalator, droite, gauche, trente mètres au pas de course, la sortie de secours, escape, les couloirs puants, drop, drop, drop, la rue Saint-Martin à bloc, à m'en faire péter les poumons, me planquer dans le square des Arts-et-Métiers, reprendre mon souffle, observer mon reflet dans une vitrine de Sinequanone, me rendre compte de ma gueule de psycho. Mon téléphone a bipé.

Calypsos. Mardi 24/10/2017. 14.54.
Appelant inconnu. 1 message non lu.

*MAIL*

Ma 24/10/2017. 15.25. Connexion à Jazzzz.
Messagerie de M. François Sacco. 3 messages non lus.

Di 22/10/2017. 11.42.
De bitch@theophone.fr à saccoltrane@jazzzz.com

On se voit bientôt ? Jess.

*Répondre*



Ma 24/10/2017. 15.26.
De saccoltrane@jazzzz.com à bitch@theophone.fr

Je te rappelle.

Lu 23/10/2017. 23.45.
De lazy@interphone.fr à saccoltrane@jazzzz.com

Une info ? Carte bancaire acceptée.

*Répondre*

Ma 24/10/2017. 15.28.
De saccoltrane@jazzzz.com à lazy@interphone.fr

Un prix. Un lieu.

Ma 24/10/2017. 10.56.
De Calypsos. Tarifs préférentiels. La semaine de l'action ! à saccoltrane@jazzzz.com

L'amende de la SNCF sera déduite de ta prime. Attention, changement : RDV 18 heures, 60 boulevard de la Villette. S.

*Supprimer*

J'ai acheté des nouilles chinoises, des nems et un pack de bières coréennes au marché chop-choï de la place de Joinville. La colonisation du XIXe arrondissement progressait à grands pas. Aussi loin que portait le regard, des petits hommes jaunes bossaient à toute vitesse, de peur de se faire piquer la place. Les yakusas passaient dans les stands toucher leur loyer : le marchand, distrait dix secondes de sa course à la productivité, lui glissait dans la main un billet préparé à l'avance, puis replongeait le nez dans sa clientèle. Le caïd repartait tranquille, on connaît des boulots plus éreintants. Le risque était justement là : confondre la poche du big boss et sa propre poche. Ce genre d'étourderie finissait immanquablement dans les eaux du canal.

Sur l'autre rive, on pénétrait en plein territoire africain. Pas de mélange, les deux communautés se détestaient. C'est précisément ce qui m'a mis en alerte : quelqu'un me suivait sur la passerelle de la rue de Crimée. Jeans, sweat-shirt Calypsos, capuchon sur la tête. Nom de dieu, j'étais devenu le centre de l'univers ! – univers qui, dans ces cas-là, se réduit à une cible pointée entre vos deux omoplates. Montée du bpm, 90, 100, 120. Maîtriser le rythme de la marche, la respiration, confiner la panique dans des bornes gérables, scruter tous les itinéraires de dégagement possibles. J'ai pris à droite, quai de la Loire. Sur une péniche, des technoïdes s'explosaient la gueule à coups d'electroclash dans une after hallucinée, histoire de confronter l'organisme à un ultime assaut de sensations fortes. Un grand type barbu en treillis s'est jeté à l'eau en hurlant : « Je suis le Christ ! » J'ai pris à gauche, rue Euryale-Dehaynin, puis encore à gauche, rue Tanjou, je me suis plaqué au mur et j'ai attendu, poing levé, en position d'alerte.

Le mec est arrivé, capuchon baissé. Je l'ai agrippé par le bras gauche, 180° contre le mur, clé, coup de genou dans les reins, il se dégage et me vise les roustons, juste à côté, sa cheville droite, balayage, il tombe à la renverse, son capuchon saute.

Sarah. Une envie folle de lui parcelliser la gueule. Le niveau de trouille redescend.

Elle a hoché la tête, admirative.

– Tu as encore de beaux restes.

– Encore un peu et tu ne pouvais plus en dire autant. Qu'est-ce que tu fous là ?

– C'est comme ça que tu parles aux femmes ?

Elle m'a tendu la main. Je l'ai relevée. Elle s'est massé le coude.



– Tu as failli me casser le bras.

– Ne me donne pas de faux espoirs.

– Range ton agressivité, cow-boy. Je ne suis pas contre toi. Tu m'offres un nem ?

Elle m'a sorti le sourire auquel on ne peut rien refuser. Du grand art, une actrice de première. On s'est trouvés un banc au soleil, dans une aire de repos musulmane. Elle a insisté. Soit. On a partagé la bouffe. Les nems étaient extra, les nouilles à peine tièdes, mais envisageables. On a fait passer avec la bière. Par chance, aucun islamiste à l'horizon.

J'ai attaqué :

– Dresse-moi ton argumentaire. Tu me scannes, mais je ne devrais pas me sentir visé.

– Disons que les services compétents ont demandé un suivi du dossier. Ils trahissaient certaines inquiétudes, comme on dit. L'amende SNCF a fait très mauvais genre.

– On est en plein Vietnam de l'Ouest ! Vous me laissez crever la faim et il faudrait que je fasse le beau !

– Pour la crédibilité de ton personnage, il est impératif de préserver un environnement high contest : à aucun prix tu ne dois te faire repérer. Si les gars du CLAC s'aperçoivent qu'on te fait sauter tes PV ou que tu peux les aligner en toute tranquillité, ils en déduiront que Patrick Kugelmann est un ami du pouvoir.

– D'où le mouchardage.

– Quel horrible mot. Nous préférons le terme « recadrage ».

– Et que disent les services compétents ?

– Ils souhaitent te rencontrer demain à 11 heures, Arche de la Défense. Je te préviens, il y aura du beau linge.

– Ah ouais ? Quelle taille ?

– Tu verras bien. Moi, je ne suis là que pour relayer les infos.



Elle a sorti un feutre noir, a écrit sur le banc : « *Dehors les musulmans. Les musulmans sont très dangereux. Hors de l'Europe !* » et m'a tartiné un nouveau sourire de majorette.

– Un petit boulot pour les renseignements généraux. Il ne faut pas faire retomber la pression.

Elle a sorti son portable, a pris une photo du tag et l'a envoyée à ses employeurs en guise de preuve. Puis comme il faisait chaud, elle a ôté son sweat Calypsos et a libéré son décolleté XXL. Ses seins déformaient le logo « *Open pussy* ». Elle s'est étirée au soleil, cool, pas d'angoisse, no stress. Un animal à sang froid : elle pouvait baiser un mec et en sucer un autre tout en calculant le montant de sa prime. Son corps n'était qu'un objet, le prolongement organique de son compte bancaire, il lui servait à accomplir son boulot, point final. Degré zéro de la morale. Sarah se ramenait lucidement à l'état de chair – effet aphrodisiaque garanti. J'ai maudit ce salaud de Lazy qui se l'était tapée sans effort. J'ai préféré changer de sujet – rester hargneux – pour tuer le désir.

– Une question. Pourquoi m'avez-vous envoyé des matons tout à l'heure ?

– Quels matons ?

– Ne fais pas l'idiote. Des types me scannaient à Beaubourg. J'en ai rétamé un.

– On ne t'a envoyé personne. Tu as rêvé, mon pauvre. C'est l'âge.

Elle avait l'air sincère. Dans ce cas, j'avais dégommé un innocent. Mille excuses. Mais disait-elle la vérité ? Elle n'avait pas l'air douée pour ça : honnêtement, Jessica ne m'aurait pas mailé si elle avait un autre mec… Encore que, le film… et le grand black…

J'ai repris un coup de bière. J'arriverais peut-être à me soûler suffisamment pour croire en quelque chose… Des barbus se sont pointés, ont aperçu la bouteille. Les regards se sont fâchés. Ça en appelait déjà au Prophète.



Sarah s'est dressée d'un bond sur ses pattes :

– Il est 18 heures. Au boulot.

# 21



Le visiteur était accueilli par des chants de l'Armée Rouge mixés de beats prolétariens. L'ensemble sonnait à la manière d'aboiements rythmés de piétinements pour les basses et de coups de marteau sur une cuve en fonte pour la mélodie. Aux murs, des portraits géants de Marx, de Lénine et de Gorbatchev. Pour faire plus actuel, ils fumaient un havane et portaient un treillis camouflage, des rangers et une kalashnikov en bandoulière. Marx faisait même le V de la victoire. L'expo était donc sous influence cubaine, ce que confirmait le service d'ordre, en tenue de barbudos, qui effectuait une fouille minutieuse : détecteur de métaux et palpation corporelle. Ma dernière boîte de bière a été ouverte et reniflée, et j'ai été contraint d'en boire une gorgée au titre de la bonne foi. Sarah s'amusait beaucoup, elle me traitait d'alcoolique révisionniste. Les barbudos faisaient folklorique, mais les flingues vaguement dissimulés dans un coin ne l'étaient pas le moins du monde : d'authentiques M-16 américains, et du dernier modèle, d'après le profil de la crosse. Du 300 coups/minute.

Dans l'enceinte de l'école, les salles de classe étaient aménagées en ateliers : bustes en acier de Staline, reproduction de style néoréaliste d'un garde rouge chinois tordant ses muscles à la manière d'un culturiste, exposition consacrée aux œuvres complètes du poète bulgare Penio Penev, installation en parpaings intitulée « Aliénation », inévitable Che Guevara en position du lotus, géant barbu (l'illuminé du canal) réalisant une performance à la gloire de Fidel Castro : un discours de sept heures, avec pour contrainte rhétorique l'emploi, à trois cents reprises, du mot « socialisme », et il semblait suffisamment défoncé pour y parvenir. Il y en avait aussi une de subversive bombing : le visiteur était sommé de balancer une grenade de peinture sur un mur taggé des mots « capital », « gouvernement », « télévision », « droite », « gauche », « De Milteau », « Habel », « académie », « interdiction », « psychanalyse », « bourgeoisie », « referendum »... La mienne a fait une jolie flaque verte sur « police », c'était amusant. Sarah a visé « argent », je l'ai trouvée bien cynique.



On avait confié les murs de la cour de récréation à des graffeurs. Sur leur fresque postréaliste, des travailleurs à la mâchoire carrée contemplaient l'avenir d'un regard farouche au milieu de fleurs et de chars d'assaut. Dans un coin, un grand type en costume années 1930 réalisait une performance au saxophone. Détail amusant : il en jouait pour la première fois. Il alignait les pouêts-pouêts et devait s'estimer génial. N'est pas Coltrane qui veut, pauvre naze. Le réfectoire était encombré d'un souk incroyable, uniformes de l'Armée Rouge, casquettes, tenues d'indic de la Stasi (en gros, les fringues de monsieur Tout-le-Monde : chemises à carreaux et salopettes) et assortiment de kalachnikovs, chambres vides mais culasses en parfait état de marche : détention d'armes prohibées, l'expo n'avait plus qu'à fermer ses portes. Les locaux devaient grouiller de flics des RG qui avaient déjà transmis l'info à leur hiérarchie. Sarah se faisait draguer par un petit chop-choï appelé Khmer. Sans doute son indic. Encore un qui se l'était faite. Pas de justice.

Par hasard, je me suis retrouvé dans une classe rangée, propre, avec chaises, tables et tableau noir impeccable. Des amateurs d'art en vison et bagouses papotaient : embrigadement, aliénation et tout ça, du vieux formalisme dépourvu de la plus petite once d'originalité. Une décadente à maquillage gras, faux cils et collier doré a suggéré de casser le mobilier. Son copain à foulard de soie et lunettes fortement charpentées a couiné :

– Grotesque ! Du symbolisme ! Ma chérie, nous se sommes plus au XX^e^ siècle !

Un troisième, veste badigeonnée de peinture et moue dégoûtée, a rajouté qu'il faisait aussi bien. La folle à foulard s'est étranglée :



– Mais ce que tu crées, chéri, ce n'est pas comparâââble ! Ton talent rayonne ! Tu éclaires l'horizon ! Ça, c'est du conceptuel sous-tendance, de l'arty-show, du Beuys sans la feutrine, vous imaginez ? Du Beuys sans la feutrine !

Ils ont pouffé.

Dans la salle voisine, installation choc : sur l'écran d'un vieux Macintosh, Lénine s'adressait à la foule, voix tonnante et index levé, puis un deuxième prenait le relais pendant que le premier gardait la pose, puis un troisième, puis un quatrième, et toute la foule qui l'écoutait n'était soudain plus composée que de Lénine en costume, des centaines, des milliers de Lénine au regard farouche et à la barbiche conquérante, à perte de vue des crânes dégarnis et des index dressés vers l'avenir radieux.

Les caniches sont arrivés sur mes talons et le foulard de soie s'est mis à japper :

– Mon Dieu ! De l'animation de patronage ! Donnez-moi un marteau que je réalise une performance ! Mes chéris, allons-nous en, je vous en suppplie, c'est plus que je ne peux en supporter ! Cette exposition est d'un rrridicule, je me demande encore comment vous avez pu m'y emmener !

– Mais Clafoutis…

– Je ne resterai pas une minute de plus dans cette épppouvantable cloaque. Moi, je veux de l'âââart, je veux de la merde, je veux du sperme, je veux du sang, par pitié donnez-moi quelque chose d'originââââl, pas ces distractions de fête foraine, bonté gracieuse !

– C'est toi qui tenais à…

– Parce que je voulais vous faire plaisir. Me voilà bien puni, maintenant ouste ! Ou je vais me sentir mal ! Ouste ouste ouste ! Une rétrospective Jean Foutre est inaugurée au palais de Tokyo, un seul de ses urinoirs vaut toutes ces simagrées.



Un grand type les écoutait en souriant. La quarantaine, crâne de bagnard, épaules de bûcheron, barbe de six jours, yeux fatigués. On s'est compris d'un regard. J'ai désigné les trois pétomanes vocaux et je lui ai mimé un sourire arabe. Il a soupiré.

– Je fabrique de l'art contre les gens comme eux.

Une voix sombre, profonde, intense. Une véritable détresse dans un corps de déménageur. Je me suis approché du Mac.

– Moi, je trouve cette œuvre très puissante.

– Le concept est précis. Toutefois, l'essentiel n'est pas la puissance, mais l'impact sur les forces productives. L'effet d'entraînement. En ce sens, mon œuvre est une réussite totale.

Il a esquissé un sourire épuisé. J'ai embrayé sur le mode ironique.

– Vous pensez qu'elle changera leur vie ?

Il a pris un temps, médité sa réponse.

– Oui, parce qu'ils vont se radicaliser. Il est temps que les forces en présence s'identifient clairement. Le but avoué de cette manufacture de création est que les gens disent : « nous sommes avec vous » ou « nous sommes contre vous ». La lutte des clashs appelle des situations tranchées.

– En d'autres termes, un contexte révolutionnaire ?

Il m'a jeté un coup d'œil aigu, a cherché ses mots, sur le qui-vive.

– Je dirais plutôt pré-révolutionnaire. Une révolution, quelle qu'elle soit, n'a de chances d'aboutir qu'à certaines conditions. La problématique est similaire en art : si la conscience des masses n'est pas travaillée de façon à percevoir le potentiel révolutionnaire d'une œuvre, celle-ci n'a pas la moindre chance d'influer sur le cours de leur vie.



– Je croyais que la révolution était un processus, pas un aboutissement.

– Juste. Raison de plus pour édifier un socle suffisamment solide.

– Il faut organiser le siège régulier de la forteresse ennemie.

Il m'a scanné attentivement. Je ne sais plus d'où j'avais tiré cette expression. Elle avait giclé de mon cerveau gorgé de centaines de pages de théorie marxiste, marxienne et marxisante. En tout cas, elle a eu son petit effet.

– Allons prendre un verre.

Le bar était aménagé dans l'ancienne salle de gym. Des portraits de Marx, Engels et Lénine pendaient aux agrès. Le parquet était usé jusqu'à la trame, les pieds crissaient sur les particules de béton. Autour des tables, un assortiment représentatif de l'ultragauche : post-hippies piercés, tatoués et scarifiés, staliniens en bleu de travail, punks quinquagénaires avec crête, bedaine et triple menton, intellos à lunettes et pulls à col roulé Touche-pas-à-mon-pote, anciens casseurs reconvertis dans le militantisme trotsk (dont un bon nombre de flics des RG) et au moins dix clones de Che Guevara, barbe et béret basque faisant foi. Je ne jurais pas, j'étais parfait dans le rôle de l'ex-journaliste aigri, accessoirement fils de pub viré pour dénonciation de l'aliénation publicitaire, la bonne blague, comme s'il pouvait en être autrement. Pendant que je déblatérais mon argumentaire, je me disais que quelque chose allait clocher, que le type allait se douter que j'enquillais les bobards en une pile de plus en plus foireuse. Mais non, il m'écoutait gravement. Il ne semblait doué ni pour la joie ni pour le sourire, mais ses yeux cherchaient à capturer mes moindres paroles. Son regard bienveillant était pétri de convictions. Sous son crâne de bagnard et son front torturé de rides, il y avait un monde, qu'on devinait meilleur et qui souffrait de la comparaison avec celui-ci. Cet homme brûlait d'opérer la substitution, gentiment si possible, à coups de bombes si nécessaire. On aurait dit Coltrane dans «*After the rain*», aimable et mélancolique, un peu désolé de n'avoir que de la beauté triste à partager.

Sa voix, douce et profonde, ranimait la chaleur humaine qui roupillait au fond de moi. Il était en train de me rendre pour de bon le mot «fraternité» : on se tutoyait déjà, on se reconnaissait presque. Il savait le goût de la misère, il ne lui en voulait pas, non, pas son genre, pas geignard pour un cent. Il en voulait plutôt à ceux qui jouent les misérables, aux révolutionnaires en kit qui se déglinguent au premier coup de vent. Il était intègre, entier. Des exploiteurs, des exploités, il y en aurait toujours, c'était un processus immuable. Il y aurait toujours un frère à libérer. C'est pourquoi la révolution ne connaîtrait jamais de répit. Pour la nourrir, il fallait des gens à la hauteur. Pas un énième Parti, on était vacciné. Ni des gauchos à théories. Il fallait des purs, des désintéressés. Dans le cœur de ces êtres-là, la révolution renaissait, jour après jour, fière et vivace.

Voilà ce que disaient ses yeux tandis que je lui lâchais mes derniers sarcasmes contre Serge July, mon «ex-boss», qui avait fini par se faire virer de son journal par son propre conseil d'administration. Tu parles d'une surprise ! Voilà ce qui arrive quand on fricote avec la haute finance. Il a esquissé un vague sourire : c'était tellement loin, plus de dix ans... On n'allait pas pleurer sur le sort d'anciens maoïstes reconvertis en martyrs de la liberté d'expression, assujettis au parti socialiste et à l'impôt sur la fortune...



Il m'a parlé un peu de sa vie. Parents bretons, famille de pêcheurs réduits au chômage. L'ennui à Quimper, les Arts-Déco à Paris. Lui aussi avait tâté du journalisme, comme dessinateur, illustrateur et maquettiste PAO. J'ai serré les fesses. Pourvu qu'il n'ait pas gratté à *Libé*. Non, il s'était contenté d'hebdos gauche molle, *Nouvel Obs* et *L'Express*, et de mensuels branchouilles style *Technikart*. Il avait même bossé un temps au *Monde*, jusqu'à son rachat par *Paris-Match*. Il aurait pu se faire une retraite peinard, il avait préféré tirer sa révérence : pas dans ses gènes de servir la soupe. Nouveau coup de bol, il n'avait jamais collaboré à *Voix ouvrière*, *Chaos* ou *Proletaris*, mes prétendus anciens employeurs. Il s'était réorienté et bossait à présent dans une boîte d'animation multimédia, conception de dessins animés, de jeux vidéos et d'effets spéciaux pour le cinéma. D'où la nature de son installation, une cyber-réflexion sur la notion d'identité et sur la continuité épistémologique. J'aurais pu l'asticoter sur Trotsky et sa présence avérée ou non aux côtés de Lénine, mais il était temps de tirer un peu sur la ligne, histoire d'évaluer la taille du poisson.

– Et la politique ? J'ai cru comprendre que ça t'intéressait.

– L'art est politique. Il n'y a pas d'art sans conscience politique. La création implique un rapport de forces.

– Mais l'art ne peut pas tout.

– Il a pour mission d'éveiller la conscience, de guider la réflexion. C'est un relais. Quand je démultiplie à l'infini la figure de Lénine, je mets en évidence l'importance de sa contribution à la compréhension des rapports de forces. Par là, je renvoie à Marx, à l'analyse marxiste des rapports de production et du processus de domination. Si une seule personne, en sortant d'ici, se donne la peine d'ouvrir un livre de Marx ou de Lénine, de réfléchir à la lutte des clashs, j'aurai atteint mon but.

– Le marxisme est hype, en ce moment.



– Laisse la hype aux trois abrutis de tout à l'heure. Ce sont des aliénés, l'art bourgeois a déformé leur jugement. L'art ne doit pas chercher à séduire, il doit se radicaliser : pour ou contre. Quand Picasso produit *Guernica*, il fait preuve non seulement de génie mais de conscience de classe : pour le peuple ou pour les fascistes, choisis ton camp.

– Crois-tu que le public voit aussi loin ?

– Pas ces bouffons, en tout cas. Ils ne sont que les représentants d'un art décadent réduit à sa dimension de marché. Moi, je m'adresse à tous les autres.

Nous buvions du vin bulgare à la lueur de bougies, nous étions dans le move révolutionnaire, le bon feeling. Une véritable communion intellectuelle. Une jolie brune est venue le saluer, ils ont promis de se revoir, il ne l'a pas fait traîner. Visiblement, il était pressé de reprendre la conversation. Au bar, Sarah allumait deux types, sympa mais à bonne distance, regards appuyés, pression adéquate, sourires, moues espiègles, cette salope savait s'y prendre. Du coin de l'œil, elle vérifiait que je ne perdais pas une miette de son manège. Pas la peine, je travaillais.

A moi de reprendre la main, il fallait orienter le débat sur la pure politique. Ce type était-il un maxiléniniste tendance

CLAC, oui ou merde ? Moi aussi j'avais besoin de certitudes. J'ai déroulé le tapis en douceur.

– Qu'est-ce que tu penses de l'interdiction de la manif du 9 octobre ? Tout répressif, non ?

Il a souri tristement.

– Ça me fait doucement rigoler, leur Guevara. On réduit un révolutionnaire authentique à un produit générique. De la pure manip, du folklore, de l'agit-provoc à deux balles. C'est le ministère de la Sécurité Collective qui tire les ficelles. Habel est un faf. Un mec dangereux.



– Dangereux ?

– Très dangereux. Il se voit président de la Répub, il en rêve tous les matins en se paluchant.

– C'est vrai, tous ces flics partout…

– Il prépare un truc. Sa petite défonce personnelle à coups de descentes dans les quartiers pauvres et d'arrestations arbitraires. Les prochaines élections sont pour lui, il les a achetées, clé en main.

Par souci de crédibilité j'ai un peu joué les effarouchées, mais j'étais ultraréceptif.

– J'ose pas imaginer…

– Moi si. Et tout le monde sait ce que ça va donner. Il ne faudra pas pleurer quand on verra du bleu à chaque coin de rue.

– Quand même, aux élections…

Il m'a regardé comme s'il avait affaire à un enfant. Ses yeux étincelaient dans la pénombre, captivaient les miens, me pénétraient jusqu'à l'âme – ou ce qui en faisait office.

– Les élections… Encore le coup de la gauche contre la droite… Forces de Gauche contre Union de la Droite ! Laisse-moi rire ! Les politiques n'ont pas intérêt à ce que ça change.

– Il faut faire quelque chose !

J'avais tapé sur la table. A moitié bourré, mais aux trois-quarts sincère. Il m'a scanné très profondément.

– Je suis d'accord avec toi. Il faut faire quelque chose.

On approchait du point critique. Ça passe ou ça casse.

– Oui, mais comment ? En écrivant des articles qui ne seront lus que par des gens déjà convaincus ?

– Je connais d'autres moyens de faire passer des idées. Si on veut marquer les esprits, il faut parfois… passer en force.



J'ai laissé infuser l'idée et j'ai acquiescé.

– Je crois que tu as raison. Il y a des moments où on n'a plus le choix.

Un barbudo a annoncé la fermeture du bar. 22 heures déjà. Consigne de dispersion. Le type a vidé son verre et l'a rangé dans sa poche : réflexe de clandestinité. Sarah était vautrée dans les bras d'un des mecs de tout à l'heure, sous le regard haineux de son indic chop-choï qui se faisait voler en direct une partie de jambes en l'air. Les membres du service de sécurité guidaient la foule disciplinée vers la sortie. Le gars m'a tapé sur l'épaule.

– Je retourne à mon atelier. Au fait, je m'appelle Baus.

– Moi, c'est Trane.

On s'est serré la main. Il a souri.

– On se reverra.

Il s'est éloigné dans l'obscurité.

Dehors, le temps était à l'orage. Lourd et venteux.

Calypsos. Mardi 24/10/2017. 22.05.
Expéditeur inconnu. 1 message non lu.

*Demande d'infos : Baus, graphiste.*

## 22



Je pénétrais dans le territoire des Silly Bastards. C'est du moins ce qu'avait taggé une main haineuse sur un des piliers de la station RER La Défense. En face, le gang des Créolais avait signé lui aussi son passage : « *Mort aux Z'oreilles !* » Nul doute, ça cognait dur dans les sous-sols : le quartier des tours n'était pas pour rien la plaque tournante des gros trafics, came, guns et filles.

Les multinationales avaient dégagé trois ans plus tôt après l'assassinat en plein jour du P-DG d'Areva par un gang d'écolos survitaminés. « Non au nucléaire ! » scandaient-ils en butant l'énarque que d'obscures combinaisons politiques avaient placé là, au sommet d'un gratte-ciel. La réaction n'avait pas tardé : les grands groupes avaient migré vers des quartiers mieux protégés. La Loi de Délocalisation était arrivée à point nommé et Total, Calypsos, Dexia et consorts avaient trouvé refuge dans les beaux immeubles du XVI^e^ arrondissement. Depuis, la dalle ouverte aux quatre vents avait l'aspect du désert des barbares. Bilan : luttes de gangs à ciel ouvert, parfois en plein jour, et mort du grand projet urbain.

On ne se rendait plus dans ce coin que pour admirer les ruines de la Grande Arche qui, comme toutes les mitterranderies, avait du mal à passer le cap de la postérité. A vrai dire, je me demandais comment on avait osé trouver de la beauté à un truc pareil : un grand cube de béton vide, censé prolonger la perspective Concorde-Champs-Elysées-Arc de Triomphe, et qu'un architecte bigleux avait réussi à poser de traviole. Quant à son utilité, la question était réglée, si elle avait jamais eu besoin de l'être : les bureaux étaient vides et les fenêtres, explosées. On n'attendait plus que la chute du toit.

A perte de vue, de gigantesques tours veillaient sur une plaine de béton où s'élevaient çà et là des carcasses de voitures dépecées. Sous le ciel gris, l'ensemble offrait l'image d'une antique civilisation dédiée à la grue, à l'empilement et aux enseignes lumineuses, abandonnée comme le reste : par souci d'économie. On rendait les friches aux gueux, qui en tiraient les derniers bénéfices dans des activités souterraines plus ou moins légales. On leur confiait les murs inutiles, les locaux vacants, les moquettes usagées à des fins de recyclage. Un de ces jours, on finirait par récupérer les lieux et par raser tout le bazar pour construire quelque chose d'encore plus démesuré et rationnellement consternant.

L'endroit était idéal pour un rendez-vous de travail. Pas de place pour la rêverie ni pour l'émerveillement : on deale et on s'en va. Pas de curieux non plus. 11 heures 07. Placé à l'aplomb exact de l'Arche et la main à proximité du Springfield, j'observais l'esplanade comme un naufragé.

– Bonjour.

Je me suis retourné, à deux millimètres de l'infarctus : Ducrocq et son sourire ravi. A la prochaine blague, je lui expédiais une boule de mort entre ses verres de lunettes. Il s'amusait de ma surprise, le bougre, débonnaire dans une veste de tweed qui le boudinait légèrement. Il avait vraiment trop regardé Roger Moore à la télé quand il était petit.

Il m'a sorti son air chochotte.

– Je vous ai fait peur ?

– Je ne vous attendais pas si tard.

– Je suis désolé, mais nous sécurisions le périmètre. Je vous observais depuis le cimetière situé en contrebas.

– Vous choisissiez une concession ?

– Ne vous inquiétez pas pour moi, j'ai d'autres projets d'avenir. Mais peut-être avons-nous à aborder des sujets plus sérieux ?



Il m'a saisi le bras et nous avons déambulé dans les parages comme deux touristes en quête de champignons. Rien à foutre de son affabilité poisseuse.

– Qui a eu l'idée de me rationner sur le fric ?

– A peine avons-nous repris contact que vous me parlez d'argent…

– Ce n'est pas vous qui vivez comme un rat dans un quartier pourri.

– Il faut travailler la vraisemblance. Nous ne pouvions courir le risque de vous livrer à la tentation de dépenses somptuaires.

– M'acheter un blouson intact, vous trouvez ça somptuaire ?

– Il est vrai que nos services ont particulièrement soigné la mise en scène. Mais ne craignez rien, vous serez dédommagé. Du reste, une jolie somme a été virée sur votre compte. Un chiffre avec six zéros derrière.

– Quel chiffre ?

– Cela dépendra des informations qui remonteront jusqu'à nous.

Ce salaud était capable de jouer au chat et à la souris toute la journée. Il devait en tirer un plaisir de complexé digne d'un authentique inquisiteur des Services. Autant couper court et être débarrassé de la corvée.

– J'ai peut-être un contact.

– Vous comprendrez sans peine que nous avons besoin de plus de précisions.

– Un graphiste-performer du nom de Baus. Je l'ai rencontré dans un squat du boulevard de la Villette.

– Votre officier traitant nous a déjà mis au courant. Une piste sérieuse à votre avis ?

– Il a l'air motivé. Et idéologiquement configuré pour l'action.

– Quand devez-vous le revoir ?

– Je ne sais pas.

Nous contemplions la marée de tombes s'étendant sous nos yeux. Par quel hasard ce cimetière existait-il encore ? Les vivants étaient rayés de la carte comme des cafards et on conservait des mausolées inutiles…

Ducrocq s'appliquait à ne rien exprimer.

– Vous ne savez pas… Voilà qui est embêtant.

– Je le retrouverai au squat.

– La mairie du XIX^e^ arrondissement a estimé que ce rassemblement d'agitateurs risquait, à terme, de constituer un pôle de perturbation préjudiciable au maintien de l'ordre public. L'exposition a été évacuée ce matin à l'aube. Ses principaux organisateurs ont été arrêtés et incarcérés pour détention d'armes prohibées. Aucun d'entre eux ne répond au pseudonyme de Baus.

A mon grand étonnement, cette nouvelle m'a réjoui. J'ai cependant continué à tirer la tronche.

– Ce n'est pas malin.

– Nous condamnons cette décision qui a été prise en dépit du bon sens.

– Il faudrait qu'un jour les différents services cessent de se tirer dans les pattes. Simple question de logique.

– Je vous remercie de cette remarque profondément superflue. L'harmonisation du processus de décision sera toujours le maillon faible du fonctionnement judiciaire de ce pays.

– La guerre des polices, quoi.

– Je vous laisse la responsabilité de ce cliché. Avez-vous réussi à entrer en possession d'un indicateur génétique de l'individu en question ?

– Impossible. Il est sur ses gardes. Du genre à laver son verre lui-même, si vous voyez ce que je veux dire.



– Même pas un poil, un cheveu ?

– Et pourquoi pas du sperme tant que vous y êtes ?

– Je vous prie de garder vos trivialités pour vous.

– OK, j'agrège, restons hypocrite. Lui et moi ne sommes pas encore suffisamment intimes pour échanger des baisers sur la bouche et des objets personnels. Il a le crâne presque rasé et ne fume pas, donc impossible de prélever un mégot imbibé de salive. Je vous dis qu'il anticipe toutes les procédures d'identification.

– Ce qui constitue un indice en soi.

– Affirmatif. Mais j'ai l'intuition que nos routes se croiseront bientôt.

– Je l'espère. Le temps presse. Nos experts informaticiens nous ont avertis que nos fichiers sont régulièrement visités et piratés par des inconnus. Les sites leurres ont été fracturés mais, malheureusement, ne nous ont pas permis de localiser l'origine de l'intrusion : ils ont effacé toute trace de leur passage.

– Ma cible pourrait correspondre à vos critères de recherche. Rien sur son pseudo ?

– Baus ? Inconnu au bataillon.

– Il m'a dit qu'il avait travaillé pour la presse, *Nouvel Obs*, *L'Express* et *Le Monde*.

– Nous vérifierons, mais je doute qu'il l'ait fait sous son vrai nom ou sous ce pseudonyme. L'usage veut, dans les milieux subversifs, que l'on change régulièrement d'identité.

– C'est votre affaire. Moi, je me contente de livrer des informations. J'espère que le chiffre sur le chèque sera proportionnel.

J'espérais surtout que Baus n'était qu'un rêveur un peu trop fougueux et qu'on allait lui foutre la paix. Etrange, mais je ne le voulais pas comme ennemi.



L'autre a minaudé, petit farceur :

– Je l'espère pour vous également. D'ailleurs, vous allez avoir l'occasion d'exposer tout à loisir vos doléances.

Un hélicoptère Alouette dernière génération, avec mitrailleur en position de tir, a survolé Nanterre et décrit une courbe impeccable au-dessus de la zone des tours. Une vingtaine de gusses ont quadrillé l'esplanade, Famas à la main. L'hélico s'est stabilisé et a amorcé sa descente en feuille morte. Sans quitter sa pose de pasteur anglican, Ducrocq m'a emmené vers la zone d'atterrissage contrôlée par un peloton de Ninjas scrutant l'horizon, l'œil collé au viseur. Les grésillements radio crépitant dans les oreillettes ont été engloutis par le vacarme de ventilateur de l'appareil. Tempête en pleine gueule, poussière dans les yeux, sourire inoxydable de Ducrocq.

Une grande forme noire à peine troublée par le déplacement d'air a posé le pied sur le sol. L'homme s'est dirigé calmement vers nous en se recoiffant et j'ai reconnu le ministre de la Sécurité Collective, le numéro un du gouvernement en personne, Gaétan Habel. Sa gabardine un peu penchée à la James Dean a bientôt rempli tout notre espace visuel. Il a serré la main de Ducrocq, lequel a eu un geste silencieux dans ma direction. Habel a plongé ses yeux dans les miens et j'ai eu droit, moi aussi, à une poignée de mains, franche, énergique et virile. Il était bel homme, le genre ténébreux, et il le savait. Le sourire est apparu, d'une blancheur publicitaire.

Puis la voix, nette, mâle, imprégnée de tabac. Il n'était pas beaucoup plus âgé que moi, dans les trente-cinq ans, quarante grand maximum.

– Enchanté, commandant.

– Moi… Moi aussi, monsieur.

J'ai serré les fesses. Je n'avais pas l'habitude de parler à un ministre, *a fortiori* entouré d'une vingtaine de tireurs d'élite. Sa densité physique faisait le reste. Il intimidait et jouait sciemment là-dessus. Mais très vite il est devenu cordial et s'est mis lui aussi en tête d'accomplir avec moi le tour du quartier. 

Nous avons marché vers l'antique cloche à fromage du CNIT : un incendie avait obscurci une portion du dôme, quelques fenêtres de plexiglas avaient fondu, décrivant un entonnoir translucide et béant. Paradoxalement, un arbre avait pris racine dans le sol de marbre et s'élevait vers la lumière.

– Très belle journée aujourd'hui, n'est-ce pas ? Je suis heureux de faire votre connaissance, j'ai beaucoup entendu parler de vous et en termes absolument élogieux. J'ai consulté votre dossier : vos états de service sont remarquables. Vous êtes un officier de police judiciaire exemplaire. Je dis bien « exemplaire ».

Ma foi, s'il s'était déplacé pour me tenir ce genre de discours, j'avais bien fait de me lever tôt, malgré les relents de vin bulgare qui me harcelaient le bide.

– Commandant, si j'ai tenu à vous rencontrer personnellement, c'est pour souligner le caractère hautement sensible de notre enquête. Oui, je dis bien « notre enquête », car elle revêt une importance capitale à nos yeux. Vous m'excuserez d'utiliser les grands mots, mais la République est menacée. Le danger que lui font courir les éléments subversifs grandit de jour en jour. Nous avons la preuve qu'ils sont parvenus à infiltrer nos fichiers classés secret défense. Ceci est extrêmement préoccupant.

– Oui, je suis au courant.

– Nous avons de bonnes raisons de penser qu'un certain groupuscule terroriste dénommé le CLAC projette de passer à l'action.



– Je crois que j'ai repéré un…

– Et il faut impérativement, je dis bien « impérativement », le mettre hors d'état de nuire. Vous m'avez entendu, commandant ? Impérativement !

Il s'est arrêté et m'a dévisagé. Il ne souriait plus. Des yeux de tueur. Injectés de sang. Nous avons repris notre marche. A la périphérie de mon regard, les Ninjas furtifs accompagnaient notre progression.

Il a repris sur un ton inspiré et méditatif.

– Voyez-vous, la liberté d'expression ne peut plus tolérer de dérives. Ce que nos concitoyens demandent, c'est de vivre en paix. Et en sécurité.

Il s'est soudain mis à hurler en martelant l'espace de son poing de boxeur.

– Nous voulons la paix ! Nous voulons la sécurité ! La sécurité, bordel !

L'écho a rebondi dans le silence. A deux pas, le grésillement des communications radio. Il s'est arrêté au pied d'une tour. Sa voix est redevenue calme.

– Du haut de ces tours, quarante siècles nous contemplent.

Puis, il s'est mis à chantonner : « *We don't need no education/ We don't need no thoughts control… Mmm… All in all you're just another brick in the wall…* » Un vieux truc rock de Pink Floyd, je n'étais même pas né à sa sortie. Habel a ri et s'est tourné vers moi, comme surpris de ma présence.

– Nous sommes les garants de la civilisation, commandant Sacco. D'accord ? Si nous nous dérobons à notre tâche, il ne restera plus que l'anarchie et la loi de la jungle. Et nous ne voulons pas de cela, n'est-ce pas ? Dites-moi, commandant ?

– Non, monsieur le minis…

– Tenez, goûtez-moi ça.



Il a extrait un sachet de sa poche, a dispersé un peu de poudre sur sa large paume et m'a tendu la paille. Je l'ai regardé. Je cherchais le bug.

– Goûtez, goûtez, goûtez… Elle est excellente. Aucune migraine à craindre.

Après tout, il était mon supérieur hiérarchique. L'ouragan s'est engouffré dans mon cerveau. Wooosh… Trente millions d'étoiles qui explosent. Une gerbe d'intuitions lumineuses. La Force. La Certitude. La Puissance. J'étais requinqué pour la semaine et d'humeur définitive.

Il s'est sniffé le reste, a savouré les yeux fermés, puis s'est massé énergiquement les gencives avec les dernières particules.

– J'ai lu dans votre dossier que vous appréciez vous aussi ce genre de plaisir. Tant que nous respectons une certaine modération… Pas vrai ?

– Affirmatif.

– Il faut, commandant Sacco, je dis bien « il faut », que toute votre énergie soit tendue vers ce seul but : anéantir le CLAC. Vous devez penser, en vous levant le matin : « je vais anéantir le CLAC, je vais anéantir le CLAC, je vais anéantir le CLAC ». Il faut l'écraser, le pulvériser, il faut le réduire en miettes. C'est notre but, commandant, notre seul et unique but, et nous ne nous arrêterons que lorsque nous aurons atteint ce but! Anéantir le CLAC!

Le fait est que j'allais anéantir le CLAC, que ça leur plaise ou non, Baus ou pas, j'allais leur exploser la gueule à ces salopards, à ces maxiléninistes de chiottes, j'allais les...

D'une voix amusée, il a interrompu mes pensées.

– A quoi ça vous fait penser, cette merde?

Il désignait la Grande Arche. Il a continué, sans attendre la plus petite manifestation de connexions neuronales à l'intérieur de mon cerveau, sa voix montant dans les aigus *crescendo* :



– Moi, elle me fait penser à l'ancien monde. Du vide! Un grand vide! Le grand vide socialiste! Et que ressent-on face à ce vide? Le dégoût! L'horreur! Le désespoir! Voilà où mène le socialisme, commandant! Au désespoir!

Nous sommes revenus à grandes enjambées vers l'hélicoptère, qui a enclenché ses moteurs. Autour de nous, les tireurs d'élite rappliquaient comme autant de grenouilles harnachées d'armes de combat. Au moment de monter dans l'appareil, Habel s'est retourné vers moi, m'a confectionné son plus beau sourire et a hurlé pour couvrir le boucan :

– Prenez garde, commandant Sacco! Faites bien attention à vous! Ces hommes sont dangereux! Ils possèdent des armes redoutables! La pire : l'idéologie! La plus redoutable de toutes! L'idéologie! Votre esprit doit être fort! Nous comptons sur vous.

Il m'a serré contre lui et a grimpé dans l'hélico qui, en un élan, a pris de la hauteur et a disparu comme un insecte. Les tireurs tarentules ont glissé aux quatre coins du paysage. Ducrocq avait filé. J'étais seul au milieu de l'esplanade de la Défense. Orphelin.

Le ciel s'est couvert. Le vent d'automne était glacial.

# 23



Boulevard de la Villette. Les flics n'avaient pas fait dans le détail. Le trottoir était encombré de tableaux, de bustes de Staline et d'objets plus ou moins artistiques. Au premier plan, explosé, le vieux Mac de Baus. Quatre flics en faction devant l'école, le Famas en bandoulière, protégeaient les maçons occupés à condamner portes et fenêtres à l'aide de parpaings et de ciment à prise rapide.

Me 25/10/2017. 14.32. Connexion à Jazzzz.
Messagerie de M. François Sacco. 2 messages non lus.

Ma 24/10/2017. 15.51.
De lazy@interphone.fr à saccoltrane@jazzzz.com

1000 reus. Samedi. 18 heures. L'Art Brut, rue Quincampoix.

*Répondre*

Me 25/10/2017. 14.36.
De saccoltrane@jazzzz.com à lazy@interphone.fr

OK.

Ma 24/10/2017. 22.56.
De bitch@theophone.fr à saccoltrane@jazzzz.com

Je ne suis pas libre avant dimanche prochain. Jess.

*Répondre*

Me 25/10/2017. 14.38.
De saccoltrane@jazzzz.com à bitch@theophone.fr

Alors moi non plus.

*Nouveau message*

Me 25/10/2017. 14.39.
De saccoltrane@jazzzz.com à Calypsos tarifs préférentiels. La semaine de l'action !



Demande de versement d'une commission exceptionnelle. Rémunération indic. Pièce jointe : message de lazy@interphone.fr.

*Envoi*

Recherche site : ministère de la Sécurité Collective.

*Envoi*

Code confidentiel : GKVKYB-72

*Envoi*

Objet : Fiche de renseignements : Gaétan Habel.

*Envoi*

GAÉTAN HABEL. Citoyen européen d'origine française, né le 21 mars 1978 à Paris (France)
AGE : 39 ans
SEXE : masculin
GROUPE SANGUIN : O+
Fils de Edouard Habel, citoyen européen d'origine française né le 24 août 1947 à Alger (Algérie, France à l'époque) ; et de Charlotte d'Hurvilly, citoyenne européenne d'origine

française, née le 4 janvier 1950 à Tours (France)
DOMICILE : 50 avenue Foch 75016 Paris
LOGEMENT de fonction : 1 place Beauvau 75008 Paris
Marié le 18 novembre 2001 à Simone-Jade de Lacan-Perseau, née le 6 juillet 1981 à Paris (France). Un enfant, Simon, né le 29 mai 2002.
Baccalauréat au lycée Louis-le-Grand (Paris).
Diplômé de la faculté de Droit de Paris 2 Assas-Panthéon en 2000.
Inscrit au barreau de Paris en 2001.
Adhésion au RPR (droite) en 1996.
Elu député à Paris en 2002 (10e circonscription).
Réélu en 2007.
Ministre du Logement (2007-2010).
Ministre de l'Aménagement Urbain (2010-2012).
Ministre de la Protection du Territoire (2012-2014).
Ministre de la Sécurité Collective (2014-).
Pas de signe corporel distinctif.

Je n'arrivais pas à me concentrer sur *Banalités de base*, un bouquin de Raoul Vaneigem. Dans un boucan abominable, des petits négus jouaient dans la cour de l'immeuble à qui attraperait l'autre pour lui foutre une branlée. Je me suis préparé un thé au vin rouge, une recette personnelle.

La politique politicienne m'intéressait à peu près autant que le football ou le vaudou, mais il fallait reconnaître que ce Habel était un phénomène. Député à vingt-quatre ans dans la foulée des grandes manifs antifachos de 2002 (j'étais étudiant à l'époque, on s'était bien fait peur et ça n'avait pas vraiment arrangé les affaires), ministre à vingt-neuf et, depuis quelques années, porte-flingue officiel de ce bouffon de De Milteau –

depuis 2014 et sa Loi de Délocalisation, en fait, qui lui avait conféré une envergure nationale et une place presque centrale sur les photos officielles. Avec l'abolition du titre de Premier ministre, trop suspect de démagogie hiérarchique aux yeux de nombreux intellectuels, le ministre de la Sécurité Collective devenait *de facto* chef du gouvernement. De Milteau avait été réélu au printemps, plus par distraction que par véritable intérêt. L'abstention s'était d'ailleurs élevée à 70 %, mais une loi votée opportunément en 2012 ne fixait plus de quorum nécessaire à la validation du scrutin : si l'envie l'en prenait, le président de la Répub pouvait convoquer des élections, déposer son bulletin dans l'urne et être réélu à l'unanimité – à condition que le leader des Forces de Gauche fasse la grasse matinée ce jour-là, bien entendu. La droite avait joué sur du velours et battu, comme toujours, le Front National au deuxième tour. On était donc reparti pour cinq ans de Président potiche, de ministres satisfaits et d'opposition indignée pointant au palais Bourbon-Habel, lui, attendait son heure pour remettre de l'ordre là-dedans. Une semaine sur deux, il faisait la couverture du *Monde Match* et les news magazines s'arrachaient sa photo de beau mâle latino et ses interviews saignantes. Il serait le prochain président de la Répub, sans la moindre hésitation. A vrai dire, on s'était demandé pourquoi il ne s'était pas présenté lors de la dernière campagne. Des rumeurs sur des manips louches et des erreurs de jeunesse avaient couru, comme à chaque échéance électorale qui se respecte. Quoi qu'il en soit, sa non-candidature avait éclipsé le suffrage lui-même.

Les gosses ont crié un peu plus fort. J'ai regardé par la fenêtre : dans la cour, un grand Rasta se dirigeait vers l'escalier. J'ai dégainé le Springfield en écoutant son pas progresser. On a frappé. Adrénaline. Bpm 90, 100, 110. J'ai tiré le cran de sûreté.

– C'est pour quoi ?

– Je viens de la part du Patron.

J'ai entrouvert, le flingue bien en évidence. Le Rasta était seul. J'ai jeté un coup d'œil derrière lui. Personne. D'un mouvement de tête, je l'ai fait entrer. J'ai refermé sans lui tourner le dos un seul instant. Le mec était calme. Apparemment, pas un chirac. Il a pris la parole sur un ton posé.

– Le Patron a quelque chose à te dire. Il veut te voir ce soir.

– Pourquoi ne vient-il pas lui-même ?



– Il prend un shabbat personnel. Tu le retrouveras ce soir au Zion.

– Quelle heure ?

– Après le coucher du soleil.

– Comment sais-tu que j'habite ici ?

– Tout finit par se savoir. Nous avons des frères partout.

Il a fait un signe de tête, j'ai compris qu'il avait terminé. J'ai ouvert la porte, il est parti. J'ai tendu l'oreille, pas de bug.

Comme la vie serait belle si les rapports humains étaient toujours aussi simples…

Avant le rendez-vous, je me suis baladé aux Buttes-Chaumont. Des cadres stressés faisaient leur jogging dans les allées. Sous le tee-shirt, on devinait le flingue passé dans une ceinture spéciale. L'article avait fait fureur quelques années plus tôt : on faisait travailler à la fois les jambes et les abdos. Du côté de la tête, en revanche, aucune amélioration notable. J'ai pêché un vieux *Figaro* dans une poubelle. « *Emeutes de la faim en Inde, la police ouvre le feu, 386 morts*; *Interview du Président De Milteau : "Nos priorités sont l'emploi et la sécurité"*; *Le ministre de la Sécurité Collective Gaétan Habel rencontre les principaux dirigeants de la droite européenne à Lisbonne*; *Croissance : 2,8 % prévus en 2017*;

*Bangladesh : le pays menacé de disparition sous les inondations*; *Vladimir Poutine : "Si le peuple l'exige, je briguerai un sixième mandat en 2020"*; *Le voyage de Jean-Paul III à Washington : le Saint-Siège s'établira à Atlanta d'ici 2019*; *Irak : la guérilla kurde reprend Tikrit après de durs combats à l'arme lourde*; *Les ventes de voitures neuves ont augmenté de 4 %* ; *Football : choc au sommet Juventus de Turin-Real de Madrid pour la première place de l'Euroligue*; *CAC 50 : semaine stable, + 0,56 %, le CAC à 23 754 points*; *Renaud entre à l'Académie française au fauteuil de Bernard-Henri Lévy*; *Culture : Lady Di, vingt ans déjà*; *Johnny à Bercy* : *"Je suis indestructible."* »



– Hey Killer !

Le petit négus me faisait face et pointait sur moi un index qu'il aurait voulu armé. Ses copains rappliquaient déjà. J'ai levé les yeux au ciel. Impossible d'être tranquille deux secondes.

– Fous-moi la paix, Mamadou. Tu vois bien que je lis.

– Ça sert à rien, tout ça. C'est des conneries.

– Bien sûr que ça sert à quelque chose !

– Toi, ça te sert à quoi ?

– A savoir ce qui se passe dans le monde.

– Qu'est-ce que ça peut foutre ?

– A comprendre les événements.

– Et quand t'as compris, qu'est-ce que tu fais ?

– Je m'en sers pour mon travail.

– Tu travailles, toi ?

– Oui.

– T'es con. T'as pas besoin de travailler pour te faire du fric.

– Mais ça aide. Et toi, qu'est-ce que tu feras plus tard ?

– Plus tard, j'en ai rien à foutre !

Ils sont partis en gueulant. On sentait comme un vice de forme dans cette République, décidément. Si les enfants se mettent à raisonner comme des adultes, alors le monde est mûr pour l'Alzheimer...

Le soleil se couchait. J'ai savouré les derniers rayons du jour, les yeux fermés, visage tourné vers le ciel. La vie est si douce, par instants... Il suffirait de pas grand-chose pour remettre tout d'équerre. Un minimum d'honnêteté, quelques brins de bon sens. Un zeste de bonne volonté. Une ombre d'espoir. Comme chez Elise, la libraire, et son mari Daniel...

Je rêvais dangereusement. Je me suis levé et j'ai pris la direction du haut Belleville : mes fesses menaçaient de coller au banc et je risquais la clodoïsation.



La rue du Jourdain accueillait une importante communauté de juifs contestataires, les « Jewels », comme ils s'appelaient eux-mêmes par dérision. Ils militaient pour une coexistence pacifique avec les Palestiniens et prônaient les couples mixtes, mi-casher mi-halal. Le piquant de l'histoire, c'est qu'ils avaient éprouvé le besoin de se regrouper pour le proclamer : en somme, on s'isole pour dire qu'il faut se mélanger... Bref, ils avaient fini par occuper la plupart des logements de la rue du Jourdain. Leur attitude faisait hurler les Hassidims du boulevard de Belleville, qui criaient à la trahison et à la mort symbolique de l'Etat d'Israël dont les frontières étaient sacrées et intangibles, et les islamistes de la place des Fêtes qui considéraient toute collaboration avec l'ennemi sioniste comme une insulte au Prophète. Que celui qui comprend quelque chose à ce bordel résolve la troisième intifada.

Affalé dans un fauteuil, le Patron savourait un break, un spliff de ganja long comme une pompe à vélo entre les doigts. Il le faisait goûter à deux petites nanas, quinze ans maxi, sûrement émancipées, dont il aurait pu être l'arrièregrand-père. Le Zion était le lieu de rendez-vous incontournable des jeunes post-hippies-new-age-baba-techno-peace, relax mood et mutual respect, musique douce et clair-obscur. Moyenne d'âge : vingt ans. Je faisais office d'ancêtre et les regards bienveillants qui ont salué mon entrée s'apparentaient à ceux qu'on accorde aux vioques en chaise roulante. OK, je n'avais pas la chance d'avoir l'avenir devant moi, surtout en ce moment, mais ils n'avaient pas intérêt à me traiter en candidat à l'euthanasie : l'humanisme gluant, je laissais ça aux émissions de télécharité.



Ravi et complètement défoncé, le Patron m'a adressé un geste de bienvenue et désigné un fauteuil en face de lui. Les filles m'ont gratifié d'un sourire, j'ai souri à mon tour, me suis assis et ai attendu qu'elles dégagent, toujours avec le sourire. Le Patron a agrégé et leur a murmuré un truc à l'oreille, sans oublier de leur passer la main dans les cheveux. Elles se sont levées, souriantes et douces, et j'ai pris leur place, plein de tolérance et de bonté.

– Tu fais dans le détournement, Patron ?

– Ne sois pas cynique, breden. Ce qui compte, c'est l'amour pour le genre humain. Bob Marley disait : « Il faut aimer une femme, mais ne pas tomber amoureux d'une femme. »

– Et deux femmes, c'est encore mieux. Surtout si elles sont mineures.

– Elles sont émancipées, j'ai pris mes précautions. De toute façon, l'amour est infini. Il y a autant de femmes à aimer que de grains de sable sur la plage.

– C'est de Marley, ça aussi ?

– Non, de moi. Mais comment vas-tu, breden ? Jah veut que je te retrouve.

– Je croyais que c'est toi qui me cherchais ?

– Jah gouverne tout. Je me contente d'obéir à Sa volonté.

– Et le business ?

– On ferme. Ma mission est accomplie. J'ai reçu les premières plaintes hier...

Ses deux mains ont glissé l'une sur l'autre : plus d'abonné au numéro demandé, pour les réclamations veuillez envoyer à la poste restante, on vous écrira. Le Patron savourait son coup et profitait de la vie en méditant sur sa prochaine arnaque, une autre illumination en provenance directe de Jah-le-big-boss. J'ai tiré une bouffée du spliff, de l'afghane agressive. Le brouillard s'est insinué dans mon bocal à jugeote et j'ai pigé que je n'avais pas intérêt à trop fumer le calumet de la paix. Les préliminaires avaient assez duré, j'en suis venu au fait.



– Besoin d'un conseil, Patron ?

– *Don't be stupid, man.* La dernière fois que j'ai demandé conseil à quelqu'un, j'avais sept ans : mon institutrice m'a montré comment ouvrir la porte de la classe. Ç'a été mon dernier jour d'école. Le reste, je l'ai appris tout seul. Même la ganja, j'ai appris à la rouler moi-même, comme un dread.

– J'en déduis que c'est moi qui ai besoin d'un conseil.

– Tu n'es plus à l'âge où on doit te guider en te tapotant le batty comme un petit enfant. Plutôt une information.

– En échange de ?

Il m'a désigné d'un doigt affirmatif :

– Coodeh ! Tu es un sage, tu comprends tout. Coltrane est avec toi ! Dans ce shitstem tout ce négocie, mais est-ce ma faute si Babylone a pris le pouvoir ? Au fait, tu as lu les journaux ? L'oppression ne prendra jamais fin, le Vatican s'installe en Amérique. Votre dieu n'a rien à voir avec la religion.

– Ce n'est pas le mien, Patron. Je me suis retiré du jeu depuis longtemps.

– Les masques tombent, breden : le pape est le dieu des Blancs et il retourne chez ses frères du Ku Klux Klan.

Son regard divaguait dangereusement, j'avais intérêt à le recadrer fissa.

– Tu m'as invité à un cours de théologie, Patron ?

– *Sorry, man*, la colère m'aveugle. Marley a dit : « Je raisonne positivement, le reste m'est égal. »

– A la bonne heure. Alors, que puis-je pour toi ?



– J'ai un procès au cul. Un client fenky-fenky, si tu vois ce que je veux dire.

– Tu lui dois combien ?

– 150 000 euros. J'aurais pu faire mieux, mais j'ai eu des scrupules.

– Incroyable. Et moi là-dedans ?

– Ce serait un grand honneur si tu menais l'enquête.

– Combien ?

– La prescription est de trois ans. Je dirai 10 % par an.

– Et 5 % sur ta prochaine affaire.

– 5 % brut de pomme.

– J'agrège.

Je lui ai tendu la main, il m'a frappé dans la paume. Ce genre de mec n'a qu'une parole, j'étais en terrain de connaissance. Les chiffres ne s'évaporaient jamais, même dans la brume de la ganja. Quant au client, il n'aurait qu'à faire attention la prochaine fois. Le Patron ignorait que j'étais un peu juste en ce moment sur le plan juridictionnel, mais les choses allaient reprendre leur cours normal très bientôt, je n'en doutais pas. C'est vrai, j'étais fort disposé à parier sur la poursuite de ma carrière : la fumette a la vertu de pousser à l'optimisme.

Il m'a adressé un signe discret. Nos têtes se sont rapprochées pour entamer la cérémonie des confidences. Ses locks effleuraient ma joue. Les effluves d'afghane se sont engouffrées dans mon oreille.

– Doc Lex a effectué des recherches pour ton affaire. Il y a un bug.

– C'est-à-dire ?

– Assieds-toi bien : la vente des biens immobiliers du parti communiste est couverte par le secret défense.

– Tu peux me répéter ça ?

– Secret défense. Les propriétaires sont inconnus. Tout comme le notaire qui a réalisé la transaction.



Il a glissé ses paumes l'une sur l'autre : disparition dans la quatrième dimension. J'ai ingéré l'info et mon ordinateur cérébral s'est mis à tourner à plein volume. En quoi cette vente revêtait-elle le moindre caractère secret ? Certains silences en disent plus long que des mégabits de données... Et si des informations avaient été piratées ? Les autorités semblaient paniquées à cette perspective...

Le Patron m'a tiré de ma rêverie :

– Je ne veux pas paraître trop matérialiste, mais tu lui avais promis 1 000 euros...

– Je passerai un de ces jours. Dis-moi, Patron, tu auras un peu de temps devant toi ?

– Si mes copines me laissent respirer, c'est envisageable.

– As-tu entendu parler de hackers capables de pénétrer les classés-confidentiel de l'Etat ?

– Oui, ils sont tous en taule.

– Si tu en trouves un en liberté, tu me fais signe ? 1 000 reus pour toi aussi. C'est pour ma collection.

– OK, breden. J'aime faire du business avec toi. Ah, le match commence !

Sur l'écran géant du bar, des joueurs de base-fight se mettaient en place. Chicago, maillots rouges et casques jaunes, contre Memphis, en noir intégral. Au signal de l'arbitre, une petite balle a volé en l'air, les battes se sont abattues sur les mecs en face, qui ont répondu par des gnons dans les grillages de protection adverses. Un mec en rouge a attrapé la balle, les autres se sont relevés pesamment et ont regagné leur place. Depuis quelques années, ce mélange de base-ball et de foot américain faisait fureur aux States. Je ne comprenais rien au jeu sinon que, pour empêcher le mec d'attraper la baballe, tous les coups étaient permis, les plus violents de préférence. Le 23 noir est sorti sur une civière, remplacé par le 42. Des flics en tenue de combat scannaient la foule, fusil-mitrailleur appuyé à la hanche. Une pub à la gloire de Microshaft a déboulé dans la joie et l'allégresse. J'ai soupiré, affligé.

– Comment peux-tu regarder ce genre de conneries, Patron ?

Le coquin a arboré un air résigné et parfaitement faux-cul.

– La violence fait partie des hommes, breden. On ne peut pas la nier. On ne peut pas la combattre non plus, sinon on devient un oppresseur. Alors on la ritualise. Elle symbolise l'exil loin de la Terre Promise.

– Ça les rend surtout plus dingues.

– Qu'ils se détruisent, man ! C'est tout bénéfice pour nous ! Le jour où plus un seul de ces esclavagistes ne tiendra debout, nous nous lèverons, nous prendrons nos sacs et nous retournerons à Zion, et personne ne pourra nous en empêcher ! Zeen ? Nous, les Rastas, nous avons compris une chose : toute violence est inutile. Mais nous devons la contempler pour la comprendre et nous en détacher. Regarde-moi ces idiots dans les tribunes… S'ils mangeaient un peu du pain de Jérusalem, ils comprendraient à quel point ce jeu est quashie. Mais non ! On leur dit à longueur de journée : « *Fight, fight, fight !* » Alors moi, je dis : *OK men, just do it* (glissement des paumes l'une sur l'autre), amusez-vous, foutez-vous sur la gueule, mais moi je serai sauvé !

Il exultait à l'idée de son bon tour. Qu'on en juge : échapper à l'extermination tout en se faisant un maximum de fric, voilà qui méritait bien un nouveau spliff, ce qu'il s'est mis en demeure de réaliser avec des gestes précis d'ostéopathe superstitieux. Les deux petites nanas, les yeux braqués sur ses doigts experts, ont commencé à tourner autour de notre périmètre. Il a poursuivi sa leçon de morale.



– Tu n'as pas idée du nombre d'allumés qui traînent par ici. J'ai entendu parler d'une secte new-age qui préconise le suicide à la bombe incendiaire comme vecteur direct pour le nirvana. Le trip-hop ultime : tu prends une dizaine de ces trucs chimiques (le visage du Patron exprimait une réprobation outrée de bigote catholique) et quand tu te sens vraiment parti, hop, tu appuies sur le détonateur. Ce serait le seul moyen pour les cellules de fusionner avec le cosmos, tu te rends compte ? Que tu sois dans le désert ou qu'il y ait mille personnes autour de toi, c'est pareil ! Fais-moi confiance, telle n'est pas la volonté de Notre Seigneur… Shit nation… Babylone, c'est le pouvoir, mais c'est surtout la violence et la mort. Coodeh !

Il a brandi son stick avec un sourire angélique, lui a mis le feu et m'a fait l'honneur de la première bouffée : l'hospitalité a ses rituels. J'ai tiré profondément. Bien-être absolu, mon cerveau s'étalait à l'intérieur de ma boîte crânienne. C'est fou comme j'en avais besoin, en fin de compte… Les mains jointes, le Patron a pris une pose de philosophe.

– Je te préviens : des dizaines de ces groupes attendent leur heure. Ils n'ont qu'un mot à la bouche : action. Tu dois faire très attention, breden. Un de ces jours, tu risques de croiser leur route…

– J'espère bien.

Il a eu un geste fataliste. Je me suis levé. On s'est serré la main à la dure. Lui aussi était sincère et pur, à sa façon.

– Tu es libre, *man*. Que Jah prenne soin de ton âme. N'oublie pas ta promesse.

– Pas de bug. Encore merci pour le rêve.

J'avais à peine fait un pas vers la sortie que les deux mignonnes revenaient se blottir contre le Patron. Le veinard avait juste assez de mains pour s'occuper de leur cul. J'ai essayé de ne pas me représenter la fin de sa soirée. Près de la porte, une jolie petite black m'a souri, mais j'ai eu peur de lui demander si elle le faisait par amour ou par pitié. Et puis, moi, je n'avais rien à partager, alors je suis parti.

## 24



L'événement que je craignais le plus au monde s'est produit le lendemain matin : ma plaque électrique a cessé de fonctionner. Comme ça, calmement, sans prévenir, elle est restée froide. Je n'aurais jamais cru m'attacher autant à certains objets, surtout ceux qui procurent de la chaleur. J'ai imaginé la gueule du mec se réveillant un matin avec son chien au pied du lit, raide mort.

Bien entendu, ce genre d'emmerdement arrive toujours un matin. Et un matin sans café chaud, c'est pire qu'un jour de vacances sous la pluie. Je ne concevais tout simplement pas de passer une journée supplémentaire dans cette espèce de chiotte sans me taper d'urgence un litre de café brûlant. La lumière giclait par l'interstice des rideaux. Conséquence inévitable en cette période de l'année : le temps était glacial. J'ai jeté un coup d'œil sur mon lit où s'amoncelaient cinq couvertures trop fines, sur les murs criblés de taches d'humidité, sur la mousse grise qui recouvrait les coins les plus sombres de la pièce, sur les bouquins éparpillés, sur mes fringues qui commençaient à puer sérieusement. J'ai pensé tout planter là et me faire paumer, histoire d'en finir une bonne fois pour toutes, et merde pour leur prime. « Marre de ce bordel », j'ai marmonné. J'ai remarqué que je parlais tout seul de plus en plus souvent. Deux semaines à peine avaient suffi à me faire glisser sur la pente du delirium. Une semaine de rab et j'étais mûr pour l'asocialité définitive et l'hôpital de Carl.

Je suis sorti, frigorifié, m'écluser un expresso volcanique dans un bar de la rue Petit. Les grands chefs négus avaient envoyé leurs femmes faire les courses et se murgeaient au bistrot. J'ai discuté un quart d'heure avec Keita, un grand black très maigre, la trentaine déjà abîmée, qui s'est avéré être le père de Mamadou. Il me connaissait de réputation, on a sympathisé assez vite. Comme pas mal de gens du quartier, il travaillait pour une société de nettoyage et ne semblait pas en éprouver une si grande amertume.

Il a écarté les bras, fataliste :

– Le boulot est dur, mais c'est comme tous les boulots, non ? Dis-moi un boulot facile.

– Ministre. Strip-teaseuse. Père Noël.

– Tu vois ma tête… Tu me vois ministre ?

– Pas vraiment, mais tu serais très bien en Père Noël.

– Ne te fous pas de moi… C'est dimanche, on n'a pas le droit de m'emmerder.

– Tu es musulman, tu n'en as rien à foutre du dimanche.

– Qu'est-ce que tu racontes ? Le dimanche est le jour sacré. Je me repose. Je regarde la télé. Je dors.

– Tu pourrais en profiter pour sortir. Aller au cinéma avec ta femme et tes gosses. Ou prendre un peu de temps pour bouquiner. Tu veux que je te prête de bons livres ?

Il m'a observé comme si je lui parlais russe ou inuit.

– Regarde-moi, mon frère. Je travaille dix heures par jour pour 1 265 euros mensuels. J'ai un loyer de 762 euros, trois gosses à nourrir et une femme qui me fait chier. En plus, on me dit que j'ai de la chance. C'est dans les livres que je vais trouver la solution, tu crois ?

J'ai baissé les yeux. Il n'y avait en effet aucune réponse décente. Passablement désabusé, j'ai acheté des bières congolaises sur le marché de l'avenue Jaurès et je suis rentré. Ma respiration se condensait à la sortie de mon museau.

J'ai tout de suite senti le bug. Un truc dans l'air. Un crissement de pas qui n'avait pas sa place dans le décor. Un crissement de pas chez moi. J'ai bien écouté, j'ai repoussé mentalement les sons provenant des appartements voisins, télé, cris de gosses, radio… L'avantage de l'oreille musicale : quand vous ne voulez écouter que le sax, vous faites abstraction du reste. Dans la plage sonore qui s'étendait devant moi, un instrument n'avait pas sa place. J'ai extrait lentement mon Springfield de ma ceinture. Si les enculés qui m'avaient piqué mes disques venaient pour un rappel, j'allais leur faire écouter une sacrée musique. Je me suis approché. La porte était entrouverte. J'ai donné un grand coup de pied.



Le gars de l'autre jour, le graphiste, Baus, et un autre type, un longiligne, occupé à lire un numéro de *Proletaris*. Tranquilles. Contents de me voir. Baus a fait un signe de la main.

– Salut. On passait dans le quartier.

– Et vous êtes venus m'apporter le petit déjeuner. Je crois pas à ma chance.

– Pas de bug, on est juste venus en repérage.

– L'adresse ?

– Tout le monde te connaît dans le coin. Tu es le toubab de Crimée. L'attraction. Tu peux baisser ton flingue. On n'a pas pris de carte de visite.

Ils ont écarté les pans de leur blouson pour prouver leur bonne foi : pas de calibre en vue, ni chez lui ni chez son pote. J'ai remisé le mien dans ma ceinture, à portée. Finalement, ma planque était bien choisie : on savait où me trouver, à défaut du contraire. Il ne me restait qu'à vivre en état de paranoïa perpétuelle pour espérer en sortir entier. Baus s'est assis sur le plumard.

– Toujours armé ?

– C'est parfois utile pour se faire des amis.

– Tu t'en sers souvent ?

– Pas de façon mortelle. Mais cet engin a imposé le respect à quelques interlocuteurs bornés. Le clash ne me fait pas peur.

L'autre a apprécié.

– C'est un atout.

Il m'a montré « mes » revues.



– Pertinentes, tes analyses. Tu m'en prêtes un ?

– Sers-toi.

Il a enroulé mes exemplaires de *Chaos* et de *Proletaris* et les a glissés dans sa poche. Baus a pris la parole tout en inspectant les bouquins qui jonchaient le plancher.

– Tu excuseras cette mesure de sécurité mais on veut savoir où on met les pieds. Un copain s'est fait choper hier alors qu'il essayait de récupérer d'une nuit blanche avec une nana. Les flics ont déboulé chez lui à six heures. Il aurait eu du mal à cacher une arme sur lui, vu qu'il était strictement à poil.

Cette salope de Sarah ne perdait jamais une occasion… J'ai travaillé mon impassibilité, il a continué.

– Je suppose que tu as vu ce qui s'est passé boulevard de la Villette…

– Le squat ?

– Oui. Six heures, évacuation générale. Par chance je ne dormais pas à la manufacture, sinon j'étais bon pour le trou.

– Tu es en situation illégale ?

L'autre, le grand mince, un duvet de poils blonds sur le caillou, a ricané. Baus aussi.

– Ça fait un bail qu'on n'a plus besoin d'être dans l'illégalité pour finir en taule dans ce pays. Les fascistes se fabriquent des lois sur mesure qu'ils appliquent selon leur bon plaisir.

C'était très nettement exagéré : il existait un code de procédure pénale et un système de preuves auxquels nul OPJ ne pouvait se soustraire. Simplement, son application souffrait parfois d'une compression des délais et, d'un strict point de vue procédural, sans avocat, disons même sans un très bon avocat, on n'avait que peu de chances de s'en tirer. Mais je n'étais pas là pour donner un cours de déontologie juridique, alors je me suis assis sur la seule chaise valide et j'ai pris un air dégagé. Le grand blond préférait rester debout et ne me quittait pas des yeux. Du regard, Baus a fait le tour de la pièce.



– Tu habites ici depuis longtemps ?

– Quelques semaines. J'ai eu des problèmes de fric.

– De gros problèmes ?

– Suffisamment pour laisser un beau souvenir à mon propriétaire.

– Il a porté plainte ?

– Je n'en sais rien et je m'en fous. C'était dans le Xe arrondissement. La législation n'est pas trop contraignante pour les locataires indélicats dans cette juridiction.

– La Loi de Délocalisation a du bon.

– Il faut savoir lutter avec les armes de l'ennemi.

– Je vois. Tu as des références.

Il a brandi mon exemplaire des *Banalités de base* de Vaneigem.

– Intéressant ?

– Pas mal. Une vision saine de l'aliénation.

– J'ai toujours eu des difficultés avec les situationnistes. Trop lyriques. Pas assez concrets.

– Ils ont un diagnostic pertinent.

Le blond est intervenu avec un petit sourire ironique traduisant la supériorité condescendante. Sa voix était douce, mais définitive :

– Oui, la poésie, Nietzsche, le détournement… Un peu romantique, tu ne penses pas ?

– Il faut savoir où on met les pieds, comme vous dites.

– Tu crois vraiment que les situs ont une vision claire de l'exploitation ?

– L'art est indispensable pour ouvrir la conscience des masses. Le détournement symbolique est une arme redoutable.



J'étais extrêmement conscient de passer un examen. De sa réussite dépendait sans doute l'issue de la mission. J'étais attentif, surréactif. Baus a repris la main.

– Je suis évidemment d'accord avec toi, nous en avons parlé l'autre soir. Mais l'art a ses limites, fixées par la bourgeoisie.

– C'est l'illusion qu'il faut combattre avant tout. L'illusion de vivre en liberté, alors que nous ne faisons que survivre dans la société du spectacle.

J'ai pris d'autorité l'exemplaire de *Banalités de base*, je l'ai feuilleté et suis tombé sur le passage que j'avais souligné trois fois : « *Ce que la bourgeoisie a exigé par-dessus tout, c'est la liberté des acteurs et des figurants dans un spectacle organisé, non plus par Dieu, ses flics et ses prêtres, mais par les lois naturelles et économiques, "lois capricieuses et inexorables" au service desquelles nous trouvons encore une fois des flics et des spécialistes.* »

Le blond a haussé les épaules.

– Marx l'affirmait déjà il y a cent cinquante ans, mais en d'autres termes. En quoi les situs ont-ils innové ?

– Ils ont compris que le pouvoir disposait de techniques de persuasion destinées à endormir la conscience des masses.

– Tu veux parler de la conscience de classe ?

– Non, il n'y a plus de classes sociales. Ces notions sont dépassées. Vaneigem le dit simplement : les communistes ont voulu créer le parti du prolétariat alors qu'il aurait fallu créer le parti de l'abolition du prolétariat.

– Impossible, l'exploitation est une loi de l'économie capitaliste.

– D'accord, mais tout dépend de la perception qu'on en a. La prise de conscience de l'exploitation est de plus en plus difficile.

Baus a acquiescé de la tête.

– Je t'entends. Mais qu'en est-il de la notion de parti ? Sans parti, pas d'efficacité possible.

Pour étayer sa démonstration, il a enchaîné sur un passage de *Que faire ?* de Lénine : « *Précisément parce que la foule peut broyer et refouler l'armée permanente, il faut absolument que notre travail d'organisation rigoureusement systématique dans l'armée permanente marche aussi vite que l'essor spontané, car plus nous aurons pris le temps de procéder à cette organisation, plus il y aura de chances pour que l'armée régulière ne soit pas broyée par la foule, mais qu'elle marche en avant, en tête de la foule.* »



– Je ne rejette pas l'idée d'avant-garde mais, comme le dit Vaneigem, être d'avant-garde, c'est marcher au pas de la réalité. Voilà ce qu'exigent les gens : la réalité. Les masses ne tolèrent plus l'embrigadement ! Le parti communiste n'existe plus ! Chacun doit faire sa propre révolution !

Le blond m'a transpercé du regard.

– Nous y sommes. La question centrale est : quelle est la place du révolutionnaire professionnel dans la société capitaliste ?

Silence. Ils m'attendaient au tournant. Surtout, rester cohérent. Les caresser dans le sens du poil sans renier mes positions.

– Tout est question de dénomination. Si tu te présentes aux gens en leur disant : « Bonjour, je suis révolutionnaire professionnel », ils vont bien rigoler.

– Ou ils te dénonceront à la police.

– C'est plus probable, en effet. Il faut s'avancer masqué.

Saisi d'une brusque inspiration, j'ai pris *Que faire ?* des mains de Baus et j'ai retrouvé la page cornée, celle qui s'était gravée dans ma mémoire au fil des lectures. Je les ai regardés l'un après l'autre et j'ai lu : «*Ainsi donc, notre tactique-plan consiste à récuser l'appel immédiat à l'assaut, à réclamer l'organisation d'un siège régulier de la forteresse ennemie, autrement dit : à réclamer la concentration de tous les efforts en vue de rassembler et de mobiliser une armée permanente.*»



Baus a souri.

– Oui, le siège régulier de la forteresse ennemie.

Les deux mecs se sont adressé un signe de tête. J'étais reçu à l'examen.

Je leur ai proposé à boire. Baus a demandé un café et j'ai été au regret de leur annoncer la mort de ma plaque chauffante. Nous avons donc siphonné les bouteilles de bière. Le réchauffement par l'alcool avait du bon, l'atmosphère s'est détendue. Baus m'a présenté le blond, surnommé officiellement Bakou-9, (prononcer [Bakou-*nine*] avec l'accent d'Oxford). Vingt-huit ans environ (pas plus de précisions), milieu aisé, bonne famille «d'une Zone Protégée» (pas plus de précisions). Il avait fait des études de philo à la Sorbonne et avait interrompu son cursus juste avant de présenter son mémoire de maîtrise, afin de protester contre l'institution aliénante de la cotation aux examens, premier stade dans le processus de normalisation de l'individu inaugurant son assujettissement aux critères de hiérarchisation. Il était passé d'une zone d'autonomie temporaire à l'autre, s'agrégeant à des communautés de pacifistes mondialistes qui avaient décidé de vivre en autarcie, jusqu'à leur interdiction *de facto* avec la Loi de Délocalisation de 2014 : les zones d'autonomie temporaires n'étaient pas interdites, bien sûr, mais elles devaient se disperser au bout de vingt-quatre heures, ce qui les vidait de leur substance. Il avait opté pour une structure d'autonomie individuelle totale (traduction : clandestinité) et vivait de diverses activités (pas précisées non plus).

L'ambiance s'est détendue et nous avons parlé un peu musique et art. J'ai évoqué Coltrane, mais comme en passant, je ne tenais pas à attirer l'attention sur moi. Bakou-9, qui n'éprouvait manifestement que dédain pour le divertissement, écoutait d'une oreille distraite. Baus a longuement médité sur son métier de graphiste et sa fascination pour l'univers des mangas, sur sa philosophie violente et retenue à la fois, gorgée de non-dits et d'honneur sans espoir. Couleurs vives et morale sombre, contrastes propres à la culture japonaise, un pied dans la tradition respectueuse, l'autre dans la modernité mécanique. Il a ressuscité le cinéma de ma jeunesse, les séances au mk2 Beaubourg, *Ghost in the shell* de Mamoru Oshii, la référence absolue du film d'animation, préfiguration crépusculaire de nos mondes connectés aux réseaux, déconnectés de la réalité. J'avais adoré ce film moi aussi, les souvenirs ont afflué, le lycée, les premiers flirts, vingt ans déjà… Peut-être même s'était-on croisés lors de nos années de fac. Il aurait pu être mon ami, qui sait… Je l'écoutais avec reconnaissance et, je dois le dire, pas mal de respect.

La nostagie pousse à la boisson. Nous sommes sortis nous ravitailler. Le marché de l'avenue Jaurès avait replié ses stands, et nous avons migré de l'autre côté du canal de l'Ourcq, dans le marché chinois de la place de Joinville où c'est tous les jours Noël. Equipés de nos Tsingtao, nous avons choisi un banc le long du canal, à l'abri des caméras de surveillance. Bakou-9, en guerillero confirmé, a opté pour un espace bien dégagé, à l'écart. De toute façon, Baus ne semblait pas apprécier la convivialité de masse du marché. Son visage s'est assombri, son ton est devenu cassant, méprisant.

– Consommer, consommer, consommer… On les tient par le fric. Coupe-leur les vivres, tu leur tranches la gorge. Je m'interroge parfois sur le sens du combat.

– Le combat ?

– Le combat pour la libération. Pourquoi libérer des gens satisfaits de leur cage ?



– Cette question-là est vieille comme la philosophie.

– Et pourtant il y a une vie ailleurs, une vie ouverte sur l'horizon ! Une vie pleine de richesses ! Une vie de liberté, ni confisquée par les patrons ni encadrée par les flics !

– La liberté, c'est aussi de pouvoir choisir sa cage. L'essentiel est de se croire heureux. Le monde occidental fournit toutes les modalités de la servitude, avec livraison à domicile et paiement en trois fois sans frais.

Bakou-9 a ricané. Son profil, très pur, était celui d'un ange.

– Ce sont des zombies, des morts-vivants. Depuis que l'aliénation capitaliste a envahi le monde, il n'y a plus qu'une seule question valable : est-ce que je veux vivre ou mourir ? Le reste, c'est de la parlote.

Baus a secoué son visage de forçat, les larmes aux yeux.

– Je ne comprends pas comment on en est arrivé là… C'est comme un mauvais rêve… Bordel, il suffit de lire Lénine pour comprendre ! *L'Impérialisme, stade suprême du capitalisme*, tout est là-dedans ! Il avait tout prévu, tout annoncé !

Bakou-9 a pouffé. Peu doué pour le sentiment, le bonhomme :

– Encore faut-il ouvrir un livre de temps en temps… Et quand bien même ! Une fois qu'on a compris Lénine, qu'est-ce qu'on fait ? On achète des aspirines et on se les fait livrer à domicile ?

Baus a rebondi, reprenant le fil d'une argumentation mille fois exposée.

– Pour briser le système, il faut comprendre sa structure. Remonter la piste. Viser les lignes de fracture et taper là où ça fait mal !

J'étais ultrasensitif et de plus en plus stress, mais je compensais avec une apparence de mec revenu de tout.



– Où, à ton avis ?

Baus a été saisi d'une fièvre mystique, comme un enfant absorbé dans la dissection d'un insecte vivant.

– La consommation ! La santé ! L'énergie ! Briser le confort du capitalisme ! Placer les masses dans une situation de péril mortel ! Allumer des feux partout ! Le pouvoir n'aura pas le temps de réagir ! Créer les conditions propices à une insurrection populaire, voilà ce qui doit nous motiver ! Utiliser les armes du capitalisme et les retourner contre lui !

Sous couvert d'une logomachie ésotérique, Baus déployait des perspectives très concrètes. A moi d'obtenir des précisions. J'ai vidé ma bouteille et joué la déstabilisation.

– Ta démarche fait très situationniste.

Son bras a rayé d'un trait énergique toute tentative de compromis.

– Il faut dépasser le stade symbolique. Ne pas se contenter d'une rébellion fantoche. L'anticonformisme, c'est le rayon « contestation » du supermarché capitaliste, autant acheter un tee-shirt Che Guevara ! La praxis ! Voilà ce qui doit faire sens pour nous aujourd'hui. La praxis !

– Quand tu dis « nous », tu sous-entends des gens en particulier ?

Bakou-9 a enchaîné, son petit sourire aux lèvres :

– Nous, c'est-à-dire quiconque veut agir dans une optique de changement radical.

– Le capitalisme est un colosse aux pieds d'argile, a poursuivi Baus. Quelques secousses suffiront à l'anéantir.

J'ai hasardé un début d'objection.

– Tu oublies les forces de répression…

Visiblement, la question était tranchée depuis un bon bout de temps :



– Nous utiliserons les mêmes armes : bases de données et kalashnikov.

On approchait du point crucial. J'ai relancé pour ne pas laisser retomber la pression.

– Ils bénéficient de techniques d'isolement redoutables.

– Ils n'ont pas pris conscience que c'est eux, désormais, qui sont isolés. Ils sont entourés d'ennemis, ils s'enfoncent dans l'obscurité. A nous d'en profiter. Il faut instaurer un mix de guérilla urbaine et de sabotage cybernétique : destruction simultanée des forces de répression et des fichiers de contrôle. L'information est une des armes du fascisme, au même titre que l'idéologie sécuritaire ou la police. Il faut pénétrer tous les réseaux et les court-circuiter.

– C'est pourquoi le militant d'aujourd'hui ne doit avoir aucune relation technologique avec le monde, a surenchéri Bakou-9. Toute trace de passage dans un système d'information se transforme en élément à charge. Il faut voyager léger, les biens personnels du militant doivent tenir dans ses poches.

Tourné vers moi, Baus dessinait dans l'espace les contours précis d'un plan de bataille.

– La rapidité d'intervention et de mutation est essentielle. Un jour ici, le lendemain là-bas. Tu dois avoir changé de base stratégique avant même que ta bombe ait explosé. Dans une dictature informatique, seuls les électrons libres ont un potentiel révolutionnaire. Nous sommes nombreux, aujourd'hui, il est temps d'agir. Plus que temps. Souvenons-nous de ce que disait Lénine dans les « Thèses d'avril » : l'essentiel est de déterminer le moment propice pour entreprendre l'insurrection. Ensuite, impossible de revenir en arrière.

Il était évident que Baus et les siens étaient rangés en ordre de bataille. Le péril était imminent.



Le souffle court, je me suis enquis de la suite :

– Et une fois que le fascisme sera renversé ?

– Nous rendrons le pouvoir au peuple. La priorité pour le moment, c'est le passage à l'action de l'avant-garde.

– Et c'est pour quand ?

– Pour bientôt. Très bientôt.

J'avais froid dans le dos. Ces gars-là ne plaisantaient pas le moins du monde. A la violence d'Etat – mon pain quotidien depuis de trop nombreuses années, je m'en apercevais suffisamment tard –, ils allaient répondre par la violence aveugle. Force contre force, tuerie contre tuerie. Tant pis pour ceux qui se retrouveraient pris entre deux feux. Des millions de citoyens ordinaires, par exemple. Et moi, en particulier.

Ils ont terminé leur bière, tranquilles et sûrs d'eux. Baus a évoqué la Bretagne, la beauté de l'océan, la liberté du marin. Il était de nouveau un homme heureux, serein, captivant. Un frère.

On s'est séparés à Stalingrad. Fort de son autorité, Baus m'a simplement dit :

– Demain, 20 heures 30, métro Quai de la gare. Quelqu'un veut te rencontrer.

## 25

J'ai continué sur mon élan, rue de l'Aqueduc. Je suis passé à dix mètres de mon ancien appartement. J'avais bien vécu là, oui, 36 rue de l'Aqueduc, à deux pas du pont ferroviaire. Je revoyais les gosses jouer au foot. Quinze jours plus tôt. Une éternité. En une poignée d'heures, ma vie avait été passée au karcher : plus de beau canapé en cuir, plus de jolies affiches de cinéma encadrées au mur, plus de peinture laquée. Rien que la pierre nue. Brute.

Pour la première fois, j'ai imaginé mon appartement occupé par quelqu'un d'autre : récupéré par l'administration et attribué à un fonctionnaire de police méritant. Ce qu'on appelle le travail de deuil, je crois. Visualiser des lieux déserts, d'où la vie s'est retirée. Leur tourner le dos, comme un étranger. Vieillir, le temps d'un bail.

La réadaptation serait douloureuse. Mon insensibilisation valait bien plusieurs millions d'euros.

Mon téléphone a bipé.

Calypsos. Jeudi 26/10/2017. 14.00.
Appelant inconnu. 1 message non lu.

*MAIL*

**J'ai bifurqué vers la gare du Nord, le pool ferroviaire, le complexe supermarchand. Va-et-vient de fourmilière, flics aux intersections stratégiques, caméras en plein zoom sur les flux de voyageurs, physionomistes reconnaissables à leur immobilité et à leurs yeux scrutateurs.**

Je 26/10/2017. 14.18. Connexion à Jazzzz.
Messagerie de M. François Sacco. 2 messages non lus.

Me 25/10/2017. 21.02.

De Calypsos. Tarifs préférentiels. La semaine de l'action! à saccoltrane@jazzzz.com

Demande de versement d'une prime exceptionnelle refusée.

Rendez-vous Je 26 à 18 heures, Observatoire de Paris. TRES IMPORTANT. ULTRACONFIDENTIEL. S.

*Répondre*

Je 26/10/2017. 14.20.
De saccoltrane@jazzzz.com à Calypsos. Tarifs préférentiels. La semaine de l'action!

OK, bande de radins.

Je 26/10/2017. 2.43.
De debilou@telplus.fr à saccoltrane@jazzzz.com

Salut connard. Tu me manques. C'est surréaliste. On veut ma peau. T'as pas soif? Passe chez moi. Un truc à te dire. Le Borgne.

*Répondre*

Je 26/10/2017. 14.22.
De saccoltrane@jazzzz.com à debilou@telplus.fr

Pas le temps aujourd'hui. Je passe dès que possible.

Gentiment oublié, l'Observatoire de Paris se dressait au fond d'une allée bordée de marronniers. De larges trouées ponctuaient la toiture et les derniers carreaux attendaient le caillou qui les délivrerait de leur inutilité. On pouvait encore visiter, si on s'intéressait à l'histoire de l'astronomie. Malheureusement, son classement hors Zone Protégée le condamnait à plus ou moins brève échéance.

Je faisais les cent pas devant les grilles en repensant à ma conversation avec Baus et Bakou-9. J'avais la conviction d'avoir ferré quelque chose. A moins que ce ne fût l'inverse. Jeux de miroirs, reflets, faux-semblants… J'entendais encore l'avertissement du Patron : « Un de ces jours, tu risques de croiser leur route… »

Un 4x4 noir a tourné lentement au bout de l'avenue et s'est avancé au ralenti. Instinctivement, j'ai saisi la crosse du Springfield dans ma poche et me suis immobilisé, prêt à toutes les éventualités. Coup d'œil à gauche, coup d'œil à droite : pas de voie de dégagement possible. Comme un débutant. Voilà où mène l'introspection : dans un cul-de-sac.

Les pneus du simili char d'assaut crissaient sur le gravier. Les freins ont couiné, arrêt. Observation du périmètre. Une portière s'est ouverte, une silhouette dissimulée sous un capuchon a sauté à terre et m'a fait signe d'approcher. Je n'ai pas bougé. La forme s'est alors découverte d'un coup sec : Sarah. Elle aurait pu se dispenser de me siffler comme un chien, mais elle avait envie d'affirmer son autorité, la conne. Cela dit, elle avait vraiment l'air battle-stress.

J'ai couru jusqu'au 4x4 banalisé de la police et j'ai grimpé à l'arrière, à l'abri des vitres teintées où elle m'a rejoint sans un mot. On a fait demi-tour et le conducteur a enchaîné à fond la rue Cassini, puis à droite, la rue du Faubourg-Saint-Jacques, puis à gauche le boulevard Arago. Horizon soudainement bouché : le mur de la Santé et ses protections antichar.

Sarah a enfin pris la parole.

– Mission confidentielle. Silence radio sur ce qui va suivre.

A peine sorti du 4x4, je me suis retrouvé nez à nez avec Vranac. Qu'est-ce qu'il foutait là, celui-là ? Je ne me souvenais pas l'avoir vu ailleurs que derrière son bureau, le cul dans son fauteuil. Il m'a accueilli d'un geste apaisant, ses deux paumes tournées vers le bas comme s'il tâtait un énorme matelas : surtout, dépassionner le débat. Impression de déjà-vu : ce n'était pas aujourd'hui que le commissaire-payeur Vranac prendrait une initiative.



– Sacco, gardez votre calme.

– Est-ce que j'ai l'air de m'énerver, monsieur le commissaire ?

– Je vous connais. Je sais que vous démarrez au quart de tour.

Exactement le genre de remarque qui a l'art de me crisper, mais j'étais trop curieux de connaître les raisons de sa présence à la prison de la Santé. Il m'a fait signe de le suivre, je l'ai entrepris sans délai.

– Rassurez-moi, commissaire : vous n'êtes pas en détention préventive ?

– Je reconnais bien là votre goût du sarcasme.

– Je dirais plutôt de l'ironie. M'aurait-on convoqué en ces lieux pour faire de la sémantique ?

– Je réponds à un ordre émanant d'instances supérieures, très supérieures, et je vous demande de m'écouter attentivement.

Un gardien nous a conduits dans une petite pièce lisse et blanche. Une table, deux chaises. Parloir pour détenus et avocats. Chacun a pris place. Le commissaire-payeur Vranac semblait écrasé par le poids des responsabilités qu'une hiérarchie inhumaine lui imposait brutalement. Son regard implorant, son épaisse moustache et les poils qui lui sortaient des narines faisaient tout leur possible pour capter mon attention. Il soulignait ses paroles de gestes de la main droite, pouce et index joints comme pour épingler les principaux points de son exposé sur la surface de mon entendement.

– Vous me voyez ici, Sacco, parce que je suis, ou plutôt parce que j'étais, votre supérieur administratif. J'ai été informé de votre retrait du service actif il y a quelques jours et je ne veux surtout pas apprendre ce qui le motive.



Vranac tel qu'en lui-même : rien vu, rien entendu. Son existence même relevait du on-dit.

Il a continué sur sa lancée.

– A ce titre, vous n'avez donc plus aucune qualité pour interroger qui que ce soit. Votre présence entre ces murs est top-secret : personne ne doit être informé de l'entretien que vous allez avoir.

– Même le procureur Plancq ?

– Surtout lui ! Il serait capable de foutre une pagaille monstre. Dans ce cas, je saute, et vous aussi.

– Pour moi, c'est déjà fait.

– Mais vous perdriez vos droits à la retraite et toutes les primes qui vous sont dues !

Cette seule perspective l'épouvantait. Il a tiré une fiole de sa poche intérieure et s'est servi une rasade. Ça l'a rassuré un chouia. Il m'en a proposé une lichette, que j'ai refusée : j'avais besoin de lucidité.

– Bref, je suis un simple visiteur.

Il a tendu une main reconnaissante comme pour me congratuler : il venait d'avoir la trouille de sa vie.

– Vous m'avez compris.

– Et quelle est la mission ?

Des rides de concentration ont plissé son front anxieux.

– Nous avons besoin d'informations et vous semblez être la seule personne à même de créer un climat de confiance avec… l'intéressé.

– De qui s'agit-il ?

– Vous verrez bien.

– Et qui a imaginé une chose pareille ?



– Des autorités, disons… haut placées au sein du ministère de la Sécurité Collective…

– Je vois…

– … et qui m'ont chargé, en tant qu'ex-supérieur administratif, de vous accueillir…

– … pour que j'en réfère ensuite à la nouvelle voie hiérarchique…

– … dont je ne veux rien savoir.

Le commissaire-payeur Vranac avait soulagé son âme d'un grand poids. Il s'était acquitté irréprochablement de sa tâche. Il avait énoncé les enjeux et agité les menaces. Mais il avait oublié les promesses.

– Et…

– Vous toucherez une prime exceptionnelle de 2000 euros. En liquide. De la main à la main.

Il a tapoté son cœur : l'enveloppe était prête. Il m'anticipait mieux que je ne l'aurais cru. Il a poursuivi le cadrage.

– Vous comprendrez, vu les circonstances, que des conditions de confidentialité maximales seront respectées. L'entretien ne sera ni filmé ni enregistré. Vous ferez votre rapport de vive voix aux autorités compétentes. Ensuite, vous oublierez tout ce que vous aurez entendu.

On aurait dit une mauvaise série américaine.

– Ce qui veut dire ?

– Que vous ne prendrez aucune note. De toute façon, vous n'êtes couvert par personne. Cette visite n'aura jamais eu lieu. Sinon…

Il a conclu par son célèbre geste d'impuissance, traduction : « On jouera au mikado avec ton squelette. » J'ai agrégé.

– C'est bon pour moi. Faites venir votre client.

– On compte sur vous.

Il a posé la main sur mon avant-bras. Le commissaire-payeur Vranac avait une chance de sauver sa place : pour cela, il envoyait le soldat François Sacco à l'assaut des bunkers.



Il a quitté la pièce.

J'ai mis à profit ces deux minutes de solitude pour inspecter les murs : impossible qu'aucun micro n'ait été embusqué dans un coin. Je connaissais le degré de sincérité de mes employeurs, et j'avais moi-même usé et abusé de cette espèce de baratin. Mais autant chercher une poussière dans un rail de coke.

La porte s'est ouverte et un garde a fait entrer le jeune De Milteau, vêtu d'une chemise bleue très élégante et d'un pantalon à pinces du plus bel effet. La vie n'était pas trop dure, au quartier VIP : il avait bonne mine, sa blessure à la lèvre était presque résorbée. Il avait un peu maigri : même si les VIP avaient la permission de se faire livrer des douceurs, la nourriture restait carcérale. Cela n'avait pas empêché un ancien P-DG de mourir d'une cirrhose quelques mois plus tôt : chaque jour, il se faisait refiler une bouteille de gin par un gardien.

Mon client n'en était pas encore là. Il affichait son imperturbable supériorité en feignant de ne pas me reconnaître. Cela se fait, dans son milieu. Puisqu'il en était ainsi, en avant pour le badinage.

– Comme on se retrouve, monsieur De Milteau…

– Nous nous sommes déjà rencontrés ?

– Plutôt, oui. C'est un peu grâce à moi que vous êtes logé aux frais du contribuable. Ça va ? Ça se passe bien ? Vous êtes content du service ?

– Peut mieux faire.

– Vos voisins ne vous embêtent pas ?

– Entre gens du monde, on se respecte. J'en connais d'ailleurs quelques-uns personnellement.



– Rien de tel qu'un bon carnet d'adresses…

– En effet.

– Je doute qu'il vous soit encore d'une quelconque utilité.

– Je n'en suis pas si sûr.

Le mecton avait de l'arrogance à revendre. J'avais bien envie de lui mettre mon poing quelque part, puisque nous n'étions pas filmés, mais le geste aurait nui à ma prime. Je me suis mis sur un mode cool, jazzy, mid-tempo, le bon flow, Coltrane dans « *The Last Blues* » sur l'album *Living Space*. Mais gaffe, ce disque amorce aussi son virage vers le free. Dans ces cas-là, je ne réponds plus de rien.

– Vous avez vu votre avocat ?

– Plusieurs.

– Je constate qu'on s'occupe de vous.

– Mon père a des relations.

– Et que vous a-t-on conseillé ?

– Cela ne vous regarde pas.

– Ecoutez, monsieur De Milteau…

– Tovar. Mon nom est Tovar, comme Tovaritch.

– Si vous voulez… Comprenez-moi bien. Je ne suis pas contre vous.

– Dernière nouvelle.

Il s'est tapoté la lèvre supérieure, encore un peu enflée. On ne choisit pas toujours l'endroit où on cogne.

– Je n'avais pas choix. Nous n'avions pas le temps de faire les présentations. Ça ne vous rappelle rien ?

Je lui ai mis le Springfield 340 N sous le nez.

– Dommage que je n'aie pas eu le temps de m'en servir.

– Arnaud De Blèves ne peut pas en dire autant.

– Rien ne prouve que c'est moi qui ai tiré.

– Peut-être, mais recel d'armes létales, ça peut courir dans les dix ans.



– Cela se négocie.

– Tout dépend du juge. Croyez-moi, compte tenu de votre pedigree, il sera difficile de passer l'affaire sous silence.

– Je ne suis pas un caniche.

J'avais fait mouche, il commençait à s'énerver. Creuser l'idée du pedigree.

– Vous n'êtes pas n'importe qui non plus.

– Le concept de hiérarchie sociale n'est pas objectif. Si l'envie me prend de me conduire comme n'importe qui, je le peux.

– Que vous l'acceptiez ou non, la hiérarchie sociale existe.

– Il ne tient qu'à moi de la détruire. Ou de me servir de ma soi-disant position pour la dénoncer. J'attends l'occasion propice pour le faire. Vous n'avez pas idée de la panique qui règne en ce moment dans les milieux autorisés.

– J'imagine.

– Non, vous n'imaginez même pas. Le nombre de gens qui sont passés ces derniers jours pour acheter mon silence… Pour trouver des arrangements… Il n'y a plus d'arrangement possible : il faut en finir avec ce système corrompu.

Nous progressions. A moi d'enchaîner le chorus en douceur.

– J’ai rencontré un certain nombre de personnes qui pensent comme vous.

– J’en suis ravi.

– Ils se réclament d’un mouvement appelé le CLAC.

– Connais pas.

– Enfin, « se réclamaient ». Ils sont tous en prison à présent.

– Voilà qui m’étonnerait.

– Donc, vous les connaissez.

– Non.



Il s’était fait avoir comme un amateur et en était conscient. Il a tenté de fuir mon regard. Il fallait le traquer, augmenter le tempo.

– Comment expliquez-vous la présence d’un message du CLAC dans l’ordinateur de bord de votre voiture ?

– Ce n’était pas ma voiture.

– Mais vous la pilotiez, ce qui revient au même.

– Cela se négocie.

– Etiez-vous en contact avec des maxiléninistes ?

– Non.

– A qui étaient destinées les armes ?

– Je ne vois pas à quelles armes vous faites allusion.

– Est-ce que ça ne vous buzze pas d’avoir entraîné votre copine à la mort ?

– Ce n’est pas moi qui l’ai tuée. Elle était venue librement. Elle connaissait les risques.

– Donc, vous saviez qu’il y avait des risques.

– Evidemment !

– Donc, vous étiez conscient d’agir dans l’illégalité.

Il m’a scanné. De la haine chimiquement pure. Je l’avais acculé dans un coin. Il s’est redressé et a rassemblé ce qui lui restait de panache.

– Vous croyez que les gens de mon milieu sont des idiots ? Qu'ils font là où on leur dit de faire ? Propres, dociles, la patte correctement levée ? Vous ne vous représentez pas la turpitude, la merde dans laquelle nous pataugeons. Si vous saviez ce que je sais, vous laisseriez tomber votre job de larbin dans la seconde. Vous passez votre temps à protéger des gens qui vous méprisent, qui vous pissent à la raie, qui vous utilisent comme chien de garde pour protéger leurs bibelots.

– Je bosse aussi pour la société.

– Pour que tout le monde file droit, en rang par quatre ! Et, au moindre écart, la Loi ! Je les connais, les gens qui font la Loi ! Si vous saviez...

– Je ne demande qu'à savoir.

– Que voulez-vous savoir ? La quantité d'armes mise à la disposition de chaque guérilla africaine par le gouvernement français ? Oh, bien sûr, les livraisons d'armes sont suspendues, tous les communiqués officiels sont formels sur ce point. Voilà qui fait bien rire le P-DG de ADS, qui gère ce marché depuis des années, moyennant 15 % de rétrocommissions aux différents ministres concernés, bien entendu. ADS, sigle de Armement Défense Stratégie, une filiale du groupe Comintern, étonnant, non ? Heureusement, Comintern possède aussi une filiale pharmaceutique, Esculape, qui vend des médicaments aux différents belligérants. L'honneur est sauf... Oui, félicitons-nous, le marché est bien organisé... Arnaud De Blèves a beaucoup souffert de cette situation, c'est évident... Lui, plus que tous les autres... N'oublions pas qu'il a débuté sa carrière en louant des chambres de bonne à des travailleurs clandestins, à des tarifs prohibitifs, bien sûr... Belle ascension... On reconnaît là les grands capitaines d'industrie, n'est-ce pas ? Je le sais d'autant mieux qu'il était mon parrain, je l'ai vu à l'œuvre.

Voilà qui expliquait pourquoi il avait pu s'introduire sans difficulté chez lui, pourquoi les gardes du corps n'avaient rien vu venir, pourquoi l'appartement avait été fouillé en toute quiétude. C'était tellement évident que je m'en voulais de ne pas avoir percuté plus tôt. Mais il était lancé, de plus en plus véhément, impossible à arrêter.

– Vous voulez d'autres exemples ? Si vous y tenez, je peux vous expliquer comment se répartissent les portefeuilles ministériels, j'ai été témoin de l'opération, c'est extrêmement instructif. Vous, par exemple, vous n'avez aucune chance, je suis au regret de vous l'annoncer. Vous voulez savoir pourquoi ? Je vous donne un indice : vos opinions politiques n'ont aucune importance.

Il commençait à me stresser sérieusement. Mon poing s'est compacté. Ça partait en free, il était urgent de remettre l'entretien sur les rails, au bon tempo, sous peine de m'engager moi aussi dans une méchante improvisation.

– Ecoutez, Tovar…

– Oui, je suis Jean-Sébastien De Milteau ! Et alors ? Si vous connaissiez mon père… Un pauvre type ! Une pauvre merde ! Même pas méchant, non, trop idiot pour être vicieux. Je parie que lui-même ne réalise pas la saleté du monde autour de lui. C'est un pantin qui va bientôt crever. Ce sont les Arnaud De Blèves qui tirent les ficelles. Arnaud De Blèves ! Le grand ami du président de la République ! Il lui tenait son pantalon, à la République, pour qu'elle ne se retrouve pas le cul nu, voilà tout ! En même temps, il lui faisait les poches ! Mon père, c'est ça : un type qui ne sait même pas tenir son froc !

– Tu vas fermer ta gueule, petit con !

C'était parti tout seul, je n'avais rien calculé. Je me suis surpris moi-même. Il a eu un sourire de triomphe.

– Voilà bien une réaction de larbin.

J'ai pointé vers lui un index tremblant de rage.

– Foutez-vous bien un truc dans la tête, De Milteau : les petits bourges pleins de fric qui règlent leurs comptes avec leur géniteur, j'ai jamais pu les glairer. Dans d'autres circonstances, je vous aurais boursouflé la gueule au point que vous n'auriez plus eu de problèmes d'identité, vu que personne ne vous aurait reconnu, pas même votre propre père, ce qui vous aurait épargné bien des souffrances. Alors, un bon conseil : si nous sommes amenés à nous revoir, ne dites plus de conneries et nous nous quitterons bons amis.



– J'espère que ce jour n'arrivera jamais.

Je me suis levé d'un bond et j'ai quitté la pièce avant de commettre une bavure en état de légitime offense.

J'ai rendu sa fiasque d'alcool à Vranac. Profond soupir. Généralement, le soigneur est là pour inciter le boxeur à démolir le mec en face. Là, il s'agissait plutôt de me retenir, sinon j'y retournais pour un dernier round sanglant.

– Coriace ?

– Eprouvant. Et plus vicelard que je ne l'aurais pensé. Son milieu l'a initié au self-control.

– De mon temps, les jeunes n'étaient pas aussi arrogants. Ils brûlaient des voitures, on leur mettait quelques baffes et ils rentraient dans le rang après deux mois au trou. Aujourd'hui, on ne sait plus comment les tenir. Même dans les milieux privilégiés…

– De votre temps, comme vous dites, on ne leur avait pas donné toutes les bonnes raisons de s'entretuer. Bon, je vous fais mon rapport ?

Vranac a ouvert de grands yeux et agité les mains sous son nez.

– Non non non, je ne suis pas mandaté pour recueillir la moindre déposition orale. Officiellement, vous n'avez pas rencontré l'intéressé et je ne suis au courant de rien. On va vous prendre en charge. Moi, j'ai du travail qui m'attend au bureau.

– A propos de travail…

J'ai ostensiblement braqué mon regard sur l'endroit où était censé battre son cœur. Il a fait semblant de se souvenir et a sorti l'enveloppe. J'ai jeté un coup d'œil : dix coupures de 200 euros, neuves, craquantes à souhait. J'ai glissé le tout dans ma poche intérieure. Une raison supplémentaire de sauver ma peau. Nous nous sommes dirigés vers la cour où le 4x4 m'attendait, moteur au ralenti. Une info me buzzait, j'ai lancé un hameçon histoire de tester la voracité de Vranac.

– Il paraît qu'il a reçu beaucoup de visites ?

– Personnellement, je n'ai aucune information concernant cette histoire. Mais le gardien m'a dit que oui.

– Des avocats ?

– Je suppose, mais sans garantie de certitude. Vous savez, de nos jours, des hommes en costumes trois-pièces et attachés-cases peuvent aussi bien être avocats qu'entrepreneurs de pompes funèbres.

– La peine de mort a été abolie, Vranac. Les croque-morts n'ont plus rien à faire en prison.

– Vous oubliez les suicides. Ça n'arrête pas.

– Pas dans le quartier VIP. Ce serait un incroyable manque de savoir-vivre.

– C'est vrai. Ces gens-là savent se tenir.

– Donc, les visiteurs étaient peut-être autre chose que des avocats.

Vranac ne résistait pas au plaisir d'afficher le soupçon de pouvoir que lui conférait la proximité d'événements mystérieux.

Visiblement, l'asticot qui se tortillait au bout de ma ligne lui flattait le palais.

– Officiellement, l'intéressé n'est pas ici. Mais, d'après certaines sources confidentielles, je crois qu'on va tout faire pour le sortir en mode clandestinité. Hélicoptère banalisé et direction l'autre bout du monde.

Vranac a vérifié du regard que nous nous étions bien compris : sa bouche était restée muette et ses droits à la retraite n'étaient pas menacés. Comme il mâchonnait l'hameçon, j'ai tiré un peu sur la ligne. Moi aussi, j'étais bon à la pêche.



– Je vois. Le problème va être réglé à la française : secret d'Etat et version officielle. Dites-moi, celui qui requiert l'anonymat, ce ne serait pas un type d'une cinquantaine d'année un peu grassouillet ressemblant à un dindon en veste de tweed ?

Vranac a recraché le morceau, honteux de s'être fait prendre en flag de boulimie.

– Je ne sais pas, je l'ai croisé de loin. Ecoutez, Sacco : cette affaire, moins j'en sais, mieux je me porte. J'espère vous revoir dans des circonstances plus agréables. En attendant, prenez soin de vous et bonne chance.

Il m'a serré la main. Je suis monté à l'arrière du 4x4. Les portes de la prison se sont ouvertes et il a disparu de mon champ de vision. Puisque nous ne nous étions jamais rencontrés.

# 26



J'ai été exfiltré du périmètre en dix minutes : quais de Seine, Austerlitz, bibliothèque Mitterrand, palais de justice et drop rue Watt, sous les voies de chemin de fer, dans le plus strict anonymat. Sarah ne m'a pas accordé un regard et j'ai retrouvé l'obscurité perpétuelle, comme un rat dans sa poubelle.

J'ai remonté le périph' intérieur : Masséna, Poniatowski, zone industrielle en lambeaux, putes, bois de Vincennes. J'ai poussé jusqu'à l'ancien temple bouddhiste. J'ai hésité, mais j'ai finalement pris la direction d'un cybercafé de l'avenue Daumesnil.

Ve 28/10/2017. 13.13. Connexion à Jazzzz.
Messagerie de M. François Sacco. 0 message.

Recherche site : Ministère de la Sécurité Collective.

*Envoi*

Code confidentiel : GKVKYB-72

*Envoi*

Objet : Fiche de renseignements : Jean-Serge De Milteau.

*Envoi*

JEAN-SERGE DE MILTEAU. Citoyen européen d'origine française, né le 28 novembre 1966 à Lyon (France, Europe)

AGE : 51 ans

SEXE : masculin

GROUPE SANGUIN : O-

Fils de Romain De Milteau, citoyen européen d'origine française né le 8 février 1937 à Marseille (France, Europe), décédé le 15 août 2004 à Paris (France) ; et de Karen Dorfman, citoyenne européenne d'origine danoise, née le 26 mars 1941 à Copenhague (Danemark), décédée le 29 décembre 2009 à Cannes (France).

DOMICILE : 4 rue de la Faisanderie 75016 Paris

LOGEMENT DE FONCTION : palais de l'Elysée, 55 rue du Faubourg-Saint-Honoré 75008 Paris

Marié le 5 juin 1993 à Bénédicte Murdis de Bompain, citoyenne européenne d'origine française née le 1er décembre 1971 à Beaune (France). Deux enfants, Jean-Sébastien, né le 11 avril 1996, et Wolfgang, né le 7 août 2002.

Diplômé de l'Ecole des hautes études en sciences politiques en 1989.

Diplômé de l'Ecole nationale d'administration en 1992.

Adhésion au RPR (droite) en 1983.

Elu député de l'Yonne en 1993.

Ministre du Commerce extérieur (1995-1997).

Elu député de Paris en 1997 (10e circonscription).

Réélu député de Paris en 2002 (2e circonscription).

Président du conseil régional d'Ile-de-France (1997-2007).

Ministre de la Culture (2007-2010).

Ministre du Bien-être (2010-2012).

Président de la République (2012-2017).

Réélu président de la République en 2017.

SIGNE CORPOREL : cicatrice de 13 centimètres au niveau de l'abdomen, consécutive à l'ablation d'une tumeur cancéreuse au poumon; opération réalisée par le professeur Ernest Vignes, le 2 mars 2015 à l'Hôpital américain de Neuilly.

Nouvelle recherche : Arnaud De Blèves.

*Envoi*

Arnaud De Blèves. Citoyen européen d'origine française, né le 14 juin 1964 à Toulon (France). Décédé le 30 septembre 2017 à Paris (France)

Sexe : masculin



Groupe sanguin : O+

Fils de Jean De Blèves, citoyen européen d'origine française né le 15 mai 1936 à Tunis (Tunisie), décédé le 9 janvier 2007 à Paris (France); et de Lucie Desvigneau, née le 30 octobre 1940 à Toulon (France), décédée le 5 décembre 2009 à Nice (France).

Marié le 11 juillet 1991 à Elise de Saint-Marc, citoyenne européenne d'origine française née le 3 août 1965 à Versailles (France); divorcé le 4 février 2006. Marié le 5 septembre 2008 à Maryse Rétoré de la Vigue, citoyenne française d'origine camerounaise née le 24 avril 1988 à Yaoundé (Cameroun); divorcé le 17 novembre 2011.

Baccalauréat au lycée Jules-Ferry (Paris) (1982).

Directeur de cabinet du ministre du Commerce extérieur Jean-Serge De Milteau (1995-1997).

Directeur des programmes de France 3 Télévision (1997-2002).

Vice-président de France 3 Télévision (2002-2005).

Président de France 2 Télévision (2005-2007).

Président-directeur général de Comintern (2007-2017).

Opinions politiques : droite modérée; pas d'affiliation politique officielle.

ANTÉCÉDENTS JUDICIAIRES : nombreuses interpellations pour conduite en état d'ivresse; pas de condamnation. Poursuites du parquet de Nanterre pour fraude fiscale; pas de condamnation.

Nombreuses relations extraconjugales. Alcoolodépendant.

J'ai fait le tri des infos.



De Milteau : politique standard, à l'extrême centre du centre, posé là parce qu'il ne gêne personne. Débuts précoces en province, puis ancrage à Paris, plusieurs fois ministre, un réseau de relations XXL qui l'amène à la présidence, bientôt la retraite. La retraite ? Point faible : opération top-secrète, deux ans plus tôt, d'une tumeur cancéreuse – ironique pour un ancien ministre du Bien-être. Il n'était après tout qu'une des cent mille victimes de la pollution due aux myriades de voitures qui carbonisaient l'atmosphère en dépit des grands discours écolos, et n'en avait plus pour très longtemps, d'après son fils, spectateur aux premières loges. Autour, ça devait souquer ferme dans la surenchère : la succession était ouverte.

De Blèves. Buzz. Bac en 1982, directeur de cabinet de De Milteau en 1995. Entre les deux, treize ans de silence. Totale anomalie, occultation à la soviétique. Le jeune De Milteau : « *N'oublions pas qu'il a débuté en louant des chambres de bonne à des travailleurs clandestins, à des tarifs prohibitifs, bien sûr…* » Une grosse fortune de l'immobilier investissant dans la politique… Premier mystère : la rencontre De Blèves-De Milteau. A partir de 1997, la grosse fortune met le pied dans l'audiovisuel avant d'en prendre les commandes en 2007, avec la privatisation du service public et la création de Comintern, multinationale tentaculaire vouée à l'industrie médiatique, via sa filiale Calypsos. 2007 : le moment précis où De Milteau accède au ministère de la Culture. Probabilité de coïncidence : proche de zéro. Aléas du pouvoir : relâchement, picole, petites jeunettes et hausse exponentielle des notes de frais. Poursuites judiciaires, immunité *de facto*, amitié avec le président de la Répub oblige. Jusqu'au bug : Jean-Sébastien De Milteau. Hasard ou nécessité ? Second mystère.

L'avenir me permettrait peut-être d'y voir plus clair.

# 27

Le bunker du ministère du Développement s'avançait crânement sur la Seine. Au sommet, rotation d'hélicos drivant les principaux collaborateurs du ministre vers leurs propriétés de la banlieue ouest, Bougival, Louveciennes ou Saint-Germain-en-Laye, autant de quartiers résidentiels fermés bénéficiant d'une protection rapprochée. Au ras du sol, des centaines de sous-prolétaires convergeant en troupeau vers Bercy, chauffés à blanc et le tee-shirt Johnny Hallyday tendu par des hectolitres de bière.

Perdu au milieu de cette foule gueularde, je cherchais le visage de bagnard de Baus, mais rien à l'horizon. 20 heures 37. Il y avait un bug quelque part. Le mec devait être du genre ponctuel, plutôt en avance même, anticipation et dégagement. Un piège ? Je me suis mis à faire les cent pas devant la bouche de métro pour mieux scanner les arrivages de voyageurs. Toujours rien à l'horizon. Mon bpm s'est accéléré, mode technoïde.

– Salut, Trane.

La voix calme de Bakou-9, dans mon dos. Sourire et camouflage urbain : blouson, pull et jeans noirs.

– Sorry pour le retard, nous devions repérer le périmètre.

– Baus n'est pas là ?

– Non. Consigne de sécurité. Allons-y.

En bon spécialiste de la guérilla urbaine, Bakou-9 avait observé à distance son spot de rendez-vous, sans doute depuis le quai, et testé le degré de pureté de l'air. J'avais intérêt à faire gaffe : la moindre erreur se paierait cash. Nous avons intégré la masse et mis le cap vers le POP Bercy. Bakou-9 a pris la parole sans me regarder.

– Pour des raisons de sécurité, la personne que tu vas rencontrer ne se laisse approcher que d'un très petit nombre de personnes : elle est recherchée par toutes les polices d'Europe et les States ont mis sa tête a prix. Paradoxalement, plus un lieu est fréquenté, plus il est sûr, aujourd'hui : les caméras sont inopérantes face à la foule. Le pouvoir finira par crever d'une overdose d'informations. Mais il t'en parlera mieux que moi, c'est une référence en matière de subversion cybernétique.

Nous nous sommes agglutinés au magma humain. Au-dessus de nos têtes, des projecteurs balayaient le ciel de leur faisceau « défense passive ». Les murs des couloirs d'accès à la salle étaient couverts de filets de camouflage et de graffs stylisant impacts de balles et traînées de suie. Ambiance résolument martiale, lutte à mort, jungle urbaine. Les fans portaient des treillis et des rangers logoïfiés « Johnny Hallyday ». La plupart arboraient la casquette fétiche de l'idole, visible sur la pochette de son dernier CD. Des vigiles déguisés en GI's contrôlaient les entrées. Ils déchiraient les billets d'un geste brusque et aboyaient : « Plus vite ! Grouillez-vous ! » La tension montait d'un cran, très speed, les regards haineux se préparaient à l'affrontement. Dégoûté par cette bouffonnerie, Bakou-9 a hoché la tête et m'a crié dans l'oreille :

– La récupération n'a pas de limite.

Le seul mode de communication possible était maintenant le hurlement. Les enceintes matraquaient une technofactory impitoyable : en guise de rythme, cent mille paires de rangers martelaient le bitume à toute vitesse. Les suprasons accrochaient les tympans, boxaient l'estomac, malaxaient le cerveau. Dans l'obscurité, les visages grimaçaient de douleur et de haine, suaient la vengeance. Les dents crissaient, les poings se serraient, les muscles se tendaient à l'extrême. On allait au clash, c'était évident. Ça vociférait de partout, depuis les enceintes et dans l'assistance. Des types bavaient, lèvres retroussées, crocs en avant.



Explosion assourdissante avec mini-effet de blow, secousse moyenne mais perceptible : la lumière gicle sur scène. Décor de fin du monde, décombres, gravats, mitrailleuses braquées sur le public, fumigènes. Un rugissement s'arrache du ventre de la bête : l'idole apparaît, elle avance lentement sur le plateau, à califourchon sur une moto. Sur les écrans 3-D, son visage creusé, les maxillaires saillants sous une barbe de trois jours, les yeux délavés, la carrure moulée dans une tenue de guérillero cubain, le battle dress vert olive ouvert sur une croix catholique. Une musique synthétique plombe la salle, slow-motion, il porte le micro à la bouche et mugit : « *Le monde peut bien être en guerre/Rien ne tuera mon amûûûr/Je suis comme un mercenaire/Qui te protégera toujûûûrs...* » Délire dans la salle. La voix chevrote un peu sur les notes tenues et la tête accuse un tremblement parkinsonien, mais il faut rentabiliser jusqu'au bout ce bon vieux Johnny. On a rogné toutes les dépenses inutiles, pas de musiciens mais une bande enregistrée, déco minimale, mais le public s'en fout pas mal, il vient assister au dernier tour de piste du maître, sa cinquième et probablement ultime tournée d'adieu. Ses managers l'ont tiré de son fauteuil roulant pour le poser sur une cylindrée actionnée par un treuil, le temps de quelques chansons – et de passer à la caisse. Du 500 % de rentabilité. Après, on fera les stades de foot, les hippodromes et l'aéroport de Roissy, puis on rendra l'idole à sa cure de sommeil. Une combine en or massif.

Des acclamations ont salué la fin de la première chanson. Fondu au noir, puis envoi de la deuxième sur un tempo plus rapide : le rocker a empoigné le micro d'un air farouche en essayant de ne pas trop sucrer les fraises : « *J'ai tellement sûûûffert/J'ai tellement rêvé/J'ai traversé l'eeenfer/Mais j'y suis arrivé…* » Bakou-9 m'a tapoté l'épaule et a fait un geste du menton. Nous avons laissé la grande vedette à sa souffrance, écartelée dans un déluge de rayons lumineux, et nous sommes frayés un passage parmi les spectateurs debout, le poing dressé en signe de rébellion comme ils l'avaient vu faire dans le clip. Direction les toilettes : l'attentat musical s'est enfin éloigné.

Cinq minutes d'attente silencieuse ; je commençais à m'habituer à cette procédure d'évaluation du risque. Des dizaines de mecs sont entrés et sortis des gogues. Bakou-9 les a scannés d'un œil pro, plutôt confiant. Enfin, un grand type nous a rejoints. Deux mètres, très mince, de longs et fins cheveux blonds tombant entre les omoplates, un visage maigre et austère, la quarantaine environ. Pull hippie informe, jeans, baskets. Cette silhouette me rappelait quelque chose.

Bakou-9 m'a présenté :

– Voici le gars que tu voulais voir. Son nom est Trane.

Son regard au fond du mien. Un œil vert, un œil bleu. Il m'a serré la main et m'a salué avec un accent américain prononcé. D'un signe de tête, il m'a désigné les urinoirs : on s'est plantés devant et on a fait semblant de pisser. Pas bête, aucun risque d'être filmé de face. En faction à la porte, Bakou-9 supervisait le périmètre.

Le type a pris la parole, décontracté, voix profonde et prononciation lente, mâchonnement de chewing-gum.

– On m'a parlé de toi. Il paraît que tu as de bonnes intuitions théoriques.

– Ouais, il paraît.

– Tu connais tes classiques marxistes, c'est bien. Maintenant, il faut pousser plus loin. Mener une analyse globale, prendre en compte les aspects modernes de la contestation.

J'étais mûr pour une nouvelle séance de conditionnement philosophique, cette fois, la bite à la main. Une méthode pédagogique révolutionnaire, sans doute.



– Pour comprendre le sens de notre action, tu dois saisir un point fondamental : le capitalisme a muté, il a abandonné l'organisation pyramidale classique pour une organisation en réseau. Fini les chefs, fini les contremaîtres. Grâce aux développements de la cybernétique et de l'informatique, on a privilégié une structure de division du travail plus souple. Non pour alléger la charge de travail, mais pour accroître la productivité. Dans le même temps, ces réseaux ont permis un contrôle total de la population. Les honnêtes gens n'y ont vu que du feu, ils vivaient dans l'illusion de leur sécurité. Big Brother, aujourd'hui, est une réalité : on compte plus de caméras que d'êtres humains sur Terre. Ceux qui critiquent le système se contentent de publier un livre puis de le vendre dans les émissions de télévision, et la boucle est bouclée. C'est comme si on voulait lutter contre le cancer avec de l'aspirine, tu comprends ?

– J'agrège.

– Je les connais bien, ces intellectuels qui discutent sans fin dans leur cage dorée. J'enseignais encore à Harvard il y a trois ans, quand le second *Patriot Act* a été promulgué : le gouvernement a interdit l'enseignement des théories marxistes et communistes sur le territoire des Etats-Unis. J'ai été exclu de l'université pour pensée inappropriée.

– C'est à ce moment-là que tu es entré en résistance ?

– La résistance armée, oui. Mais la prise de conscience remonte à beaucoup plus loin. Tu vois mes yeux ?

Il a tourné légèrement son visage vers la lumière.

– Seattle, 1998. J'étais étudiant, on manifestait contre l'OMC et l'ultralibéralisme. Le flic a cogné si fort que mon œil a droit a perdu sa pigmentation naturelle. Pas mal, hein ? En ce temps-là, le pouvoir ne faisait pas la différence entre une manifestation pacifiste et une insurrection. Je crois qu'il a appris, depuis.



Il a ricané. J'ai relancé sur le mode philosophique :

– Pourquoi avoir déclenché l'insurrection justement aux Etats-Unis ? Difficile de lutter contre un système aussi coercitif.

– L'Amérique est un colosse aux pieds d'argile. Une analyse objective des facteurs de production et de communication montre que le processus de désintégration commence toujours au cœur du système. Le premier *Patriot Act*, voté dans la foulée des attentats du 9-11, était une bombe à retardement : il limitait les libertés individuelles au nom de la liberté tout court et personne n'a rien trouvé à redire. Les individus se sont réfugiés dans la prière et le politiquement correct. Evidemment, plus ils s'isolaient, plus ils se faisaient exploiter. Au bout de quinze ans de ce régime autorépressif, l'aliénation avait atteint un stade tellement intolérable que l'explosion était devenue inévitable.

Il a regardé Bakou-9, qui a hoché positivement la tête. Confirmation du discours de l'Américain comme de la sécurité du périmètre. Dans un souci de crédibilité, le type a fait mine de secouer la dernière goutte.

– Le maillon faible du capitalisme est sa superstructure d'information, tu comprends ? Si tu neutralises son réseau de connexions, tu aveugles le système. Tu peux alors le détruire de l'intérieur. A nous de mettre sur pied une multitude de commandos de spécialistes : hackers, psychophysiciens des particules, généticiens des molécules létales, pyrochimistes, antipublicitaires. La production de cybervirus compte autant que l'approvisionnement en armes. C'est comme ça qu'on mène l'insurrection : avec des petits groupes mobiles, indépendants des réseaux d'information. C'est la théorie des focos, les foyers d'insurrection. Dans les années 1960, on disait qu'il fallait créer dix, cent, mille Vietnams. Aujourd'hui, on possède la technologie pour reproduire autant de Vietnams qu'on veut, et dans le monde entier.



On a rangé notre attirail et le mec m'a fixé droit dans les yeux : sa force de conviction semblait inébranlable. J'avais donc intérêt à jouer le jeu et à trouver tout naturel de plonger le pays dans la guerre civile. Le philosophe américain envisageait l'hypothèse avec d'autant plus de décontraction que le matérialisme dialectique offre le confort d'une suite logique de désastres inéluctables. La mission de l'intellectuel consiste à décrypter l'algèbre rythmant cette logique puis à appuyer sur le premier domino. Ensuite, il n'a plus qu'à savourer la beauté du spectacle en se félicitant de la perspicacité de son jugement. Moi, j'étais convoqué afin d'être éclairé sur les tenants et les aboutissants de cet imparable enchaînement. J'ai tâté le terrain :

– Crois-tu que les conditions soient réunies en France ?

– *Of course !* Crois-moi, le jour où les gens verront brûler Versailles, ils sauront que l'heure de la révolution a sonné. Une avant-garde décidée suffira à faire jaillir l'étincelle. Le mouvement gagnera l'Europe entière, puis les ouvriers les plus pauvres d'Inde, de Chine ou des Philippines se soulèveront à leur tour. Alors, le capitalisme s'effondrera et nous reconstruirons une société plus juste sur ses cendres, tu comprends ?

Appréciateur, Bakou-9 hochait la tête. Il semblait jouir à l'avance du spectacle. J'en avais moi-même le sifflet coupé. Non seulement en raison du bagout de l'Américain, mais aussi à cause du côté irréversible de l'argumentation. En gros, pour ce que j'en avais compris, il n'y avait rien à redire. Il s'est appuyé au mur.

– Chaque militant révolutionnaire doit mettre ses compétences particulières au service de la libération. Toi, Trane, quelle est ta spécialité ?

La semi-obscurité a caché mon embarras. J'avais cinq secondes pour me trouver des compétences. Je me suis souvenu à temps de mon prétendu passé de journaliste.

– Eh bien, je peux écrire dans les journaux. J'ai le sens de la formule. Je n'ai pas bossé pour rien dans la pub, je connais la différence entre information et manipulation. Et puis, l'action ne me fait pas peur.

– OK. Bakou-9 m'a parlé d'articles intéressants. J'aimerais en lire d'autres.

Au loin, la foule exigeait les rappels. Nous avons regagné l'anonymat de la salle surchauffée. La star a refait une apparition, toujours arrimé à sa Harley, les gens ont hurlé de joie, mais le treuil s'est bloqué et l'engin s'est immobilisé à deux mètres des coulisses. Johnny a attendu que quelque chose se passe jusqu'à ce que deux roadies viennent l'ôter de sa moto et le ramènent dans sa loge. Les régisseurs ont envoyé le mini-feu d'artifices final, les lumières se sont rallumées et les péquenots, spoliés d'une part de rêve, ont hurlé de rage. Je n'ai pas pu m'empêcher de rigoler.

– Ça leur apprendra à donner leur fric à des entrepreneurs de spectacle véreux ! m'a crié Bakou-9 dans l'oreille.

– On n'a pas craché pour entrer, nous ?

– Non, j'ai piraté le système de réservation informatique. Nos places ont été payées par ces cons !

Impassible devant ces manifestations d'aliénation capitaliste, l'Américain a attendu calmement, bras croisés, que la meute ait éructé sa colère pour se diriger vers la sortie au milieu de la masse humide de sueur et plus haineuse encore qu'à son arrivée. Les décos camouflage avaient disparu. Les gogos avaient raqué et vu leur show, exit et place au numéro de cirque suivant. Des escadrons de flics supervisaient l'évacuation.



Au moment de nous quitter, l'Américain m'a remis une clé USB.

– Au fait, la prochaine fois que tu verras Baus, donne-lui ça : c'est une copie de mon cours sur *Le Nouvel Esprit du capitalisme* de Luc Boltanski et Eve Chiapello. Depuis le temps qu'il me le demande…

J'ai empoché la clé, il s'est enfoncé une casquette sur le crâne, la visière rabattue sur les yeux, et s'est éloigné sans nous saluer.

Nous avons quitté le périmètre à grandes enjambées et longé le parc de Bercy. Les feuillages bruissaient dans le vent de la nuit. Soudain, Bakou-9 a posé une main sur mon bras. J'ai senti venir le coup fourré, mon bpm est monté en flèche, mais mon guide s'est contenté d'imiter un sifflement d'oiseau. Une forme est sortie des ténèbres : Baus, vêtu de noir lui aussi, nous a fait signe de le rejoindre.

– Que penses-tu de cette soirée ? m'a-t-il demandé avec gravité.

J'ai respiré un peu mieux : j'étais juste convié au debriefing.

– Le concert ou le mec ?

– Le mec, évidemment.

– Impressionnant.

– C'est vrai. J'ai lu plusieurs de ses ouvrages, ils sont d'une pénétration incroyable. J'espère bien en parler un jour avec lui, quand tout cela sera fini.

– Tu ne l'a jamais rencontré ?

– Mesure élémentaire de sécurité : en cas d'arrestation, nous devons en savoir le moins possible les uns sur les autres. Il faut des coupe-feux partout, donc des intermédiaires. Jamais plus de deux unités au même point, sauf pour le passage à l'action. Hors de question de reproduire les erreurs de Guevara en Bolivie. Trop de faux contacts, et c'est le crash. Du vrai travail d'amateur.

Nous avons marché calmement. Enfin un peu de répit. Je m'apprêtais à lui donner la clé USB lorsqu'il a repris la parole. Comme toujours, sa voix avait un effet hypnotique.

– Avant, on trouvait des entrepôts dans ce coin. Tout le vin destiné à Paris était stocké à Bercy. Mon grand-père y travaillait. Il m'a raconté la solidarité des camarades, la vraie chaleur humaine. Le verre partagé à l'ombre des fûts. Tout ça a disparu dans les années 1960. Les urbanistes ont gardé quelques éléments de décor, pour le côté pittoresque sans doute, et ont dressé une pyramide en l'honneur de la bêtise et de l'abrutissement des masses. Juste à côté du ministère du Développement, comme si leurs intentions n'étaient pas suffisamment claires…

– Le vin aussi peut abrutir, a rétorqué Bakou-9. Souviens-toi de *L'Assommoir* de Zola, et des soldats de la Première Guerre mondiale qu'on soûlait au moment de l'assaut, pour le plus grand bénéfice des bellicistes bourgeois et des patriotes embusqués…

Le crâne de bagnard a acquiescé, résigné.

– Je sais… Diviser pour régner, récupérer pour abrutir, distraire pour manipuler. On en revient toujours à la question du pouvoir. Le pouvoir corrompt tout ce qu'il touche. Il suffit que deux camarades lèvent leur verre pour que l'Etat s'empresse de taxer l'alcool et que les curés et les mollahs dénoncent le plaisir de l'ivresse. Il appartient au peuple de refuser ces récupérations.

– Et aux élites révolutionnaires de les démasquer.

Nous avons tourné à gauche, contourné une église et pris la rue Proudhon – les anarchistes avaient droit, eux aussi, à leur plaque officielle. J'ai hasardé une réflexion personnelle :

– Le pouvoir tue l'innocence.

– L'innocence et le partage, a répliqué Bakou-9, expert ès-dernier mot. Le pouvoir prétend se mettre au service du peuple pour mieux l'asservir, voilà pourquoi il cherche à briser toute forme de solidarité. Nous, nous voulons éduquer le peuple, lui apprendre à se responsabiliser. Encadrer le mouvement sans l'encarter.



Nous remontions à présent la rue de Charenton, sombre et sinueuse. La Loi de Délocalisation n'avait pas été tendre pour le quartier. Zone non-protégée, donc trottoirs crasseux et rats filant entre les ombres. De loin en loin, un réverbère projetait une lumière exsangue. A moi d'avancer mes pions en douceur.

– Comment dois-je prendre contact avec vous ?

– C'est moi qui te contacterai, a répondu Baus. Nous diversifierons au maximum nos meeting-spots. La moindre baisse de vigilance peut être fatale. D'autant que l'échéance approche.

– L'échéance ?

– Je t'en parlerai le moment venu.

Son ton était sec. Pas de discussion. J'ai tenté de percer l'armure autrement.

– Au fait, de quoi vis-tu ? Détournements bancaires ?

– C'est plutôt rare : nous essayons de limiter nos relations avec les systèmes d'information centralisés. Nous préférons le cash.

– C'est logique.

– C'est plus sûr et l'approvisionnement est plus simple. Tu vois ce bistrot là-bas ?

Il a désigné l'enseigne lumineuse d'un bar PMU dans une rue perpendiculaire. J'ai hoché la tête et mon bpm s'est accéléré. Bordel. J'oubliais qu'en complément de l'examen théorique il y a toujours les travaux pratiques. Nous étions trois. Plus de deux, donc. Le moment du passage à l'action était arrivé. Baus a sorti un papier et un stylo et a dessiné rapidement un rectangle avec les issues, le comptoir, l'emplacement des caméras.

– Il n'y a plus grand monde à cette heure-ci, le patron vire les derniers clients et descend le rideau blindé pour faire sa caisse. Tu entres ici, tu le neutralises, tu aveugles la caméra qui se trouve ici, tu prends le fric et tu sors par là. Nous, on se poste ici et on scanne le périmètre. En cas de bug, tu sors par où tu es entré et on te couvre. Ensuite, dispersion. Fais gaffe, le type est sûrement armé.

Le papier s'était couvert de flèches, de lignes pointillées et de croix griffonnées d'une main précise. A l'évidence, Baus ne laissait jamais rien au hasard. J'ai étudié le croquis pendant dix secondes et je l'ai empoché. Les culasses ont claqué et nous avons marché vers la cible comme dans un cauchemar. Leurs vêtements noirs étaient parfaitement adaptés à la progression de nuit. Je n'avais pas cet avantage. Je devrais compenser par un gros cœur.

Bakou-9 s'est collé à la façade, à cinq mètres de l'entrée, et m'a fait signe d'attendre que Baus prenne sa faction de l'autre côté de l'immeuble. J'avais du mal à respirer, je me trompais de réalité, je n'avais pas fait le bon choix.

Des types sortaient du troquet en râlant. Une voix hurlait : « Je vous dis que c'est fermé ! Dégagez, bande de pouilleux ! » Bakou-9 m'a tapé sur l'épaule : à moi de jouer. Et si c'était un hoax, un traquenard pour me liquider en toute discrétion ? Une balle perdue et adieu ? J'étais coincé, plus moyen de revenir en arrière. J'ai foncé pour ne pas avoir à penser.

Le patron, un gros type rougeaud de style méditerranéen, a agité une batte de base-ball dans ma direction :

– C'est fermé ! Dégage, connard !

Le Springfield a surgi, j'ai pointé le mec sans un mot. Les deux derniers clients ont déguerpi. Je lui ai montré son gourdin, il l'a laissé tomber à terre. Je lui ai indiqué le comptoir, il est passé derrière. Le tiroir-caisse a tinté. Je lui ai fait signe de s'éloigner. Sans le quitter des yeux, j'ai saisi le torchon roulé en boule à côté des verres, je l'ai posé sur l'objectif de la caméra et j'ai puisé les billets dans la caisse. Je les enfournais dans mes poches calmement. Tout allait bien se passer.



A ce moment-là, comme dans les films, une jeune nana est arrivée avec un seau et une serpillière. Elle a crié. Je l'ai regardée. Le type a saisi un objet de la main droite et l'a braqué vers moi. J'ai tiré, réflexe, trois balles. J'entendais distinctement le déclic métallique d'expulsion des douilles au milieu du vacarme. Le type a eu un drôle de mouvement, bras rejetés violemment en arrière, et a disparu derrière le comptoir. Hurlements de la fille. J'ai pioché quelques billets supplémentaires puis j'ai droppé, le temps d'apercevoir, dans l'espace étroit menant derrière le comptoir, une tache rouge qui s'épanouissait.

Baus et Bakou-9 m'ont vu sortir comme un bolide et ont embrayé. On a couru droit devant. Puis à gauche, itinéraire de dégagement. Les sirènes déboulaient mais nous descendions déjà la rue de Picpus, jusqu'au boulevard de ceinture. Des gyrophares ont griffé la nuit, on a repris un rythme normal, le souffle saccadé. Porte Dorée. On s'est planqués derrière l'ancien musée des arts d'Afrique et d'Océanie.

Respiration. Silence. Baus a parlé le premier :

– Tu l'as buté ?

– Je ne sais pas.

– Le fric ?

J'ai sorti les billets de ma poche. Très calme, il les a comptés et en a fait un rouleau qu'il a glissé dans la poche de sa veste. J'ai repensé à la scène. Envie de gerber. Je me suis couvert le visage de mes paumes ouvertes : une myriade de sensations se bousculaient dans ma tête, aucune ne se fixait plus d'une seconde. J'ai fini par reprendre conscience.

– Alors, c'est ça, la révolution ?

Bakou-9 m'a répondu, dégagé :

– Ce n'est pas du vol, c'est de l'expropriation. Ce type est un exploiteur qui joue sur l'aliénation des travailleurs, comme les travailleurs jouent sur l'aliénation des bêtes. Tout cet argent gaspillé dans des activités peu productives sera bien mieux utilisé par des militants révolutionnaires. Nous, au moins, nous en ferons bon usage. Lénine disait : « La Révolution n'est pas un dîner de gala. »

– Je sais. De là à tirer…

– Tu as fait ton devoir. C'était lui ou toi. Et crois-moi, lui, il n'aurait pas eu d'états d'âme.

Baus m'a posé une main fraternelle sur l'épaule. Je l'ai regardé. Ses yeux brillaient de reconnaissance. Il a souri.

– Guerillero compatible.

Baus et Bakou-9 ont pris deux directions opposées et se sont fondus dans la nuit. Moi, je suis resté de longues minutes assis sur un banc et j'ai fait le bilan. Tant qu'à raisonner en termes de matérialisme dialectique, il fallait penser aux empreintes dont j'avais sûrement maculé le comptoir du bistrot. Et aux images volées par les caméras. Sans oublier les balles, provenant d'un Springfield 340 N, l'arme qui avait tué Arnaud De Blèves. Agitez le tout : vous aviez François Sacco, commandant de police judiciaire retiré du service actif, multicriminel recherché par tous les services de sécurité qui, dans ces cas-là, n'ont qu'une seule consigne : tirer à vue.

Mes pensées ont repris leur course effrénée vers la sortie. Impossible. No exit.

Pour donner une idée de l'état de mon cerveau à ce moment précis, il suffit d'écouter «*Cosmos*» de Coltrane, sur l'album *Ascension*. Déluge de sons. Magma luminescent. Fission analogique. Genèse d'un monde et décomposition simultanée.

Le Chaos chimiquement pur.

# III

# DESINTEGRATION

# 28



Les jours qui ont suivi le casse se caractérisent par une extrême confusion. Si, au XXe siècle, la notion de morale était éminemment relative, au XXIe siècle elle est devenue superflue. Les exigences du matérialisme capitalistique ont réduit les critères éthiques à un simple calcul de probabilités. L'individu postmoderne n'ayant ni le temps ni les moyens de se livrer à une inférence statistique très poussée, son comportement se résume à une suite de décisions plus ou moins aberrantes, parfois contradictoires : après tout, l'hypothèse qu'un requin dévore ses propres entrailles n'est pas dénuée de logique. En dernière analyse, ce qui confère à l'humain son ultime raison d'être réside précisément dans sa capacité à aligner des décisions. La question de leur cohérence relève plutôt de la spéculation : on l'abandonnera avantageusement aux poètes et aux philosophes. La seule certitude, c'est que la mort vient interrompre cette suite d'improvisations des pachydermes pensifs.

J'ai été contraint de réduire davantage ma surface de visibilité. Mes sorties diurnes se sont limitées à l'essentiel. La brièveté des jours en cette fin d'octobre et le ciel perpétuellement gris étaient mes alliés objectifs. En contrepartie, je pouvais être abattu à tout moment. Cette tension permanente me conférait un niveau de stress proprement hallucinatoire. Ma surconscience me dotait d'une aura d'invincibilité qui me faisait exister à un taux jamais atteint jusque-là. Mon corps produisait sa propre cocaïne à flux tendus. Les gens, dans la rue, me semblaient dérisoires et sous-signifiants. L'afflux de benzédrine naturelle avait gratté des parois de mon cerveau toute trace de concept inefficient. « *Justice, dignité, grandeur, liberté... ces mots qui jappent ou gémissent sont-ils autre chose que des chiots d'appartement, dont les maîtres attendent le retour en toute sérénité depuis que d'héroïques larbins ont arraché le droit de les mener en laisse au gré des rues ?* » Du Vaneigem dans le texte.

Le soir du braquage, via l'écran de mon téléphone, j'avais envoyé à des fins d'identification graphique une copie du croquis de Baus. Une demi-heure plus tard, je recevais un message : « *Demain, 9 heures, accès périphérique, porte de Saint-Ouen.* » Ensuite, nuit blanche. J'avais grelotté en attendant l'heure de mon rendez-vous. Retour de stress. Décompensation. Je cherchais une issue de secours morale. Elle n'avait pas été prévue dans le plan. Je devais être efficace, moi aussi, quel que soit le prix. Je devais me conformer à ma légende, quitte à rôder aux abords du gouffre. Quitte à sentir quelques grains de mon humanité glisser dans le sablier. A l'aube, j'avais écrasé le mégot de ma culpabilité et je m'étais reconfiguré, mode self-control. François Sacco tel qu'en lui-même : crâneur et perclus d'angoisse.

Appuyé à une rambarde branlante, j'observais les bagnoles hurler sur le périph', dix mètres en contrebas. Je m'appliquais aussi à compter les cinq millions de paraboles qui bouchaient les fenêtres des immeubles environnants. Puisqu'il faut regarder quelque chose, autant que ce soit la télé plutôt que la pollution ou les campements de clodos installés entre les deux boulevards de ceinture : à Paris, le tri sélectif s'appliquait même aux êtres humains. Les voies d'accès au périph' avaient de petits airs de port de plaisance, avec leurs bâches en plastique multicolores tendues d'un pilier à l'autre. Une communauté de néogueux s'épanouissait là-dedans, satisfaite de son sort, confortablement installée dans l'attente du néant. Une fois par semaine, un camion passait ramasser cadavres et détritus. On comptait peu d'homicides dans le secteur, plutôt des morts naturelles – si on peut employer ce terme pour des gens condamnés à bouffer du gaz carbonique à la louche. A trente berges, leurs poumons n'avaient rien à envier aux cuves des supertankers. Mais ils ne se plaignaient pas. Là, personne ne les cherchait, c'était un peu la maison de retraite de la pauvreté, l'ultime point de chute. Quand on se résignait aux boulevards périphériques, on n'en avait plus pour très longtemps. Les clodos dangereux, on les trouvait en ville : ceux-là, ils en voulaient encore. Ceux du périph', eux, appartenaient à la catégorie des sursitaires.



J'observais le rituel matinal d'un pauvre vieux rétamé par la vie, embaumé de crasse, pieds nus pataugeant dans la pisse pendant qu'il se vidait les intestins contre le pilier d'une bretelle d'accès, quand une voiture a klaxonné. Une énorme Bentley noire, vitres teintées, moteur ronronnant. La portière arrière gauche s'est ouverte brusquement. La main sur le flingue, je me suis penché pour mieux voir : le ministre de la Sécurité Collective me souriait du fond de son siège, très smart dans son manteau crème, la paume négligemment posée sur des journaux. D'un geste, il m'a invité à m'asseoir à ses côtés. J'ai posé mes fesses, flatté de tant d'égards. Claquement de portière, verrouillage, démarrage en douceur. Le ministre Habel semblait ravi de sa bonne blague.

– Vous excuserez l'heure matinale de ce rendez-vous, commandant, mais, voyez-vous, l'exercice des responsabilités exige des horaires très stricts. Je suis opérationnel dès six heures. Je me lève, dix minutes d'échauffement, une demi-heure de musculation, et en route. A sept heures, j'ai regardé les informations télévisées. A huit, j'ai lu la presse. A neuf, j'ai consulté mes dossiers et je reçois mes premiers visiteurs. Sans une hygiène de vie rigoureuse, impossible, je dis bien « impossible », d'accomplir sa mission. Je pense que nous sommes d'accord ?



– Absolument, monsieur le minis...

– Regardez ces pauvres types... ces misérables qui défigurent le paysage... Vous ne croyez pas qu'il faudrait y mettre bon ordre ? Un bon coup de balai ! Du vent ! Allez faire vos saletés ailleurs !

Il a ouvert sa vitre et a hurlé :

– Allez faire vos saletés ailleurs ! Vermine !

Il a remonté sa vitre. Sourire, rester calme, trouver cela tout à fait naturel. Il clignait des yeux, respirait à fond, secouait la tête comme pour y remettre quelque chose en place. Sa main gauche a eu de petits mouvements nerveux, ses yeux se sont cernés. Bordel, il allait me faire une crise de manque... Non, il s'est ressaisi et m'a souri.

– Vous n'imaginez pas à quel point il est relaxant de ne pas être accompagné de l'escorte habituelle. C'est que j'en ai assez, des escortes, des sirènes, des dizaines de flics qui me balisent la route... Wiouwiouwiouwiou... De temps en temps, j'aime prendre un peu de recul... Les sirènes, je ne les supporte plus. Wiouwiouwiouwiou ! Ça me tape sur les nerfs !

J'ai posément attendu la fin de ses hurlements. Les atrabilaires, il ne faut pas les contrarier, sinon ils jouent aux persécutés et vous font porter le chapeau. Effectivement, il s'est calmé. Grand sourire.

– Et puis, il est toujours plus agréable de discuter ainsi, entre amis, dans un cadre sympathique, non ?

C'est vrai, je me sentais mieux, les coussins étaient moelleux, la chaleur anesthésiante, un fond de muzak distrayait l'oreille, un parfum de vanille s'occupait de mes narines et une carafe d'alcool tanguait devant moi en me lançant des clins d'œil complices. Ou bien était-ce moi qui convulsais de la paupière ? Son sourire de bonne sœur commençait à me foutre le speed. J'attendais la morsure. On ne convoque pas le personnel à neuf heures sur le périph' pour une séance de vaseline. Surtout dans mon affaire. Aucune illusion. Habel s'est allumé une clope. Pas de partage. Sa voix était caressante.



– Je pense que vous avez rencontré jeudi soir, à la prison de la Santé, un… un individu susceptible de nous intéresser dans le cadre de l'enquête. Vous a-t-il livré des informations utiles ?

– Je crains que non, monsieur le ministre.

– Il n'a donné aucune justification à son geste ?

– Non. L'individu en question n'éprouve aucun remords. Il semble pour le moins borné, mais totalement responsable de ses actes.

– C'est bien ce que je pensais… Il faudra pourtant qu'il parle. De gré ou de force.

Son poing de boxeur a testé la solidité de la vitre, par bonheur blindée. Il a grimacé un sourire.

– Nous avons appris que votre enquête progressait. Qu'elle progressait même très bien. Nous vous en félicitons.

– Merci, monsieur le…

– Le service de lutte contre la criminalité informatique a analysé le document que vous nous avez fourni hier. Il a été passé dans un programme d'identification graphique et confronté aux banques de données. Le laboratoire est formel : la signature graphique correspond, avec 95 % de probabilités, à celle d'un dessinateur ayant travaillé pour une société d'animation audiovisuelle, Ca-Pi-Tal. C'est un bon point pour vous. Nous cherchons à présent son identité en perquisitionnant le dossier système de cette entreprise. Mais il faut aller plus vite, maintenant. Il faut avancer.

– Oui, monsi…



– Parce que nos adversaires sont prêts, eux. Je le sens. Ils n'attendent qu'un ordre pour passer à l'action. Un ordre de qui ? Mystère. C'est à vous de nous le dire. Pouvez-vous nous le dire ?

– Pas encore, mais…

– Vous ne pouvez pas nous le dire ? Mais nous vous payons pour cela, commandant Sacco ! Pour nous dire : le CLAC va intervenir tel jour à telle heure ! Et nous, nous devons prendre les dispositions nécessaires pour les en empêcher ! Alors, je vous pose la question, commandant Sacco : comment est-il possible que vous ne soyez pas encore en mesure de nous dire qui dirige le CLAC et quand il compte passer à l'action ? Où et quand ?

Il hurlait comme un damné. J'ai fermé les yeux. Mes mains tremblaient, je les ai serrées en poings pour me maîtriser.

– Nous ne vous payons pas, commandant Sacco, pour assassiner des tenanciers de PMU !

Assassiner… Etat de choc. Il ne m'a pas laissé de répit.

– Nous vous payons pour racler les égouts de cette ville et la nettoyer de sa pourriture ! Nous vous payons pour faire le sale boulot ! Pas pour séduire des filles qui ont quinze ans de moins que vous !

Fiona… Comment savait-il ? Ils avaient des yeux partout.

– La jeune fille en question est une informatrice.

– Cette jeune fille vous a-t-elle renseigné sur le groupe terroriste qui nous préoccupe ?

– Non. Elle m'a fourni des informations sur une secte bouddhique en relation objective avec...

Habel a cogné la vitre blindée de toutes ses forces.

– Je n'en ai rien à foutre de vos bouddhistes ! Ce que je veux, c'est le CLAC, le Collectif de Libération Anticapitaliste ! Je veux leurs têtes sur mon bureau ! Nous vous payons pour cela et pour rien d'autre ! Alors, vous allez vous mettre au travail et me les cibler ! D'ici la fin du mois, je les veux tous en taule ou au cimetière, compris ?



– Mais on a déjà une piste...

– La société Ca-Pi-Tal n'existe plus ! Ce n'était qu'un paravent ! Les terroristes sont dans la nature et nous savons qu'ils vont agir ! S'ils s'aperçoivent que nous les avons logés, ils vont tout faire sauter ! C'est pourtant facile à comprendre ! Maintenant, écoutez-moi bien, commandant Sacco : vous démantelez ce groupuscule d'ici quatre jours. Quatre, pas un de plus. Sinon vous resterez Patrick Kugelmann et vous n'aurez plus qu'à vous trouver une place ici, sur le bord de la route.

Il a claqué des doigts. Dans un feulement, la Bentley s'est dirigée vers la porte des Lilas et s'est rangée le long du trottoir. Habel ne m'a pas accordé le moindre regard : dehors. La voiture a pris ses distances.

J'avais les larmes aux yeux. La haine brute. A quoi bon se défoncer pour des salauds pareils ? Le fric et la schlague : voilà à quoi se réduit la psychologie du chef.

Un peu plus loin, une vieille me scannait en s'épouillant. Elle tenait le numéro du *Monde Match* où Habel étalait sa tronche de rapace en couverture. Elle a déchiré deux feuilles et est partie s'isoler dans un petit coin.

# 29

Les flics avaient installé un check-point mobile au sommet de la rue de Belleville et filtraient les entrées dans Paris. La tension était flagrante. J'ai préféré contourner le quartier par la rue Saint-Fargeau et dévaler la rue de Ménilmontant. Je n'avais pas de temps à perdre : il me fallait un accès rapide aux bases de données. Et à un indic aussi, tant qu'à faire.

Comme d'habitude, le son accueillait le visiteur, mais pas le parfum de ganja. Doc Lex m'a accueilli en deux monosyllabes. Topo : la société déménageait et le Patron était encore au lit avec une de ses disciples. Restait à déterminer l'emplacement du lit, exploit relevant de l'impossible. Il a sorti un mouchoir de la poche poitrine de son splendide costume en lin naturel gansé de soie rouge et s'est épongé le front. Il était fumasse, on sentait bien que ça le crampait de s'appuyer tout le boulot. Pour détendre l'atmosphère, j'ai rassemblé une liasse de biftons.

– Je suis venu honorer mes engagements.

– Je ne l'espérais plus.

– Je paie toujours mes dettes, Doc.

– D'après le dicton, c'est la meilleure façon de s'enrichir.

– Laisse la sagesse populaire aux ignorants. Quand tu verras le Patron, tu lui diras que j'ai besoin de lui.

– Urgent ?

– Demain, sinon jamais.

– Normalement, il sera là le matin.

– Ce sera bien payé. Pour la peine, je peux utiliser l'ordinateur ? Juste une recherche à effectuer.

Satisfait d'avoir touché son fric, Doc Lex m'a laissé surfer pendant qu'il empilait ses dossiers dans des caisses.

Sa 28/10/2017. 11.02. Connexion à Jazzzz.
Messagerie de M. François Sacco. 1 message non lu.



Ve 27/10/2017. 23.41.
De debilou@telplus.fr à saccoltrane@jazzzz.com

Je voudrais pas crever tout seul. Tu passes? Quelque chose à te dire, putain. Le Borgne.

*Répondre*

Sa 28/10/2017. 11.03.
De saccoltrane@jazzzz.com à debilou@telplus.fr

J'arrive.

Recherche site : Ministère de la Sécurité Collective.

*Envoi*

Code confidentiel : GKVKYB-72

*Envoi*

Objet : Fiche de renseignements : Société audiovisuelle Ca-Pi-Tal

*Envoi*

CA-PI-TAL
Création : 2007
Directeur : néant

SIÈGE SOCIAL : 149 rue du Château 75014 Paris
COMPOSITION DU PERSONNEL : néant
Société spécialisée dans la création de dessins animés et d'images de synthèse.
PRINCIPAUX CLIENTS : Keizoni Films (Japon), Hakaburo Cinema (Japon)
RÉALISATIONS :
Cinéma : *Oshugara* (2009), *Le combat des Sheigos* (2012), *Shawabata* (2014), *Le voyage de Keiko* (2015), *Le maître de Kyoto* (2016).
Télévision : *Kana Hidjo* (2013), *Kawazari* (2017).
Jeux vidéo : *Le combat des Sheigos* (2013), *Le maître de Kyoto* (2017).
EN CESSATION D'ACTIVITE DEPUIS 30 SEPTEMBRE 2017

Bilan : société d'audiovisuel, dix ans d'existence et liquidation le 30 septembre 2017, jour de l'assassinat d'Arnaud De Blèves. Coïncidence ? Sûrement pas. Les hackers du CLAC avaient eu le temps de corriger les fichiers et d'effacer les infos compromettantes : directeur et membres du personnel avaient disparu dans le cyberespace. Compte tenu de leur degré d'expertise informatique, pas d'illusion à avoir sur le dossier système de la boîte : il ne livrerait aucune info probante. Autant de données évaporées, autant de temps gagné pour eux. Un constat, cependant : ils avaient bossé avec des boîtes japonaises. La connexion avec les Destro-Zens commençait enfin à trouver une ébauche d'explication.

Recherche site : Figaro.

*ENVOI*

Edition du samedi 28 octobre 2017.

*ENVOI*

«Nouvelle épidémie de grippe parmi les chiens d'appartement : reprise de l'abattage (p. 2) ; Une association d'usagés porte plainte contre Météo France pour prévisions climatiques erronées (p. 3) ; Classement de la butte Montmartre en Zone Protégée : décision en janvier 2018 (p. 3) ; Grande soirée Comintern à la tour Eiffel : le tout-Paris des Arts et des Lettres s'est retrouvé à la réception offerte par le nouveau P-DG Rodrigo McInnes de Heau (p. 4) ; Agression mortelle dans un bar PMU du XIIe arrondissement (p. 5).»

*ENVOI*



«Hier, vers 23 heures, le tenancier du bar PMU Le Relais, situé à l'angle de la rue de Madagascar et de la rue de Wattignies, a été victime d'une agression à main armée. Un individu agissant à visage découvert a emporté le contenu de la caisse et a abattu de sang-froid monsieur Georges Kastirakis, trente-neuf ans. Arrivés sur place peu de temps après, les secours n'ont pu que constater le décès de monsieur Kastirakis, touché à l'abdomen et à la tête. Selon l'employée qui se trouvait sur les lieux au moment du drame, l'agresseur serait un homme de type européen, âgé de trente-cinq ans environ, de taille et de corpulence moyennes. La police privilégie l'hypothèse du braquage en bande organisée. En effet, l'intéressé s'est enfui en compagnie de deux individus suspects en direction de la rue de Picpus. Un portrait-robot a été réalisé. Il s'agit de la vingt-troisième agression mortelle dans le XIIe arrondissement depuis le début du mois d'octobre.»

*DÉCONNEXION*

J'ai vidé trois bières sur les bords de Seine, face au musée d'Orsay. L'endroit était réputé cutter, mais je m'en foutais. C'était aux autres de me craindre, maintenant. Parce que maintenant, sans le moindre doute possible, j'étais un meurtrier.

J'avais toujours espéré traverser le peu d'années que j'avais à respirer sur Terre sans empêcher quiconque d'en faire autant. Aux chiottes, le brevet de pureté. Job à la con. J'avais beau me dire et me répéter que le mec était certainement une enflure qui s'apprêtait à m'envoyer une boule de mort dans la peau et que, de toute façon, la crédibilité de ma couverture ne me laissait pas le choix, j'avais passé la frontière. J'étais devenu un meurtrier, comme les autres. Bien sûr, j'avais déjà blessé, estropié, défiguré, j'avais humilié et torturé physiquement et moralement mais, là, j'avais franchi un cap. Quand on a donné la mort, on ne peut plus ignorer son propre sursis.

Chance : le portrait-robot n'avait pas encore été suffisamment diffusé pour m'empêcher de franchir le check-point de la rue de Rennes. Pourtant, dès le palier, j'ai senti le cafouillage dans la piaule de mon pote. D'ordinaire, il y avait du bruit dans cette maison : rire d'enfant, rire de la mère, rire du père, et de la musique, quoi qu'il arrive. Cette fois, rien. J'ai frappé. Jean-Luc a crié : « Par ici ! » La porte était ouverte. Des assiettes sales et des canettes vides encombraient la table du salon. Des paquets de fringues traînaient sur le parquet crasseux. Des rires fusaient du bureau, un mix de rires enregistrés, exaspérants comme une chasse d'eau tirée toutes les trente secondes, et de rire authentique, mais pas joyeux, non, plutôt un ricanement de dégoût, comme quand on observe deux chiens faire des choses.

Jean-Luc était affalé devant son comportable, le verre à portée de main. Sur l'écran défilaient les images d'une mongolerie télévisée, couleurs criardes et acteurs grimaçants pareils à des chimpanzés troquant des pommes contre des bananes. J'ai reconnu le comique Anatole, petites lunettes rondes et bonne bouille empathique, champion toutes catégories de l'humour blaireau et régressif. Il devait posséder le seul quotient intellectuel négatif de toute l'histoire de l'humanité, mais là n'était pas la question. Vêtu d'un tee-shirt gris dégueu et d'un short révélant des cuisses de taureau, mon ami se gondolait devant ces conneries et secouait la tête, navré. J'ai mis directement le doigt sur le bug.

– Et Nerjivan ?

– Elle s'est barrée. Avec la gamine. Chez une amie.

– Quand ?

– Il y a trois jours. Elle a claqué la porte. Paraît qu'elle ne me supporte plus.

Bordel… Il m'appelait au secours et je n'avais rien vu… Notre amitié en prenait un coup. Il affichait vraiment une sale tronche, barbe et cernes, insomnie et alcool à flux tendu. Son doigt tremblant a désigné l'écran.

– T'as vu ma dernière œuvre ? Le dixième art s'est encore enrichi d'une création de qualité intergalactique !

– Le dixième art ?

– Ouais, la télé. Le onzième, c'est les sanitaires. Le douzième, les pompes funèbres. Le treizième art n'existe pas, ça porte malheur. Assieds-toi et contemple.

– Je ne sais pas si j'arriverai à supporter autant de splendeurs si brutalement réunies.

– Pince-toi le nez et bois un coup, ça fera passer.

Je me suis calé dans un fauteuil et j'ai observé les évolutions des pantins épileptiques sur l'écran. Anatole criait : « Mais est-ce qu'on me laissera me torcher tranquille dans cette maison ? » Sa copine répliquait : « Te torcher quoi ? » et Anatole jouait le désabusé pour répliquer : « Me torcher le nez avec Doudouce. Si c'est bon pour mon anus, c'est bon pour mes sinus. » Rires. Croassements de mon pote.

– Tel que tu me vois en ce moment, je suis en train de gagner 1 500 euros. Une heure de boulot, cinq minutes d'antenne, et par ici le cash-flow ! Qu'est-ce que t'en penses ?

Il m'a tendu un verre rempli d'un liquide fort, whisky je crois, ou calva. Je l'ai reposé sur la table.

– Je pense que c'est de la merde.

Sa tignasse s'est agitée frénétiquement en signe d'accord.

– Oui, c'est de la merde. De la super grosse merde.

– Et je pense surtout que tu vaux mieux que ça.

– Tu crois ? C'est pas mal pour un raté de mon genre.

– Arrête. Tu n'es pas un raté et tu le sais.

– C'est vrai. Mais il faut le faire, ce genre de truc. Produire de la merde sur mesure, exactement calibrée, c'est pas donné à tout le monde.

Le comportable a envoyé une bouillie de sons, la musique du générique mélangée à des acclamations et à des applaudissements, pendant que sur l'écran clignotait le logo des papiers hygiéniques Doudouce, sponsor de l'émission.



Agression électromagnétique, répulsion pavlovienne. J'ai tapé sur le bouton d'alimentation électrique. Le silence, enfin. Jean-Luc était vautré dans son fauteuil, le regard vide. Comme débranché, lui aussi. J'ai adopté un ton de garde-malade.

– Tu ne crois pas que tu devrais prendre un peu de vacances ?

– Pas maintenant. La série vient à peine de commencer. J'en ai pour six mois de boulot minimum. Peut-être un an si ça marche.

– Qu'est-ce que ça veut dire, « marcher » ? Marcher dans la merde, tu trouves ça intéressant ?

– Non, mais ça porte bonheur, et puis les chiffres sont bons. Audience en hausse de 5 %.

– Couille de pute, fous-moi la paix avec tes chiffres ! Ta vie vaut plus qu'un taux d'audience !

– Couille de pute toi-même ! Me fais pas chier ! Faut que je bouffe, moi ! Et que je fasse bouffer ma famille, si elle revient un jour ! J'ai des responsabilités, moi ! Je passe pas mon temps à glander comme un clodo et à mater les femmes des autres !

Si je laisse tomber ce job, un autre prendra la place et je serai grillé !

Etat de manque. Agressivité, culpabilisation, paranoïa. Addiction. Attitude fréquente chez les junkies. Il s'est resservi à boire et a vidé son verre à petites gorgées stressées. Il avait besoin de sa dose de radiations électromagnétiques ou, à défaut, d'un placebo à 50 degrés. J'ai gardé mon calme, sans susceptibilité mal placée, et j'ai tenté de faire diversion.



– Pourquoi tu ne nous mettrais pas un peu de musique ? Fais-moi écouter un des morceaux du logiciel Fake.

– Des conneries, tout ça.

Et inappétence. Symptôme effrayant et banal. Plus rien à foutre de rien. A moi de prendre l'initiative. J'ai sélectionné le port DVD sur le comportable et j'ai envoyé *Speaking of now*, un vieux Metheny. Le guitariste a surgi sur l'écran, silhouette longiligne à rayures, ponctuée d'une tignasse grisonnante. Les spots rouges lui jouaient dans les cheveux, comme une auréole. Les nappes de guitare se sont posées sur un mid-tempo très cool, le corps de Metheny se dandinait en mesure sur une superbe suite d'accords. Mon pote tirait encore la tronche, mais sa tête suivait le rythme, preuve que le contact était rétabli. Il a semblé se décompacter. On pouvait reprendre le deal.

– Où en est ton roman ?

– Nulle part. J'ai laissé tomber.

– Dommage.

– Pas une grande perte. Ce bouquin n'intéressera personne.

– Je ne suis pas d'accord.

– Il ne rapportera pas de fric, si tu préfères.

– OK, mais il te permettrait de prendre le large. De décompresser avec humour. C'est ton rayon après tout, l'humour…

Il a désigné l'écran.

– Tu appelles ça de l'humour ? Des grimaces, et je reste poli.

– Admettons. Mais tu n'a rien perdu de tes qualités pour autant.

– Pitié... Me fais pas le coup du Touche-pas-à-mon-pote.

Il se grattait le gras de la cuisse d'un air borné. Retour à l'école maternelle. Je n'allais tout de même pas le prendre dans mes bras, bordel de dieu...

– Evidemment que tu as des qualités, ducon. Mais tu dois te ventiler l'esprit. Après tout, les ordinateurs aussi ont besoin d'aération. Occupe-toi de ta femme, puisque tu as des responsabilités, comme tu le dis si joliment.



– Tu commences une carrière de coach matrimonial ?

– Rien à branler. Décroche un peu, et de ton job, et de la bouteille. Ta grande gueule a besoin de courants d'air.

– Tu me parles comme un curé.

– Non, comme un flic.

– Et tu me fais chier parce que t'as raison.

– On le sait tous les deux que j'ai raison.

– Mais ma femme...

– T'inquiète pas pour elle, elle est bien plus solide que toi. Appelle-la et dis-lui que tu l'aimes, c'est peut-être débile mais ça fait du bien. A mon avis, c'est ce qu'elle attend. Ça fait combien de temps que t'es plus allé chercher ta gamine à l'école ?

– Des mois.

– Eh bien, c'est l'occasion. Elle sera ravie et ça te fera un peu d'exercice. A force de glander dans ce fauteuil, tu prends du bide.

– Je ne te plais plus, alors ?

– Non. Tout est fini entre nous. Mais on va quand même boire à ta santé, scribouillard de mes deux.

On a fait tinter les verres comme deux vrais mâles dominants. Ce geste doit remonter à Cro-Magnon, mais on n'a rien trouvé de mieux pour susciter la camaraderie, quitte à se mettre sur la gueule dans la minute suivante. Dans le bureau, la voix de Richard Bona planait, pure et parfaite. Jean-Luc s'est détendu.

– A propos, j'ai jeté un coup d'œil sur les papiers que tu m'as laissés l'autre jour. J'ai peut-être trouvé quelque chose, sans garantie de certitude, évidemment. Je te le montre avant d'oublier.

Aussitôt, je me suis retrouvé branché sur 220 bpm. J'ai bu une longue rasade de gnôle pour me concentrer. Mon pote a tiré vers lui la liasse d'archives et en a extrait la copie du message codé.

– J'ai bien lu ton message, là. «*Le jour approche, le terme du terme. Le marteau frappe l'eau. La faucille moissonne. D'est en ouest, allez porter la bonne nouvelle de Touline à qui de droit. CLAC.*» Un truc m'a sauté aux yeux.

– Envoie.

– On est quel jour ?

– Tu veux jouer aux devinettes ?

– Réponds.

– Samedi 28 octobre.

– Le 28 octobre 2017.

– Oui, merci, je ne suis pas con.

– Et les communistes ont pris le pouvoir en Russie le…

– Je ne sais pas. C'est vieux.

– En octobre 1917. La Révolution d'Octobre.

– Putain…

– Si tu veux mon avis, ton message se réfère à la date de la prise du pouvoir par les Rouges.

– Mais pourquoi tu ne me l'as pas dit plus tôt ?

– J'attendais que tu aies fini de me faire la morale, sale flic.

S'il disait vrai, le grand bordel était en effet imminent.

J'ai droppé chez moi. Je devais impérativement me documenter sur la chronologie de la Révolution russe. Je me surprenais moi-même à proférer ce genre d'absurdités impensables un mois plus tôt. Et pourtant, la question se posait : des cinglés bourrés de références historiques et animés des meilleures intentions du monde s'apprêtaient à faire repartir l'Histoire pour un tour avec quelques milliers de morts à la clé. Quant à moi, faute de mieux, je me proposais de trouver la parade dans un bouquin. Dérision totale, marge de manœuvre confinant au zéro absolu.

J'ai immédiatement senti les ondes négatives. Surconscience immanente du danger : à peine avais-je mis les pieds dans la rue de Crimée que tous les indicateurs viraient au rouge. Avis de grand calme incompatible avec la vie du quartier. L'inévitable bande de petits négus a déboulé en silence. Mamadou m'a pris par la main et m'a entraîné à l'écart.

– Killer ! Il y a deux toubabs qui te cherchent.

– Deux toubabs comment ?

– Deux toubabs avec des guns. Ils ont demandé où tu étais.

– Ils ressemblent à quoi ?

– Deux mecs avec presque pas de cheveux. Un brun avec une sale gueule et un grand blond.

Baus. Bakou-9. Et armés, cette fois. J'avais intérêt à me préparer au clash. J'ai disposé mon Springfield à portée de main. Grosse pression atmosphérique, le calme avant la déflagration.

Ils m'attendaient dans la cour intérieure. Très relax. Bakou-9 portait un carton. Baus m'a fait son sourire triste.

– Salut, Trane. On a un cadeau pour toi.

Bakou-9 a ouvert la boîte : une plaque électrique flambant neuve. J'ai fait mon charlie, à deux doigts de l'évanouissement.

– C'est gentil.

– Tu nous ouvres ? On va l'installer.

Ils ont pris l'escalier. J'ai eu un flash, le Pressentiment. J'ai visualisé ma mort, brève, discrète et douloureuse.

Baus : « *Jamais plus de deux unités au même point, sauf en cas de passage à l'action.* » Maintenant que j'étais des leurs, ça en faisait un de trop.

J'ai tourné les talons, déboulé dans la rue de Crimée et droppé droit devant moi, à m'en péter le myocarde.



Début du dévissage le long d'une paroi hérissée de pics à glace.

## 30



J'ai sillonné les hauts de Belleville et de Ménilmontant, des quartiers sombres. Un avis de recherche au cul et une équipe de nettoyeurs maxiléninistes sur les talons, je n'avais plus le choix : mes déplacements seraient dorénavant nocturnes et de préférence protégés par la foule.

Du haut du parc Jean-Tibéri (l'ancien parc de Belleville, il fallait bien laisser une chance à chacun d'accéder à la postérité), je regardais la nuit tomber sur Paris. On distinguait nettement la délimitation lumineuse des Zones Protégées, l'éclat des projecteurs aux check-points et les ribambelles de luminaires le long des avenues. Un énorme cercle autour du XVI^e^, un rectangle pour le VI^e^ et un carré pour le Marais. La tour Montparnasse et le Sacré-Cœur en guise de loupiottes. Le reste de la ville était plongé dans l'obscurité.

Je méditais sur mon coup de bol : à un quart d'heure près, Baus et Bakou-9 me surprenaient à la planque et me dessoudaient sans autre forme de procès. Comment m'avaient-ils logé ? A quel moment avais-je merdé ? Noir intégral, pas la moindre lueur d'explication.

J'ai songé à appeler Sarah pour lui expliquer que j'étais grillé et que je n'avais plus qu'à me retirer du jeu. Réflexion faite, il valait mieux s'abstenir : dans ces conditions, je pouvais dire adieu à ma prime et me résigner à la clochardisation. Mes commanditaires sauteraient sans aucun doute sur l'occasion pour me lâcher et François Sacco disparaîtrait à son tour des photos officielles. Un coup de ciseaux, malheur aux cocus.

J'ai exécuté un long détour par le Père-Lachaise et Charonne pour repiquer sur Bastille. La présence policière se densifiait, oppressante, à mesure qu'on s'approchait du centre parisien. J'ai pris garde de traverser dans les clous, au vert et tête baissée, à l'écart des caméras de surveillance.



J'ai déboulé chez Lazy vers les 20 heures bien entamées. Dans la cour intérieure, Pipo le clodo rangeait ses boîtes, le bonnet rouge sale vissé sur le crâne. Il en a même oublié de m'insulter.

Lazy était seul et visiblement surdopé. A le voir se lever et se rasseoir toutes les dix secondes, on aurait dit qu'il avait un truc pointu entre les fesses. Il m'a scanné comme un zombie.

– Qu'est-ce que tu fous ici ? Je croyais qu'on devait se voir dans les lieux publics.

– Contre-ordre de dernière minute, Lazy. Désolé.

– Et t'as vu l'heure ? On est en plein jet-lag ! On avait rencard dans un bar à 18 heures, je te rappelle. Je ne suis pas flic, moi, mon temps est précieux !

– Pas ma faute, un empêchement. Et puis, il y a des barrages partout.

– A qui le dis-tu, bordel ! C'est goulag-party, cette ville ! Je me suis tapé trois face-controls depuis hier, les gens rasent les murs, tout le monde a le cul à deux centimètres du sol, c'est...

– Calme-toi et dis-moi si tu as de bonnes nouvelles.

– Tu jokes ou quoi ? Il y a de l'aliénation dans l'air et tu fais tourner le joint ? T'as aucune conscience sociale ?

– Pas plus que toi. Qu'est-ce que t'as gobé au juste, pour te transformer en parkinsonien ?

– J'ai croisé une patrouille en revenant de l'Art Brut. J'ai été obligé d'aspirer mes réserves en catastrophe, ou c'était l'interpellation.

– Tu aurais pu balancer la came dans le caniveau, ni vu ni connu.

– T'es malade ? T'as vraiment aucune éthique, commandant ! De la sud-africaine, importation directe, rarissime, l'extase chimiquement pure ! Ça te ramone les conduits comme un balai de chiotte, mais qu'est-ce que c'est bon pour la circulation ! Et y a pas que ça : mes infos, c'est du haut standing.



– Allonge.

Il s'est allumé une clope, qu'il a grillée d'une seule taffe.

– Non, toi, allonge. L'inflation a frappé, je demande 50 000 reus.

– T'es devenu barge, comme les autres.

Il était sérieux et tendu comme un macchabée le jour de son enterrement.

– Mon pote, ce scoop concerne cinq personnes dans l'univers : les trois intéressés, qui ne peuvent pas parler ; ma gorge profonde, qui ne veut pas parler ; et moi, qui vais parler. C'est le coup de ma vie. Avec lui, je rentre dans l'Histoire. Si tu veux, je t'invite à l'avant-première. Je te préviens, c'est de l'hyper Tchernobyl.

– Peut-être, mais j'aimerais savoir ce que j'achète.

– Tu me la fais marchand de tapis ? Pas de problème, j'ai des échantillons.

– Je t'écoute.

Nouvelle clope. Il s'est carré dans son fauteuil directorial en secouant la cendre comme un télégraphiste.

– OK. Je t'ai dit qu'on m'avait fait des confidences sur le rachat du siège de l'ex-parti communiste par Disney.

– Affirmatif.

– J'ai donc fait mon enquête auprès de la petite souris à grandes oreilles. Surprise : Disney refuse catégoriquement de communiquer à ce sujet. Silence radio absolu. Les 1 000 reus de départ, c'était pour ça.

– Passionnant. Je ne vois pas ce qui justifie ma présence ici. Encore moins les 50 000 euros.

– Laisse-moi finir. D'après mes investigations, Arnaud De Blèves était un ami personnel du P-DG de Disney Europe. Un ami de vingt ans, comme ils disent dans ce milieu.



– Et ?

– Et hier soir, grâce à mon contact chez Disney, j'ai eu accès nec plus ultime de la com' : une soirée VVVIP organisée par le nouveau P-DG de Comintern au restaurant de la tour Eiffel. Tout ce qui possède une parcelle de pouvoir à Paris s'y est croisé. Au menu : lobbying et trafic d'influences. J'y ai vu du beau linge, crois-moi, avec des initiales brodées partout. Ce que tu ne sais pas encore, c'est que mon contact est très haut placé dans l'organigramme de Disney. Il connaît beaucoup de monde, officiel et officieux : c'est un ancien de la *Food and Drugs Administration.* Il a aussi été vice-président de l'*Office of National Drug Control Policy*, à l'époque de W. Bush.

– *Drugs Administration ?* Je commence à capter la connexion…

– Je ne suis pas sectaire, j'élargis au maximum l'éventail de mes sources… La politique des Républicains a tellement dégoûté ce mec qu'il a démissionné en 2004 et s'est reconverti dans le business. Mais il sait encore mettre des noms sur un grand nombre de visages. Grâce à lui, je m'apprête à sortir un numéro spécial corruption qui va faire du clash. Le Watergate, à côté, c'est la rubrique des chiens écrasés dans la gazette de Béton-Bazoches.

Mélodramatique, il a marqué un silence, histoire de me ménager un espace pour la réplique.

– Et mon rôle là-dedans ?

– Comme tu m'es très sympathique, commandant, je te laisse voir les images pirates que j'ai tournées pendant la soirée. Moyennant une petite participation aux frais de projection, bien entendu : cinquante briques.

Il avait l'air déterminé et pas fun pour un cent. Cinquante briques : impossible. On m'avait déjà refusé 1 000 reus de rémunération, alors…



J'ai tenté un coup. J'ai sorti l'enveloppe de Vranac et j'ai aligné les cinq fois 200 euros qui me restaient.

– Je paie pour la bande annonce.

Il a réfléchi trois secondes avant d'empocher les coupures avec l'adresse d'un croupier.

– Tu as de la chance, c'est mon jour de bonté. Ouvre tes mirettes.

L'image sur le comportable était de bonne qualité mais mal cadrée, la faute à la clandestinité. Le personnage central était un homme d'une trentaine d'années, beau gosse élégant, style blond nordique, cheveux mi-longs, veste de smoking et jeans délavés. J'ai regardé Lazy de mon air le plus ignorant. Il a mis sur pause.

– Quoi ? Tu connais pas ? Ton cas est désespéré… Rodrigo McInnes de Heau, le nouveau big boss de Comintern. Fils de millionnaire et millionnaire lui-même. Saint-Trop, Courchevel, les Bahamas, tout ça… Son vrai nom est McInnes, la particule est un implant en l'honneur de lointains ancêtres gascons, ajoutée juste pour faire joli. Ce jeune homme était le protégé d'Arnaud De Blèves. A ses débuts, il a dirigé le pôle Edition du groupe, Headition, avant de prendre la tête de Calypsos, le pôle audiovisuel. Avec lui, les P-DG des chaînes de télé avaient à peine le temps de laisser l'empreinte de leurs fesses sur le fauteuil directorial. Mais bon, tu connais l'adage, on mesure la puissance d'un homme au nombre de ses ennemis. Paraît même que De Blèves est mort à bon escient, mais que ne dit-on pas dans ce milieu…

– Ta version ?

– Je n'infirme pas, je ne confirme pas non plus. Suite au prochain numéro.

– Bravo pour le teasing.

– Je connais mon métier.

Retour à l'action. Le patron accueillait en personne des gens fameux avec un grand sourire, cigare pour les hommes et fleur pour les femmes. Tenues de rigueur : baskets Ellroy, jeans Marks et blouson de cuir customisé. Tous feignaient la surprise, s'embrassaient puis prenaient la pose pour les objectifs. Dans l'ordre : Annette Procoll (l'actrice), Ted Webstein (le présentateur de je ne sais plus quoi), David Judas (l'animateur de talk-shows), Gérard Missoffelet (un philosophe télé), Kary Manfred (le chanteur de je ne sais plus quoi), André de La Roche (d'un parti politique, je ne sais plus lequel), bref toute une panoplie d'heureux bénéficiaires de chèques tamponnés Comintern et venant rendre la monnaie sous forme d'images à la gloire du chef. Décontracté, Rodrigo McInnes de Heau posait, très satisfait de son cheptel d'invités. Les images ont sautillé d'un point de vue l'autre. Dans la cohue d'une soirée jet-set, Annette Procoll assurait à son interlocutrice qu'elle ne supportait pas la cuisine inuit, surtout les sushis à base de palmes de phoque, Philomène d'Archange (star du porno que j'avais eu l'occasion de voir à l'œuvre sur TeleX) assurait que les conditions de tournage se dégradaient terriblement et que ces Chinoises prêtes à tout pour un salaire de misère cassaient le marché à moyen et à long terme, des addicts s'enfilaient des lignes avec des gueules de naufragés et l'acteur Gérard Depardieu pissait tout son soûl – c'est fou comme on a l'air ordinaire dans ce genre de situation. Ce deal à 1 000 reus commençait à sentir l'arnaque.

Lazy s'est rallumé une clope en prenant un air futé.

– Maintenant, regarde bien.

L'objectif s'est mis à jouer au yoyo : entre les épaules, on distinguait la gueule de Habel, ci-devant ministre de la Sécurité Collective. Il saluait Rodrigo McMachin avec effusion. Noir.



– Pour voir le reste, tu connais mon prix. Les documents sont évidemment à l'abri. Garanti introuvable.

– C'est si énorme que ça ?

Il a inhalé une longue bouffée et a cherché l'inspiration du côté du plafond.

– En gros, c'est l'équivalent de Gladio, mais à l'envers.

– Mais encore ?

– Infiltration et manipulation à des fins subversives.

– Ce genre de combine existe depuis toujours.

– Cette fois, c'est très différent : le système est opérationnel depuis des années. Ça fonctionne, mon pote. A la perfection, même. Et quand tu tires les conséquences de mon scoop jusqu'au bout du bout de la ficelle, tu t'aperçois que tu viens de dégoupiller la grenade qui est coincée entre tes fesses. Tchernobyl explosant mille.

Pendant que Lazy, halluciné par la dope, martelait son clavier et isolait des images destinées à la prochaine livraison de *Freaks*, j'ai consulté un petit atlas géopolitique pioché dans les rayonnages de son bordel organisé. Les réseaux Gladio avaient été créés par les Américains après la Seconde Guerre mondiale pour prévenir une infiltration communiste dans les pays d'Europe occidentale. Ils regroupaient des membres de la société civile capables de mobiliser la population en cas de coup d'Etat à la soviétique. La Guerre froide ayant figé les positions, les réseaux Gladio n'avaient jamais eu à entrer en action, au point que plus d'un auteur doutait de leur existence et voyait en eux l'origine d'une gigantesque intox. La hantise du complot est aussi vieille que la politique.

J'ai aussi feuilleté un dépliant à la gloire du groupe Comintern, détaillant l'ensemble de ses activités, de la banque d'affaires (Razor Hedge) aux voyages organisés (Equator), en passant par le bricolage (Bricotout), le traitement des eaux usées (Aquaplus), les services de surveillance et de protection (Scan), les travaux publics (Constrictor), les grandes surfaces (chaîne d'hypermarchés Kolkoz) et les médias, via l'omniprésente filiale Calypsos. J'ai repensé au film de Lazy. J'avais l'intuition que le nœud de l'affaire se cachait dans le passé de ces oligarques, les De Blèves et les McInnes, ces ombres qui manipulaient le pays avec l'aisance de marionnettistes blasés.

Je voyais surtout les indices s'évaporer les uns après les autres, comme avalés par une traînée de poudre, alors que je courais derrière la flamme, toujours en retard, incapable de stopper le processus. Inexorablement entraîné vers les barils d'explosifs, aux premières loges pour la grande déflagration.

# 31

En bon client, Lazy m'a autorisé à passer la nuit dans son appartement, mon blouson en guise de couverture. Je me suis réveillé avec le sentiment malsain d'avoir à nouveau changé de consistance, d'identité et d'avenir. 

Au loin, le bourdonnement d'une télé : le ministre de la Sécurité Collective Gaétan Habel assurait que tout serait mis en œuvre pour lutter contre les délinquants et les criminels qui mettaient en péril la sécurité de nos concitoyens. Des informations précises et concordantes faisaient état de menaces graves contre les intérêts vitaux du pays ; en conséquence, le niveau d'alerte passait de 7 à 8, soit le maximum. En accord avec le ministre de la Protection du Territoire, les forces armées étaient déployées aux points névralgiques des grandes villes. La présentatrice a pris sa voix la plus compassionnelle pour annoncer des troubles en province et une page de publicité pour les jeans Marks, les jeans des rebelles.

Vaneigem : « *L'ordre règne mais ne gouverne pas.* »

Je suis sorti sans bruit pour ne pas déranger le sommeil de Lazy et j'ai gagné le cybercafé le plus proche, au cœur du complexe Calypsos-Bastille. Là-dedans, entre un bouffeur de pop corn et un hard-gamer, je courais peu de risques de me faire repérer.

Di 29/10/2017. 11.02. Connexion à Jazzzz.
Messagerie de M. François Sacco. 0 message.

Recherche site : Ministère de la Sécurité Collective.

*Envoi*

Code confidentiel : GKVKYB-72

*Envoi*



Objet : Fiche de renseignements : Rodrigo McInnes de Heau

*Envoi*

Rodrigo McInnes, dit McInnes de Heau. Citoyen européen d'origine britannique, né le 8 décembre 1981 à Londres (Grande-Bretagne, Europe)
Age : 35 ans
Sexe : masculin
Groupe sanguin : A+
Fils de James McInnes, citoyen européen d'origine écossaise né le 2 mai 1952 à Aberdeen (Ecosse), décédé le 14 avril 2013 au Caire (Egypte) ; et de Carmen Sesel y Paradur, citoyenne européenne d'origine espagnole née le 15 octobre 1953 à Madrid (Espagne, Europe).
Domicile : 3 avenue des Sycomores 75016 Paris
Marié le 31 mars 2011 à Jennifer Dewey-Charles, citoyenne américaine née le 8 novembre 1990 à Philadelphie (Etats-Unis d'Amérique). Deux enfants : Pilar, née le 6 septembre 2013, et Auguste, né le 25 janvier 2015.
Baccalauréat au lycée Saint-James (Neuilly-sur-Seine) (2000).
Diplômé de la faculté de droit de l'université de Harvard (2004).

Diplômé de la London Academy of Business (2006).

Docteur en sciences économiques à l'université de Milan (2011).

Fondé de pouvoir de la Bank of New York (filiale parisienne) (2012-2013).

Directeur général de Headition, filiale édition du groupe Comintern (2013-2014).

Directeur général de Calypsos, filiale audiovisuelle du groupe Comintern (2014-2017).

Président-directeur général du Groupe Comintern (2017)



Groupe Comintern

COMINTERN

CRÉATION : 2007

PRÉSIDENT-DIRECTEUR GÉNÉRAL : Rodrigo McInnes, dit McInnes de Heau.

SIÈGE SOCIAL : 58-64 boulevard Raspail 75006 Paris

Historique

ONZE DÉPARTEMENTS : médias, banque, assurances, automobile, agences de voyage et parcs de loisirs, satellites, santé, bâtiment-travaux publics, électronique de loisir, électronique de défense, grande distribution.

MÉDIAS : groupe Calypsos

Directeur général : André-François Baume-Henvielle.

SIÈGE SOCIAL : 104 avenue des Champs-Elysées 75008 Paris

TÉLÉVISION : TeleFrance (anciennement France 2, France 3, France 5, Arte), RTL, TV-13, Humor, BBC 1, RAI 2, Planetarium.

RADIO : Europe, Fréquence 7, AVRO, Radio Prima Vera, SkyRJ, Housebox, Radio Libre.

EDITION : Gallimard (Gallimard, Denoël, Mercure de France, Le Promeneur, L'Arpenteur), Albin Michel, Actes Sud, La Découverte, Presses de la Cité (Presses de la Cité, Belfond, Fleuve Noir...)

JOURNAUX ET REVUES : *Le Monde Match, Le Figaro, Le Figaro Madame, Le Nouvel Observateur, Challenge, L'Express, Géo, Marianne, La Tribune.*

CINÉMA : studios Parafox, Luc Besson Productions, Canal Historique.

TÉLÉPHONIE MOBILE : opérateur Calypsos.

FOURNISSEUR INTERNET : opérateur Calypsos.



Historique

Le groupe Comintern est né en 2007, suite à la privatisation des chaînes de télévision et de radio du service public français. Son président, Arnaud De Blèves, et son directeur général, James McInnes, ont inscrit le développement de Comintern dans une logique européenne. Leur projet consistait à réunir en une seule entité les chaînes de télévision et de radio dépendant autrefois du service public. Parallèlement, les activités financières du groupe lui garantissaient une stabilité globale. Au fil des années, Comintern a choisi de diversifier ses activités dans les domaines de l'automobile et des parcs d'attraction et, plus récemment...

Synthèse provisoire : un fils de famille qui bourlingue d'un collège chic à une université pour millionnaires, apprend quinze langues et la règle du claquement de doigts, s'autorise un doctorat comme d'autres des grandes vacances et intègre sans transition le gros business : une banque partenaire puis la multinationale dont le directeur général n'est autre que son propre papa, lequel décède peu après. Quatre ans plus tard, il succède au Président, qui s'est opportunément fait descendre comme un malpropre. Bref, un Héritier dans toute sa splendeur. Un parcours propre et synchrone, de quoi inspirer crainte et défiance.

Mon téléphone a bipé.

Mediaprice. Dimanche 29 octobre 2017. 11.57.
De Mlle Che Cai-Xia, n° 0033-1-64596385741 à numéro inconnu.

« Monsieur Kugelmann ?
– Oui.
– Fiona à l'appareil. Vous vous souvenez de moi ?
– Bien sûr. Comment allez-vous ?
– Très bien. Je vous contacte au sujet de... de ce dont nous avons discuté la dernière fois. Les tournois de lutte...
– Oui...
– Vous m'aviez demandé de vous prévenir si j'obtenais des informations à ce sujet.
– Oui.
– Vous êtes toujours intéressé ?
– Bien sûr.
– Ce soir, Forum des Halles, ancienne Bourse du commerce, 22 heures.
– Très bien. Je vous remercie, Fiona.
– Je vous préviens, c'est dangereux.
– Je sais. Je me débrouillerai.
– Je voulais vous dire aussi que je suis prête à vous aider.
– M'aider ?
– Je peux vous faire entrer. Les femmes ne sont pas bien vues dans ce milieu, mais sans moi vous n'avez aucune chance d'assister au combat.
– Eh bien...
– Ce serait avec plaisir.
– D'accord.
– Rendez-vous 21 heures 45, place des Victoires.
– 21 heures 45, place des Victoires.
– A tout à l'heure.
– A tout à l'heure. »

Fin de l'appel. Durée : 2' 31".

J'ai attendu plusieurs minutes que les battements de mon cœur reprennent un rythme normal, allegro : 60 à la noire, Coltrane, «*Softly as in a morning sunrise*», live au Village Vanguard, 1961. Même légèreté, même insouciance malgré la perspective de me faire dépecer par une bande de yakuzas hystériques.

# 32

21 heures 40. Au centre de la place des Victoires, la statue verdâtre du roi Dagobert XIV brandissait son drapeau. Guidés par un instinct immémorial, les pigeons se posaient sur sa tête, se demandaient ce qu'ils foutaient là et larguaient leur fiente acide en s'envolant. Tout autour, les immeubles reposaient dans leur confort bourgeois. Proche du bunker de la Banque de France et d'un ou deux ministères, le périmètre était assez sûr. Mais le Forum des Halles se dressait à cent mètres et là, plus personne ne répondait de rien. Les rares voitures qui s'engageaient sur la place suivaient scrupuleusement l'itinéraire conseillé et fonçaient droit vers le Louvre.

J'ai reconnu la silhouette de Fiona dans la lueur étouffée des réverbères : démarche énergique, mains dans les poches d'un vaste manteau noir. Je n'ai pu réprimer un sourire. En retour, j'ai eu droit à un visage impassible – pas de surprise. On s'est serré la main. Elle a dit simplement :

– Allons-y.

J'avais préparé, sans garantie d'utilisation, un petit discours sur le danger de l'expédition qui s'est avéré tout à fait inutile : ce genre de fille n'agit pas sur un coup de tête, la parlote est inutile.

Nous avons marché en silence le long de l'ancienne Poste du Louvre, désaffectée depuis les émeutes de mars 2016. S'avisant qu'ils y trouveraient sans doute un peu d'argent, les pillards avaient tout pulvérisé, comptoirs, camions et employés. Vingt-cinq morts. Depuis, des blocs de béton condamnaient portes et fenêtres ; on attendait le classement du quartier en Zone Protégée pour réhabiliter. Ce qui n'allait pas traîner, à en juger par les panneaux « Permis de démolir » et « Constrictor » apposés sur la façade.

L'ancienne Bourse du Commerce avait morflé plus que tout autre édifice public. Ses formes rondes et cossues et sa colonnade gréco-quelque chose avaient dû indisposer les casseurs : ils avaient ravagé le bâtiment de fond en comble. Un incendie avait cramé le mobilier, désintégré les vitres et laissé au mur de grandes langues noires. Le bordel avait suspendu les cotations pendant vingt-quatre heures, le temps d'aménager de nouveaux locaux où négocier le cacao, le pétrole, l'aluminium et l'eau potable, un peu plus loin, du côté d'Opéra. Je n'y avais jamais mis les pieds : le commerce de l'eau potable m'était étranger, je me contentais de me baigner dedans. Du moins, dans mon autre vie, rue de l'Aqueduc. La belle époque…

Des dizaines de formes indistinctes chuchotaient dans la pénombre. J'étais de moins en moins chaud, ça sentait nettement la charogne, le fumet de la gueule du loup en somme. Sans le moindre état d'âme, Fiona a poussé une sorte de cloison faisant office de porte.

Les trois chop-choïs qui fliquaient l'accès sont sortis de leur torpeur. Une femme ! Silence total et stressé. Transgression, code de l'honneur, tout le bataclan. Quand je me suis montré à mon tour, j'ai bien cru que les couteaux allaient gicler. Le chef de la sécurité, un petit mec nerveux d'une trentaine d'années, balafré de l'oreille à la bouche, a bafouillé un truc en dialecte local : « *Gkoun kâï ! Gkoun kâï ! Gow niang yan dê !* » Les témoins de la scène ont tous, très clairement, perçu le claquement métallique d'une culasse. J'ai maîtrisé un geste vers mon Springfield : si j'allais au bout de mon intention, j'étais mort.

Fiona a montré un bout de papier, que l'autre a refusé de regarder, et ils ont parlementé – autrement dit, ils ont commencé à s'insulter dans leur langue nasillarde, un parler phonétique composé de trois sons articulés de façon aléatoire et plus ou moins violente. La voix criarde de Fiona et le borborygme du mafieux se sont superposés en couches sonores de plus en plus épaisses. Le balafré répétait sans arrêt : « *Gkoun kâï !* » Les deux autres, prêts à tuer, n'en perdaient pas une miette. J'étais de moins en moins flambard : l'imperméabilité de ma peau vis-à-vis de projectiles inamicaux dépendait d'une petite chop-choï qui m'arrivait à peine à l'épaule. Le vide s'était fait autour de nous – anticipation des balles perdues.



Un gros chop-choï a surgi d'un escalier et a crié. Le garde a baragouiné un truc, Fiona s'est contentée de tendre son papier au nouveau venu. Il l'a vaguement consulté, m'a jeté un regard de marchand de bétail et a donné un ordre. Les trois autres ont tiré la tronche et Fiona m'a fait signe. Nous avons suivi l'obèse à l'étage. Je lui ai murmuré à l'oreille :

– Qu'est-ce qui s'est passé ?

– Ils refusaient de nous laisser entrer. Mais rien n'interdit aux parieurs d'assister à la rencontre.

– Vous avez parié ?

– Oui. Et vous aussi.

J'étais bluffé. Cette petite bonne femme avait des nerfs en tungstène.

Nous avons débouché sur une galerie circulaire ceinturant le bâtiment. Une foule compacte de chop-choïs se disputait les meilleures places. Des hommes, principalement, petits employés grassouillets ayant laissé rombière et gosses à la maison pour se péter la gueule et claquer des biftons, ou chômeurs en quête de gros lots. Quelques femmes aussi, des putes, menacées sur leur territoire, à en croire les doigts qu'elles adressaient à Fiona. Les hommes me regardaient distraitement, l'esprit ailleurs. Un bruit de fond parcourait l'espace et rebondissait des murs vers la coupole ornée de fresques grotesques, angelots transbahutant des colonnes et dieux grecs ou romains du business. J'ai réussi à nous dégager une place de bonne visibilité en bousculant un chop-choï qui faisait semblant de se croire seul au monde. Il a râlé, mais a fini par partager son mètre de rambarde. J'ai ménagé une place à Fiona, devant moi, son corps à un millième de millimètre du mien.



En contrebas, une arène de marbre crevassé de vingt mètres de diamètre, où a pénétré lentement un lutteur au torse nu. En un instant, le vacarme a été total. Le mec à côté de moi crachait des mots que Fiona a pudiquement refusé de me traduire. Les lutteurs sortaient un à un des vestiaires, aménagés dans les anciens bureaux tout autour de l'édifice. La mise en scène était parfaite. En bonne mythologue, Fiona a tenu à préciser un point de doctrine, sa bouche tout contre mon oreille.

– Ils s'isolent avant le combat pour se concentrer et effectuer des offrandes aux esprits. Le rituel rappelle celui du sumo. Il ne s'agit pas seulement d'imposer sa force, mais de triompher mentalement de l'adversaire : le bon capitaine gagne sans avoir à livrer bataille. Ici, une telle issue est évidemment impossible : certains d'entre eux vont mourir dans quelques instants.

Je l'ai dévisagée, stupéfait. Elle avait l'air d'accepter cette éventualité avec naturel. Sagesse orientale.

Les lutteurs se sont répartis en deux équipes de cinq et se sont dévisagés calmement. L'espace était saturé de hurlements. J'ai reconnu le yin-kong de l'autre fois, petit mec râblé, peau de bronze et yeux bridés, tempes rasées et tatouage sur la joue droite, boule de muscles en pantalon rouge vif. Il a ôté son tee-shirt, l'assistance a frémi. La lumière vive dessinait des ombres sur son énorme tatouage dorsal, dragon incrusté dans la chair.



Il me semblait distinguer des nuances dans les cris, ce que Fiona m'a confirmé d'un geste nerveux.

– Ce sont des Japonais contre des Coréens.

– C'est grave ?

Elle m'a regardé comme si c'était moi qui venais d'une autre planète.

– Mais ils se détestent à mort depuis plus de quatre siècles ! Les Coréens n'ont jamais pardonné le débarquement des armées japonaises à Pusan en 1592. Ils n'ont dû leur salut qu'à l'intervention des Chinois de la dynastie Ming, autant dire au prix d'une humiliation pire encore. Les Coréens ont toujours détesté les Chinois.

– Le contraire m'aurait étonné.

– Il ne faut pas oublier non plus l'annexion de 1910 par les forces impériales japonaises. Trente-cinq années de dictature. De nombreuses Coréennes ont été réquisitionnées comme femmes de réconfort sexuel par les soldats japonais.

– Je comprends mieux…

– Mais le pire a été atteint en 1940. Les Japonais ont obligé les Coréens à adorer les *kami*, les divinités du Shinto, alors que les Coréens sont bouddhistes depuis toujours. Ce crime-là est vraiment impardonnable.

Je n'ai pas cherché à approfondir la genèse des haines inter-asiatiques : le gros chop-choï est apparu au centre de l'arène et les hurlements se sont peu à peu calmés. Il a attendu le silence complet pour annoncer quelque chose (le montant global des sommes en jeu, m'a chuchoté Fiona, qui avoisinait les 500 000 euros) et égrener d'une voix distraite les noms des combattants ainsi que les sommes reposant sur leurs épaules. Sans surprise, mon yin-kong, nom de guerre «Fu Kung», concentrait les plus fortes espérances de gain. Sur un ton très las, le gros s'est adressé aux lutteurs pour leur rappeler le règlement, qui tenait en une ligne – pas de coup dans les parties sinon c'était une balle dans la tête –, puis a quitté le ring.



Le silence était total, à présent. Les deux rangées de combattants se faisaient face, immobiles, les Japonais en pantalon rouge, les Coréens en bleu. D'un geste négligent, les rouges ont répandu une poudre à terre.

– Du sel... a murmuré Fiona, dont le corps s'était raidi.

On n'entendait plus que la respiration profonde des lutteurs : l'hyperventilation augmente la tonicité musculaire et l'acuité visuelle. Les organismes produisaient de l'adrénaline à jets continus, la tension grimpait à une allure vertigineuse. Les regards viraient hallucinés, les mâchoires se contractaient, broyaient de la haine, les poings se pétrifiaient, les biceps tressaillaient sous la pression. Enfin, un cri rauque les a libérés.

Les cinq Japonais se sont jetés sur un des types en face et, avant même que les autres aient trouvé le temps de cogner, ils lui avaient réglé son compte : deux à l'immobilisation, deux pour marteler devant, le yin-kong pour frapper à la nuque avec une violence inouïe. Le craquement des cervicales s'est élevé par-dessus les cris de joie de la foule. Le tout leur avait pris quatre secondes. Deux Coréens ont foncé sur un Japonais, pied en avant, et l'ont touché à la colonne. Fini pour celui-là aussi, il s'est écroulé à terre le corps parcouru de spasmes. Hurlements de joie, hurlements de déception. Le chop-choï à côté de nous a eu un geste de dépit et a déchiré son ticket.

Les corps à corps ont succédé aux deux-contre-un. Les coups claquaient sur les muscles en plein travail, les cris des lutteurs succédaient aux soupirs de souffrance, un Coréen est allé au tapis, la gueule en sang, les arcades sourcilières explosées et sans doute victime d'un traumatisme crânien. Les Japonais ont profité de leur avantage numérique pour s'en prendre au plus faible de leurs trois adversaires encore valides : mêlée d'une brutalité bestiale, pieds et poings, qui a excité les spectateurs jusqu'au coït. Une des putes, probablement bourrée de coke, s'est mise à donner de grands coups de bassin au mur où elle s'appuyait. Légère diversion dans le public et excitation redoublée. Fiona observait la scène sans bouger un cil. Un des Coréens a fini par tomber : un coup de pied en pleine face venait de le calmer pour toujours. Puis c'est un Japonais, trop sûr de lui, qui s'est pris un direct sur la tempe. J'ai nettement vu ses yeux divaguer avant de sombrer dans le néant. Mais le Coréen qui avait fait le coup s'est ramassé un deux-contre-un qui l'a laissé en charpie, couvert de sang. Il n'est plus resté qu'un bleu, les lèvres éclatées, contre trois rouges ne valant guère mieux. Ils ont convergé lentement vers lui. Le Coréen a rassemblé son courage pour foncer et allonger son poing, à la vitesse de l'éclair, sur la gueule d'un Japonais qui a perdu trois dents dans l'affaire et est resté prostré au sol. Les deux autres n'avaient rien vu venir. Réflexe classique : c'est au moment de conclure qu'on est pris d'une timidité, d'une pudeur qui permet à l'ennemi de saisir son unique chance. Le Coréen pouvait très bien dégommer ses deux derniers adversaires, il avait assez de puissance en lui et, surtout, il n'avait plus rien à perdre. La foule l'a encouragé, hurlements, Fiona m'a dit quelque chose mais je n'ai rien entendu, mon bpm avait grimpé à 240, on assistait à un grand combat, ce Coréen était un putain de guerrier, les deux autres ont multiplié les feintes mais rien à faire, le bleu restait bien en ligne, concentré, il menaçait à tout moment de jaillir, son self-control était total, absolu, c'était lui le maître du jeu.



Tout s'est dénoué en cinq secondes : échange de coups, le Coréen touché au menton qui vacille, le temps de récupérer le contrôle de son champ de vision le yin-kong s'était glissé derrière lui, coup de grâce sur les cervicales de toute la force de son corps de taureau, le bleu désarticulé sous le choc, projeté à cinq mètres, terminé. Délire dans le public, cris de joie, insultes, quelques gnons intempestifs mais rien de bien méchant.

Fiona s'est collée à mon oreille.

– Je sais où se trouve le salon de tatouage des Destro-Zens.

Elle a scruté mon visage, j'ai donné l'ordre du départ d'un simple hochement de tête. Autour de nous, la foule vidait les lieux pendant que des manutentionnaires emportaient morts et blessés dans les bureaux.

Nous sommes redescendus au rez-de-chaussée où les Glock (15 coups) et les Spectre M4 (32 coups) étaient de sortie : le gros mafieux versait leurs gains aux rares vainqueurs. L'opération se déroulait dans un climat de relative confiance, on se serait cru dans un PMU de quartier. Nous avons pris la direction de la sortie sous l'œil jaloux et haineux du balafré. Il n'aurait eu qu'un geste à faire pour m'expédier une dizaine de boules de mort dans la carcasse, mais il faut croire qu'il avait bon fond, il n'en a rien fait.

La BMW fonçait vers République. Fiona me dispensait un cours d'anthropologie martiale.

– Comment ne l'ai-je pas vu plus tôt… Les Japonais ont répandu du sel par terre en guise de purification : c'est un rituel shinto. Les Destro-Zens accordent une importance toute particulière aux rites de purification. Ils ont une phobie du sang, de la souillure.

– Ils ne se gênent pas pour répandre celui des autres…

– Cela n'a rien à voir. Ce sont des mystiques. Le mystique se nourrit de sa propre pulsion de mort. Il la sublime par l'assassinat, une modalité parmi d'autres pour atteindre la transcendance. Il n'a pas de haine pour ses adversaires, il les tue pour s'approprier leur énergie et passer à un stade supérieur de réalisation.



– Une manière de quête spirituelle, si je vous suis bien.

– Tout à fait. Il faut se débarrasser des conceptions eschatologiques de la philosophie européenne et envisager l'existence sous forme de cycles et non de trajectoire téléologique.

– Excusez-moi, j'ai laissé mon dictionnaire philosophique à la maison.

Elle a eu un moment d'hésitation puis a éclaté de rire. Elle aussi avait besoin de décompresser. Elle a précisé sa pensée :

– Excusez le verbiage. Disons que l'Occidental est guidé par la finalité et l'Oriental par la modalité. C'est la façon de poser un acte qui va conférer à ce dernier sa valeur existentielle, pour dire les choses à l'européenne. La finalité est un leurre, une illusion… Voilà, nous y sommes.

Nous remontions la rue de la Folie-Méricourt. Elle a ralenti aux abords de Tatoo-Age, une boutique sobre et discrète coincée entre un antiquaire gabonais et une laverie automatique, à deux pas d'une église donnant sur le boulevard Voltaire. Fiona a murmuré, comme pour se prémunir d'esprits malfaisants.

– Nous arrivons chez un tatoueur shintoïste très réputé. On le dit héritier d'une tradition millénaire. Ses interventions coûtent une fortune.

J'ai demandé à Fiona de se garer un peu plus loin et supervisé les lieux dans le rétroviseur. Malgré l'heure tardive, le local était éclairé. Des silhouettes entraient et sortaient à intervalles réguliers, chargés de longs sacs de sport. Une camionnette grise Toyota a stationné trente secondes, moteur au ralenti, le temps d'embarquer avec d'infinies précautions quatre énormes bonbonnes. L'opération terminée, la Toyota, dont je n'ai pu déterminer l'immatriculation, est repartie aussi vite qu'elle était arrivée. J'ai préféré poursuivre la planque. Je voulais tenter une approche visuelle.

Le va-et-vient s'est espacé et je suis sorti de la BMW en recommandant à Fiona de déguerpir à la moindre alerte. Je me suis dirigé vers la boutique, faussement désinvolte, la main droite dans la poche, crispée sur la crosse du Springfield.

Dans un fauteuil de dentiste, un petit chop-choï, cheveux blancs, longue barbiche de chèvre et visage ridé, lisait le journal. Les murs étaient couverts de reproductions de motifs à usage épidermique et de photos de tatouages ornant des dos, des torses, des jambes, des bras et des faces. Sur une table, à portée de main du vieil homme, un assortiment d'aiguilles et de flacons de pigments. Dans un coin, un petit autel, un temple miniature, une pomme en guise d'offrande. Au sol, des traînées blanches : des cristaux de sel par poignées.

Un jeune type s'est approché, techno-bab, barbe d'une semaine et piercings faciaux, et a poussé la porte de Tatoo-Age. Il portait un étui de guitare, incongru en ces lieux. Je me suis éloigné pour m'allumer une clope et suis revenu sur mes pas juste à temps pour voir le vieux ouvrir la porte de l'arrière-boutique. Dans le clair-obscur, un rayon de lumière a joué sur des caisses métalliques : les sœurs jumelles de celles que j'avais transbahutées dans un coffre de Ford, trois semaines auparavant.

Mon regard s'est posé sur une photo épinglée au mur, celle d'un chop-choï tatoué des pieds à la tête et très content de son pyjama. A ce moment-là j'ai eu un flash : la secte Aum. Tout s'est mis en place. Les implications qui s'engendraient graduellement en une spirale ascendante ont dévoilé une logique de nettoyage philosophique absolument phénoménale.



Non seulement l'intervention du CLAC était imminente, mais les moyens mis à sa disposition allaient provoquer un véritable génocide. En résumé : les Khmers Rouges, à l'échelle mondiale.

## 33

Fiona m'a proposé de prendre un thé. J'ai accepté de bon cœur. J'avais besoin d'un peu de calme pour synthétiser. Mon cerveau commençait à saturer : trop de gigaoctets d'informations accumulés en un temps trop court. 

Fiona habitait dans Chinatown-Nord, allée Louise-Labé, une ruelle bordée de maisons de poupées, étage unique et petit jardin symbolique devant l'entrée. Elle a ouvert la porte du 4. Ça m'a fait bizarre de pénétrer dans un périmètre non hostile.

Nous sommes montés à l'étage, une vaste salle de séjour méticuleusement ordonnée, avec un coin réservé au lit. Dans un autre se dressait un chevalet où reposait une toile aux couleurs douces, bleu turquoise et vert pastel, qui achevait de donner son harmonie à la pièce. Des cadres étaient appuyés contre le mur. Fiona s'est postée derrière moi pendant que je m'imprégnais du chatoiement des couleurs, abstrait sans confusion, palette pratiquement coltranienne.

– Je l'ai terminée il y a trois jours. Vous aimez ?

– Beaucoup. Vous m'aviez caché que vous étiez peintre.

– Je suis loin de maîtriser mon style, mais je progresse de toile en toile.

– Décidément, vous avez tous les dons.

Elle m'a lancé un regard interrogatif, mais a poursuivi sur un ton presque ingénu.

– Voulez-vous prendre une douche ? Cela vous fera du bien.

La douceur de sa voix annihilait toute résistance de ma part. Elle m'a conduit à la salle de bains et m'a donné une serviette. Je me suis débarrassé de mes fringues comme un chevalier de son armure et me suis laissé caresser par l'eau parfumée aux essences de jasmin. C'était tellement bon que je suis resté plusieurs minutes immobile sous le jet, la tête rejetée en arrière.



La porte de la douche s'est ouverte et Fiona s'est glissée à mes côtés. Nue. Un papillon bleu tatoué au-dessus de son sexe rasé de frais. Elle a recueilli du savon au creux de sa main et m'en a enduit le corps avec des gestes très doux, très tendres. Je me suis laissé faire comme un gosse. Les bras, le torse, les fesses, le sexe, l'anus, les jambes. Elle m'a rincé soigneusement. Ses seins volumineux se frottaient à ma peau. Le parfum du jasmin inondait la cabine. Elle s'est accroupie et m'a pris dans sa bouche. Experte, elle m'a fait durcir en dix secondes. Sa langue a fouillé mes recoins un moment, puis elle s'est relevée et m'a tourné le dos. Je l'ai pénétrée debout. Assez vite, elle s'est déprise, a coupé l'eau, s'est emparée de la serviette et m'a essuyé des pieds à la tête, lentement, en posant des baisers aux endroits les plus sensibles. J'ai fait pareil avec elle et nous avons gagné le lit. J'ai léché son corps onctueux, elle s'est serrée contre moi, s'est offerte abondamment sans pour autant accepter la pénétration. Avide enfin, elle m'a plaqué sur le matelas et m'a introduit en elle. Bien-être absolu. J'ai empoigné ses seins, elle m'a fait monter en quelques coups de bassin, elle haletait, gémissait « attends-moi » d'une voix rauque, j'ai résisté jusqu'à ce qu'elle murmure « vas-y », et nous avons explosé ensemble, corps hurlants. Totale fusion. Elle s'est effondrée sur moi et m'a serré dans ses bras en prenant soin de me garder au fond d'elle. Du temps a passé.

Elle m'a raconté son histoire autour d'une clope. Ses parents étaient morts en 2003 de l'épidémie de SRAS, une maladie infectieuse, la première d'une longue série. Une tante de Hong-Kong, l'avait recueillie puis expédiée en France, à huit ans, chez des cousins. Générosité ? Mon cul : l'opération lui avait rapporté un petit paquet de fric. Elle avait donc été vendue à un couple de Chinois, qui l'avaient fait bosser. Accessoirement, le mec l'avait violée à douze ans, mais c'était dans l'ordre des choses, elle n'en avait déjà plus rien à foutre. Employée d'abord comme serveuse dans un restaurant après l'école, elle avait été prostituée par ses bienfaiteurs dès l'âge de quatorze ans. Elle avait peu à peu imposé ses conditions et exigé de poursuivre des études, la fac et l'anthropologie, de quoi rassembler un peu de théorie dans son bagage, parce que, question pratique, merci bien, elle avait donné. Et maintenant l'histoire de l'art, un peu de beauté dans ce monde d'autistes. Son objectif : vivre de sa peinture, ne plus rien devoir à personne. Il lui faudrait sans doute faire encore un peu la pute auprès des marchands d'art mais ce n'était pas grand-chose, elle avait l'habitude.



Je lui ai demandé pourquoi moi. Elle m'a répondu qu'elle ne savait pas, que c'était tombé comme ça, que ç'aurait pu être un autre et que, de toute façon, ce n'était pas une histoire d'amour, juste un coup à tirer, point final. On est restés comme ça l'un contre l'autre, Fiona blottie dans mes bras, pareille à un petit animal. Je me suis évanoui de sommeil.

Réveil à l'aube. Je crevais d'envie de tout envoyer à la gerbe, de laisser le monde entier s'entretuer et de rester là, à la serrer contre moi. Impossible, évidemment. Je devais repartir, elle comprenait. Elle ne m'a pas retenu, malgré quelques larmes fièrement ravalées.

Alerte rouge. Porte de la cave ouverte, serrure fracturée au gros calibre, pas de drum'n'bass au sous-sol : le repaire du Patron désert. Par terre, caisses éventrées, dossiers, disquettes, bâtons d'encens, réserve de ganja, fauteuils. Un rôdeur ? Impossible, il aurait emporté le nécessaire à fumette. Un client mécontent venu réclamer son dû ? Difficile à croire, le Patron était du genre prudent.

Dans la pièce adjacente : le Patron. Etendu sur le dos, torse nu dans une mare de sang séché, la tête légèrement tournée vers la droite, les yeux ouverts. Un impact de gros calibre en plein thorax. La jambe droite un peu pliée dans l'abandon de la mort. Pas de Terre Promise pour toi, breden.



Envie de pleurer, de vomir, que ça sorte.

Mais non, tout garder en soi, laisser pourrir, mourir à petit feu.

Je suis resté cinq minutes assis à même le sol. Over-flow d'émotions. Je me suis ventilé au maximum. Refouler la nausée. Chasser les souvenirs. Tenter de trouver une ligne de conduite. Une suite d'actions à effectuer.

J'ai allumé l'ordinateur. Aucun message personnel. J'ai consulté ma propre messagerie.

Lu 30/10/2017. 10.09. Connexion à Jazzzz.
Messagerie de M. François Sacco. 5 messages non lus.

Di 29/10/2017. 21.10.
De bitch@theophone.fr à saccoltrane@jazzzz.com

On dirait qu'il y a de mauvaises ondes entre nous depuis quelques jours. Je t'aime quand même. Jess

*Répondre*

Lu 30/10/2017. 10.10.
De saccoltrane@jazzzz.com à bitch@theophone.fr

Jess, il serait temps de

*Supprimer*

*Ne pas enregistrer*

Lu 30/10/2017. 3.45.
De Calypsos. Tarifs préférentiels. La semaine de l'action ! à saccoltrane@jazzzz.com

IMPORTANT. Me contacter DE TOUTE URGENCE. S.

Lu 30/10/2017. 6.45.
De Calypsos. Tarifs préférentiels. La semaine de l'action ! à saccoltrane@jazzzz.com

IMPORTANT. Me contacter DE TOUTE URGENCE. S.

Lu 30/10/2017. 9.45.
De Calypsos. Tarifs préférentiels. La semaine de l'action ! à saccoltrane@jazzzz.com

IMPORTANT. Me contacter DE TOUTE URGENCE. S.

Lu 30/10/2017. 9.57.
De debilou@telplus.fr à saccoltrane@jazzzz.com

Tu peux passer? Nerjivan est revenue. Elle a pigé le message. Le Borgne.

*Répondre*

Lu 30/10/2017. 10.12.
De saccoltrane@jazzzz.com à debilou@telplus.fr

J'arrive.

La connexion a été brutalement interrompue. Ecran mort. Bug général. J'ai percuté immédiatement : l'offensive du CLAC avait commencé. Les réseaux d'information en priorité. Prélude à l'action de guérilla proprement dite.

J'ai fait le tri en quinze secondes. Jessica : la plaisanterie avait assez duré. Sarah : si elle m'envoyait des messages dès trois heures du mat, c'est que ça turbinait sévère dans les cervelles.

Elle était sans doute passée à la planque rue de Crimée et avait constaté le dépassement de la date de péremption. Les autres avaient, à coup sûr, retourné la piaule pour trouver un indice. Par chance, rien de personnel ne m'y liait, j'étais fictif. Pourquoi Sarah ne m'avait-elle pas téléphoné ? Certainement par peur des écoutes, maintenant que j'étais grillé chez les maxilénistes. Peut-être qu'on me croyait mort. Voilà qui arrangeait mes affaires pour quelques heures, même si ma peau n'adhérait plus à mon corps que par la grâce d'une trouille phénoménale.



Jean-Luc : une info capitale. Pourcentage de chance de pénétrer dans la Zone Protégée de Saint-Germain-des-Prés précédé d'un avis de recherche : zéro virgule zéro. Je serais abattu comme un lapin.

Planquer ici ? Suicidaire. Il fallait dropper. Chez Fiona ? Hors de question, elle devait rester loin de tout ce merdier. Foutre le camp et improviser, comme d'habitude.

S'il me fallait retenir un seul enseignement de cette histoire, il serait d'ordre musical : la résolution de l'accord s'obtient parfois au moyen de la note la plus paradoxale. La disharmonie élaborée. Ce que Coltrane, dans son infinie sagesse, avait parfaitement agrégé.

## 34



J'ai zoné le temps nécessaire pour assister à l'installation de ce qu'on appelle pudiquement un impressionnant dispositif policier. D'après la Loi de Délocalisation de 2014, le niveau d'alerte 8 équivalait à boucler tous les arrondissements et à les placer sous administration de la gendarmerie. Barrages routiers et patrouilles permanentes. Au-delà, c'était l'instauration de la loi martiale. Sous les regards éberlués des passants, des engins blindés remontaient de République pour prendre position aux points stratégiques, Colonel-Fabien, carrefour de Belleville, Gambetta, place des Fêtes. Paradoxalement, ce bordel m'a permis de passer inaperçu, d'autant que des flots de piétons se retrouvaient jetés à la rue : les ordinateurs de la RATP avaient disjoncté en chœur, métro hors service. Autre anomalie jouant en ma faveur : les écrans municipaux, auxquels personne ne prêtait la moindre attention deux minutes plus tôt, avaient buggé à l'unisson et suscitaient maintenant un intérêt irrationnel. Des gens, affolés, se ruaient sur les kiosques affichant la dernière édition du *Monde Match*. En gros titre : «*Menaces terroristes et explosion des chiffres de la délinquance*». En page 3, le secrétariat de l'Elysée annonçait que le Président De Milteau avait annulé toutes ses sorties. Explication officielle : gros rhume et nécessité de prendre un peu de repos.

La photo accompagnant l'article ne trompait pas : elle dévoilait un homme d'une cinquantaine d'années qui en faisait quatre-vingts, dévoré à petites bouchées furieuses par le cancer. Un sursitaire, une poignée de semaines, pas plus. Effet désastreux sur l'opinion.

De toute évidence, le CLAC avait bien calculé son coup. En tranchant net les canaux de transport et d'information, il répandait dans les rues une panique qui ne pouvait que jouer en sa faveur. Il s'apprêtait à lancer une machine aveugle sur le pouvoir. Les dégâts seraient à la mesure de la confusion globale.

J'arpentais à toutes jambes le boulevard de Belleville. L'image du Patron me hantait. Une exécution en bonne et due forme. Qui avait osé commettre une saloperie pareille ? Quel enfant de putain ? En moi, tout hurlait vengeance. Pas de pitié.

Je me creusais la tête pour trouver le moyen de joindre Jean-Luc, lorsque deux mecs sont arrivés à ma hauteur. Une main sur l'épaule, je suis prêt à cogner, une autre main me neutralise, menottes, je relève la tête : les deux homos du Bois de Boulogne. Ils m'emmènent sans un mot. Pas le temps de réaliser.

Mon petit ordinateur avait à peine ingéré l'information que j'étais désentravé et jeté dans une limousine aux vitres teintées garée le long du trottoir. Les figurines ont commencé à s'aligner sur l'écran du jackpot.

Du fond de son siège, Ducrocq me balançait son sourire de bouddha. Les deux gorilles se sont installés devant et nous avons démarré.

– Heureux de vous revoir, commandant. Vous m'avez l'air en pleine forme.

– Vous aussi. Je n'en attendais pas moins de votre part.

– Ah ah, je suis heureux de constater que vous n'avez rien perdu de votre esprit caustique. Savez-vous que vous nous avez donné du fil à retordre ? Nous vous recherchons depuis trois jours. Par chance, vous avez eu l'idée de consulter votre messagerie électronique juste avant la panne. Grâce à ce signal, nous sommes parvenus à visualiser votre position. A vrai dire, nous avions anticipé cette visite à votre ami, nous nous tenions prêt. En fin de compte, rien de plus fiable qu'un bon informateur, n'est-ce pas ?



– Il n'est plus fiable. Il est mort.

Le dindon a paru tout à fait choqué par ce désagrément.

– Croyez bien que nous le regrettons.

– Epargnez-moi ce genre de conneries. Vous pouvez m'expliquer à quoi vous jouez ?

– Je partage votre émotion, mais je crains qu'il ne s'agisse en aucune manière d'un jeu. Le pays vit des heures extrêmement graves et notre appréciation de la situation change quasiment d'heure en heure.

– Il serait peut-être temps de me dire qui se cache derrière tout ça.

– Vous souvenez-vous de notre dernière conversation ?

– Je me doutais que vous alliez me lâcher un truc dans le genre. Répondre à une simple question, c'est au-dessus de vos forces, pas vrai ?

– Commandant Sacco, je vous prie de me croire, les choses sont infiniment plus subtiles que vous ne le pensez. Je comprends votre point de vue, mais ayez la bonté d'entendre le mien. Il en va de notre intérêt à tous. Et de l'intérêt de la France. Je pèse mes mots.

– Je vous écoute.

Très grave, il a vissé une clope à un fume-clope, accessoire que j'ai toujours considéré comme le sommet du ridicule, mais passons. Dehors, des flics cuirassés traînaient des jeunes chevelus par les pieds et les enfournaient dans des camions. L'insonorisation de la voiture était parfaite, on baignait dans une drôle de quiétude intérieure. Il me semblait pourtant voir de la fumée s'élever quelque part, pas très loin.

– Lors de notre dernier entretien, vous m'avez fait part de votre irritation au sujet de dissensions survenues entre différents services de police. Je partage d'autant mieux votre analyse que je suis moi-même confronté à ce type de situations, disons kafkaïennes. Et cela, à un degré bien plus élevé que le vôtre.

– OK. Passons à l'argumentaire.

Il n'a pas relevé l'ironie, comme perdu dans ses cogitations intimes.

– En tant que serviteur de l'Etat, je me dois d'obéir à mes supérieurs hiérarchiques. Qui sont-ils ? Telle est la question.

Il a soufflé une bouffée dans ma direction et un foutu réflexe conditionné m'a fait saliver : la première clope du matin, la meilleure… Cela dit, je n'allais pas m'abaisser à mendier le mégot. Ducrocq a poursuivi son autojustification.

– Certes, en tant que directeur de la DST, je dois obéir au ministre de la Sécurité Collective, et donc faire en sorte de vous seconder avec un maximum d'efficacité dans la mission qu'il vous a confiée. Une mission de la plus extrême importance. Pour lui.

– Et ?

Il a enfin posé les yeux sur moi.

– Il se trouve que je suis aussi un serviteur de la République et qu'à ce titre je dois obéissance au Président. Vous me suivez ?

– Pas le moins du monde.

Il a soupiré, comme peiné par mon manque d'aptitude à la télépathie.

– Vous devez réaliser que de nombreux… intérêts contradictoires coexistent au sommet de l'Etat. Ils varient en fonction des ambitions et de la position hiérarchique de l'un ou l'autre de ses représentants. Nous, membres des services, devons composer avec ces intérêts, au risque de nous voir contraints à certains arbitrages. Arbitrages parfois remis en question du jour au lendemain, ce qui nous oblige à de pénibles révisions. Mais la chose publique ne peut s'exonérer de ces aléas.

– Je vous en supplie, parlez-moi français.

Un froncement de sourcils a trahi une irritation extrême.

– C'est pourtant clair, commandant : nous devons protéger les intérêts de l'Etat, quoi qu'il en coûte et contre ses représentants s'il le faut. Avec votre enquête, nos services étaient en butte à ce que j'appellerai un conflit de compétences : d'une part les intérêts du bien public, de l'autre ceux du ministre de la Sécurité Collective.

– Soyez encore plus précis. Vous m'excitez.

– Je vous en prie… Il semble, je dis bien « il semble », que le ministre Habel vous ait chargé de cette mission afin de recueillir des informations l'impliquant à titre personnel. Pour notre part, nous avons préféré maintenir le statu quo, c'est-à-dire la légalité républicaine. Voilà pourquoi nous… supervisons vos investigations.

– D'où la présence de vos deux guignols à la transaction du Bois de Boulogne.

Le gros assis à la place du mort s'est retourné et m'aurait volontiers mis son poing sur le nez si Ducrocq ne lui avait pas adressé un signe d'apaisement.

– Nous voulions empêcher cette transaction. Elle ne nous semblait pas… pertinente.

– Et Rudy Kempf…

– Le capitaine Kempf avait reçu l'ordre d'appréhender le jeune homme par tous les moyens, si vous voyez ce que je veux dire. J'entends par là les plus expéditifs. Nous nous sommes contentés de pirater son ordinateur et d'emprunter, à son insu, les renseignements relatifs à votre intervention.



Pute de Rudy. Il m'avait envoyé au casse-pipe sans état d'âme. Cette crevure allait me le payer. J'ai poussé un long soupir.

– La confiance règne.

– J'ai toujours trouvé le terme de « confiance » très ambigu. Voilà pourquoi nous avons des yeux et des oreilles partout. Comprenez que, pour nous, il s'agissait simplement d'empêcher la transaction, rien de plus. Nous avions pour but d'embouteiller le secteur pendant les cinq minutes cruciales, de le neutraliser, en somme, puis de décrocher en douceur.

– En fait, vous protégez le jeune De Milteau.

– Je dirai plutôt que nous sommes très préoccupés par l'image du chef de l'Etat. Nous suivions ce jeune homme depuis plusieurs semaines et tenions à l'intercepter avec le plus de discrétion possible afin qu'il nous révèle… un certain nombre d'informations confidentielles, capitales pour la sécurité nationale, et dont il avait pris connaissance je ne sais par quel canal. Notre plan était parfaitement au point et il aurait fonctionné sans votre malheureuse initiative. Vous aviez pourtant reçu l'ordre de ne pas quitter la voiture.

– Je n'ai pas l'habitude de me laisser marcher sur les pieds. Ni de me faire enc…

– Commandant Sacco, je vous ordonne de conserver votre calme. Dès l'instant où le jeune De Milteau entrait dans votre périmètre d'intervention, notre initiative était vouée à l'échec.

J'en ai eu soudain plus que marre de ses jolies phrases, mon champ de vision s'est voilé de rouge et j'ai testé la tension de mes cordes vocales. Tout le quartier en a profité.

– Mais putain de bordel de merde, nous avons les mêmes intérêts ! Nous devons collaborer, nom de dieu !

L'autre a adopté un ton de curé en pleine admonestation.

– Commandant, je vous demande de vous ressaisir. L'affaire qui nous concerne excède de très loin les petites susceptibilités particulières.



– Tenir à sa peau, vous appelez ça de la susceptibilité ?

– Jusqu'à un certain point, oui. Vous risquez maintenant d'aller trop loin. Cette submersion menace de ruiner toutes nos tentatives pour piéger le ministre de la Sécurité Collective. Après tout, vous nous avez prouvé que vous êtes incontrôlable et terriblement efficace. Une des raisons qui a présidé à votre choix, par ailleurs…

– En deux mots, vous me choisissez pour faire la chèvre et tirer Habel hors du bois. Ensuite, vous attendez qu'il me dévore pour le prendre en flag tout en gardant les mains propres. Irréprochable et vertueux.

– Croyez-moi, ce genre de posture n'est pas très confortable.

Son air contrit était bouleversant de sincérité. Je me suis contenu à grand-peine.

– Si j'ai bien compris, vous jouez sur les deux tableaux…

– Il est possible d'envisager la situation selon un autre critère.

– Je vous suis plus utile vivant que mort ? Trop aimable !

– Comme je vous l'ai dit, nous sommes contraints de nous adapter aux situations nouvelles. Votre enquête, comme c'était à prévoir, a porté ses fruits. Elle a mis à jour une conspiration unissant deux groupes terroristes, des gauchistes et des illuminés sectaires, qui peut à terme se révéler très nocive.

– Comment le savez-vous ?

– Vous semblez oublier que notre travail consiste à recueillir des informations. Dans cette affaire, nous sommes à la fois juge et partie, si vous me permettez l'expression. Vous avez rencontré le ministre de la Sécurité Collective et lui avez livré cette piste de réflexion. Nous en avons été aussitôt avertis, son chauffeur est un de nos agents. Jouer sur les deux tableaux, comme vous dites, a parfois du bon... Nonobstant, les menaces contre l'ordre public sont sévères et sérieuses. Il importe donc de mettre ces individus hors d'état de nuire. Mais nous comptons maintenant sur vous pour faire toute la lumière sur les véritables motivations du ministre Habel. On dirait qu'il cherche à précipiter les événements. Cela nous étonne guère, compte tenu de son profil psychologique, que nous qualifierons pudiquement... d'impulsif, voire de névrotique. Prenez-vous la mesure de votre responsabilité, commandant Sacco ?

– La mienne, oui. La vôtre n'est pas flagrante.

– Détrompez-vous. Nous avons conscience de l'enjeu. Mais notre fonction nous oblige à assumer des apparences quelquefois... trompeuses, afin de dérouter l'adversaire. C'est dans la nature des services, je ne vous apprends rien.

Il souriait à nouveau, très fier de son petit discours émaillé de formules élégantes et bien enrobées de grammaire. Moi, j'étais piégé, une fois de plus. Un doute m'a chatouillé le cortex.

– Minute. Qui me dit que vous ne jouez pas le jeu de cet enfoiré d'Habel ? Qui était mon commanditaire, l'autre jour, quand j'ai interrogé le suspect à la Santé ?

– Officiellement, vous agissiez dans le cadre de votre submersion, donc pour le compte du ministre de la Sécurité Collective. Mais nous gardions les oreilles grandes ouvertes, bien sûr, à l'affût de la moindre information intéressante.

Je n'ai pu contenir un ricanement. J'aurais parié que ce gars-là, dès la maternelle, était déjà un mouchard professionnel.

– Et qu'aurait-on fait de moi s'il avait parlé ? Retraite anticipée ? Congé sans solde ? Pertes et profits ?

– Je vous demande de nous faire confiance. Il en va de notre avenir à tous, vous ne croyez pas ?

– Il me semblait que le mot « confiance » était ambigu…

– Tout dépend du contexte. Quoi qu'il en soit, il ne sert à rien de vivre de conjectures, nous n'en avons plus le temps. Restons concrets. Que comptez-vous faire ?



Dans le brouillard ambiant, j'ai vu une petite chance de tirer parti de la situation.

– Primo, lever l'avis de recherche qu'on m'a collé au cul. Je suis tirable à vue.

– Nous nous en occupons immédiatement.

– Deuzio, perquisitionner un salon de tatouage, rue de la Folie-Méricourt : Tatoo-Age. Il s'agit d'un des centres opérationnels du CLAC.

– Tatoo-Age, rue de la Folie-Méricourt, très bien. Je donne les instructions nécessaires.

– Tercio, je dois pénétrer dans la Zone Protégée de Saint-Germain-des-Prés. J'ai des infos importantes à recueillir.

– Pas de problème.

Il a fait signe au chauffeur. Autour de nous, le degré de tension sociale était incroyablement élevé. Dans un silence irréel, des silhouettes casquées, bottées et puissamment armées ratissaient les rues, délogeaient les clodos à coups de pied et arrêtaient les bagnoles aux carrefours. Aboiements des chiens bavant de rage sur les carrosseries, ordres gueulés d'une voix brève et dure. Haine maximale. Ducrocq observait le tableau avec une préoccupation inhabituelle. Nous avons franchi le check-point Saint-Michel comme dans un songe et la limousine s'est coulée le long du boulevard.

Ducrocq a retiré sa clope du trombone qu'il suçotait avec gourmandise et l'a écrasée avec soin dans le cendrier. Il m'a adressé un dernier regard.

– Il va de soi que cet entretien est totalement confidentiel. Nous vous laissons reprendre vos investigations, commandant. Nous sommes de tout cœur avec vous, mais n'oubliez pas : le sort du pays repose sur vos épaules.

Ejection. En résumé, j'étais un virus que des manipulateurs pervers avaient balancé dans la mécanique de Habel pour faire disjoncter son système, et condamné, à plus ou moins brève échéance, à disparaître avec lui. Passer l'éponge sur ma mort n'affecterait en rien la bonne conscience de nos soi-disant dirigeants préoccupés de haute stratégie. Un simple dégât collatéral.

Je mesurais enfin combien l'équilibre du monde résulte d'une combinatoire de manipulations réciproques.

D'un autre côté, chaque info non homologuée qui vous tombe entre les mains accroît vos chances de sauver votre peau.

# 35



La Zone Protégée de Saint-Germain semblait hors du temps. Sur fond de sirènes jouant en sourdine, le quartier assumait son rôle de vitrine touristique, totalement étranger au bordel qui s'araignait de façon contagieuse. Les bourgeoises vaquaient au Grand Marché et au Café de Flore les intellectuels commentaient la situation d'un air grave et pénétré, un chouia plus nerveusement que de coutume peut-être, avant de rejoindre leurs pénates à moquette.

Chez Jean-Luc, la vie avait repris son cours : rires et musique. Nerjivan m'a ouvert, radieuse, reconnaissante. J'avais l'aura du chevalier blanc, le pur et simple, l'intouchable, le héros immatériel. Quand une femme vous considère comme son grand frère, c'est cuit, vous ne coucherez jamais avec elle, il faut en prendre son parti. De toute façon, j'étais pacifié, j'avais d'autres soucis. Les lieux avaient retrouvé leur impeccabilité domestique, agrémentée des gribouillis de Najeda sur la table de la cuisine. Sur sa feuille, elle avait dessiné un dinosaure avec sa torsade d'ADN enroulée le long de sa moelle épinière. Où allait-elle chercher des idées pareilles ?

Dans son bureau, Jean-Luc pianotait sur le clavier d'une machine à écrire fin XIXe siècle-début XXe, la tête inclinée sur la gauche, une bouteille d'eau à portée de main. Une petite radio égrenait les titres d'une édition spéciale. Il m'a regardé sans cesser de taper, en pilotage automatique.

– Salut mon pote. T'as vu à quoi j'en suis réduit ?

– Où as-tu déniché ce vestige de civilisation ?

– Chez mon antiquaire habituel. Tout ce qui contient un gramme de silicium est HS, alors on fait avec les moyens du bord. Tu connais la dernière ?

– Explique.



– La radio vient d'annoncer le pillage des Galeries Lafayette. Au moins dix morts.

– C'est reparti comme aux Halles…

– L'affaire est beaucoup plus sérieuse. Le ministre de la Sécurité Collective a annoncé des mesures exceptionnelles. Il demande l'application de l'article 16 de la Constitution.

– Rafraîchis-moi la mémoire…

– Article 16 : le président de la République peut assumer seul le pouvoir si des circonstances graves l'exigent.

– Et que dit-il, De Milteau ?

– Il ne dit rien, parce qu'on ne sait pas où il est.

– Dixit ?

– Dixit le ministre de la Sécurité Collective, bien sûr, qui propose de prendre les choses en main.

Habel abattait ses cartes et espérait rafler la mise aussi vite que possible. Il n'avait même plus la patience d'attendre la mort du Président. Ou peut-être n'en avait-il plus le temps…

– Si tu veux mon avis, il a déjà commencé à les prendre en main. Et il serre fort.

– Ouais. Avec Nerjivan, on a songé à quitter la France mais, d'après la radio, les aéroports sont bloqués à cause du bug général. En plus, on parle d'attentats terroristes. J'ai prévenu la gamine qu'on allait bientôt partir en vacances, je préfère rester discret pour ne pas l'effrayer. Bon, parlons de ton truc.

On s'est installés au salon, où Nerjivan nous attendait. Elle m'a tendu un document : une vieille feuille jaune couverte de caractères cyrilliques.

– Tu reconnais ce papier ?

Si je le reconnaissais ? Pas de budget pour un traducteur, m'avait-on dit...

– Tu lis le cyrillique ?



– Bien sûr. Je l'ai appris au lycée, en Albanie.

– Et qu'est-ce que ça raconte ?

Nervijan a parcouru lentement le document.

« *Chirokaya polititcheskaya activnost i poslédouchaya organizatsïa po razoblatchenáIáyou ïavliaétsa, kak mi vidéli, néobkhodimoï zadatchéï, pervootcherednoï zadatchéï, polititcheskoï déiatelnosti, iesli éto deystvitelno sotsialno-demokratitcheskoïé dvijénié...* »

Elle a repris son souffle et a traduit lentement :

– « *L'agitation politique la plus large, et par la suite, l'organisation de vastes campagnes de dénonciations politiques sont, nous l'avons vu, une tâche absolument nécessaire, la tâche la plus impérieusement nécessaire de l'activité, si cette activité est véritablement social-démocrate.* »

Voilà qui résonnait de façon familière à mes oreilles. Souvenirs de lecture, seul dans ma piaule glaciale de la rue de Crimée... Nerjivan a enchaîné.

– Et ceci, une lettre d'octobre 1909 : « *Gospoja, vvidou tavo, chto povichénié kvartirnoï plati dla nas nevozmojno (po adressou : 24 ulitsa Beaunier) mi osvobodim s 1 noyambrïa 1909. Podpis : Vladimir...* » Sais-tu qui a écrit ces lignes ?

J'ai secoué la tête.

– Vladimir Ilitch Oulianov.

– Il est connu ?

– Sous son pseudonyme, oui : Lénine.

– Lénine ?

– Il s'agit d'un brouillon de lettre à l'intention de sa propriétaire : « *Madame, étant donné que nous ne pouvons accepter l'augmentation du loyer de notre appartement situé 24 rue Beaunier, veuillez considérer que nous libérerons les lieux à compter du 1er novembre 1909. Signé : Vladimir Ilitch Oulianov.* » Il a rajouté en bas de page : « *A envoyer sans délai.* » Sans doute à l'intention de sa femme, qui se chargeait de traduire ses textes en français.



Jean-Luc semblait confit d'admiration. Pour ma part, les infos et les souvenirs commençaient à gicler en tout sens. Des piles de bouquins abîmés par l'humidité dans la bibliothèque du centre Beaubourg. Une biographie de Lénine, rendue illisible à cause d'une fuite d'eau. Mes nerfs me faisaient l'effet de câbles électriques.

– Lénine a habité à Paris ?

– Evidemment ! Il y a vécu en exil de 1908 à 1912. En Albanie, à l'époque des communistes, on devait apprendre sa vie par cœur.

– Et il vivait rue Beaunier…

– Dans le XIVe arrondissement, près du parc Montsouris. Il paraît qu'il l'appelait son « jardin privé ». Marrant, non ?

Jean-Luc a enchaîné :

– Son appartement a longtemps été un musée du communisme. Mon père m'en parlait avec des sanglots dans la voix. Il avait des excuses, le pauvre vieux : c'était un bolchevique traditionaliste. Il ne s'est jamais remis de la chute du mur de Berlin. A croire qu'il lui est tombé directement sur le coin de la gueule.

– Et aujourd'hui ?

– Tout ça n'existe plus.

– A qui appartenait ce musée ?

– Au PCF, je suppose. A qui d'autre ?

Nerjivan s'est saisie du fameux message codé : « *Le jour approche, le terme du terme. Le marteau frappe l'eau. La faucille moissonne. D'est en ouest, allez porter la bonne nouvelle de Touline à qui de droit. CLAC.* » Elle a désigné un mot de son index.

– Touline est le premier pseudonyme d'Oulianov, celui qu'il a utilisé dans ses articles de jeunesse avant son arrestation par la police du tsar. Il n'a adopté le pseudonyme de Lénine qu'en 1900, à l'âge de trente ans.



J'ai tenté de contenir le stress qui montait en moi. Ce message fournissait peut-être l'adresse du QG opérationnel du CLAC. On a regardé sur une carte : la rue Beaunier, perpendiculaire à la rue de la Tombe-Issoire, à deux pas du périph' intérieur. « *Le marteau frappe l'eau* » concernait à coup sûr le réservoir d'eau de Montsouris, le plus vaste de Paris, au coin de la rue Beaunier. Merde, les bonbonnes chargées dans une camionnette, devant Tatoo-Age…

Et « *Le jour approche, le terme du terme…* » ? Nerjivan m'a fourni la réponse avant que j'aie pu ouvrir la bouche.

– L'expression « *le terme du terme* » fait sûrement allusion à la location de cet appartement. La fin du mois, en quelque sorte.

– Quelle date, sur la lettre ?

– Octobre 1909. Le mois d'octobre est très symbolique dans la vie de Lénine. Il est né le 4 octobre 1870. Le premier soviet a été créé à Saint-Petersbourg le 14 octobre 1905. Et, selon le calendrier cyrillique, la Révolution a eu lieu le 25 octobre 1917.

– Et la date d'aujourd'hui ?

– Lundi 30 octobre 2017.

Le terme du terme… Cela ne me laissait plus qu'un jour.

Nous avons mangé un morceau en écoutant les infos à la radio. Edition spéciale. Gros titre : la police neutralise un dangereux groupe terroriste. Saisie de caisses d'armes et de munitions dans une boutique de la rue de la Folie-Méricourt, de quoi faire frémir le bon peuple. Des dizaines de suspects interpellés, des scènes d'émeute, les Galeries Lafayette et l'Opéra vandalisés. Commentaire : «*L'enquête a permis de démanteler un important réseau d'activistes s'apprêtant à commettre une série d'attentats particulièrement meurtriers. Ce groupe terroriste se faisait appeler CLAC, Collectif d'Action Anticapitaliste, et serait responsable de l'assassinat de l'ancien P-DG de Comintern, Arnaud De Blèves, abattu il y a un mois à son domicile. Selon des sources bien informées, le CLAC projetait des actions violentes contre un certain nombre de personnalités mais l'intervention de la police a permis de placer ses principaux dirigeants sous les verrous.*»

Comme d'habitude, les journalistes claironnaient des dixièmes de vérité mais, après tout, ils étaient payés pour ça.

Gaétan Habel, ministre de la Sécurité Collective, solennel : «*Notre société doit se prémunir d'individus qui pervertissent notre idéal de liberté pour mener des actions subversives et mettent en péril la sécurité des Français.*»

Sans transition : «*On s'interroge toujours sur l'état de santé du président de la République. D'après les sources officielles, le Président De Milteau se trouve actuellement dans une clinique des environs de Paris où une légère grippe l'a contraint à prendre plusieurs jours de repos. Cependant, des rumeurs font état d'une maladie beaucoup plus grave...*»

Autre titre : «*En Italie, en Espagne, en Grèce et en République tchèque, l'armée a été placée en état d'alerte...*» Dans mes souvenirs, le jeune De Milteau : «Vous n'imaginez même pas...»

Le topo : bug informatique géant, panne dans les hôpitaux, ni trains ni avions, et plus la moindre transaction financière. Paralysie totale. Les journalistes en rajoutaient trois louches : il est 13 heures bonnes gens, tremblez. J'ai hoché la tête de dégoût.

– Ils ne s'entendent plus jouir, dans les médias.

Jean-Luc a ricané.

– J'en ai connu quelques-uns, des journaleux... C'est curieux, ils ont tous fini démissionnaires ou alcooliques. Choisis ton camp ! Après tout, pourquoi se faire chier, tu peux me le dire ? Règle numéro 1 du journalisme contemporain : ce qui ne rentre pas dans le cadre est coupé au montage. Règle numéro 2 : ne jamais divulguer la règle numéro 1. A l'époque de Staline, on devait se démerder avec des ciseaux et de la colle, c'était fastidieux et ça laissait parfois des traces. Aujourd'hui, même un gosse peut le faire, il suffit de trois clics sur un ordinateur. J'avais un bon copain dans ce milieu, il voulait tout faire péter : dix Watergate par jour ! Maintenant, il se fait appeler David Judas, il est millionnaire, il bosse pour Grande Première et réalise des reportages sur les potins du show-bizz. Je le croise parfois, il habite le quartier. On se dit bonjour, il est content de me voir, il frime un peu mais il n'est pas dupe, il a honte et moi aussi. Enfin, tant que le cirque fait recette...



Il est retourné à son bureau et s'est assis devant sa vieille machine à écrire. J'ai été envahi d'une drôle de sensation à l'écoute de ce son oublié, le martèlement mécanique des caractères sur le rouleau, puis un tintement, gifle de gauche à droite, le chariot ramené à la ligne dans un long grincement. Aussi incongru que la poulie soutenant le seau de métal dans la profondeur du puits. Ou le sifflement de la cocotte-minute de ma mère. Ou le jingle de NRJ, la radio de mes seize ans...

Tout ça, disparu… Putréfaction de la nostalgie… Surtout, ne pas céder à l'apitoiement. Rester combatif.

Mon pote me paraissait bizarre. Je ne l'avais pas vu aussi cool depuis des mois. Reposé. Tout simplement ailleurs. J'ai jeté un coup d'œil par-dessus son épaule.

– Encore des sketches ?

– Non, je me suis remis à mon roman. J'ai envoyé chier les mecs de la télé, je ne bosserai plus jamais pour ces cons. On n'a qu'une vie, après tout. Tu savais que Coltrane est mort à quarante et un ans ? J'en ai déjà quarante, j'ai intérêt à me grouiller.



Il en a profité pour envoyer «*Blue Trane*», un blues impeccable. Le sax déroulait son swing dans un ruban de notes bleues. L'âme à l'état pur.

Et j'ai enfin agrégé ce qui faisait la beauté de la musique de Coltrane : l'inéluctabilité tragique de ses chorus. Il avait pigé sa mort précoce. L'urgence avant la fin. Plus de temps à perdre.

## 36



Récapitulation : impératif d'éviter Sarah, je n'avais aucune confiance en elle, et de toute façon les télécommunications étaient mortes ; inutile d'appeler Ducrocq, qui ne me connaissait pas ; utopique de chercher du côté de Vranac, il en référerait à ses supérieurs ; illusoire de me la jouer perso, j'avais trop d'ennemis. Pour le moment, la rue Beaunier restait off-shore. Mais je possédais une info de première main, la solution à tous mes problèmes, de quoi palper ma prime et enfumer Habel. Et je connaissais au moins un mec qui était en dette avec moi.

Paris vibrait d'une extrême tension, à la limite de l'arc électrique. Dans l'obscurité croissante de cette fin d'après-midi, les faisceaux lumineux des patrouilles de flics arpentaient lentement les boulevards jonchés de poubelles calcinées, de briques, de chaussures et de panneaux jetés au hasard. Sur les murs, des dizaines d'affiches-films pulvérisées. Les vitrines de la rue de la Roquette, éclatées, exposaient les reliefs du pillage.

Je suis entré dans le centre de police numéro 21. Gardes armés et dispositifs antigrenades. Je suis allé droit au larbin de permanence. Il a levé la tête de son journal, abasourdi par l'outrecuidance de cette sous-merde ambulante pénétrant dans son joli commissariat. Je lui ai adressé un sourire éblouissant.

– Salut mon gars. Je viens voir le capitaine Kempf. Paraît que je suis recherché pour meurtre.

Menottes aux poignets et les poches vidées de tout effet personnel, on m'a conduit dans le bureau de Rudy. Au mur ne subsistait qu'un seul avis de recherche : un portrait-robot picassesque où, avec beaucoup d'efforts, je parvenais à m'identifier. N'empêche, je n'avais quand même pas changé à ce point… Je cherchais les points de tangence lorsque Rudy est entré. A son expression, j'ai compris ce que ça fait de rencontrer un fantôme.

– Si je m'attendais…

– Salut Rudy.



Il s'est empressé de me décadenasser les mains.

– Tout le monde te croyait mort. Hors course, en tout cas.

– Sincèrement, ça m'arrangerait.

– Quand j'ai reconnu ta gueule sur le portrait-robot, j'ai cru que tu avais viré junk-bond.

– Ta confiance m'honore.

– Tu sais, j'en ai vu tellement en quinze ans de terrain… On vient de m'avertir que l'avis de recherche était levé.

Il s'est assis dans son fauteuil de chef. Le contact du cuir sous ses fesses devait sans doute le rassurer. Je n'ai pas pris de gants.

– Tu m'as manqué, Rudy.

Il a joué l'étonné, avec une pointe d'indignation bien dosée.

– Qu'est-ce que tu racontes ?

– L'opération à la cascade du Bois de Boulogne. C'était une exécution. Tu le savais. J'ai failli y laisser ma peau.

– Mais de quoi…

– N'essaie pas de me saddamiser. On va jouer cartes sur table, ça nous fera gagner du temps.

Silence. Il me connaissait assez pour savoir que je recoupais systématiquement mes sources. Pour une fois, il m'épargnait son sourire de constipé.

– Ordres supérieurs. Je ne pouvais rien faire.

– On peut toujours, Rudy. On a toujours le choix.

– Je t'avais dit : ne quitte pas la voiture.

– Il fallait me dire : opération annulée.

– Tu aurais encore gueulé comme un putois.

– Peut-être, mais il n'y aurait pas eu de bug.

– Et puis, après tout, qu'est-ce que ça peut foutre ? Tu l'as eue, ton arrestation, non ? Et ta prime ? Oui ou merde ?

Je l'ai empoigné par le col, je l'ai tiré de son petit fauteuil et j'ai serré très fort. Il a lu dans mes yeux que j'étais devenu un meurtrier. Il n'a plus moufté. J'ai articulé lentement pour bien me faire comprendre.



– Tu n'élèves pas la voix avec moi. Par ta faute, j'ai été entraîné dans un merdier dont tu n'as pas idée, j'ai failli clamser vingt fois alors, maintenant, tu vas m'aider à m'en sortir. Ce n'est même pas un ordre, c'est un conseil.

– Sinon ?

– Dans le bordel actuel, une vie de flic ne tient pas à grand-chose.

Par chance pour lui, il a agrégé que je ne plaisantais pas. J'ai continué sur le même ton, pas charlie pour un cent.

– On avance sur un champ de mines. Il n'appartient qu'à nous de remettre les éléments en place.

Pendant trois secondes, il a supputé avantages et inconvénients.

– Une action clandestine ?

– Semi-clandestine. Je commande, tu m'apportes le soutien logistique sans poser de questions. Et tu oublies de prévenir la hiérarchie. Un flagrant délit en bonne et due forme. Si ça marche, tu auras ta part de gloire.

– Et si ça ne marche pas ?

J'ai désigné la photo de sa petite famille sur le bureau.

– Ta femme a déjà une gueule de veuve, on ne verra pas la différence.

– Salaud.

J'ai resserré ma prise en appuyant sur la carotide, ce qui fait très mal. Ma vue s'est brouillée. Fatigue. Ou haine.

– Attention à tes paroles, capitaine Rudy Kempf. Certaines choses ont changé en moi. Et je ne te conseille pas de les découvrir par toi-même. L'intervention aura lieu demain, à l'aube. 24 rue Beaunier, dans le XIVe. Tu es chargé de la préparation.



On a planché toute la nuit sur notre plan d'action, en écoutant la radio crachoter les dernières infos : incendie du BHV, pillage d'une armurerie rue du Faubourg-Saint-Martin, tir à balles réelles devant la gare Saint-Lazare, plusieurs corps à République, le ministre de la Sécurité Collective s'adressera à la nation demain.

Rudy avait dégoté au fond d'un tiroir un vieux plan de Paris, qu'il avait étalé sur son bureau. Points positifs : les voies perpendiculaires à la rue Beaunier, rue de la Tombe-Issoire et rue du Père-Corentin, étaient à sens unique, donc faciles à bloquer. Points négatifs : proximité du périph', donc risque de dégagement rapide de nos cibles. Gros problème : le 24 était situé au milieu de la rue, impossible de tenter une approche sans se mettre à découvert. On pouvait juste se planquer derrière les voitures en stationnement sur le trottoir d'en face, en espérant qu'il y en ait quelques-unes. Sans accès aux bases de données urbaines, aucune certitude sur ce point. On avait intérêt à réussir la pénétration du premier coup.

Il a envoyé dix hommes en reconnaissance, avec un lieutenant en civil pour l'approche à courte portée. On a eu le résultat à six heures. Les volets du deuxième étage étaient tirés, la porte de l'immeuble ouverte, et deux mecs montaient la garde dans le hall d'entrée, sans doute puissamment armés, ce qui entravait de façon considérable l'accès à l'appartement. Point positif : des véhicules garés du côté des chiffres impairs pouvaient servir de couverture aux voltigeurs. L'idéal était de faire sauter la porte de l'appartement à la grenade pour créer l'effet de surprise mais, avec les mecs en faction, l'option semblait peu envisageable. J'ai demandé au lieutenant s'il avait eu le temps de voir la gueule des types. Un brun, crâne rasé, et un blond, grand et mince. Baus et Bakou-9. J'ai eu une idée. Risquée, mais jouable.

– Sur combien d'hommes peut-on compter, Rudy ?



– Avec les dix déjà sur place, je peux t'en mobiliser cinquante en tout.

– OK, ça devrait suffire. Tu me coûteras cher, mais tant pis.

– C'est gratuit.

Je l'ai regardé : il parlait sérieusement. Il a glissé son arme de service dans le holster.

– Je paie mes dettes.

En cinq minutes, les hommes étaient rassemblés près des 4x4. Rudy m'a tendu un paquet.

– Tiens, on m'a donné ça pour toi.

Ma carte de police. Mon Sig Pro. Les infos circulaient : je redevenais le commandant Sacco, matricule 872 et chasseur de primes de première force. Mon téléphone portable : à la poubelle, ras le cul de ce mouchard.

J'ai vérifié l'état de mon flingue et nous avons embarqué. En route pour le grand gig.

L'équation était simple : je devais à la fois superviser la perquisition rue Beaunier, neutraliser le CLAC, choper les infos manquantes pour Ducrocq, redistribuer à qui de droit et, enfin, toucher mon fric. Equation du premier degré à cinq inconnues. Probabilité objective de résolution : proche de zéro.

## 37



On est arrivés en vue des 4x4 rangés dans la rue du Père-Corentin. Les flics en tenue de combat patientaient à l'intérieur. Le lieutenant m'a dressé un état des lieux : aucun mouvement à signaler dans l'immeuble, les deux mecs devaient donc toujours être de faction. En revanche, vers 7 heures, une camionnette, une Toyota grise, s'était garée presque en face, ce qui semblait plaider pour l'accélération des préparatifs. 31 octobre, 7 heures 53. Lever du soleil. Je me suis isolé avec Rudy et je lui ai exposé mon plan.

– Je sers d'appât. J'avance à découvert et j'attire les deux gardes hors de la maison. On les neutralise et on donne l'assaut.

Il m'a dévisagé. Il se demandait visiblement si j'étais devenu dingue.

– Tu as le goût du suicide.

– Pas vraiment. Comme vous intervenez derrière, le risque est calculé. Disons 70-30. Tu dis à tes hommes de faire gaffe, les mecs préparent sans doute un attentat biochimique.

– Et comment espères-tu les entraîner dehors ?

– On a un compte à régler, eux et moi. Ils ne résisteront pas au plaisir de venir faire un petit peu de théorie sur le pas de la porte. Et puis, je crois me souvenir que je me suis déjà retrouvé à découvert et que ça m'a plutôt réussi, non ?

Rudy n'a pas insisté. C'était moi le boss. Il a ordonné le déploiement. Les hommes ont giclé des 4x4 en silence. J'ai ouvert mon cuir et ajusté le Sig Pro à bonne distance de réaction : le canon dégagé, la crosse prête à l'emploi. Rudy m'a adressé un signe de tête. J'ai respiré un grand coup. En piste.

Les cent mètres qui me séparaient de l'immeuble se sont égrenés le long des façades. Je relevais les numéros : 38, 36, 34… La rue était déserte et silencieuse. J'ai visualisé la camionnette, mon rythme cardiaque s'est accéléré. Pourtant, j'avais un bon feeling, de la conviction, comme Coltrane au moment d'emballer « *My favorite things* ». 28, 26… 24.



Un immeuble de briques rouges à six étages. Une plaque au mur, grise de pollution : « *Dans cet immeuble, Lénine a vécu de décembre 1908 à octobre 1909.* » Et, en médaillon, le crâne chauve et la barbiche de l'illustre bonhomme. Tout était là, sous nos yeux… Je me suis immobilisé à cinquante centimètres de la porte d'accès et j'ai écouté avec attention. Bakou-9 parlait doucement, j'ai reconnu son timbre clair, ses inflexions distinguées. La voix profonde en retour était celle de Baus, sans hésitation possible. J'ai fait le vide et je me suis posté devant l'entrée. La cible idéale. Dans la faible lueur du hall, Baus et Bakou-9 avaient les traits tirés par le stress et le manque de sommeil. Mon apparition les a réveillés d'un coup.

J'ai dit simplement :

– Salut.

Baus a sorti son flingue, un Colt Cobra du genre efficace. Bakou-9 pointait carrément un riot gun, spécial chasse au gros, l'arme idéale pour atomiser les serrures. Un UZI étincelait dans un coin. Bakou-9 a murmuré :

– Comme on se retrouve, commandant Sacco…

– Mieux vaut tard que jamais.

– J'aurais préféré jamais, a soupiré Baus.

– D'une certaine façon je te respecte, Baus. Tu as un idéal. Tu m'as ouvert les yeux sur l'inanité de ma propre existence. Mais tes méthodes sont puantes. Tu ne résoudras rien par la violence.

Il a hoché la tête. Ses yeux brillaient dans l'obscurité. Tristesse. Ou haine.

– Et c'est un flic qui me dit ça… Quand je pense que j'ai cru à ta sincérité… Tu as eu de la chance. Plus que ton copain Rasta…



– Je me doutais que c'était votre œuvre, bande de salauds. Il n'avait rien à voir dans cette affaire.

– Tant pis pour lui. Il se trouvait au mauvais endroit, au mauvais moment. Quant à toi, sale petit enfoiré, à une minute près on te liquidait…

– On peut faire beaucoup de choses en une minute. Notamment sauver sa peau. Ou se rendre. Il n'est pas encore trop tard, Baus.

Il a haussé les épaules.

– Se rendre ? Tu délires ? On n'a jamais été aussi près de la victoire.

Bakou-9 a secoué sa tête blonde et son visage d'ange s'est tourné vers celui, torturé, de Baus.

– Je t'avais dit qu'il fallait le buter immédiatement. Ne pas chercher à le faire parler. Dès que j'ai vu le truc, je te l'ai dit : une balle.

– Quel truc ? j'ai demandé.

Baus a souri doucement.

– Dans tes revues… Tes prétendus articles… Il y avait une erreur incroyable. Vous êtes d'une négligence, dans les services… Dans un numéro de *Proletaris* daté de 2013, Habel est cité comme ministre de la Sécurité Collective alors qu'il n'occupe ce poste que depuis 2014. Ce n'était pas une simple coquille, l'erreur revenait dans tout l'article. Un lapsus révélateur de tes employeurs, sans aucun doute... Par acquit de conscience, on a vérifié dans les archives : Patrick Kugelmann n'a jamais travaillé pour *Chaos* ou *Proletaris*. En revanche, à partir de ton avis de recherche, on a retrouvé ton dossier de flic avec ta tronche de rat en photo.



– Quand on fabrique une couverture, il faut soigner les détails, a ironisé Bakou-9. Du vrai travail d'amateur.

– Peut-être, mais je suis là devant vous. Pas mal pour un amateur.

Un silence. J'ai cru distinguer des frôlements à la surface des murs, autour de moi. Baus a pris la parole d'une voix grave.

– Je sais que tu as une conscience, et même une conscience de classe, aussi étrange que cela puisse paraître. Tu fais partie des esclaves et tu l'as compris. Tu ne manques pas de courage, tu aurais pu être des nôtres. Tu t'es simplement trompé de camp. Question de circonstances. Je vais te tuer avec plaisir, mais avec une pointe de regret aussi : tu ne verras pas le monde nouveau que nous allons édifier. Un monde de justice, enfin. Débarrassé de crapules dans ton genre.

Il a braqué son flingue vers moi et a tiré, mais j'avais préparé mon geste, je me suis jeté sur le côté et me suis accroupi contre la façade de l'immeuble. Comme je l'espérais, ils ont eu le réflexe de se précipiter. Hurlements des détonations. Le plus rapide, Bakou-9, a été cueilli par trois salves convergentes de tireurs embusqués de l'autre côté de la rue. Impacts au ventre, une balle dans la tempe, une autre dans la mâchoire inférieure. La masse sanguinolente a giclé à mes pieds. Baus a été touché au bras gauche. Foutu pour foutu, il est sorti pour me descendre. J'ai juste eu le temps de viser la rotule. Il est tombé à terre d'un coup, herbe fauchée. Les flics alignés le long de la façade se sont rués à l'intérieur. Dix secondes plus tard, une explosion énorme, des cris, des tirs, le mur de feu qui détruit tout sur son passage. Des têtes sont apparues aux fenêtres des immeubles voisins, entre crainte et curiosité. On a emmené Baus, crispé sur sa douleur. Rudy est venu aux nouvelles, je l'ai rassuré. Les tirs ont rapidement cessé. J'ai jeté un œil au cadavre de Bakou-9 adossé à la porte, la tête de travers, bouche béante, un impact net au niveau du pariétal droit, les vêtements trempés de sang, les yeux bleus ouverts sur le néant. En mémoire du Patron, aucun regret. 

On est montés au deuxième étage. La porte avait gerbé de ses gonds. A l'intérieur, grand nettoyage : les flics avaient arrosé à 180 degrés. Au milieu de la fumée, une vingtaine de corps vautrés dans le sang, dont trois flics. Pêle-mêle sur des matelas et des sacs de couchage, des hommes, des femmes. Jeunes, à première vue. Certains portaient encore une arme à la main. Les murs étaient criblés d'impacts et d'éclaboussures sanglantes, de la matière organique spongieuse, cervelle probablement. Dans la pièce voisine, quatre comportables et, comme je l'espérais, les bonbonnes bien alignées le long du mur : les germes bactériens destinés au réservoir d'eau de Montsouris. «*Le marteau frappe l'eau*», cadeau des Destro-Zens, alliés objectifs du CLAC. Un remake de l'attentat du métro de Tokyo, une offensive virale apte à empoisonner des milliers de Parisiens, à provoquer un chaos intégral et à susciter terreur, confusion et soulèvement de masse. «*La faucille moissonne*» : la légitime violence, pour reprendre la terminologie révolutionnaire, ou la régénération de l'espèce, selon les Destro-Zens.

J'avais tout agrégé devant le salon de tatouage : fidèles à leur philosophie, les Destro-Zens se faisaient inoculer le virus par l'intermédiaire des aiguilles. C'est pour cette raison que le dessin était si profondément incrusté dans leur peau : le virus était inscrit en eux, gravé non seulement dans leur chair, mais dans leur existence. L'attentat bactériologique n'était qu'une suite logique. Dans son délire contaminatoire, Baus avait provoqué le rapprochement entre les deux apocalypses, cybernétique et biologique. Sans doute maxiléninistes et bouddhistes ultras auraient-ils fini par s'entretuer, mais n'est-ce pas le destin des hommes ?



Sur le palier, j'ai croisé l'équipe de spin-hackers chargée de décontaminer les réseaux de télécommunication. La solution se cachait dans les comportables qui, par chance, n'avaient subi aucun dommage. En redescendant, j'ai remarqué une petite vieille qui observait le va-et-vient des flics et des brancards. Sa silhouette me rappelait quelqu'un... La soviétologue de Nanterre ! Cette vieille femme qui préférait la chaleur de son bureau à l'humidité de son appartement... Je me suis avancé vers elle.

– Bonjour. Vous me reconnaissez ?

Elle a pointé vers moi ses yeux revenus de tout.

– Non. Que s'est-il passé ?

– Nous avons procédé à l'arrestation de dangereux terroristes.

– Les petits jeunes du second ?

– Oui.

– Pas possible ! Ils étaient si sympathiques... et si polis...

– Il ne faut pas se fier aux apparences.

– Et vous, vous êtes de la police ?

– Oui. Malgré les apparences, oui.

Elle a plissé les paupières pour faire le point sur ma gueule.

– Et vous dites qu'on s'est déjà rencontrés ?

– Je suis venu vous voir à votre bureau il y a trois semaines. Vous m'avez donné des documents. Des archives.

– Je crois… maintenant que vous me le dites…

– Des archives du parti communiste.

– Mais oui ! Je me souviens à présent ! Alors, vous les avez regardées ? Vous avez trouvé des choses intéressantes ?

– Plus que vous ne pouvez l'imaginer.

– Venez, entrez, vous allez me raconter tout ça devant une tasse de café. Ça me rappellera ma jeunesse au Parti.



Elle m'a pris le bras et m'a emmené chez elle en actionnant la manivelle de sa machine à remonter le temps.

– J'ai été inscrite au Parti jusqu'en 2007, figurez-vous ! Fidèle jusqu'au bout ! J'étais même responsable de l'appartement du second. Vous savez que Lénine a vécu dans cet immeuble ? Eh bien, j'étais la conservatrice du musée. Enfin, conservatrice, c'est un bien grand mot… Disons que je le gérais… A la fin, il y avait de moins en moins de monde…

Elle avait déjà oublié le massacre et les cadavres éparpillés quelques mètres au-dessus de sa tête. Elle a préparé le petit déjeuner selon les lois de l'hospitalité, telles qu'on les concevait au XX^e^ siècle : tasses, sous-tasses, petites cuillers, sucre et gâteaux aussi fossilisés que le corps de Lénine au fond de son mausolée.

– Je me rappelle les réunions de cellule, on se retrouvait souvent chez moi, qu'est-ce qu'on a pu refaire le monde, vous n'avez même pas idée, cela peut vous paraître ridicule aujourd'hui, je veux dire pour les gens de votre génération, mais nous étions persuadés que l'avenir était radieux et qu'il appartenait au socialisme, c'était scientifique…

Pendant qu'elle divaguait au milieu de ses souvenirs, les bruits sourds dans l'escalier ponctuaient l'évacuation des corps. Dehors, les sirènes emmenaient les blessés ou signalaient l'arrivée de collègues. Pour couper court, j'ai orienté l'entretien dans les impasses de l'anecdote.

– Vous m'avez dit que vous vous occupiez du musée…

– Oui, le Parti m'avait proposé ce logement en échange. Le Parti était riche à l'époque, l'appartement attirait pas mal de visiteurs dans les années 1950 et 1960… Vous vous rendez compte, l'appartement de Lénine, conservé en l'état, avec ses meubles et ses papiers personnels…

Papiers personnels qu'elle m'avait confiés, par erreur sans aucun doute, et qui avaient atterri entre les mains de Nerjivan pour, finalement, m'amener à interpeller des macchabées et prendre le café chez elle…

– Malheureusement, ces pièces ont été dispersées à la vente de l'appartement… Je m'en souviens très bien, c'était en 2002, l'année où j'ai pris ma retraite… Le Parti était obligé de vendre tout ce qu'il avait pour survivre, c'était d'un triste, on n'avait même pas fait 4 % aux élections présidentielles, je vous jure, quelle misère, et même pas 2 % en 2007 ! Alors que, dans l'immédiat après-guerre, le Parti faisait plus de 25 %, imaginez ça, 25 % ! J'étais petite fille à l'époque, mais je m'en souviens comme si c'était hier. Même en Mai 68 on s'était maintenus à 20 % ! Les jeunes avaient raison de se révolter mais, sans le Parti, la révolte était vouée à l'échec, tout le monde le savait. Enfin, ça n'a servi à rien, et ce sont les capitalistes qui ont gagné, au bout du compte… On aurait dû écouter Georges Marchais, il avait vu juste, je l'ai bien connu, il était très sympathique… Vous savez, on n'a pas été assez intransigeant avec la ligne politique, on aurait dû refuser l'alliance avec les socialistes en 1972… Vous pouvez croire une chose pareille, vous ? Mitterrand, socialiste ? Un bourgeois, voilà tout. Regardez, j'ai encore une photo, avec les camarades on a fêté mon départ à la retraite. On a posé devant la maison, sous la plaque à la mémoire de Lénine, puisque c'était fini tout ça, l'appartement était vendu… C'est un sacré souvenir… On a eu de belles années, malgré tout…

Sur la photo, un groupe de personnes âgées en habits d'automne. C'est toujours poignant, des vieux réunis et souriant comme s'ils avaient l'avenir devant eux. A cette époque, en 2002, j'avais vingt ans, j'étais étudiant, je défilais contre l'extrême droite… Et soudain voilà, le temps nous jouait un coup de pute, on se retrouvait déjà quinze ans plus tard… L'idée de ma mort m'a sauté à la gorge.



Un détail a retenu mon attention. Sur la photo, au second étage, un panneau : « Immobilière S.A. » Et, juste en dessous : « Vendu ». Bingo.

La dame a rangé sa photo et continué son déballage de souvenirs. J'ai fini mon café et je me suis levé.

– Eh bien, je ne vais pas vous déranger plus longtemps. Je vous remercie.

– Oh, mais vous ne m'avez pas dérangée, revenez quand vous voulez, personne ne me rend jamais visite, vous savez, une vieille femme comme moi ça n'intéresse plus personne, je suis heureuse…

Je lui ai serré la main, sa pauvre main cagneuse et proche du squelette, j'avais la gorge nouée, j'avais envie de la prendre dans mes bras, de la serrer doucement contre moi et de lui demander pardon, pardon pour le temps qui passe, pardon pour la mort qui arrive, pardon de ne pas pouvoir lui rendre ses beaux jours et ses espoirs, elle qui avait cru en quelque chose, moi qui n'avais jamais cru en rien.

Dehors, des gars en combinaison NBC transportaient les bonbonnes de produits toxiques jusqu'à une camionnette blindée. A côté de la porte d'entrée, des flics en civil, sûrement de la police scientifique, étaient penchés sur une forme dessinée à la craie. Ils prélevaient des échantillons de matière organique sur le mur et procédaient à son analyse génétique expresse, à l'aide de leur petit laboratoire portable. Le sang de Bakou-9 était du groupe AB. Très rare. D'après les premières données, il s'appelait Enrique Martinet et était recherché pour homicides et vols à main armée.



La décontamination des réseaux d'informations avait commencé.

# 38



Un officier de la brigade antiterroriste m'a livré les dernières infos : Baus avait reçu les premiers soins sur place et avait été expédié à Saint-Jacques, consignes émanant des plus hautes autorités. Heureuse coïncidence : je devais y récupérer ma bécane. Une autonomie maximale allait s'avérer indispensable pour la suite des opérations. On a speedé vers Châtelet.

Les caméras et les projecteurs s'alignaient le long de la façade du centre de police. Rudy regardait par la fenêtre du 4x4.

– C'est la foule des grands jours, on dirait.

– Je flaire surtout le plan com à plein nez.

Nous avons laissé la tire au garage et j'ai grimpé les étages à toute allure. Comme mue par un sixième sens, Sarah m'a scanné dès mon entrée dans le hall d'accueil et m'a alpagué, furibarde et pas charmante pour un cent.

– Tu peux m'expliquer où tu étais ?

Je l'ai dégagée en douceur, très gentleman.

– Tu devais certainement t'amuser dans une soirée ou l'autre, alors j'ai préféré terminer le boulot tout seul.

– Je suis ton officier traitant. Tu devais me tenir au courant de…

– Désolé, la police m'avait confisqué mon téléphone. La prochaine fois, je t'enverrai une carte postale, ma jolie. Salut.

Comblé par ma microscopique vengeance, je l'ai plantée là et j'ai mis le cap sur le coin VIP, non sans bousculer quelques caméras au passage. Surprise : Vranac assurait le service d'ordre, pour autant que ce mot eût encore une signification dans ce contexte. Face à la meute, il prenait son air le plus terrible pour dissimuler la panique que lui inspirait la situation. Il m'a vu arriver comme si le diable en personne venait lui déposer son faire-part de décès. J'étais l'emmerde ultime de cette fin de carrière anéantie par une myriade de tragédies apocalyptiques.

– Sacco, qu'est-ce que vous foutez là ?

– Ce serait plutôt à moi de vous poser la question, commissaire. Venez.

D'autorité, je l'ai pris à part pour jouer au confident. Vranac était accablé.

– Bon Dieu, on m'appelle à 8 heures pour assurer un service d'ordre exceptionnel et qui je vois arriver ? Le ministre de la Sécurité Collective en chair et en os !

– On peut dire que vous n'avez vraiment pas de chance.

– On peut le dire… Le jour de l'instauration de l'état d'urgence… En plus, ces foutus journalistes veulent tout savoir sur le réseau démantelé ce matin. Vous êtes au courant, vous, Sacco ?

– Plutôt, oui : c'est moi qui les ai logés. Où est le prévenu ?

– Personne n'a le droit d'assister à l'interrogatoire. Le ministre a été formel sur ce point : il veut voir le témoin seul à seul.

– Putain ! C'est moi qui l'arrête et c'est lui qui l'interroge !

– Il fallait faire de la politique, Sacco. Il n'y a pas trente-six façons de se retrouver au premier plan sur la photo.

– Rien à foutre de la photo ! Vranac…

Il s'est gratté l'occiput. Visiblement, il me voyait venir avec mes gros sabots : toutes les salles d'interrogatoire étaient munies de vitres sans tain et d'un système d'écoute. Il suffisait de s'introduire discrètement dans la cabine adjacente. Mon ex-supérieur a tiré une tête de bœuf tracté sur un tapis roulant.

– Sacco, je ne veux pas être mêlé à cette histoire.

– C'est précisément pour ça que je suis ici : pour vous protéger. Je suis responsable de tout ce qui vous arrive et je revendique.



– Mais moi, j'ai la responsabilité du périmètre de sécurité.

– Voilà qui me rassure. En somme, nous nous couvrons mutuellement. Je ne reste que cinq minutes, promis.

Sans surprise, Vranac s'est dégonflé comme la baudruche qu'il était. Il a levé vers moi des yeux accusateurs.

– Bon… Je vous préviens, au moindre problème…

– J'assume. Je dirai que je me suis glissé par les conduits d'aération.

– Bon sang, Sacco ! Je suis sérieux ! On risque tous notre poste dans cette affaire !

– Vranac, on a toujours bien bossé ensemble. Pourquoi ça merderait aujourd'hui ?

– Parce que les statistiques sont contre nous, justement, c'est trop beau pour durer. Je vous laisse cinq minutes, pas une de plus. Salle 9.

– Merci, Vranac. Je ne l'oublierai pas.

– Si, je préfèrerais.

Je me suis précipité. C'était logique, la salle 9 jouxtait l'infirmerie et Baus avait reçu des soins à son arrivée. Deux mecs des services de Habel, costards et lunettes noirs, montaient la garde devant la porte. J'ai reconnu les zigues de l'Hôtel de Ville, le jour de mon entretien d'embauche, le grand rasé et le noiraud.

Coup de bol : ils étaient absorbés par ce qui se passait à l'intérieur. Je me suis faufilé dans le confessionnal en toute discrétion, lumières éteintes.

Baus, très pâle, était assis sur une chaise, l'épaule maintenue par une attelle, sa jambe gauche allongée devant lui, le genou noyé dans un pansement. J'ai eu un pincement au cœur. Désolé, Baus, c'était toi ou moi.

Vêtu d'une gabardine noire, Habel tournait autour de la chaise. Son poing droit martelait sa paume gauche large ouverte. Aucune grâce pour le prévenu dans ses yeux fous. Il s'est mis à aboyer.

– Alors ! J'attends une réponse !

Baus a articulé avec peine.

– Un jour, on m'a annoncé qu'il était avec nous, voilà tout.

– Qui te l'a dit ?

– Je ne sais plus.

Habel a cogné son épaule blessée. Cri de douleur. Certainement pas le premier, à en juger par le visage de Baus.

– Tu vas me dire qui a recruté le jeune De Milteau ? Si tu parles, tu auras les circonstances atténuantes.

– Je ne sais plus, bordel ! J'ai pensé que c'était une intox.

– Combien de fois l'as-tu rencontré ?

– Une fois.

– Une seule fois ? Tu mens !

– Non.

– De quoi avez-vous parlé ?

– De son père, évidemment. C'était il y a un peu plus d'un mois. Le gamin me disait que la politique le faisait vomir. Que le système était corrompu jusqu'à l'os. Qu'un mandat politique n'avait pas plus de valeur qu'un torche-cul. Que son père était un pourri.

Coup. Hurlement.

– Surveille ton langage, fils de pute !

– Il va crever ! Comme si c'était un secret !

– Un peu de respect pour le Président !

– Du respect, ouais… Il nous a raconté des choses… sur des gens respectables… Au début je n'y croyais pas… c'était trop gros… Et puis, après vérification…

– Il t'a parlé de moi ?

– Plutôt, oui…

– Qu'a-t-il dit ?

– Tu as mauvaise mémoire, monsieur le ministre du Logement ?

Coup, hurlement. Aboiement. Habel touché au point sensible. Fou de rage. Fou, tout court. Désolé, Baus, je ne voulais pas ça, je…

Une étincelle. Ministre du Logement…

Je tenais enfin la clé.

J'ai senti une présence dans l'obscurité. A mes côtés, le chauffeur de Habel suivait lui aussi la conversation. Il m'a regardé, a posé un doigt sur ses lèvres. Comme toujours, Ducrocq avait des yeux partout.

A contrecœur, j'ai laissé Habel rôder autour des secrets de Baus et j'ai filé en courant d'air. A mi-chemin, dans l'escalier, Vranac accourait déjà aux nouvelles, épouvanté.

– J'avais dit cinq minutes, Sacco !

– Et je vous remercie de votre patience, commissaire.

Il me restait un temps d'avance. Ce qu'en musique on appelle un soupir.

Un simple appel aux renseignements généraux m'a suffi à checker ma cible : Camille Traoré, né le 3 septembre 1966 à

Bamako (Mali), avocat. Surnom : Doc Lex. Dernier domicile connu : 14 rue Murillo, Paris VIII^e^. Je suis descendu tout droit au garage, j'ai signé un bon au flic de permanence et j'ai récupéré ma bécane. Kick, direction le VIII^e^. 31 octobre, 12 heures 45.

Le secteur autour du parc Monceau était une Zone semi-Protégée : l'importante concentration de gens ultrafriqués avait nécessité la réquisition de vigiles et de postes de surveillance à ses extrémités. On n'attendait plus que les décrets de la mairie du VIII^e^ pour la rattacher à la Zone Protégée des Champs-Elysées. Le contexte d'émeutes avait accéléré la mise en place des dispositifs de surveillance. Objectivement, un inconnu cherchant à pénétrer en douce dans le périmètre délimité par la rue de Courcelles, le boulevard Haussman, le boulevard Malesherbes et le parc Monceau avait de bonnes chances de se faire truffer de plomb. Le vigile de la rue Murillo a un peu tiqué en découvrant ma Kawa, mais ma carte de police avait force de loi.



Je me suis posté devant une porte d'acier, dix caméras et un écran de contrôle sur lequel j'ai plaqué ma carte de police. Une voix de femme a crachoté dans l'interphone pour s'enquérir de l'objet de ma visite. J'en ai expliqué la raison en quelques phrases où le mot « urgence » revenait cinq fois. La porte s'est ouverte dans un petit déclic. De toute façon, le niveau d'alerte 8 et la loi de 2014 m'autorisaient à pénétrer dans tout domicile privé pour procéder aux investigations nécessaires à la manifestation de la vérité.

On peut dire que le business d'avocat avait de bons côtés : Doc Lex se payait un appartement extraclasse donnant droit sur le parc Monceau et une jolie black blond platine faisant aussi office de pédicure. Sur un écran géant, le présentateur du JT de 13 heures annonçait les titres d'une édition spéciale : «*Le ministre de la Sécurité Collective Gaétan Habel décrète l'état d'urgence*; *Un important réseau terroriste a été démantelé ce matin à l'aube : il s'apprêtait à commettre un attentat bactériologique d'une ampleur sans précédent*; *Inquiétude : selon nos informations, le président de la République serait dans un état désespéré*; *Face à la montée des périls, l'Union européenne se place en état d'alerte maximale*; *L'île de Malte est passée sous administration militaire...*»



Doc Lex n'a pas quitté l'écran des yeux. Toujours self-control, troisième personne du singulier, mode évasif.

– Bonjour, commandant. Qu'est-ce qui me vaut une visite à une heure aussi grave ?

– Une consultation. Bien payée.

– Combien ?

– Tout dépendra de l'info.

– Ce n'est pas une réponse juridiquement correcte.

– Tu es dur en affaires, Doc.

– Dur en affaires, fidèle en amitié, rancunier envers tous les autres.

– Un vrai business-hero.

Gros plan sur l'écran. Habel à la sortie du centre de police Saint-Jacques, concentré et maître de lui-même, cinquante micros devant la bouche : «*Le suspect est sous bonne garde. Nous ne perdons pas espoir d'obtenir sa coopération afin qu'il nous donne le nom de ses complices. Toute la lumière doit être faite sur l'odieux attentat qui se préparait. Malheureusement, nous ne sommes pas à l'abri d'autres attaques et c'est pourquoi le gouvernement, soucieux de mettre hors d'état de nuire les groupuscules terroristes menaçant la démocratie, a décidé d'interdire tout mouvement politique non homologué. En outre, la police a reçu l'ordre de disperser tout rassemblement de plus de trois personnes. Enfin, un couvre-feu a été décrété à partir de ce soir, 22 heures. Toute personne arrêtée en flagrant délit de vagabondage après 22 heures sera interpellée et jugée en comparution immédiate. La sauvegarde des libertés démocratiques et de la sécurité de nos concitoyens est à ce prix.* »

Doc Lex a fait sa mine dégoûtée. Il a écarté la fille d'un geste d'empereur.



– Et dire que j'ai bossé pour des gens pareils…

– L'argent n'a pas d'odeur.

– Mais il a un coût. Un coût trop élevé à mon sens.

– Tu te découvres une conscience, Doc ?

– C'est l'âge. Ou l'influence du Patron.

Je me suis dit qu'il valait mieux jouer sans tricher.

– Le Patron est mort. J'ai vu son corps rue des Cascades. Assassiné.

Silence. Il a accusé le coup. Pas de la frime, vraiment touché au cœur. Il a pris de profondes inspirations pour s'alléger. Sa voix n'était qu'un murmure.

– Je savais que ça finirait mal. Je lui avais dit de prendre du champ, de faire attention aux plaintes. Il était trop sûr de lui, comme d'habitude…

Un autre silence. Dans l'espoir de se reconfigurer, il a tenté de se raccrocher à des repères juridiques.

– Une idée du coupable ?

– Je l'ai définitivement neutralisé. Mais j'ai besoin de ton aide pour boucler le dossier.

Il s'est levé, a regardé par la fenêtre. J'ai attendu cinq secondes, le temps de le laisser effectuer le travail de deuil. Après, passe ou casse.

Pour l'estocade, j'ai pris ma voix la plus neutre possible.

– Tu as déjà entendu parler d'une société appelée « Immobilière S.A. » ?

Cinq secondes de plus. Il m'a fait signe de le suivre et nous nous sommes installés dans son bureau. Dans les rayons de la bibliothèque, un certain nombre d'ouvrages essentiels : *Offshore Business*, *Précis de fiscalité alternative*, *Spéculation et investissement*, *L'Evasion fiscale entre mythes et réalités*. Il a allumé son comportable.



– Quel nom déjà ?

– Immobilière S.A.

– Elle existe toujours ?

– Aucune idée.

– On va vérifier.

Il a pénétré les bases de données de l'annuaire des agences immobilières avec une dextérité de hacker.

– Rien à ce nom-là.

– Et dans les archives ?

– Cela prendra un peu plus de temps.

Je me suis assis. J'ai attendu un quart d'heure. Comme prévu, il a ciblé l'info.

– Voilà. Il suffisait de procéder aux bons liens hypersites. Immobilière S.A. : la société a été rayée du tribunal de commerce de Paris en 2007.

– Et merde.

– Pas de conclusion hâtive. Elle a probablement été délocalisée dans un paradis fiscal. Depuis le début des années 2000, c'est une procédure de base.

– Tu peux la tracer ?

– Je ne sais pas si j'ai les moyens…

– Ne me raconte pas de bobards, Doc.

Je lui ai montré *Offshore business*.

– OK. Mais j'ai besoin d'un peu de temps.

Une demi-heure a passé, infinie. Le tempo ralentissait dangereusement. La fille lisait un magazine de mode pour s'assurer que les nanas papier glacé n'étaient pas plus jolies qu'elles. Je lui ai fait un sourire poli, mais elle a détourné les yeux, écœurée. Dehors, le ciel s'est couvert. Elle a allumé une petite lampe en prenant soin de l'orienter vers elle et de me laisser dans l'obscurité. J'ai essayé d'occuper mes doigts avec une revue juridique, en vain. Doc Lex a enfin crié :

– *I've got it !*

J'ai rappliqué à toute blinde. Surexcités par l'instinct de performance, ses doigts volaient sur le clavier. Des lignes de données se sont succédé sur l'écran.

– Il suffisait de tracer les transactions bancaires. J'étais sûr qu'ils étaient restés à proximité de la France, ni trop près ni trop loin. Monaco, Andorre, la Suisse, c'est grillé depuis l'interdiction officielle des paradis fiscaux par les conventions européennes. On s'est contenté de les délocaliser eux aussi. La Guyane, voilà la planque, je l'ai utilisée des dizaines de fois. Immobilière S.A., domiciliée à Kourou.

– Peux-tu me dire si elle possède ou a possédé un appartement situé 24 rue Beaunier, dans le XIVe ?

Incrémentation.

– Un appartement de trois pièces, 42 rue Mouffetard dans le Ve… Un duplex de 128 mètres carrés au 120 rue Lafayette dans le Xe… Un immeuble situé 2 place du Colonel-Fabien…

– L'ancien siège du PCF !

– Et là : appartement deux-pièces-cuisine-salle de bains, 24 rue Beaunier, Paris XIVe.

– Les statuts. Regarde les statuts.

Un temps. Interminable. Le bpm qui monte en flèche.

– Directeur : Arnaud De Blèves. Conseiller juridique : Gaétan Habel.

– On le tient !

– Voyons les comptes.

Doc Lex a chipoté son clavier avec la virtuosité d'un Thelonious Monk du bilan comptable. Il a émis un sifflement d'admiration.

– Je vois l'astuce : Immobilière S.A. a acheté l'ensemble de ses biens immobiliers au conseil régional d'Ile-de-France. 

– Où est le gig ?

– En matière immobilière, les présidents de région bénéficient d'une large autonomie. Ils déterminent seuls ce qui est urbainement utiles dans leur secteur de compétence. A mon avis, ils ont truandé les décisions : le conseil régional a racheté les biens au nom de l'Etat et les a revendus, dans la foulée et au même prix, à Immobilière S.A. Opération blanche sur le plan financier, aucune brèche dans les comptes, indétectable. Les piaules ont changé de propriétaire du jour au lendemain, point final. Comme toutes les belles arnaques, celle-ci reposait sur une astuce d'une simplicité enfantine : pour avoir la paix, le conseil régional a assimilé les biens nouvellement acquis à des immeubles désaffectés… ce qui, concernant le parti communiste, n'était pas tout à fait faux. Ensuite, Immobilière S.A. s'est contentée de les revendre ou de les louer dix fois plus cher et de verser des commissions proportionnelles aux décideurs politiques pour services rendus.

Résumé des infos disponibles : Habel, jeune conseiller juridique d'une société immobilière dirigée par Arnaud De Blèves. Cette société rachète, via le conseil régional, les biens mis en vente par le parti communiste à partir de la fin des années 1990 et jusqu'à sa liquidation judiciaire en 2007. Qui était président du conseil régional d'Ile-de-France entre 1997 et 2007 ? Jean-Serge De Milteau. Il refile donc tous les biens du PCF à son pote De Blèves, qui réalise une énorme plus-value. De Milteau palpe ses commissions et se constitue une gigantesque caisse noire à des fins électorales, tandis que De Blèves fait fortune et entame son ascension dans les hautes sphères. En 2007, De Milteau est nommé ministre de la Culture et Habel, ministre du Logement. Avec l'accord de De Blèves, Habel liquide les affaires visibles et délocalise le business : c'est lui le ministre du Logement, il ferme les yeux quand bon lui semble. Immobilière S.A. s'évanouit dans la nature, aucune suspicion de favoritisme et de marchés truqués. Problème pour Habel : il a les dents longues, mais les mains liées par le pacte de corruption qu'il ne peut dénoncer sans se condamner lui-même. De Blèves et De Milteau n'avaient certainement pas manqué de le lui rappeler lors des dernières élections. Habel avait donc intérêt à ce que De Blèves disparaisse dans les plus brefs délais. Quant au Président, le cancer s'en chargeait. Restait à savoir ce que le jeune De Milteau venait faire dans ce jeu…

Doc Lex m'a tiré de ma méditation.

– Un beau montage. En termes juridiques, cela s'appelle de la prise illégale d'intérêts.

– Et l'appartement de la rue Beaunier…

– Il appartient toujours à Immobilière S.A.

– Evidemment ! Habel était député de la 10e circonscription, qui comprend le XIVe arrondissement. De Milteau, l'ancien député, lui a gentiment laissé la place en 2002 pour prendre la présidence du conseil régional. Et Habel s'est mis la piaule de la rue Beaunier dans la poche, ni vu ni connu… Vise le titre demain dans la presse : « *L'appartement des terroristes appartient au ministre de la Sécurité Collective.* »

– Joli, mais aucun journaliste n'osera publier une info pareille. Ils vont tous se dégonfler, Habel est intouchable.

– Il y en a bien un que ça intéresserait... Tu peux m'imprimer ces données ? Et tu me donneras aussi ta facture.

– C'est gratuit. En souvenir du Patron.

Gravement, il a sorti le listing de sa machine. Quand un avocat règle ses comptes, c'est indolore, ça ne fait jamais beaucoup de bruit, mais le résultat est résolument Tchernobyl.



– Beau travail, Doc.

– De nos jours, la contrebande est un jeu d'enfant : il suffit de s'introduire dans les bonnes bases de données et de remonter à la source.

J'ai eu un flash : Doc Lex entasse ses cartons, je consulte ma messagerie chez le Patron. Le CLAC possédait des spin-hackers de première force. Ils m'avaient identifié, avaient ciblé ma messagerie et attendaient que je la consulte pour remonter à la source d'émission du signal. C'est ainsi qu'ils avaient localisé la rue des Cascades, comme Ducrocq et ses deux gorilles quelques jours plus tard. Le Patron était là, il s'apprêtait peut-être à quitter les lieux, à jeter les clés, à prendre le chemin de la Terre Promise... Baus et Bakou-9 avaient surgi... Ils avaient procédé au nettoyage aveugle... Mauvais endroit au pire moment... A mon corps défendant, j'étais moi aussi responsable de sa mort.

Second flash : Habel à la soirée Comintern, accueilli par McInnes de Heau. Deux héritiers d'un même système. Deux tueurs, main dans la main. Un pacte pour un projet précis. La dernière pièce du puzzle. Lazy la vendait au plus offrant. Et j'avais un acheteur pour lui.

Dernier jour d'octobre. 16 heures 42.

# 39



A Bastille, la manif battait son plein : lacrymos, balles en caoutchouc, autopompes en batterie, sirènes d'ambulance. Protégés par les blindés, des dizaines de camions de pompiers aspergeaient de flotte les vestiges fumants de l'ancien Opéra. Relents de chlore des fumigènes. Les casseurs refluaient vers la rue Saint-Antoine. Bientôt, ils seraient pris en tenaille entre la Zone Protégée du Marais et la Seine. L'objectif des forces de l'ordre était clair : les refouler sur l'île Saint-Louis pour les neutraliser.

Je me suis glissé dans le dédale de cours intérieures où créchait Lazy. En comparaison, il y régnait un calme quasi champêtre. Dans son assemblage de caisses et de cartons, le bonnet rouge vinasse enfoncé ras les sourcils, Pipo le clodo attendait sereinement la fin du monde. A vrai dire, il avait l'air d'apprécier les explosions et les cris des manifestants. Il ricanait dans sa barbe parsemée de particules de bouffe. J'ai jugé préférable de tâter le terrain.

– Excusez-moi, vous avez vu Lazy aujourd'hui ?

Il m'a lancé un regard soupçonneux et a farfouillé dans sa cervelle laineuse, à la pêche de ce que lui évoquait ma gueule.

– Pourquoi tu veux savoir ça, mon pote ?

– Parce que je le cherche.

Le souvenir s'est pris dans les fils de sa mémoire. Il a eu un sourire.

– Ah oui, tu es le flic qui traînait avec lui l'autre jour… Qu'est-ce qu'ils sont en train de vous mettre là-bas ! Fallait bien que ça pète un de ces jours, hein ! Depuis le temps qu'on attendait ce moment-là ! Bien fait pour vos gueules !

– Et Lazy ?

– Il doit être chez lui. J'l'ai vu passer y a pas une heure.

J'ai gravi les escaliers quatre à quatre. Porte non verrouillée, béante, sans trace d'effraction. Grand calme. Mauvais signe. J'ai tiré doucement mon Sig Pro du holster et dégagé le cran de sûreté. Bpm à 120. Giclée d'adrénaline. Coltrane, « *Locomotion* », avis de grand stress. Coup de pied, la porte qui vole, position de tir, canon en avant. Le bordel intégral, des papiers partout, du sang frais sur la moquette, une puanteur de poudre. Derrière le bureau, Lazy, son corps désarticulé, une balle dans le cœur. Important éclatement de la chair, tir à bout touchant. Dans l'autre pièce, une fille, vautrée dans un fauteuil, tête rejetée en arrière, les yeux ouverts, une balle dans la bouche. Nettoyage en règle, très récent, un quart d'heure grand maximum. Des maxiléninistes ? Non, hors course. Pas la moindre idée, blanc intégral.

En vérité, j'étais très conscient de ma chance : à quelques minutes près, je faisais partie du carnage. Un bon chorus est souvent une question d'à-propos, de timing, d'intuition. C'est après, quand tout est terminé, qu'on s'aperçoit de la justesse du ton. Et des fausses notes.

J'ai fait le point. Le processus de dispersion des preuves se poursuivait et il me restait deux heures à peine pour en choper une – une minuscule, mais la seule valable. Dépassionner. Rationaliser. Lazy possédait des infos chimiquement pures. Planquées à l'abri. Dans l'ordinateur ? Non, trop évident. Dans l'appartement ? Peu probable, on ne dissimule pas chez soi des sources de haute sensibilité. Et puis, si par hasard quelque chose d'intéressant traînait dans le périmètre, mon prédécesseur l'avait sûrement raflé. Un coffre de banque ? Pas une solution pour un esprit aussi tordu que Lazy. Un de ses multiples points de chute dans Paris ? Il me faudrait trois mois au minimum pour épuiser son carnet d'adresses, sans garantie de résultat. Autant croire au Père Noël…

Au Père Noël.



Il s'était mis à pleuvoir. Le petit clodo à bonnet rouge avait déplié une bâche de plastique translucide pour se protéger. Il tétait un mégot d'un air malin, heureux de sa grande victoire sur l'adversité humaine. Je me suis accroupi devant lui.

– Il faut qu'on parle.

Ses yeux ont effectué un rapide focus dans ma direction avant de reprendre une contemplation plus digne d'intérêt.

– Tu me cherches… J'ai rien fait de mal, flic de merde. Alors dégage.

– D'accord, je dégage. Mais Lazy est mort. Et j'ai besoin d'informations.

Il n'a pas répondu. Dans son cas, le silence équivalait à l'expression d'une tristesse infinie. Sa voix s'est radoucie.

– Tant pis pour sa gueule. Je les enterrerai tous.

– J'agrège. Vous êtes un dur.

– Le meilleur ! Moi, ils ne m'auront pas, bordel de putain !

– Putain de bordel. Il faut dire : putain de bordel.

Touché. Il s'est percuté le front d'une paume rageuse.

– Ouais, t'as raison. Putain de bordel. Ça m'arrive parfois, je mélange les mots. L'âge, mon pote…

– Ça vous fait combien ?

– Soixante-neuf berges ! L'année prochaine, ça fera soixante-dix ! J'y serai arrivé ! Je les enterrerai tous ! Mai 2018 ! Cinquante ans que j'attends ça !

– Que vous attendez quoi ?

– Les émeutes, les pavés… J'avais vingt berges à l'époque… Je travaillais depuis l'âge de seize ans, moi ! Mais on m'a jamais eu ! Même l'autre, le Cohn-Bendit, je l'ai eu… Je lui avais dit à l'époque : « Toi, t'es un intello, tu vivras vieux. Les ouvriers, les prolos, eux ils en crèvent réellement. » Eh ben voilà, il aura crevé avant moi.



– Vous avez fait Mai 68 ?

– Et comment ! J'ai tout connu, moi ! La Sorbonne, Renault, Charlety… J'ai foutu le feu à la Bourse, moi ! Comme tu me vois, mon pote ! J'ai pas peur de le dire ! J'ai hébergé Cohn-Bendit dans les années 70… Je veux dire 1970… C'est loin… On vivait en communauté, t'imagines ça ? On y croyait dur comme fer… On discutait jusqu'à plus d'heure… Pour discuter, alors là, oui, il était fort… Mais pour agir… Il a fait de la politique, il était bon qu'à ça… J'ai même croisé les mecs d'Action Directe ! J'ai vite laissé tomber, ils étaient cinglés… Je regrette rien… Simplement, fallait que ça pète à nouveau…

– Je pense pareil. Et Lazy aussi. Il possédait même des documents susceptibles de tout faire péter. J'ai besoin de les voir.

Il a mâchonné dans sa barbe. Le pour, le contre. Lazy, le flic. Le souvenir, le rien. Lui, les autres. Il ressemblait au petit garçon qu'il avait été, il y a très très longtemps, sur des photos en noir et blanc. Il a haussé les épaules, a fouillé en râlant dans ses caisses et en a extrait une minicaméra, qu'il m'a jetée dans les mains.

– De toute façon, moi je peux rien en tirer de ses trucs d'intello… Autant que ça serve à quelqu'un… Qu'est-ce qu'il voulait que je foute avec ce machin, nom de Dieu ?

– Justement. Me le donner en cas de malheur.

J'ai déployé l'écran. Play. La soirée Calypsos. Des gens par paquets. Noir. Un bureau discret, à l'écart. Boiseries. Pénombre. Stylo-caméra glissée dans une serrure. Trois hommes : Gaétan Habel, Rodrigo McInnes et un grand type mince à cheveux longs. Retour en arrière. Arrêt sur image. Focus. Le grand type. L'Américain au yeux vairons. Banc-titre en lettres rouges : Gregor McCulloch, CIA. Lointain flash-back : la photo floue du mec dans *Le Monde Match*, le jour de l'arrestation du premier Destro-Zen. Un agent des services secrets US, relais de Habel dans le CLAC. Et, suprême astuce : américain, donc inconnu des bases de données européennes. La taupe insoupçonnable.



Stratégie de Habel : terrorisme, représailles, état d'urgence. McInnes : finances et logistique avant la prise du pouvoir économique. Le plan idéal, jusqu'à ce que la créature leur échappe : Baus et sa logique de contamination, puisée chez les Destro-Zens à l'époque où il travaillait chez Ca-Pi-Tal. Comme il avait agrégé toutes les combines de la guérilla sociotechnologique, il ne laissait jamais la moindre trace. Voilà pourquoi l'Américain avait tenu à me rencontrer : rétablir le contact avec le CLAC, cibler Baus l'électron libre, puis le neutraliser. La clé USB ? Putain, j'avais oublié de la donner, elle était encore dans ma poche… Quelle utilité ?

La seule certitude, c'etait que moi, commandant Sacco, j'avais effectué le sale boulot pour réparer leur sale besogne. Baus soupçonnait-il l'implication du Yankee dans ce jeu de dupes ? Assurément pas. Et celle de Habel ? Encore moins. Mais, en pénétrant les classés-confidentiels de l'Etat grâce au fils à papa De Milteau, il avait agrégé l'origine de la bonne fortune politique et immobilière de Habel et le tenait par les couilles. D'où l'isolement total et l'interrogatoire personnalisé. Mauvais pressentiment. Il fallait regagner illico le centre Saint-Jacques.

Des pas derrière moi. Des pas qui s'arrêtent. Le regard du vieux qui se fige. Il grommelle.

– Tiens, la rev'là, celle-là.

Je me retourne. Sarah. Sourire éblouissant.

– Ma compagnie te déplaît ? Tu sais, je n'ai jamais couru autant après un homme…

Réexamen de la situation : mon sursis n'avait rien d'un hasard.

– Comment m'as-tu scanné ?

– Tu t'es débarrassé de ton téléphone, mais ta moto reste reliée au système GPS. Je te suis à distance depuis ton départ du centre Saint-Jacques. Tu m'as paru trop pressé pour être honnête. En te voyant foncer vers Bastille, j'ai compris où tu voulais en venir et j'ai anticipé. Hélas pour lui, Lazy n'a rien lâché. Encore plus con que je l'imaginais, le pauvre. Enfin, les choses rentrent dans l'ordre.

Elle braque un Smith & Wesson modèle 642 Ladysmith sur moi. D'un doigt, elle désigne la caméra. Fait signe d'apporter. Je m'approche, elle relève le percuteur. Pas de faux mouvement. Je lui tends la caméra du bout des doigts. Elle recule de trois pas.

J'ai ricané.

– Alors, le chienchien va rapporter à son maître ?

Elle a acquiescé, ravie de la formule.

– Voilà une conclusion qui ferait très joli sur une carte postale en effet. Pour être tout à fait franche, je ne te pensais pas assez costaud pour cette mission. Tu vois, je me suis trompée. Il ne me reste plus qu'à corriger cette pénible impression.

En bonne élève des services, elle a visé à la tête. J'ai joué le seul coup plausible : je me suis accroupi. Explosion. La balle a filé à un millimètre de mon crâne. La deuxième a giclé sur ma gauche. Hurlement. Je me suis jeté dans ses jambes. Troisième tir, dans les airs. Je l'ai balancée au sol et j'ai cogné de toutes mes forces. Son épaule gauche a valsé en arrière. Elle m'a talonné au niveau de l'entrejambe. N'a touché que la cuisse. J'ai dégainé. Elle s'est relevée, m'a braqué. J'ai tiré à l'aveugle. La détonation, le recul.



La balle l'a cueillie au niveau du ventre. Elle s'est tenue immobile une poignée de secondes, pliée en deux, puis a lâché son arme comme si elle lui faisait horreur. Elle est tombée à genoux, au ralenti, la bouche grande ouverte, les yeux déformés par la peur et la douleur. Du sang a goutté. Elle s'est couchée sur le côté, en chien de fusil, les mains crispées au niveau du foie.

Dans son monticule de boîtes, le vieux était vautré dans son sang, les yeux ouverts, horrifiés. Un reste de souffle. Le cœur s'emballait. La deuxième balle l'avait atteint en pleine gorge, sectionnant la carotide et ouvrant la trachée. Il n'avait pas eu le temps de comprendre, il se vidait comme un lapin. Rien à faire. Je lui ai pris la main, déjà blanche. Il a eu un spasme, sa bouche a articulé du vent, il est redevenu un gosse perdu, il est mort.

Lazy n'a jamais soupçonné que son héros, son mythe, son ancien combattant, son soixante-huitard invincible, son Total Chaos à lui, vivait à deux pas, dans la rue. C'était un homme, tout simplement.

La fille grelottait. Dans ses yeux, la terreur et la rage. Ses doigts poisseux de sang, qu'elle contemplait sans comprendre.

Ses jambes inertes. La balle avait touché la moelle épinière. J'ai fouillé sa veste, récupéré la caméra. Elle m'a supplié du regard. Je suis parti sans remords.

Dernier jour. 17 heures 53.

# 40

Effervescence devant le centre Saint-Jacques. Deux fois plus de journalistes. Reportages exclusifs en direct, édition spéciale. J'ai écouté une blonde brushée s'adresser gravement à une caméra : « On ne connaîtra donc jamais les secrets du CLAC, ce mouvement terroriste... »

Je me suis rué à l'intérieur, le cœur saigné à blanc.

Vranac faisait les cent pas dans le hall d'entrée. Presque heureux de me voir, de se raccrocher à moi, qu'on coule ensemble.

– Ça n'arrive qu'à moi, Sacco ! Vingt-cinq ans de service, trois citations, un casier administratif vierge, et tout se casse la gueule à six mois de la retraite !

– Maintenant que vous m'avez résumé votre carrière en quelques chiffres, vous pouvez me dire ce qui s'est passé ?

– Le prévenu s'est suicidé.

– Suicidé ?

– Pendaison.

– Avec quoi ?

– Ses bandages. Il en a fait une corde.

Un temps. Mort. J'ai ressenti une pointe de culpabilité, je ne peux pas le nier.

J'ai regardé attentivement Vranac, incapable de déterminer s'il se foutait de ma gueule ou s'il jouait.

– Et vous y croyez ?

– Bien forcé, je l'ai vu raide mort au milieu de sa cellule.

– Je veux parler de la thèse du suicide.

Il a roulé des yeux effarés. Il venait seulement d'admettre l'évidence qu'il s'efforçait à grand-peine de refouler : un type blessé à un bras et avec une rotule en compote ne peut pas se pendre sans assistance extérieure.

– Moi, Sacco…

– Je sais, vous ne voulez rien savoir. Personne ne veut rien savoir.



– Vous ne vous rendez pas compte ! On m'attribue un périmètre de sécurité et l'homme dont j'ai la charge se soustrait à la justice ! Ma carrière est foutue !

Cette fois, les jeux étaient faits, Habel supprimait tous ceux qui connaissaient sa part d'ombre. Il n'en restait que deux : moi, dont la mort était programmée et sans doute déjà inscrite dans les banques de données, et l'autre. L'autre, jusqu'à présent intouchable. Mais à l'évidence, Habel avait décidé de procéder à divers ajustements historiques et s'était donné les armes juridiques correspondantes. J'avais juste un tempo d'avance et l'avantage qu'on me croie mort. Ce qui, à la longue, risquait de me porter préjudice…

J'ai entrevu la solution. Seulement, pour atteindre ce but, il me fallait réaliser un exploit : convaincre Vranac de prendre une initiative. La première et dernière de sa carrière exemplaire.

– Nous devons faire sortir le jeune De Milteau de la Santé.

– Vous êtes fou ?

Je n'ai jamais compris pourquoi les gens vous traitent de fou dès que vous les extirpez de leurs ornières. J'ai fabriqué en catastrophe un petit proverbe bouddhiste.

– Dans un monde de dingues, les plus fous sont les plus sages.

– Des mots, Sacco, des mots ! Vous réalisez ce que vous me demandez ?

– Une simple audition de prévenu. En votre qualité de commissaire-payeur du X$^{e}$ arrondissement, vous êtes parfaitement habilité à la réclamer au procureur Plancq.

– Il a été dessaisi de l'affaire.

– Il n'a pas été dessaisi, il attend les instructions de la Chancellerie.

– Mais il n'y a pas d'instructions !



– Il se contentera d'anticiper un peu...

– Mais vous oubliez la qualité du prévenu en question !

– C'est précisément la raison pour laquelle je veux l'interroger. Ce que j'ai déjà effectué à deux reprises, je vous le rappelle.

– Ne vous foutez pas de moi. Vous savez très bien à quoi je fais allusion.

– Bon sang, Vranac : vous contactez le procureur Plancq pour lui signaler du nouveau dans l'affaire De Milteau, c'est tout. Pour le reste, vous êtes couvert.

– Et qu'est-ce qu'il y a de nouveau ?

Je me suis mordu les joues pour ne pas lui hurler dessus. Mon visage s'est planté à trois centimètres du sien.

– Putain ! Vous avez de la merde dans les yeux ? Il y a des blindés à chaque coin de rue, voilà la grande nouveauté ! Que vous faut-il de plus ? Des guirlandes de grenades ? Un flic dans votre lit ?

– C'est déjà fait.

– Vranac, vous voyez bien où nous emmène Habel... Ce type est cinglé ! Il est allé trop loin. Les aveux publics du jeune De Milteau contribueront à le discréditer.

– Trop tard.

– Il n'est jamais trop tard. En tout cas, pas avant qu'on l'ait constaté par nous-mêmes.

Vranac m'a lancé un regard noir, radioactif, bourré de mauvaise conscience.

– Vous me faites chier, Sacco.

Il m'a crampé là.

18 heures 21.

J'ai réquisitionné un téléphone, je l'ai configuré à mes



coordonnées et j'ai attendu deux minutes. Comme je l'espérais, il a bipé.

Calypsos. Mardi 31 octobre 2017, 18.25.
De M. le procureur de la République Joseph Plancq, n° 0033-1-69955487365, à M. François Sacco, n° 0033-1-62581469873.

« Sacco ? Procureur Plancq.
– Bonjour.
– Vranac vient de m'appeler. Il paraît que vous avez du nouveau dans le dossier De Milteau ?
– Presque. Disons que ce jeune homme en sait beaucoup sur pas mal de choses.
– Cela ne me rassure pas. Officiellement, nous n'avons rien à son nom.
– Et si nous n'intervenons pas très vite, il ne sera plus en état de s'en souvenir.
– Quels éléments détenez-vous pour justifier une telle démarche de ma part ?
– Des documents dignes de foi. Et surtout son témoignage.
– Habel ?
– Affirmatif. Quitte ou double.
– Quelle méthode préconisez-vous ?
– Fuites dans les médias.
– Nous risquons notre carrière, Sacco.
– Et même notre peau. Libre à nous de la vendre chèrement.
– J'achète, Sacco. Je maile immédiatement à Vranac une demande d'audition de témoin.
– Merci, monsieur le procureur.

– Amenez-le-moi le plus vite possible.
– D'accord.
– Sans trop traîner en chemin.
– Je ferai de mon mieux. »

Fin de l'appel. Durée : 1' 41".

Cinq minutes plus tard, Vranac me rejoignait, un papier à la main, daté, signé, authentifié : la convocation de Jean-Sébastien De Milteau auprès du procureur de la République Joseph Plancq. La preuve matérielle et irréfutable de son accès de démence.



– Voici votre œuvre, Sacco.

– Gardez bien précieusement ce document, commissaire : grâce à lui, vous allez rentrer dans l'Histoire.

– J'aimerais déjà rentrer chez moi en bonne santé. Cela suffirait amplement à mon bonheur.

– En route.

J'ai loué une voiture au garage – Vranac a refusé de laisser son nom sur le bon – et nous avons droppé, direction la prison de la Santé. Mauvaise nouvelle : les sbires de Habel, le rasé et le noiraud, nous avaient précédés de quelques minutes. Le dossier Baus refermé, ils étaient partis s'occuper du cas De Milteau. J'ai maudit ce crétin de Vranac : sans ses hésitations de planqué, on aurait gardé une petite chance. Foutu pour foutu, j'ai jeté la bagnole dans les rues, toutes sirènes dehors.

Le soir tombait, les lumières se déposaient par taches. Dans ma tête, montée d'adrénaline, «*Olé*» de Coltrane, speed et maîtrise confondus, présentation de la cape, l'épée dissimulée le long du bras.

Un œil sur le boulevard Saint-Michel, j'ai composé le numéro de la dernière chance.

Phonecall. Mardi 31 octobre 2017, 18.37.
De M. François Sacco, n° 0033-1-62581469873, à M. Jean-Luc Borgne, n° 0033-1-69853478596.

« Jean-Luc ? C'est Sacco. J'ai besoin de toi.
– Je t'écoute.
– C'est à propos de ce journaliste, David Judas. Peux-tu le contacter dans un délai rapproché ?
– Rapproché de combien ?
– Tout de suite. Je lui vends le scoop de sa vie.
– Un scoop à combien ?
– 50000 reus.



– Pas assez. Tu dois monter à 100000 si tu veux être pris au sérieux. C'est à quel sujet ?
– Dans ton intérêt, je préfère ne pas être trop précis. Dis-lui simplement que cette exclusivité peut ruiner la carrière politique de Habel en cinq minutes, montre en main, et que, sur ce plan, je suis très sérieux.
– Habel ? On annonce une allocution télévisée pour 20 heures.
– Précisément. Il faut choper le créneau juste avant lui. Alors, tu peux le contacter, ton journaleux ?
– Je crois que j'ai son numéro dans un coin de mon comportable.
– Dis-lui de prendre une caméra et ses couilles, c'est tout.
– Je lui présente les choses dans ces termes ?
– Oui. Ça nous indiquera s'il a des couilles.
– Je te rappelle. »

Fin de l'appel. Durée : 1' 57".

– Sacco, faites gaffe, bordel !

J'ai pilé devant une Alpha Roméo rouge. Une file de voitures était bloquée devant le feu. Qu'est-ce qu'ils foutaient, ces cons ? J'ai déboîté d'un coup de volant mauvais et remonté la file jusqu'au carrefour Saint-Michel-Port-Royal. Une Renault noire était immobilisée, vitres explosées. A l'intérieur, le mec au crâne rasé, affaissé sur le volant, une petite cavité rouge dans sa tête bien lisse, une coulée de sang sur la tempe. Renversé sur le siège du passager, le noiraud, bras ballants, bouche ouverte, la gueule en charpie. Deux gros type en cuir, un brassard orange

«Police» passé au bras, nous ont fait signe de circuler : les gorilles de Ducrocq.

Gestion du personnel irréprochable : si les services ont des yeux partout, ils possèdent aussi des flingues aux endroits stratégiques. Dans cette partie de dés, le hasard était finalement réduit à sa portion congrue.

J'ai braqué à gauche, boulevard de Port-Royal, à toute berzingue.



Les vérifications d'identité à la Santé ont été expédiées en trente secondes. Le gardien nous a conduits au quartier VIP. 18 heures 49.

Telplus. Mardi 31 octobre 2017, 18.51.
De M. Jean-Luc Borgne, n° 0033-1-69853478596, à M. François Sacco, n° 0033-1-62581469873.

«Sacco ? C'est le Borgne.
– Alors ?
– Il n'y croit pas.
– Comment ça, il n'y croit pas ?
– Des infos sensationnelles, on essaie de lui en vendre chaque jour. Des mythos le contactent pour tout et n'importe quoi. Plus on les chasse à coups de pied, plus ils reviennent à coups de trompette. Mais il demande à voir.
– Je ne comprends plus rien.
– Les mythos ne demandent jamais 100 000 euros pour un scoop. Une somme pareille, c'est du sérieux. Il est prêt à te rencontrer où et quand tu veux.
– Tu es un génie, mon pote.
– La reine des putes, oui.
– *Keep in touch.*»

Fin de l'appel. Durée : 1' 05".

Le gardien a ouvert la porte de la cellule et a annoncé une convocation chez le procureur. Jean-Sébastien De Milteau est apparu sur le seuil, jeune guérillero chic dopé à l'utopie, vaguement perplexe, la chemise fripée, la chevelure ébouriffée et trois jours de barbe au visage. Ne manquaient que le béret et le cigare pour compléter le tableau Guevara. Surtout, ne pas lui laisser le temps de parlementer, d'argumenter, de faire son charlie : menottes, voiture et sirène hurlante avant que l'administration judiciaire n'y trouve à redire. Les matons ont tiqué un peu à la vue de notre véhicule banalisé et dépourvu d'escorte, mais Plancq avait pris la précaution de mailer sa réquisition à la Santé, conférant à notre démarche un surcroît de caractère officiel. On a droppé au quart de tour.



Phonecall. Mardi 31 octobre 2017, 19.01.
De M. François Sacco, n° 0033-1-62581469873, à M. Jean-Luc Borgne, n° 0033-1-69853478596.

« Jean-Luc ? C'est Sacco. Nouveautés ?
– David Judas est chez moi. Il a affrété un car-régie et un studiomobile. On réalise l'interview quand tu veux.
– J'arrive dans cinq minutes.
– Sacco ?
– Ouais.
– C'est vraiment sérieux, ton truc ?
– Plus que sérieux : grave.
– Si tes infos s'avèrent correctes, ça se fera dans les conditions du PAD.
– Traduction ?
– En direct pour les titres de 19 heures 30. Au moindre bug, on annule tout.
– Il faut prendre le créneau avant Habel, point final.
– On t'attend. »

Fin de l'appel. Durée : 57".

Le jeune De Milteau a dirigé sur moi un regard interloqué. Je lui ai adressé un large sourire.

– Jeune homme, auriez-vous l'amabilité de réaliser votre suicide dialectique ?

# 41



David Judas avait la gueule de l'emploi : veste de biker jaune et rouge, bagouses, pantalon de cuir noir, santiags, gourmette en or massif, montre à 10 000 reus, ongles manucurés et brushing au cordeau. Quarante ans biologiques, quinze de plus pour abus de coke. Des cernes sous des yeux vides, un sourire cuvette de chiottes sur commande, le vrai pro. Jean-Luc a fait les présentations. Judas connaissait évidemment Jean-Sébastien De Milteau, ils s'étaient croisés dans des soirées VIP.

On s'est assis dans un coin et j'ai raconté toute l'histoire. Le type a écouté en silence. Plus j'avançais, plus les points d'audience grimpaient dans sa tête. Il a demandé les preuves, je lui ai montré le listing de Doc Lex. Il s'est tourné vers le jeune mec. Jean-Sébastien De Milteau a confirmé mot pour mot. Pour clore le débat, j'ai déployé l'écran de la caméra et fait défiler le film de Lazy. La gueule du jeune De Milteau : atterré. Eh oui, petit con, l'Amerloque te menait par le bout du nez, il n'était pas plus révolutionnaire que moi. Ses réflexes d'héritier sont remontés illico à la surface, il avait horreur de se faire avoir comme un débutant, et en a conçu un supplément de rancœur et de haine envers le monde entier. Il viderait son sac avec jubilation.

Judas a demandé à réfléchir. 19 heures 23. Il a donné un coup de fil, a négocié à mi-voix. Il parlait autorisation, brouillage, diffusion nationale. C'était tendu, mais il a pris une voix autoritaire et a martelé qu'il revendiquait. Il s'est fait une ligne rapidos, a griffonné quelque chose, m'a tendu le papier : un chèque de 100 000 euros.

– On tente le coup. Antenne dans cinq minutes.

On a galopé dehors, place Saint-Sulpice, où étaient garés le studiomobile et le car-régie, antenne déployée vers les étoiles. Dans le studio, une petite équipe : trois cameramen, une maquilleuse, qui s'est aussitôt chargée de tartiner la gueule de De Milteau, et l'assistant, qui a tendu une veste noire à son patron. Nouvelle ligne, la maquilleuse a fait disparaître les traces de poudre blanche sous le fond de teint. Une voix dans le décor impersonnel, écrasé de lumière flashante : « *Dix secondes* ! » L'assistant, un casque sur les oreilles, a fait le décompte avec les doigts. Une musique rythmée et gentiment simplette a retenti. David Judas s'est mis à l'aise dans sa veste et a préparé son plus beau profil. Antenne.



– Bonsoir. Edition spéciale de « Rumeurs ». Edition très spéciale même, en direct et avec un seul invité, un seul invité mais un témoin capital. Jean-Sébastien De Milteau, bonsoir. Si vous acceptez de parler aujourd'hui, c'est parce que les circonstances l'exigent. En tant que témoin privilégié de la vie politique, vous avez décidé de dire toute la vérité sur certaines pratiques insoupçonnables de nos élites. Vous êtes d'autant mieux placé pour donner une opinion pertinente que vous êtes le fils du président de la République.

– En effet. Je suis Jean-Sébastien De Milteau. Mon nom de guerre est Tovar. Je suis militant révolutionnaire. Au nom du CLAC, le Collectif de Libération Anticapitaliste, je revendique l'assassinat de l'oligarque Arnaud De Blèves. Cette exécution avait pour but de dénoncer l'emprise des pouvoirs financiers, sécuritaires et médiatiques sur ce pays. Dans cette perspective, il est urgent de pointer le rôle joué par le ministre de la Sécurité Collective, Gaétan Habel, dans l'instrumentalisation du CLAC…

Notre missile a décollé vers les horizons interstellaires pour abattre en plein vol la majestueuse ascension du ministre Habel. Une gerbe d'étincelles, une explosion de plaisir, la jouissance chimiquement pure.

« *My favorite things* », enfin.

# Epilogue



Le reste n'est pas synchrone. Entre ce que j'ai vu et ce que j'ai appris par la suite, il faut parfois compter dans les trois mois de décalage.

Je me souviens parfaitement de l'interview. Le jeune mec avait du cran, il a craché tout ce qu'il avait appris des milieux autorisés. Il a insisté sur le pacte de corruption liant De Milteau père, Habel et De Blèves. Le petit film illustrait de façon convaincante comment Habel actionnait le CLAC par l'intermédiaire d'un pseudo-activiste américain, Gregor McCulloch, ancien narco-agent, chef de poste de la CIA chargé des opérations d'infiltration dans les réseaux d'ultragauche aux States, puis dans l'espace européen. Cette tentative de déstabilisation (qui devait se produire à l'identique dans différents pays de l'Union, comme l'Italie, la Grèce et l'Espagne) avait pour objectif de justifier la prise du pouvoir par Habel.

Ce coup de bluff aurait réussi si, par un caprice du destin, le jeune De Milteau n'avait pas sauvé sa tête. Révolté devenu révolutionnaire après avoir été conditionné par l'Américain, Jean-Sébastien De Milteau avait reçu pour mission de flinguer Arnaud De Blèves, dans le double but d'accélérer l'ascension de McInnes à la tête de Calypsos et de débarrasser Habel d'un gêneur. Problème : le jeune De Milteau avait appris, en fouillant dans les papiers personnels de De Blèves, comment celui-ci avait financé la carrière politique de son père, et le rôle joué par Habel dans le montage juridico-financier.



Conformément au plan de Habel, le gamin devait se faire buter lors d'une livraison d'armes au Bois de Boulogne. Malchance, un officier de police judiciaire un peu trop près de ses primes et deux homos de la DST en service commandé avaient traîné devant la cible. Le jeune gars s'en était sorti vivant et ne devait paradoxalement sa sécurité qu'au fait d'être incarcéré dans une prison étroitement surveillée. C'est alors que les têtes d'œuf de la Place Beauvau avaient eu l'idée d'envoyer ledit OPJ obsédé du portefeuille à la quête d'une super-prime et, surtout, de tous ceux qui étaient susceptibles d'avoir recueilli les confidences du môme. Nouveau bug : la machine s'était emballée et avait quitté ses rails. Des éléments incontrôlés du CLAC avaient pactisé avec des cryptobouddhistes fous furieux dans le but de réaliser un authentique génocide bactériologique : des bonbonnes d'eau contenant des germes du *Schitosoma japonicum* (une maladie récurrente en Extrême-Orient, paraît-il) devaient être déversées dans le réservoir d'eau de Montsouris. Détail pittoresque : le germe en question avait subi un affinage génétique multipliant par mille son taux de pénétration. Un simple contact avec l'eau infectée pouvait provoquer tumeurs cérébrales ou hépatites incurables en l'espace de vingt-quatre heures. Mortalité estimée : 100 000 unités. Attentat évité d'extrême justesse.

Quant à l'officier de la PJ, il s'était révélé plus coriace que prévu : le flic-virus voué à l'anéantissement s'était réincarné en computeur, avait emmagasiné les données, reconstitué le puzzle et, cerise sur le gâteau, avait survécu à sa procédure de liquidation. La vérité était apparue peu à peu : médias cadenassés, économie sous contrôle, infrastructure et système pénitentiaire privatisés au bénéfice de Comintern, flics à chaque coin de rue, tel était le projet de Gaétan Habel pour la France. Le film de Lazy, diffusé en boucle, avait produit son effet.

Le rôle de McCulloch ne s'est précisé que dans les mois suivants. Sa divulgation a provoqué une consternation comparable à celle qu'avait produite la révélation de l'existence du réseau d'écoute Echelon en 1998. En résumé, le Grand Frère américain s'était avisé que ses guerres au Moyen-Orient lui avaient coûté une fortune ; dans la foulée, son déficit public abyssal l'avait rétrogradé, en termes d'influence et de leadership économique, derrière l'Union européenne ; la guerre civile avait encore aggravé le problème. Il était donc urgent de rétablir les termes de l'échange en sa faveur. Dès l'orée des années 2000, la CIA, toujours en avance d'un coup fourré, avait ciblé quelques dirigeants potentiels, dont elle avait favorisé l'ascension. Aux réseaux Gladio, créés effectivement dans les années 1950 pour contrer l'influence communiste, s'étaient substituées de nouvelles organisations souterraines, plus proches de la technostructure socio-économique et dominées par des personnalités emblématiques. Rodrigo McInnes de Heau en constituait un des plus éminents fleurons. Ancien de Harvard et héritier de l'empire Comintern, il lui avait été facile de pactiser avec Habel, héritier politique de De Milteau – Habel, déjà remarqué par la CIA pour avoir facilité, quelques années plus tôt, le rachat de l'ancien siège du PCF par Disney. Les groupuscules d'ultragauche fournissaient le prétexte idéal : le refrain de la lutte contre le terrorisme faisait toujours recette. En ce sens, Lazy avait tout compris : le Grand Frère avait mis au point des réseaux Gladio, mais à l'envers, et il avait suscité la création de mouvements subversifs pour justifier en retour l'instauration de régimes autoritaires, conformes à ses intérêts économiques.

Dans cette optique, l'Agence avait mobilisé ses plus grosses pointures en matière de guérilla anti-idéologique. Sur ce point, McCulloch n'avait pas menti : l'avenir de la subversion appartenait à des éléments ultraspécialisés, il en était un vivant exemple. Si l'Américain n'avait jamais été professeur à Harvard, il y avait néanmoins accumulé durant ses années d'étude un bagage philosophique de premier ordre et un art consommé de la manœuvre.



Le taux d'audience de « Rumeurs » avait monté à la vitesse d'un thermomètre planté dans le cul d'un épileptique. Secondé par des techniciens aussi retors que lui, David Judas avait réussi à diffuser l'interview sur les écrans municipaux. En moins d'un quart d'heure, la France entière était rivée à Grande Première, dont le directeur d'antenne n'avait rien vu arriver. Habel, qui devait intervenir juste après, avait fait un score canon, malheureusement pour lui : on venait de lui dessiner une cible sur le front. Tout ce que le pays comptait de gens valides était descendu dans la rue pour protester. Les forces de l'ordre, pas si bêtes, avaient refusé de tirer sur la foule. Le territoire français s'était retrouvé paralysé du jour au lendemain. A cette nouvelle, j'ai eu une pensée pour le vieux clochard, il aurait été heureux. En somme, le Total Chaos était notre rêve commun.

Je n'ai pas été témoin de la suite, parce que j'ai été obligé de me cacher. Nous avons amené Jean-Sébastien De Milteau, pétant de fierté, dans le bureau du procureur Plancq au palais de justice. Là, il courait peu le risque d'être liquidé. On s'est serré la main et souhaité bonne chance. J'ignore ce qu'il est devenu. Vranac a rejoint son domicile et a préparé sa lettre de démission, qu'aucun supérieur hiérarchique n'a réclamée. Le foutoir a été absolu les jours qui ont suivi, plus personne ne dirigeait rien.

# Annexes

# Lexique des termes cynophiles courants

*Les titres et abréviations cynophiles sont souvent tout aussi ésotériques pour le particulier que ceux utilisés en informatique ou dans les petites annonces de vente de voitures ! Voici un lexique des principaux termes utilisés.*

**Affixe :** nom propre à un élevage, concédé à l'éleveur par la FCI pour la vie, destiné à servir de « nom de famille » à tous les chiens de sa production. Par exemple « of Mountford » ou « Riverhill » sont deux très célèbres affixes de Shetland.

**Agility :** discipline créée en 1978 par le Britannique Peter Meanwell, l'Agility consiste à réaliser le plus rapidement et avec le moins de fautes possible un parcours d'obstacles inspiré du concours hippique. C'est à l'heure actuelle une discipline très répandue et la principale activité des Shetlands actifs en France.

**Bégu :** se dit d'un chien atteint de prognathisme supérieur (les incisives de la mâchoire supérieure sont en avant de celles de la mâchoire inférieure).

**BIS :** « Best in Show » ou meilleur de l'exposition. Chien choisi par un collège de juges parmi les dix « meilleurs de groupe ».

**BOB :** « Best of Breed », c'est-à-dire « meilleur de race ».

**CACIB :** certificat d'aptitude au championnat international de beauté. Mention pouvant être attribuée, à la discrétion du juge, au sujet classé « 1er excellent » dans une classe d'adultes (ouverte, travail, champion), si ce dernier présente des qualités exceptionnelles, et ce lors d'une exposition internationale dite « à CACIB ».

**CACS :** aussi appelée « CAC ». Cette mention peut être attribuée, sur appréciation du juge, au sujet classé « 1er excellent » dans une classe d'adultes (ouverte, travail, champion), si ce dernier présente des qualités exceptionnelles, et ce lors d'une exposition nationale, dite « à CACS ».

**Cagneux :** se dit d'un chien atteint d'un défaut des membres postérieurs ou antérieurs, les pieds étant tournés vers l'intérieur (« en dedans »).

**Carte d'exposant :** document envoyé à l'exposant après enregistrement de son engagement, lui servant de laissez-passer et donnant droit au catalogue des inscrits à l'entrée de l'exposition concernée.

**C. Ch. :** classe champions.

**C. Déb. :** classe débutants.

**Certificat de naissance :** document en trois volets de couleur rose attribué par la SCC à chaque chiot issu de parents confirmés, à condition que l'éleveur se soit acquitté des déclarations de saillie, de naissance et de la demande d'inscription de portée auprès de la SCC.

**Ch. :** champion national. Le nom du pays suit le sigle. Exemple : Ch. Esp. = champion d'Espagne, Ch. It. = champion d'Italie, etc.

**Ch. CS. :** champion national de conformité au standard). Ancien titre de champion de France de beauté.

**Ch. IB. :** champion international de beauté.

**CHLP :** sigle diminutif désignant les vaccins contre les maladies suivantes : maladie de Carré (C), hépatite infectieuse (H), leptospirose (L) et gastroentérite à parvovirus (P). Le sigle « R » désigne le vaccin contre la rage.

**Choix de portée** : il s'agit du chiot, mâle ou femelle, que le propriétaire de l'étalon conserve comme paiement de la saillie effectuée par son chien. Par extension, se dit aussi du chiot conservé par l'éleveur comme futur représentant et reproducteur de son élevage. Ou encore du chiot choisi parmi tous les autres par le premier acheteur.

**C. J. :** classe jeunes.

**C. O. :** classe ouverte.

**Confirmation :** examen obligatoire en vue de l'obtention du pedigree définitif pour tous les chiens inscrits au LOF. Le chien doit être âgé de douze mois minimum. Lors de l'examen, l'expert-confirmateur vérifie l'identité du chien (par son tatouage), sa dentition, et la présence des testicules pour les mâles. En l'absence de défaut rédhibitoire (« point de non-confirmation »), l'expert déclare le chien « apte », et signe le formulaire de confirmation. Le propriétaire le renvoie, complété et accompagné d'une somme forfaitaire à la SCC, qui lui fait parvenir le pedigree définitif de son chien sous trois mois.

**Cryptorchide :** se dit d'un chien mâle dont aucun des deux testicules n'est normalement descendu dans le scrotum (bourses). La cryptorchidie est un point de non-confirmation dans l'ensemble des races, et un motif de disqualification dans les manifestations canines.

**C. T. :** classe travail.

**C. V.** : classe vétérans.

**Déclaration de naissance :** imprimé officiel de la SCC devant être complété et renvoyé dans les quinze jours suivant la mise bas.

**Déclaration de saillie :** imprimé officiel de la SCC devant être complété, signé et renvoyé dans les quatre semaines suivant la date de l'accouplement.

**Demande d'inscription de portée :** imprimé officiel de la SCC permettant l'attribution des certificats de naissance, à compléter et renvoyer dans les six mois suivant la date d'ouverture du dossier par la SCC (à réception de la déclaration de saillie).

**Élite :** voir à R. e.

**FCI :** Fédération cynologique internationale.

**Grignard :** se dit d'un chien atteint de prognathisme inférieur (les incisives de la mâchoire inférieure sont en avant de celles de la mâchoire supérieure ; c'est le prognathisme du Boxer ou du Bulldog).

**Lice :** femelle (reproductrice).

**LOF :** Livre des origines français. Ouvert en 1885, le LOF gère toutes les naissances et inscriptions de chiens de race pure. Dans beaucoup de races, le livre est ouvert. Cela signifie qu'un chien sans pedigree, mais correspondant parfaitement aux critères de la race, peut y être inscrit à « titre initial ». Ses descendants (nés d'un partenaire confirmé) sont alors normalement inscrits à leur tour. Dans des races à forte population, le livre est fermé. Les chiens ne peuvent y être inscrits qu'au « titre de la descendance », c'est-à-dire par la voie normale de l'accouplement de deux parents eux-mêmes LOF et confirmés. Ou au titre de l'importation, s'ils détiennent un pedigree d'un pays membre de la FCI.

**Lot d'élevage :** groupe composé de cinq sujets de même race et variété (mâles et femelles) nés chez le même éleveur, mais pouvant appartenir à des exposants différents. Ils doivent en outre être engagés individuellement. Les lots d'élevage concourent pour le titre de « meilleur lot d'élevage ».

**Meilleur de groupe :** chien choisi par un collège de juges parmi tous les « meilleurs de race » d'un même groupe. Tous les « meilleurs de groupe » concourent pour le « Best in Show ».

**Meilleur de race :** chien choisi par le juge parmi les vainqueurs de toutes les classes d'une même race. Il peut appartenir à n'importe quelle classe. Exemple, le gagnant de la classe jeunes peut l'emporter sur celui de la classe champions.

**Mondiale :** « La Mondiale » désigne l'exposition annuelle qui tient lieu de championnat du monde. Organisée chaque année dans une ville différente, elle réunit les plus beaux chiens de très nombreux pays. Les sujets y obtenant le CACIB accèdent au titre officiel de « vainqueur de l'exposition mondiale de .... ». Par commodité, on parle plus souvent de « champions du monde » et « champions du monde junior » pour les vainqueurs de classe jeunes.

**Monorchide :** se dit d'un chien mâle dont un des deux testicules n'est pas normalement descendu dans le scrotum (bourses). La monorchidie est un point de non-confirmation et un motif de disqualification dans les manifestations canines.

**Panard** : se dit d'un chien atteint d'un défaut des membres postérieurs ou antérieurs, les pieds étant tournés vers l'ext**érieur** (« en dehors »).

**Pedigree :** document officiel attribué à un chien inscrit au LOF après qu'il ait passé avec succès l'examen de confirmation.

**Pistage :** discipline de compétition ou utilitaire, où le chien doit retrouver objets ou personnes en suivant leur « voie » (trace odorante) grâce à son flair. Il s'agit d'une discipline noble et très ardue, où des Shetlands ont déjà obtenu d'excellents résultats.

**Prognathe :** se dit d'un chien dont les incisives des deux mâchoires ne sont pas en contact étroit, ou si les inférieures sont en avant des supérieures. Selon la nature de son prognathisme, le sujet peut être « grignard » ou « bégu ».

**RCACIB :** réserve du certificat d'aptitude au championnat international de beauté. Mention attribuée sur décision du juge à un chien classé « 2e excellent » dans une classe d'adultes (ouverte, travail, champion), à condition qu'il soit de mérite exceptionnel. Le RCACIB tient lieu de CACIB lorsque le chien ayant remporté celui-ci ne remplissait pas les conditions pour y prétendre.

**RCACS :** réserve du certificat d'aptitude au championnat de standard. Mention attribuée sur décision du juge à un chien classé « 2e excellent » dans une classe d'adultes (ouverte, travail, champion), à condition qu'il soit de mérite exceptionnel. Le RCACS tient lieu de CACS lorsque le chien ayant remporté celui-ci ne remplissait pas les conditions pour y prétendre.

**R.e. :** reproducteur d'élite. Titre correspondant à une cotation en nombre de points réalisée par le club de race. Un reproducteur est déclaré d'élite lorsqu'un nombre déterminé de ses descendants obtiennent eux-mêmes le titre de « sujet recommandé ». Sont déclarés « élite A » les étalons ayant produit au moins cinq sujets recommandés issus d'au moins trois lices différentes. Sont déclarés « élite B » les étalons ayant produit trois sujets recommandés issus d'une ou plusieurs lices. Sont déclarées « élite A » les lices ayant produit au moins cinq sujets recommandés issus d'un ou plusieurs étalons. Sont déclarées « élite B » les lices ayant produit au moins trois sujets recommandés issus d'un ou plusieurs étalons.

**Ring :** aire délimitée par des barrières ou des cordons, à l'intérieur de laquelle se déroulent les jugements. Le ring d'honneur est le plus grand et le mieux situé de tous, dans lequel se déroule l'attribution des « meilleurs de groupe » et du « Best in Show » (meilleur chien de l'exposition).

**SCC** : Société centrale canine.

**SCS** : Société cynologique suisse fondée en 1883.

**S.r.** : sujet recommandé. Sujet qualifié « excellent » à l'exposition nationale d'élevage en classes ouverte, champions ou vétérans.

**SRSH :** Société royale Saint-Hubert. Organisme cynologique national belge fondé en 1882, qui gère le LOSH, Livre des origines belge.

**TAN :** test d'aptitude naturelle. Épreuve destinée à évaluer les caractères des chiens et à mettre en avant leurs qualités de sociabilité, équilibre, résistance au bruit, etc.

**Zygomatiques :** muscles des joues.

# Adresses utiles

## Club des amateurs des Terriers d'Écosse

Rouyes
Belves de Castillon
33350 Castillon la Bataille
Tél. : 05 57 47 98 76
Fax : Fax: 05 57 47 93 03
**http://www.cete.asso.fr**
*Présidente*
Madame Françoise Lladeres
33350 Castillon la Bataille
*Secrétaire générale*
Madame Marie-Claire Sahri
Clos St Exupéry
94, rue Adrienne Bolland
78300 Poissy

## Société centrale canine (SCC)

155, avenue Jean-Jaurès
93535 Aubervilliers Cedex
Tél. : 01 49 37 54

## Fédération cynologique internationale (FCI)

13, place Albert 1er
6530 Thuin
Belgique
Tél. : (00) 32 71 59 12

## Société protectrice des animaux (SPA)

39, boulevard Berthier
75017 Paris
Tél. : 01 43 80 40

## Fichier central des chiens tatoués SCC

155, avenue Jean-Jaurès
93535 Aubervilliers Cedex
Tél. : 01 49 37 54

## Service recherche SPA

Tél. : 01 47 98 57

# Index analytique

## D



## E



## F



## G



## H



## I



## J



## L

## M



## N



## O



## P



## Q

## R



## S



## T



## U



## V



## Y

# Table des matières

Pour ma part, je me suis réfugié chez Fiona. Trois jours et trois nuits de mauvais sommeil, de free-sex et de veille speedée, le flingue à portée de main. Je m'attendais à tout instant à voir surgir un Destro-Zen ou un bataillon de Ninjas venus m'abattre sans sommation. Chaque nuit, je me redressais en sursaut à l'affût d'un bruit quelconque, d'un silence suspect. Je percevais simplement la respiration de Fiona, calme et mesurée. Je me rendormais pour une heure, le sang bourré d'adrénaline.

J'étais parti pour une longue période de désintoxication au stress. Entre deux plats de riz cantonais et deux séances de baise, on parlait de l'avenir et du danger qui nous menaçait. C'était lointain, irréel, la peur me nouait les tripes, me causait des contractions, je riais parfois pour rien. J'étais sûr que, tôt ou tard, l'un ou l'autre dingue de cette histoire de dingues allait nous loger. Fiona m'a réconforté avec une patience infinie comme le zen.



Une nuit d'insomnie, complètement désœuvré, j'ai voulu ouvrir la clé USB de l'Américain, celle qu'il destinait à Baus. Je l'ai introduite dans le comportable de Fiona. Une icône est apparue, intitulée *Le Nouvel Esprit du capitalisme.* Au moment de cliquer dessus, mon doigt a interrompu son mouvement, je me suis ravisé et j'ai envoyé l'objet à Rudy pour analyse. Bien m'en a pris : il s'agissait d'une bombe à reconnaissance informatique. L'ouverture du fichier devait envoyer l'impulsion électrique nécessaire au déclenchement de la minibombe magnétique planquée dans la clé. Une déflagration suffisante pour m'arracher la tête. Version moderne de *booby-trapped bomb*, de jouet piégé.

Fiona me donnait des nouvelles du dehors : les barrages levés, l'état de siège suspendu, les parlementaires se réveillant soudain et criant au complot et à la forfaiture. La presse aux ordres a hurlé à la désinformation et, bien entendu, à la manipulation. Rodrigo McInnes de Heau a publié un communiqué officiel où il niait entretenir la moindre relation suspecte avec le ministre de la Sécurité Collective ni avec aucun membre du gouvernement. Il ne s'expliquait pas le film pris lors de la soirée Comintern au restaurant de la tour Eiffel et parlait de montage grossier. Il ne connaissait évidemment pas McCulloch et niait toute relation avec la CIA, même si des photos remontant à leurs années de Harvard avaient été exhumées et divulguées fort à propos par *Le Canard Enchaîné*. Les services de la DST ont interrogé David Judas qui, très mystérieusement, n'a encouru aucune poursuite. En bon professionnel, il a refusé de révéler ses sources. Je voyais d'ici le sourire faux-cul de Ducrocq, sa bonhomie poisseuse, sa jouissance de pervers planqué et sa bouleversante sincérité quand il expliquerait à Habel que tout, absolument tout serait entrepris pour retrouver les responsables de ces fuites.



Fiona et moi avons quitté Paris le soir du retour du Président De Milteau aux affaires. Fuyant la clinique où des conseillers trop bien attentionnés le retenaient pour un cancer de toute façon irréversible, il est apparu sur les écrans, plus mort que vif, m'a-t-on raconté, et a exigé un retour à l'ordre dans les plus brefs délais. Comme toujours, les Français ont apprécié la fessée qu'ils souhaitaient au fond d'eux-mêmes, et la vie a repris son cours. Avec un sens du timing quasi coltranien, la DST, par l'intermédiaire de l'intransigeant Ducrocq, a transmis au président de la Répub des dossiers officiels impliquant Habel dans l'instrumentalisation du CLAC. Le ministre de la Sécurité Collective a démenti avec la dernière énergie, mais en vain, les grandes dents de la presse officielle s'étaient mises en action et commençaient à le hacher menu. Trois mois plus tard, il était renvoyé devant la Cour de Justice de la République pour forfaiture. *Le Monde Match* titrait : « *Gaétan Habel : la fin d'un système.* »

De Milteau s'est éteint dans la foulée. La même presse officielle a loué sa légendaire intégrité morale.

Tout cela, je l'ai appris longtemps après. Là où nous avions atterri, rien n'avait bougé. A vrai dire, la plupart des occupants ignoraient tout des événements en cours. Ils se foutaient pas mal de la liberté, de la justice et de la fierté qu'on éprouve à se regarder dans une glace, vu que, là-bas, on ne rencontre ni miroir ni fierté déplacée. On n'y connaît que l'attente de redevenir soi-même. Moyennant une petite avance en cash, j'ai facilement convaincu le directeur des Lilas de nous louer une chambre pour quelques semaines. Après tout, j'étais un bon client et, avec le fric de David Judas, j'avais de quoi voir venir. Quant à leur putain de superprime, il ne me restait plus qu'à tirer un trait dessus : les engagements du ministre de la Sécurité Collective Gaétan Habel étaient considérés comme caducs, donc nuls et non avenus. Pas grave, cet argent était pourri, il me donnait la nausée.



On peut dire que Carl a été content. Il n'en revenait pas de se balader tous les jours avec moi dans le parc. On s'emballait dans trois couches de vêtements et on marchait jusqu'à l'épuisement. Ça lui a fait du bien, il avait tendance à prendre du bide. Il courait comme un gosse, on s'amusait à se bousculer, il criait : « T'es le plus fort, Harry ! », il était heureux. Moi, je tentais de me nettoyer l'esprit, je me dépouillais des identités successivement endossées. Je restais allongé sur mon lit pendant des heures, inerte, en pleine déflation après une telle accumulation de stress. Des visages revenaient me hanter, le Patron, Lazy, le cafetier du XII^e^, Sarah, Bakou-9, Baus. Par chance, j'échappais à mon reflet dans la glace : j'aurais été happé par l'immense vide qui se dissimulait derrière mon image, ce passé qu'il faut traîner après soi.

Les souvenirs, virus de l'âme, me rongeaient. Les jours se sont succédé, toujours plus ternes. J'ai persévéré dans mes cauchemars, mon jet-lag s'est aggravé et a tourné en aspiration vers le néant. Même Fiona me paraissait une intruse dans l'équation. Je lui ai donné l'ordre de partir, mais elle a refusé. C'est ce jour-là qu'elle m'a annoncé le truc. Le test était positif et elle le gardait, que ça me plaise ou non. Je ne savais pas comment réagir. Ça m'a encore plus paumé, je crois.

Elle s'occupait de Carl à présent. Il la considérait comme une sœur. Elle lui parlait doucement, il hochait la tête en souriant, la serrait dans ses bras, plein de pureté. Leur bonheur me brisait le cœur, j'avais mal à mon innocence perdue, à cette joie de vivre envolée à jamais, j'en avais la conviction. Prostré contre un mur, la lance de l'existence plantée dans le bide, je tentais de délimiter les contours de mon vide intérieur. Vertige de la spirale décroissante, descente de stress, désintoxication.

Un matin de la fin novembre, il faisait grand soleil et Carl est venu me chercher dans la chambre, absolument fou de joie. Il était habillé pour la promenade, pulls, blouson, casquette, et m'a tanné pour que je l'accompagne. Fiona était partie je ne sais où. Je claquais des dents rien qu'à la perspective du froid glacial dehors. L'herbe, les pierres, la route, tout était gelé. J'ai refusé dix fois, mais il a insisté encore et encore, obstiné, le regard fixe, il voulait me montrer quelque chose. Pour avoir la paix, j'ai enfilé trois chandails, au bord de la nausée. A peine franchie la porte de la clinique, je me suis pris un rayon de soleil en pleine face. Bizarre, plus l'habitude. Des flocons de buée sortaient de ma bouche. J'ai fait quelques pas de mourant dans l'herbe et Carl s'est mis à me bousculer. Ça m'agaçait, alors j'ai répliqué, un peu durement, mais il ne sentait rien, il riait. Alors, j'ai rigolé moi aussi, j'ai rigolé de plus en plus, tout ça était foutrement bon et absurde.

Fiona nous a fait signe depuis la cafétéria. C'est là qu'il m'a serré très fort contre lui et a dit :

– François. Mon petit frère. François.

Sur le coup, je n'ai pas compris. Et puis oui, ça y était, c'était arrivé. La musique était repartie. On était ensemble, de nouveau. Ensemble. Alors j'ai pu pleurer de toutes mes forces. Il y avait enfin quelqu'un pour me protéger. J'ai chialé comme un gosse, à hurler. Lui, il me serrait dans ses bras et disait :



– François, mon petit frère.

C'est lui qui m'a retrouvé. Tout seul, j'aurais jamais pu.

J'ai rendu visite à Elise le lendemain. Par chance, l'appartement libéré par Yasmine et Patricia était toujours vacant. On a emménagé début décembre, avec Fiona et Carl.

Fiona poursuit ses études artistiques et continue de peindre. Elle va travailler avec André, l'auteur de BD de notre petite communauté, une publication est prévue chez un éditeur de renom. On a tout de suite sympathisé avec les autres habitants de la grande maison ocre. Nous aussi, on a largué les amarres. Ils n'ont pas cherché à connaître notre passé.

Elle a revendu son appartement, moi le mien, à un flic de la Criminelle, de sorte qu'on a pu acquérir celui de Vincennes en gardant une certaine marge financière. On s'est parlé très franchement, on a décidé de tenter le coup jusqu'à épuisement des stocks de sentiments. Et puis, il y a le môme, pressenti pour juillet. J'avoue que j'ai encore du mal à me faire à cette idée, mais Fiona a de la volonté pour deux, alors je pense m'en sortir honorablement. J'ai l'impression que quelque chose pousse en moi aussi, mais c'est plutôt de l'ordre du ressenti. Une réalité virtuelle, mais pas aliénante, pour une fois.

Carl, lui, recommence à vivre. Il retrouve le réel sans trop d'appréhension, malgré certaines rechutes quand le monde se comporte de façon vraiment dégueulasse. L'autre jour, il s'est mis à sangloter devant un connard qui battait son chien – en l'occurrence il faisait preuve d'une attitude plutôt saine et normale. C'est le contraire, notre putain d'indifférence, qui nous distingue des véritables êtres humains. J'ai bon espoir pour lui, et je ne le laisserai jamais tomber. Je suis François, son frère.



A ce sujet, j'ai dû ruser avec Elise. Elle me prenait pour Patrick Kugelmann. J'ai contourné le problème en évoquant un pseudo adopté pour mes activités journalistiques. Elle a accueilli François Sacco avec la même gentillesse. Son petit sourire me laisse à penser qu'elle avait agrégé pas mal de choses dès le départ, à travers la couche de non-dits qui recouvrait ma véritable existence. Par bonheur, elle avait confiance sur le fond, on a pied avec moi. On se cache tous derrière son passé, en fin de compte.

Je ne suis plus flic, plus du tout. Je n'ai pas demandé ma réintégration, j'ai tiré un trait définitif et bienfaisant. J'ai fait le bilan et tout bazardé, sauf mon saxophone. Au début, j'ai souffert, l'écart était abyssal entre ce que j'entendais au fond de moi et ce que mes doigts m'autorisaient. Puis c'est venu, peu à peu, note à note, jour après jour. Ça m'a paru une modalité d'existence valable et suffisante. Désormais, je me lève à l'aube et je vais souffler sur les rives du lac, à m'en péter les poumons. Je me joue des trucs personnels, des mélodies inventées, des trucs sinueux et barges, comme mon esprit cabossé.

J'ai aussi payé mes dettes vis-à-vis de Mamadou. Un après-midi, avec l'accord de son père Keita, je l'ai emmené aux Buttes-Chaumont. Je portais une sorte d'étui noir. Il était tout fou, persuadé que j'allais lui offrir un gun. Quand j'ai sorti le sax de son étui, il est resté bouche bée, puis ses yeux ont brillé. Un truc comme ça non plus, il n'en avait jamais vu d'aussi près. Je lui ai montré un peu comment s'en servir, où poser les notes, les principaux accords, comment souffler. Je lui ai laissé une méthode. Il vient souvent à la maison, on travaille le solfège ensemble, quelques morceaux aussi. Il a l'air doué. Il accroche bien. C'est peut-être lui, le futur Dieu.



Plus besoin d'écouter Coltrane : il résonne en moi comme les battements de mon cœur. Le Total Chaos, c'est pour ceux qui manquent. Pas pour ceux qui cherchent.

Et aujourd'hui, quand on me demande mon métier, je réponds : musicien.

Pour l'éditeur, le principe est d'utiliser des papiers composés de fibres naturelles, renouvelables, recyclables et fabriquées à partir de bois issus de forêts qui adoptent un système d'aménagement durable.
En outre, l'éditeur attend de ses fournisseurs de papier qu'ils s'inscrivent dans une démarche de certification environnementale reconnue.

*Cet ouvrage a été composé en Bodoni par Palimpseste à Paris*
*et achevé d'imprimer en mai 2007*
*par Bussière*
*à Saint-Amand-Montrond (Cher)*
*pour le compte de la librairie Arthème Fayard*

35-33-3592-9/01

Dépôt légal : mai 2007
N° d'édition : 87565 – N° d'impression : 071639/4

Imprimé en France